福州文艺事业发展专项基金资助项目

轮机工

周琦 著

海峡出版发行集团 | 海峡文艺出版社

图书在版编目(CIP)数据

轮机工/周琦著. — 福州:海峡文艺出版社,
2020.4(2024.3重印)
ISBN 978-7-5550-2091-2

Ⅰ.①轮… Ⅱ.①周… Ⅲ.①长篇小说－中
国－当代 Ⅳ.①I247.5

中国版本图书馆 CIP 数据核字(2019)第 253072 号

轮机工

周 琦 著
出 版 人 林 滨
责任编辑 莫 茜
出版发行 海峡文艺出版社
经 销 福建新华发行(集团)有限责任公司
社 址 福州市东水路 76 号 14 层
发 行 部 0591－87536797
印 刷 三河市兴博印务有限公司
厂 址 河北省廊坊市三河市杨庄镇大窝头村西
开 本 700 毫米×1000 毫米 1/16
字 数 310 千字
印 张 21
版 次 2020 年 4 月第 1 版
印 次 2024 年 3 月第 2 次印刷
书 号 ISBN 978-7-5550-2091-2
定 价 99.00 元

如发现印装质量问题,请寄承印厂调换

目 录

下　部

楔 子

昨天晚上,我又梦见回到了故乡。

回到了台江码头,回到了民生轮上,回到了那窒息闭塞的轮机舱,回到了那蜿蜒曲折的闽江,回到了朴素厚道给了我许多帮助的弟兄们的身边,回到了可亲可敬的阿姐身边,回到了曾经出生入死共同战斗的战友们的身边……

我漫步在长长的甲板上,穿行于狭窄的扶梯旁,挤进了那昏黑低矮的轮机舱,观望着那燃烧得炽热火红的炉膛,铲起身后一根根长短不一粗细不同的木炭,用力地、匀称地散播在炉火中,让这一膛锅炉燃烧得更加高效更加旺盛。

我趴在那圆形的狭小舷窗上,遥望着窗外缓缓漂过的仓前山,山顶上那尖尖的外国人的住房,还有中洲岛,还有江心屿,还有鸭姆洲,还有……淮安半岛茂密的荔枝树掩映着红墙碧瓦的老寺院,洪塘边的金山寺在江水中呈现出倒影,西河沿岸的百姓站在河堤的条石上清洗着衣衫。

碧绿的江水在初秋阳光的映照下泛着粼粼波光,江边的渔家船在轻拂的微风中划出道道浪花,岸上高大茂密的榕树遮天蔽日郁郁苍苍,榕树下衣着单薄的孩童嬉戏玩耍,稠密如华盖的榕荫中隐约闪现着一幢幢农家房舍的灰瓦,狭长高耸的烟囱里涌出一股股清贫淡雅的清香。

暮色渐渐地浓了,天边低垂着一轮夕阳。

夕阳下,那澄澈的闽江如抹上了胭脂的少女,羞涩而妩媚;夕阳下,那山脚下的稻田似铺上了葱茏的碧毯,旺盛而舒展。

夕阳下,年迈的老牛踱着缓慢的步履向村口徐行;夕阳下,披着蓑衣的老农牵着长长的牛绳察看着周边的水稻。

夕阳下,江边的水车呼噜噜地旋转着把水洒向田野;夕阳下,田野中的稻秧挺拔地伸展着腰肢。

夕阳下,依伯叼起细长的烟袋吱吱地吸着,那粗糙的老烟叶一明一灭冒出股股浓烟。

夕阳下,依姆端着粗大的木桶汲汲地行走,那厚实的木板鞋一前一后踢踏嗒嗒作响。

夕阳下那闽江之畔的农家,是我的故乡。

一幢简易的老木屋,一条狭窄的石板小径,一株矮小的桂花树,一片茂密的龙眼树林。

木屋前,有老父亲辛劳一生的农具;小径下,有老母亲奔波一辈子的家务事;桂花树前,有我孩童时奔跑跳跃的踪迹;龙眼树下,有朴实的乡邻们闲时聊天的身影。

眼前又出现了一条船,这是什么船?怎么这么眼熟?这不是——这不是我工作了十余年的那条"民生"号吗?它还是那么粗犷那么狭长,那么简陋那么优雅。它的楼梯我曾上上下下奔跑过,它的甲板我曾前前后后清洗过,它的船舱我曾朝朝暮暮陪伴过,它的轮机室我曾日日夜夜操劳过。

在这里,我与众多工友们一起挥汗如雨;在这里,我向几位师傅们多次虚心求教;在这里,我同引路人低声地倾心交谈;在这里,我和联络人悄悄地传递情报。

就是在这条船上,我得到了众多兄弟们的照顾;就是在这条船上,我受到了艰辛劳作的磨炼;就是在这条船上,我第一次得到师傅的指点,把我引上了一条与众不同的光明大道;就是在这条船上,我在那鲜红的旗帜前举起拳头立下雄心壮志。

这条船,引导着我走上曲折而光明的人生道路;这条船,捎带着我完成一项又一项危险而光荣的任务;这条船,把一件件枪支弹药送往闽北根据地;这条船,让一位位负有特殊使命的人员往来穿梭于省城与山区。

一条普通而平凡的客运轮船,一条光荣而巨大的闽江航船,一条冲破了黑暗引导光明的航船,一条为砸碎旧世界开创新国家立下赫赫战功的航船。

这条船上,我是一名最底层的轮机工;这条船上,我是一位勤劳朴实的农家青年;这条船上,我是一个坚定勇敢的地下尖兵;这条船上,我是一员饱经磨难历经考验的坚强战士。

这条船,为我开辟了一个崭新的窗口;这条船,使我懂得了世界上还有一种人生的光明抉择;这条船,让我在艰难的道路上义无反顾永远前行;这条船,给我在困顿迷茫中以极大的鼓励与引领。

一条船,一个码头,一家轮船公司;一个人,一次会面,一生追求不息。

在轮船公司,有许多这样的船,夜以继日地穿梭于闽江主航道与大小支流上,来往于省城福州与闽北南平、建瓯、建阳之间,甚至联系了闽江、九龙江水系,除沿海之外,将省内的内陆河流系于一体,将福州与闽北、闽西、闽南相连。

正是这条船,改变了我的人生轨迹,锻造了我的健壮体魄,树立了我的远大理想,拓宽了我的奋斗视野,坚定了我的终生信念。

这条船,与我产生了哪些人生交集?向我灌输了什么人生至理?为我开启了何种人生坦途?

且让我娓娓道来,细细开讲。

上部

韶 华

韶华已如此，冉冉积芳尘。
石润先知雨，山浓浑是春。
钓鱼临积水，隔柳见行人。
应有忘归者，扁舟采白蘋。

——元·仇远《韶华已如此》

第一章　考试

找到一份固定的职业,有一份菲薄的收入,或许可以改变自己的生活,甚至改变自己的人生道路。而他的生活,就是从找到一份固定职业开始改变的,事先他没有料到,今后他的人生道路也从此发生了改变。

1

"姓名?"

"陈永弟。"

"年龄?"

"19岁。"

"籍贯?"

"林森县南屿乡沙埕村。"

"学历?"

"读过两年私塾,在乡村国民学校读过一年半,在台江双虹小学读了三年……"

"会写名字吗?"

"会!"

"来,看看,这些东西你能叫出名字吗?"

"这是锤子。"

"这个呢?"

"钳子。"

"这个呢?"

"锯子。"

"好,下星期来拿通知吧。"

"先生,这就考完了?"

"考完了,你还想怎样?"

"不……我是说……这考试,也太……"

"怎么?你什么意思?是在责问我吗?你想怎么考?"

"不,不,不……先生您别生气。好,谢谢先生!谢谢了!"

陈永弟一连鞠了好几个躬,边说边退出房门。

走出考场,一路小跑匆匆通过那长长的木板走廊,沿着楼梯向下跑,陈永弟依然惊魂未定,这就是考试?在全市乃至全省大名鼎鼎的轮船公司招工考试就是这个样子?进入考场之前他还忐忑不安,毕竟这是他人生的第一次,怕自己一不小心犯下什么差错,不但影响了自己的人生,甚至影响到那些个明里暗里帮助他的亲戚、朋友和家人。

走出轮船公司的大门,陈永弟忍不住回头看了一眼,那涂成白色的两层砖楼,那西洋风格的穹顶建筑,那里面的人一个个红衫绿裙西装革履进进出出匆匆忙忙一副庄重矜持的神态。自己能够进入这令人羡慕的大公司吗?能够成为其中的一员拿一份难得的固定薪水吗?能够脱离贫瘠的沙地和那一叶扁舟吗?能够给家计带来些许改善从此避免挨饿受冻吗?

走在中平街上,两边低矮的木厝时不时地传出商家吆喝叫卖声,一间间门面狭小的商铺,几位老板站在门前不停地招揽生意,铺子里五颜六色的商品整齐地堆放着,几家饭店飘出缕缕饭菜的香味。

这儿曾经是他儿时的天堂,他也曾经在这儿出出进进,也曾背着书包在课堂上与小朋友一道书声琅琅,也曾像路边的孩童一样从学堂出来在大街上玩耍,也曾在夏夜里粘知了抓青蛙,也曾在寒风中放烟火点炮仗,也曾……然而这一切都已成为往事,像蓝天上那一丝白云一样,缥缈着游离着与他渐行渐远。

在他的记忆中只有那美好的"也曾"……

陈永弟解开斜背在后背的包袱,掏出一块煮熟的番薯,顾不上早已冰凉,塞进嘴里咬了一大口。也难怪,天未亮他就登上小船,赶着水路从乡下进城,尚未来得及吃早饭。这场令人紧张的考试,也不知结果如何。管它呢!交由命运去安排吧。

熙来攘往的人流，将那一条沙土路弄得尘土飞扬，时不时有黄包车拉响时断时续嘶哑的车铃从身旁急速跑过。穿梭往来的人流中既有穿着学生装的青年，也有背着书包的小孩子，还有拖着木板拖鞋一路发出嗒嗒声满面疲惫的主妇，更有身着长衫手夹皮包的职员，还有几位头油光亮穿着一尘不染的中山装、胸前佩戴着一块蓝色圆形标牌的人，他们的下巴微微向上翘着，一脸冷漠高傲旁若无人地从容走过。这些人陈永弟知道，他们是市党部的人，有权有势惹不起的。

正午的阳光洒落在行人的身上，虽然刚刚过完清明节，农历三月的天气已经让人感受到了一丝酷热。

穿越中平街，拐进一条狭窄的小巷，房屋渐渐稀少，几十株高大茂盛的龙眼树遮天蔽日，挡住了炽热的光线。

虽然迫于生计多次来过城里，而且小时候曾在这儿生活过三年，但说句心里话，他一点儿也不喜欢城市，不仅人多拥挤、嘈杂喧闹，而且尘土飞扬汗流浃背，总觉得不如乡下家中那龙眼树下的阴凉。

之所以能有这个考试的机会，还得感恩乡间的亲戚。永弟一位远房的堂姑家在邻村，过年来走亲戚时见过他，看他长得老实厚道，又怜悯他家生活艰难，便向他父亲游说，介绍他到轮船公司去做工，这才有了这次难得的考试机会。而那位堂姑的乡邻，在那轮船公司里高居人事科长宝座。为了能谋得这差事，父亲把家里存了好多年舍不得吃的两条目鱼干拿出来送给了堂姑，并请堂姑转送一条给那人事科长。这不，春节之后刚刚过了清明，堂姑就让人稍带口信，说是轮船公司要招考轮机工，让他赶紧准备一下去报名考试。

天不亮，表哥林鼎财驾着他家那条小木船，载着陈永弟摸黑从乌龙江顺流而下，天亮时正好来到台江码头。拴好小船，鼎财表哥领着他找到那轮船公司，鼎财表哥与他父亲曾来过轮船公司见过人事科长。来到人事科，找到了那位南屿老乡科长黄昌富。昌富科长眯着眼抬头看了看他，用福州方言说了一句："你就是那沙埕村的后生仔？"他不敢吭声，旁边的鼎财表哥赶紧将一条老刀牌香烟递到科长手上。昌富科长一摆手："都是乡亲，不必了。"

说是不必，科长从容地把烟放入抽屉，然后从口袋里摸出一支烟叼在嘴角，永弟见状立即懂事地迈步上前，掏出口袋中早已备好的福州建华火柴厂"福橘"火柴，划着了给他点上。科长没有马上凑过去点烟，而是抬眼看了他一下，点点头，似乎十分满意他的表现，之后才低头凑近点燃香烟，轻轻地吸了一口，缓慢地吐出一股烟来。他说："没有什么太难的，我已交代过手下了，后生仔好好干，不久之后我们就是一个公司做事的人了。"

鼎财表哥赔着笑："还请昌富堂叔多多关照、多多关照。"

科长一摆手："行了，不多说了。"他回头叫了一个矮矮胖胖的办事员，"阿肥弟，你给我这同乡小阿弟办一下考试的关节。"

俩人点头哈腰再三道谢，离开了昌富科长的办公室，跟着那办事员来到隔壁事务室，填表登记、签名画押，交了五角小银作为考试的费用。

这儿交了钱，那儿就叫进去考试，可是一点儿准备的时间都没给，陈永弟有点儿心虚：这怎么考呀？

可身边这位身宽体胖的阿肥弟却一点儿也不在乎："小阿弟没事啦，尽管放宽心，昌富科长交代的事，你进去就知道了。"

慌慌张张懵懵懂懂进了考场，见到那高高在上公事公办一脸严肃的考官，他更是满脸通红心虚气喘没了底气，手都没地方放了，不过站了一会儿一想：反正已经进来了，该怎么样就怎么样吧，一切交由命运安排。

可是当他听到端坐台上留着小胡须趾高气扬的考官说出来那些个考题时，他自己都有点不相信了：就这样考？这样就算考完了？！

那考官见他是个乡下仔，黑红的脸庞，看上去老实巴交的，立即收起原先威严的目光，露出些许笑意来："小阿弟，不要心慌慌，你考完了，可以走了。"

满脸狐疑满腹心事却又不敢问，陈永弟向考官鞠了一个躬退出考场。出来后，他并没有马上离开，想想刚才这番经历，如梦初醒般都有点想笑。

起初他还忐忑不安，可经历这么一场令人生疑的考试，他觉得像是小时候与伙伴们在做戏：这就是考试？大公司就是这样考试的？

不管了，反正考完了，自己也算是对父母对亲戚有个交代了。不过他内心倒是有点活泛：或许，自己真的能考上。

2

既然考完了，也就该回家了，城里再繁华，乡下人毕竟是外来的，总要回到自己虽破败却安乐的家里。沿着狭窄的后洲巷一路走来,走到中亭街路口,街边德发水果行高悬的布帘在微风中飘摇着,店前货架上显眼地摆放着好多外乡的水果,他只是好奇地看了一眼,然后快速走过。倒是鼎财表哥似乎十分有见识,左瞧瞧右看看,还盯着从身边侧身而过的学生妹子,望着她们那宝蓝色的学生裙,咋着舌发出"啧啧"的声响来。那几位女学生听了都低着头,满脸通红害羞地不敢吭声,倒是其中有一位瞪着鼎财表哥:"瞅什么瞅,乡下佬,没教养!"

鼎财表哥听了立即昂起头握紧了拳头,想申辩几句,可是张了张口却发不出声来,只好狼狈地摇摇头,轻叹一声转身快速溜走。

不一会儿两人来到了苍霞洲闽江畔一个偏僻的湾口内,鼎财表哥一屁股坐在一株老龙眼树下,说一声:"走累了,歇歇吧,等一下逆流水路还要费大力气呢。"他斜倚着龙眼树闭上眼,半真半假地酣酣沉睡。也难怪,表哥为了送他来考试,凌晨3时就起床离开家,借着朦胧的夜色,一叶小舟沿着闽江顺流而下,由乡下来到这热闹的苍霞洲。他们找了一个偏僻的角落停船,而在他们不远处,一连串几个石砌的小码头上,来往的商船正装卸货物,一包包一袋袋由搬运夫或扛或抱或拎着送到紧邻江边的货栈。这边商铺老板与船老大商谈着,那边老板娘则鼓起鱼泡眼,紧紧盯着那一包包货物清点着件数,并不时在账簿上登记着。向东眺望,万寿桥那石砌的桥栏杆高高地悬在半空,遥遥地耸立在身后。

闽江上的码头停泊的都是大轮船,像他们这种乡下连家船,往往只能自己寻找一个偏僻所在,静悄悄地停泊着,丝毫不敢打扰人家。

看看天色尚早,他也不急着催促表哥,席地而坐,就让鼎财表哥多睡一阵子吧。

斜倚着粗大的龙眼树干,随手拔起一根茅草咬在嘴边,抬眼望着江上穿梭的小船,有的装满了河沙运进城里,有的装着小石子,还有几十根粗大的树干沿着江水漂流而下。他知道这些河沙是从上游林森县、闽清县甚至更远的古田县运来的,石子则是从江边的采石场运来的,而粗大的木材多是从闽北山区崇安、建瓯采伐的,那一袋袋百多斤重的大米则是浦城运来的,少量的还有浙江米。早年他与姨父也就是林鼎财的父亲在城里开店,也见识过姨父的生意经,成年后他曾与父亲一起驾船沿江溯流而上,去周边拉过几次沙石木材,供城里和乡村的大户起厝之用。

间或还有几艘客船由下游向上开过来,那些都是来往于闽清、古田、南平或者更远的顺昌、沙县等,载重量大一点的船还开往永安或建瓯、邵武。他今天去报考的就是一家轮船公司, 也就是眼前这些个客运轮船的船东,也不知能不能考上,如果考上了,他也就能在这船上做工,跟着客船一起在闽江上穿梭往来,那些客船成为沿江沟通各县乡的主要交通运输工具。

福建地处东南沿海,山高林密丘陵起伏,全省境内八山一水一分田,公路仅通到沿海及内陆的几个大城市,而更多的县乡则只能靠水运。有高山必有大川,作为福建的母亲河闽江,发源于福建与江西交界的建宁县,上游的三大主要支流建溪、沙溪和富屯溪在闽北南平市汇合后称为闽江,以沙溪为正源,翻山越岭奔流562千米,来到福州近郊林森县侯官处一分为二将南台岛包裹在两江之间, 北部的一支穿过福州市区直到马尾港称为北港,民间也叫作白龙江;南部的一支绕南台岛南侧,至江口汇入大樟溪后出峡兜至马尾称为南港,又叫作白龙江。乌龙江与白龙江汇聚后折向东北,穿过闽安峡谷至亭江镇分为两支,南支梅花水道绕琅岐岛南侧至长乐梅花镇入海,主流北支直达连江长门前又被分割成四支:乌猪水道、熨斗水道、川石水道和壶江水道,分别流入大海,其中川石水道最为宽阔,成为福建沿海水运的主航道。

闽江的全程,历来以正宗源头建宁县均口镇为起点,至连江县琯头镇长门村入海口为终点,主干流全长562千米。这其中分成三段:上游从建宁县均口镇台田村严峰山西南坡的水茜溪开始, 至闽北重镇南平双剑潭为止,全程主流共351千米,沿途有沙溪、富屯溪和建溪汇聚。中游从南平市区到闽清县安仁溪口的峡谷河段,全程87千米,沿途汇入尤溪和古田溪,这一段虽然长度不长,却是闽江最为险峻的河段,沿途河谷狭窄,滩多水急,礁石密布,落差极大,自古以来就把这儿视为闽江水运的畏途。下游自安仁溪到闽江入海口,长度为113.7千米,这一段水流缓慢,沙滩遍布,流经的城镇乡村最多,也是洪水暴发的重灾区。

老祖宗留下的最古老最简便最有效的运输营生便是水运,自古至今水运一直是华夏子民的生活主渠道,无论哪个朝代、无论江山更替,这个营生是百姓的生活依靠,是政权的重要基础,是社稷的稳固基石。遥想当年隋炀帝开凿大运河,不就是为了把南方的粮食运往京城、以缓解北方的粮荒吗?福州是个消费城市,历久以来基本上没有工业,百姓多以经商为业,福州的粮食、木材、各类生活用品,全靠外地运来,因此闽江这条福建百姓的母亲河,承载了太多太多的历史尘埃,承载了太多太多的悲欢离合,承载了太多太多的风云际会。

眼看着已近黄昏,再不上路恐怕到家就已是天黑了,陈永弟急忙叫醒鼎财表哥,表哥还沉浸在睡梦之中,一个激灵转身起来:"哟,要回家了! 快快快,起缆绳!"

陈永弟解开绑在岸边石柱上的缆绳,跟随表哥跳上小船,顺手一把将插入水中的另一根缆绳拔起来,将绳头系着的铁锚丢向舱中。鼎财表哥抄起船尾套在铁环上插入水中的长篙,轻轻一点岸边堤石,小船轻飘飘地左右摇晃着离开了堤岸。

船开了,永弟问表哥:"走小河还是大河?"鼎财表哥毫不含糊地说:"大河。"于是永弟坐在船头,抄着短桨插入水中用劲划着,鼎财表哥操着长篙不时点击岸边的石堤,俩人合力之下小船离开江畔,不久就来到主航道的边缘,逆流而上。他们的小船沿着北港白龙江先要划到上游的江口,沿淮安江岸绕个小弧,越过淮安之后再顺流向乌龙江漂下,才能到达家中。幸好是春末夏初,江中的水势并不大,如果水流湍急的话,他们的逆流溯行肯定会费力艰难得多。

虽然水流不急,但毕竟是逆行,没过半袋烟的工夫俩人就累得腰酸胳膊疼,明显放慢了速度。逆水行舟不进则退,一旦他们的划桨速度慢下来,小船便会被水流冲下,因此他们不敢稍有怠慢,手脚不停地划着。

鼎财表哥叫一声,永弟用一下劲。永弟抡开双臂加大了划桨的幅度,但见一支木桨被他抡舞得上下翻飞,时不时地插入水中用力一推,然后拔出来向前再行插入,就这样一插一提一挥一抡之间,那小船被他熟练地操纵着箭一般向前猛进。

船后的鼎财表哥则放下长篙,三下两下脱去身上那件蓝色小褂,往船舱里一丢,一把抓起长篙跑到船头,将长篙插入水中,然后向船尾跑去。就这样两头跑两头用篙,没几下子他就已汗水淋漓,赤裸的上身在午后阳光的映照下,反射着一层油亮的色彩。

见表哥如此拼命，永弟也不敢大意，他使劲挥舞着木桨，一下下劈开水浪，一股股水花在他身上飞溅，不一会儿他的粗布灰褂就湿透了。他不敢大意，更不敢停下脱衣服，他知道只要他一停，身下的小船就会在水流冲击之下节节后退。

二人齐心，拼尽全力操纵着这一叶扁舟，在宽阔的闽江上逆行。约莫两个多时辰，就来到了西河，鼎财表哥喊道："歇工啦，喘口气。"两人将小船划到江畔的弯口内，找到一处被高大的榕树遮挡着的江面，这儿水流也不急，太阳也晒不着。于是停好船，鼎财表哥一头扎进船舱里，躺在那船板上，喊了一声："累趴了！"然后闭上眼一声不吭。

陈永弟拿起舱中的竹水瓢，伸到江中，将水面上的树叶和尘土撇开，从中间清澈处舀出一瓢水，先是递给表哥，表哥也不客气，侧身起来接过一口喝干，然后把水瓢交还给永弟，永弟又打上一瓢水这才送到自己口中。

"鼎财表哥，肚子饿不饿？"

"不饿。"表哥有气无力地哼道。

永弟从船舱夹板中抽出一块煮熟的凉番薯，剥掉外皮，狠狠地咬了一大口。可是咬得太大口，久久难以下咽，他伸了伸脖子，想把喉咙里的番薯给吞下去，半天也没有成功。他只好舀起半瓢水，将那满口的番薯送下肚去。望着他那狼狈的模样，懒散地躺在旁边的表哥也忍不住指点着他哈哈大笑起来。

永弟有点难堪："表哥，别笑了。"

可是表哥非但没有止住，反倒更加畅快地连连笑着。

永弟低着头不好意思了，表哥立起身，抓过他手上的番薯，也是狠狠地咬了一大口，不过没有马上吞下，而是在口中反复咀嚼着，分解成若干小团之后才顺利地下咽。

见表哥劳累了大半天依然如此从容，永弟有点佩服他了。

一个番薯进了肚中，明显感觉有了力气，永弟也爬进船舱，与鼎财表哥并排躺着。表哥半眯着眼，朦胧地望着舱外的蓝天："永弟，以后你就是城里人了，可别忘了表哥哈。"

陈永弟回过头看了表哥一眼，表哥与他年龄不相上下，仅仅比他大了一岁，从小两人就在一起摸爬滚打，风里来雨里去，一起在河湾里摸溪螺，一起在沙地上抓河蟹,一起在小船上捞鱼虾,一起在河滩上烤秋蝉,知根知底。虽然仅仅大一岁,但表哥很有主见,懂的也比他多,俩人一起出去做事,往往都是他听表哥的,只要表哥出个主意,很多问题就都不是问题了。他对表哥佩服得五体投地,对表哥言听计从,邻里乡亲都说他和表哥是一路货色,就连做坏事也是他们俩结伴。

"表哥,说什么嘛,还没定呢。再说了,又不是隔得很远不能见面,以后在一起的机会多得是。"

鼎财表哥笑了笑没接话。此时听见远处江面主航道上传来一阵汽轮机的轰鸣,俩人一起扭头看到江面上一艘客船驶过,上下有四五层,船顶上大烟囱里冒出一股浓浓的黑烟。这就是从台江码头开往上游古田、南平的客轮。从船的舷窗隐约可以望见里面人头攒动,船前方的甲板上也有不少人在走动。

鼎财表哥指着那急速驶过的客轮说:"你以后就是在这条船上做工也说不定呢。"

望着渐渐向上游驶去的客轮,陈永弟一脸的羡慕,他很想能有机会到船上走一走看一看,比起表哥的这条小木船,那客轮要大出几十倍,坐在船上的可都是有钱人。

"坐在上面一定很舒适的。"陈永弟想。

表哥伸出手在永弟眼前晃了晃:"别想了,不久你就会在这船上的,不要出钱你就能坐船,去南平,还可以去建瓯,甚至可以去厦门、泉州。"

客轮离开他们向远方驶去,划出的一条条波浪线此时陆续地打到了岸边,将他们的小船击打得上下起伏,波浪拍打着岸边的石堤,发出"哗啦哗啦"的急促声响来。

看看日头西斜,表哥说了声:"走吧,要回家了。"

两人立起身,表哥攥着长篙,永弟操着短桨,一齐发力,继续逆水行舟。

其实他们回家的路上有不少小溪流小河沟,虽然小河小溪水流并不缓慢,但这些个河溪地质复杂,如果不是十分熟悉的人不知水道常常会走错路,这一耽搁可不是一天两天的。他们来时走的是小河,因为小河就在他们家的后山,但要回去却经常走错水道,倒还不如沿着闽江走更加顺畅。只是他们回家的水路前半段需逆水行舟,耗费很大的气力。好在这一对表兄弟年轻气盛，也敢拼一把，所以这也是他们经常玩的游戏。

傍晚时分终于来到了淮安湾口，驶过这儿，小船便渐渐地向乌龙江靠拢，下面就是顺流了，不用再耗费力气。如果不是赶时辰，只要将小船对着家的方向，任其自由漂流，总能回到家中。不过暮色苍茫，小船最好不要在主航道上，以免被过往的大船看不清而撞沉。其实也没什么好担心的，水道上视线不好，就连大船也早已停锚了。倒是江上的小船，每一条船都在船头桅杆上挂起一盏风灯，虽然昏暗，但在烟霭茫茫的江面上，在江风飒爽的迷雾中，这盏风灯称得上是保命的灯，因为这灯是暗夜中唯一的光源，不仅照明了眼前的航线，也给对面驶过的船儿发出信号，表明这处小船的方位。

漂流不远，远远地就瞧见了夕阳映照下的金山寺大悲楼，天边几缕云彩被夕阳渲染成一片嫣红，把那绚烂的影子投射到长长的闽江水中，越往前那晚霞越鲜艳，整个金山寺都被镀上了一层灿烂的佛光，就连寺中的石塔也清晰可见。据老人们讲，这座石塔有上千年的历史了，先有石塔后有金山寺，因此这座塔成为船家的航标，从上游来的船看到石塔便知道，距离福州城不远了。而金山寺旁边的洪塘渡，是闽江下游的一个重要古渡口，过去上街周边的百姓进出福州城，都要在这儿乘船。读私塾时永弟曾听教书先生抑扬顿挫地诵读过一首古老的儿歌："月光光，照池塘；骑竹马，过洪塘。洪塘水深不得渡，娘子撑船来接郎。"儿歌中的洪塘指的就是这儿的洪塘渡。从前永弟随父亲来过金山寺，也陪母亲来寺中进过香，寺院四周环水，闽江川流不息，水绕寺转，寺随江浮，因此造就了奇特景观，也使她成为闻名八闽的江中古刹。

因为要赶时间回家，他们仅仅停留片刻，对着夕阳映照下的金山寺远远地观望了几眼，然后陈永弟与表哥林鼎财一同轻快地划着小船，船顺水势如箭穿行，眼看着离家越来越近，迷蒙中已经看得见村前那棵老榕树了。

3

终于回到家中，已是夜色深沉，一弯月钩高悬天际，几缕薄云环绕其间。清朗的夜空浓郁而深邃，显出几分神秘几许厚重。江边沙滩上一大片芦苇在夜风的吹拂下，齐刷刷地左摇右摆，像是在翩翩起舞。江水微微皱起波澜，一道道水波自在地组合成一条条曲线向岸边奔涌，这一波冲上来，渐渐退去，下一波紧接着又奋不顾身地向上奔涌，前赴后继永不停歇，令人不得不佩服它们那持之以恒的雄心和毅力。

将小船拴在江边那棵老榕树前的石柱上，再把长篙穿过船头的铁环插入水中，两人收拾好各自的东西，一前一后迈步上岸，沿着那条狭窄的石板路，向村中进发。这条路不知走了多少次，也不知道走过多少人，在岁月的消磨下，早已呈现出表面滑润光泽整体高低起伏的形态。走过一片沙滩，穿越茂密的龙眼树林，在一片竹子、杉木及马尾松等驳杂灌木丛掩映之间，一幢幢农舍在银色的月光之下，略略显出黑黝黝的轮廓。农舍间由一条条小径相衔，乡居几乎都是泥砖混合着石块和竹木构建的，唯一的区别就是屋顶，家道殷实的人家以瓦片覆顶，而大多数人家则以稻草或茅草苫盖。比如表哥林鼎财家中就是瓦片的屋顶，而陈永弟家则是茅草苫盖着。

两家毗邻而居相距不远，先是到了表哥家，永弟向表哥话别："表哥，谢谢你啦。"

表哥一摆手，大度地说："谢什么谢？等你进了轮船公司做工，请我喝一碗鼎边糊就好。"

表哥一闪身进了家，陈永弟再往前行走十余步，来到自己家门前。

推开漆黑的木门，"吱呀"一声响，木桌上一盏昏暗的油灯被开门带来的风吹得火苗左右摇摆。母亲正收拾着网具，父亲蹲在屋角把一块废木条钉在一根木桨上，那根桨已裂开一道口子。

听到门响，母亲抬起头："回来了，怎么这么晚？"父亲也抬头看了一眼，但没吭声，低下头继续手上的事。父亲一贯沉默寡言，对此永弟早就习惯了。母亲继续问道："吃了没？"边说她边起身，在那被柴草熏得油黑发亮的泥灶前，打开锅盖，给他盛了一碗番薯粥——其实也就是将半熟的番薯给压碎了熬成的稀粥。

永弟接过碗，拿起竹筷，扒拉着番薯粥送入口中，三下五除二就将一碗粥灌入腹中。他把碗筷拿到屋前，从木桶里倒出一些水，把碗筷给洗干净了，放入柜中。看看木桶中的水不多了，他立即拿起屋角的两个木桶，穿上绳系在竹扁担上，挑起来去江边打水。朦胧的月色中，一条石板路直通闽江畔，沿着石板路走到江边，芦苇丛中传来阵阵蛙鸣，他觉得有点奇怪，夏天才有蛙鸣呢,当下清明刚过,草丛中的青蛙就有些急不可待了,将木桶放在水面上,轻轻荡开浮叶和灰尘,然后将水桶压入水中,灌满一桶再换另一个桶,两个桶都装满了,系上麻绳挂在扁担上,挑起来上肩,一路吱呀呀地回家。陈永弟一连挑了三担水,把屋前的大木桶给装满了,这才放下扁担,擦了一把脸上的汗,走进屋去。

母亲看着他,问道:"你那城里的差事怎么样了?"

他默默地说:"考试了,还没结果,要等一周。"

"能考上吗?"母亲又问。

父亲白了母亲一眼:"能不能考上也要等一周,着个什么急?"

母亲不再吭声。

"早点睡吧,明天一起下江打鱼。"父亲转向他说道。

陈永弟没有回声,他只是点点头,起身回到自己那间狭小的屋内,也不用点灯,这里的一切他都再熟悉不过。他打来一盆水,拿块自家织的灰粗布把身上都擦了一遍。脱了外褂,躺在茅草铺就的木板床上。虽然躺下了,但他睡不着,白天的一切就像过电影一样,在他的脑海中一一浮现。辗转反侧难以入眠,他干脆坐起来,在黑暗中盯着窗外那飘忽不定的树影,夜深人静之际,耳畔时不时地响起江水拍打堤岸的哗哗声,以及此起彼伏的蛙鸣。

他想知道,明天的太阳会是什么模样;他想探寻,未来的人生会是如何启航;他想了解,远方的道路会是通向何方!

然而,至少在今夜,一切还都是未知数,或许在不久的将来,或许十天半月,或许就在明天,就会水落石出不再遥远。

"三月残花落更开,小檐日日燕飞来。子规夜半犹啼血,不信东风唤不回。"(宋·王令《送春》)初春的清晨,如练的闽江被一层迷蒙的白绸所笼罩,或浓或淡,时聚时散,轻盈地漂浮着、神秘地游离着、灵巧地舞动着。江畔沙洲上,好大一片芦苇丛,在江风的鼓荡下,齐刷刷地摇曳着,顶上那一朵朵绽放的白絮般的芦苇花像一支支蓬松的羽毛,在微风中招展。掩映在稀疏的树林中的小村落,有的房舍冒起一朵炊烟,有的房舍主人正收拾着渔具,有的则悄无声息,并不是屋主懒散,恰恰相反,他们早已到江上开始捕捞了。

昨晚没睡好,陈永弟睁开眼,觉得脑袋晕沉沉的,他轻轻摇摇头,又躺了几分钟。父亲在院子中忙碌开了,他将一张小渔网从地上拖起放入箩中,从锅里捞出几个煮熟的番薯,准备出发了。

听到屋外父亲忙碌的声音,陈永弟赶紧爬起床,利索地穿上衣衫,步出院落,扛起墙角的木桨,跟随着父亲朝江边走去。

踩在柔软的沙滩地上,脚底下发出沙沙的声响,经过一夜的浸润,比起昨晚,此时的闽江水位有些许降落,与水线相衔接的地方,一大群人正弯着腰在泥沙地中挖掘着。母亲也在他们中间,拿着一个小竹铲,旁边一只小竹篓,弓着腰,挖起一铲泥沙,在中间摸索着搜寻着。他们是在挖闽江的蚬子,福州当地方言土话称作"溜央",是一种闽江的盛产。胸怀宽广的母亲河自古至今奔流不息,养育着沿江众多生灵,这种溜央就是闽江母亲给子民的一种慷慨馈赠,它个头不大,产量繁多,生长在沙土中的呈黄色,生长在淤泥中的则呈黑色,味道以黄色的最佳。不要说江边生长的人,就连福州城里人也十分喜爱。价钱不贵,味道鲜美,而且清热解毒、滋阴平肝。村里的年轻人喝酒过量了,家中的媳妇常常煮一碗溜央汤,既能醒酒还能消除疲劳。老人们也时常给小孩子们煮一碗,放两片生姜,平肝还补钙,营养又价廉。

母亲围在一大群人中间,既有老人也有妇女,还有不少孩童,他们低头专心地操持着手中的竹铲,不时地相互交谈着。铲起一大片湿润的沙土,翻个身,用手在中间搜索着拣拾着,一粒粒细小金黄的溜央被丢入身边的竹篓中。那竹篓半泡在江水里,为的是让溜央继续生存,而且它们会不时地吐出泡泡,将体内的泥沙吐出来。初春时节江水还是寒冷的,这一大群人蹲在江边,双脚淹没在刺骨的江水中,那是十分辛苦的。而且这溜央还有季节性,初春时节最多,到了夏季雨水丰沛山洪暴发,也就难以采挖了。所以当地方言民谣中有"穿背心吃花蛤,穿棉袄吃溜央"的说法。那花蛤往往是夏天吃的,而溜央则是冬春时节吃的。

陈永弟随父亲来到江边,解开缆绳,将身上背着的物品一一摆放在船舱内,父子俩划着桨撑着篙离开江岸。人群中的母亲也看到了他们,但仅仅是抬头关注了一眼,然后低下头继续着她手头的劳作。

由于是一只小木船,难以在水流湍急的宽阔江面上行驶,陈永弟和父亲只能沿着江边,在靠近江岸的浅水处或是水流平缓处驳船下网。父亲选好了地方,将竹篙交给陈永弟,永弟站在船尾抓起长篙轻轻点击江底,让小船缓慢地前行,父亲则站在船头,把一张长长的网举起来,向空中猛地挥洒,那张网便如一个大大的罩子四面散开,向水中扣下。小船继续前行,渔网在水中不断漂散,边行驶边放网,约莫有一袋烟的工夫,父亲将网绳紧扣在手腕上用力回拉,那渔网也渐渐收缩,终于拉上船来。这第一网还不错,网中有一条巴掌大的鱼正挣扎着,还有一只河虾一只河蟹,父亲看了一眼那鱼:"不错,是只红眼鱼。"父亲脸上露出了难得的微笑,看了一眼永弟:"回去煮鱼汤。"这红眼鱼是当地的一种称呼,因为它的眼睛是红色的,学名叫赤眼鳟,也有人叫它宽鱼。它是闽江的特产,只有福建省才有,用它来煮汤味道最为鲜美。

父亲将渔网拉开,取出那条鱼放在船中央的船舱里,那儿已放了小半舱水,专为存放捕捞上来的鱼。还有那只河虾和河蟹,也都解下放入。再一网下去,又上来两条,一条是闽江鲈,一条是鳊鱼,虽然个头都不大,但也有一掌宽了。一连几网下去,每一网都有些许收获,或多或少,还都没有空网,看来老天爷眷顾,今天的收获不小。

一连撒下几十网,收获的鱼虾也累积着不断增长。连续操作几个时辰,父亲把网绳朝船舱内一放,永弟见状立即将竹篙穿过铁环插入江底,把船固定住,父亲则把船舱内煮熟的番薯拿出来,一只递给永弟,一只塞入自己的口中咬了一大口。大清早天尚未明就开始劳作,早饭还未吃呢,劳累了这么些时辰,肚子里早就呱呱叫了。父亲拿起竹瓢,放在水面上荡开浮尘和落叶,舀了一瓢水,先递给永弟,永弟接过来喝了一口,将喉咙口的番薯给送下肚去,然后将竹瓢还给父亲,父亲也喝了一口。父子俩虽然绝少话语,但一招一式都配合得浑然天成,一举一动都搭配得有如神助。父亲平日虽然少言寡语,但永弟知道,父亲并不是没有想法,他只是不善言辞,他依靠着自己的气力,他凭借着自己的操劳,为这个普通的农家创造财富,提供食粮。虽然没有说话,但从他的动作中,从他的眼神中,就可以看出他的想法、他的禀性、他的主张。

大自然是慷慨的,土地是无私的,作为福建省的母亲河,闽江这条贯穿了全省 6 座城市 30 个县、流域面积占全省面积近一半的独流河流,哺育着两岸百姓,滋养着一片富饶的土地,展现着秀丽壮美的风光,奉献着丰饶的物产。别的且不多说,单就是闽江中的水产就有许多独特之处,如黄甲鱼、宽鱼、鳊鱼、江鲈、池蛋鱼、白刀鱼、鲥鱼、草鲴鱼、白鲫鱼、白鲢鱼、鲶鱼、香鱼、青鱼等等，还有毛蟹、河虾、流蜞、甲鱼、小溪鱼、坑螺、溪螺等，更有十分珍稀的中华鲟和胭脂鱼。一方水土养育一方人，在这条奔腾数千里的闽江上，世世代代闽人在这里繁衍生息，在这里劳作耕耘，在这里坚忍不拔，在这里抛洒汗水。就像江边那一株株高大繁茂的榕树一样，虽百折而不屈，虽艰难而不挠，虽风雨而不侵，虽冰雪而不倒。无数个寒来暑往在这里缥缈，无数个悲欢离合在这里演绎，无数个晨昏晓暮在这里流转，无数个沧桑巨变在这里上演。"一片波光三十里，平林如绣草如丝。日斜风定潮初落，正是鲥鱼上市时。"(清·董书《舟泊南台即事》)

歇息了半个时辰，父亲站起身，像是自言自语道："再拉几网。"听了父亲的话，陈永弟重新操起长篙，撑着小船在江上行驶，父亲则抓起渔网，一网网撒向江中，然后一网网提起，再将网中的鱼货倒入舱内。时已近午，望着船舱中那些个大大小小的鱼虾，父亲说："行啦，就这样了，回转。"父子俩轻盈地操桨撑篙，划船回家。

来到门口，正好母亲也刚刚回来，她把一上午采挖的溜央倒入木盆中，加入水清洗了几遍，放在水中浸泡着，滴上几滴菜籽油，这是为了让溜央把腹内的沙子吐出来，同时还能减轻它的土腥味。

母亲接过父亲肩上背的竹篓，将里面的鱼货倒进木桶，从中抓了一条小的进行清洗，她要准备午饭了。而其他的鱼货则养在木桶内，明天清早母亲会去街上，把这些鱼给卖了，挣点盐醋钱。

一锅番薯掺少许大米的稀饭煮好了，母亲烧开一小锅水，把洗净的溜央倒入其中，溜央原先紧闭的嘴咧开了，母亲用竹制的漏勺盛出溜央，倒上几滴虾油，这就是一盘菜了；再放入半锅水，将那条小红眼鱼放入，从屋后菜地里拔出两棵葱，洗净切碎，水烧开了，加点盐，倒入葱花，滴两滴虾油，一家三口的午餐齐备了。

陈永弟还有个姐姐，三年前出嫁到邻村，也是普通百姓家。姐姐平日忙于操持生计，逢年过节时才会回娘家看看。

草草地吃过午饭，母亲洗涮碗筷，父亲又去整理他的渔网。这时门外喊了一声："永弟有在厝吗？"不用探头永弟就知道，是表哥鼎财来了。

第二章　亲戚

天下不太平,世道多坎坷,乡里乡亲的,不论贫富,能帮就帮一把,也算是对列祖列宗有个交代吧。今后即使没有什么大的出息,回家乡时面对先人,也能够心安理得步子稳,不必提心吊胆怕恶人。

1

听到表哥林鼎财在外面呼唤,陈永弟立即应了一声,随即走出门去,刚来到门口,鼎财已经推开门走了进来。院子中永弟的父亲正在整理网具,鼎财先是礼貌地叫了一声:"姨夫。"然后才进门,永弟的母亲也迎出来:"鼎财来啦。"鼎财也叫了一声:"小姨。"

林鼎财是陈永弟的表哥,也就是永弟母亲的姐姐的儿子。母亲有兄弟姐妹四个,老大是永弟的大舅舅,老二就是永弟的大姨、林鼎财的妈妈,永弟的母亲排行老三,下面还有个弟弟、永弟的小舅舅。

表哥比永弟大一岁,俩人年纪相仿,从小就生活在一起,因此众多亲戚中,永弟与这位表哥最是亲热。但是,在永弟小时候,那位大姨却对他不甚亲切,大多是不冷不热地,其中缘故说来话长。

永弟的外公早年就去世了,外婆与大舅住在一起,兄弟姐妹四人分散在周边乡村,不是务农就是打鱼。而其中永弟的大姨夫、林鼎财的父亲除了务农种田之外,还会做木工,农闲时便走村串户,给人家修理木桶、木盆、桌椅等木器,也会修理船舶。大姨夫年轻时曾在福州做过木工,后来得罪大户人家,只好逃回乡下不敢再出门,待风平浪静之后又去城里,还开了个售卖木材的商铺。这位姨夫自小身强体壮,跟着家族长辈练了几套拳术,经常与族中长辈一起安排祭祖、修谱、维修祠堂等事,时间长了也就成为家族中一位说得上话的领头人。

别看大姨夫五短身材，却是头脑极为灵活的人物。林姓在村中是个大姓，全村超过百分之九十的人都姓林，尤以大姨夫这一支家族最为繁盛。而陈姓在村中只是个小姓，当年大姨嫁给了林家，吃香的喝辣的日子过得不错，便有些瞧不起娘家人，其中最最瞧不起的，便是自己的妹妹、永弟的母亲，她嫁的是村中最为贫穷的人家。不过母亲也极要强，见识了亲姐姐的几次冷眼、听了几句冷语，便不再与姐姐发生纠葛，能少接触便少接触，但毕竟是一个村的，低头不见抬头见，即使见了姐姐也没给个好脸色。父母亲都是普通人家，平日里少言寡语，只是安静地过着自己虽不富裕却也能过得下去的日子，没必要去看人家的眼色，因此没事也尽量与姐姐少见面。倒是娘家人、自己的兄弟，时常地来看看、接济接济，送条鱼、送担柴什么的，给贫穷的日子增添点亲情。

不过表哥林鼎财却是个另类，虽然自己的母亲不待见小姨一家，但鼎财自小便与永弟要好。虽然是姨表亲，却比那亲兄弟还要亲。母亲拦了几次没拦住，见永弟也是个老实人，也不再阻止自己儿子与表弟一起玩耍，因此永弟与表哥鼎财便是形影不离，一起上山砍柴，一起下河摸鱼，一起撑着小船在河上漂荡，一起挑着鱼货到乡里贩卖，甚至小时候还跟着姨父在城里生活过一段时间。

鼎财的父亲家是村里的大户，全村林姓占了九成，而大姨夫这一家族更是村中人口最多的旺户，这不，从大清朝末年开始，鼎财的爷爷从县城里镇守使那儿接过一纸委任状，成为村中的乡绅，组织了一队民团，专管看村护宅的事儿。当然，如果村中发生纠纷，纠纷的双方是林姓与外姓，那么倒霉的肯定是外姓人家，毕竟胳膊扭不过大腿，小户人家有了冤屈只好忍气吞声；如果林家内部发生纠纷，好办，鼎财他爷爷不管三七二十一，先让闹纠纷的两家人都到村头林氏宗祠去敬香，向列祖列宗祷告一番，然后说出自己的委屈，如果说的是实话，祖宗自当护佑，如果说了假话，等着吧，祖宗会给予严惩的，一来二云，那些个说了假话仗势欺人的人，自然不敢在祖宗牌位前撒泼要浑，这么没几年，宗族中亲睦友邻，鼎财爷爷的威信便树立了起来。大清朝皇帝倒了进入民国之后，县里来了个县长，照样给鼎财的爷爷送来一张委任状，他老人家继续在村中坐大。

鼎财爷爷毕竟念了两年私塾，能识字会断文的这才有了树立权威的本钱，可大姨夫打小就是个混世魔王，个头虽然不高，却是个机灵鬼，当初鼎财爷爷把他送入家族的私塾中，想让他读点书混个功名，却不料他在学堂里成了孩子王，组织着一帮小兄弟们与老先生作对，时不时弄点恶作剧，起初老先生还让着他，后来终于忍无可忍，找到了他父亲，说如果他在学校待一天，先生就不去教书了。

鼎财爷爷也知道大姨夫不是块读书的料，便找了自己的姨表亲，让他拜师学木匠手艺。学艺的第一天，鼎财爷爷还担心，怕那师傅告状，结果当时仅有十几岁的大姨夫拿起那套家什，居然就入了迷，不再放下。鼎财爷爷见状，叹了一口气："看来我林家祖坟是缺少书卷气，出不了官人啦。"

读书不行，头脑却十分灵活，见师傅摆弄那些个工具，大姨夫在旁边观看着，暗暗记下了师傅的要领，依葫芦画瓢，不出半年，师傅便把他送了回来，鼎财爷爷以为他又犯浑，拿了祠堂中的戒尺正准备下手，却听那师傅说："你这孩子有灵性，我怕是教不了啦，再教下去我的饭碗也没了，族长您老还是给他再找个高明的师傅吧。"鼎财爷爷这才知道自己的儿子聪明透顶，师傅已经教不了啦。摆下一桌宴席，请家族中长辈悉数出席，在福州城里找了位细作师傅，乡村里的木匠也就是起厝上梁，而城里的师傅才是制作家具的里手，大姨夫过来，给师傅叩了三个响头，并耗费一笔资金给买了一套木匠工具，他便随着新的师傅进了城。

一晃三年过去，由于交通不便，大姨夫一直没有音讯，也就是过年时回来一趟。可有一天大姨夫突然跑回来，说是在城里待不下去了。鼎财爷爷再三严厉诘问，原来大姨夫在城里跟着师傅，起初倒还挺不错的，手艺也学有所成，后来给一户人家做家具，这家人过后却三番五次鸡蛋里挑骨头，想赖账不给工钱。师傅找了人上门去追讨，那户人家却仗着自己家族有些势力，硬是不给。结果大姨夫一怒之下，上门把那家人给狠揍了一顿，这才讨回工钱。没承想那户人家确实有些关节，据说是与省府主席陈仪长官有交情，犬仗虎威借势报了警，当警察署的公差来到师傅这儿抓人时，大姨夫只好溜之大吉。

除了学细木匠，大姨夫还借助自己的伶牙俐齿，结交了一帮子朋友，投师练起了拳术，别看他个头不高，也就一米五多一点不足一米六，平日里舞拳弄棒,再加上木工活的操劳,练就了肌肉强健膀大腰圆步法灵活的壮汉。

　　既然回到家里,那就老实待着吧,家族给大姨夫说了门亲事,媒婆牵线,结了亲,成了家,新娘子便是陈永弟的大姨。那一年是 1925 年 3 月,《福建民报》上说孙中山先生在北京去世,4 月,大姨大姨夫便结了婚。

　　在家待了一年多大姨夫也没闲着,找来一帮兄弟,由他当教头,成天地挥胳膊踢腿。他把在外挣来的几十块光洋,往老婆身前一丢,家中大事小活一概不问,整天地在外奔忙,就连儿子出生他也仅是回家看了一眼,任由自己的母亲操持。

　　老爹是族长,能说会道,儿子是远近闻名的武教头,孔武有力,这建富林家在村中渐渐得势,就连那在城里有公职的乡邻,也有事没事地来巴结一下,毕竟强龙不斗地头蛇。

　　建富是林鼎财爷爷的尊讳,而他老爸呢,也有大名,叫林成福,按照家族辈分排列,爷爷是建字辈,父亲是成字辈,到了他就是鼎字辈。鼎财出生那年是 1926 年,爷爷请村里的乡村小学教员一位老先生给看了生辰。早在大清朝时村里便有了私塾,延请一位未能考取功名的老学究任主讲,由林氏家族出资,就在祠堂里收拾一间空屋,从各家凑些桌椅,再从县城弄了块大木板,请老木匠给漆了层黑漆,就成了个学堂。村里自古就没出过读书人,之所以办这么个学堂,也是一些出过门在外漂泊过的人,因为不识字常常受人欺负,吃亏吃多了,也想争口气,希望村里的后辈不要再做睁眼瞎,至少会写自己的大名和村名吧。进入民国,私塾改成了国民小学堂,县里派来一位先生,是位中年人,他手持一纸委任令,说是要创办乡村国民小学堂,村里所有的儿童都得接受国民教育,这才有了所像样的学校。可毕竟只有一位先生忙不过来,原先那位老先生便予以留用,虽然他对新式的学堂并不了解,但有总比没有强。这位老先生也是林氏家族中的人,村中有些红白喜事需要文墨的,这位老先生便派上了用场,虽然有些老朽,也能充些门面。林建富把老先生请到家里,一杯自家酿制的青红酒、一碗鼎边糊先打发了他的肚子,再给他的水烟壶里装满烟丝,划亮火柴给他点上,老先生并不吱声,闭上眼咕噜噜不紧不慢地吸着,那铜制的水烟壶被摩挲得光滑透亮,缝隙处则结了厚厚的绿锈。

　　酒足饭饱烟抽足,老先生这才睁开眼,拿起一张红纸,上面写着鼎财的生辰八字，从带来的布包袱里拿出一本竖排的老书，那书封面都已破烂了，他还爱惜如珍。老先生用食指沾了唾沫，翻开书仔细查找，指着其中的一行，摇头晃脑地开始念叨："这孩子生来命硬，一生中虽然会遇着几次大的波折，但总会化险为夷平安度劫，至于小灾小难嘛，那根本不是事，不会对他造成大的伤害的。然一事须得明言：孩子这一生都发不了财，虽说吃穿不愁，却难有积蓄，成不了大气候。"

然后老先生一声长叹，说："时运不济啊！世风不古。"林建富问老先生叹气的缘故，老先生直摇头，说："堂堂民国，竟然一位报人无法安生。真是世风不古、世风不古啊。"然后又连连叹息。

老先生口中所说的报人，也就是福州人林白水，在外面办报纸的，很有些名气。原来这一年，著名报人、福州人林白水在北京被军阀杀害，老先生曾见过林白水，当面聆听过他的讲课，拜读过他的文章，深深为他的学识、人品所钦佩。林白水是福州闽侯人，曾在福州创办闽省第一所新式学堂"福州蒙学堂"，后来在上海与蔡元培、章太炎等人创办了"中国教育会"，不久去日本留学，学的是法政和新闻，也有人说他是我国留学外国专攻新闻的第一人。此间结识了宋教仁和孙中山，转而支持革命，加入了"光复会"，并得到孙中山手书"博爱"条幅。武昌起义胜利后成立中华民国，他回国任福建都督府政务院法制局局长和共和党福建支部长，并当选国会众议院议员，还被聘为总统府秘书兼直隶省督军署秘书长。而他的主要贡献则是在新闻界，他参与创办《中华白话报》《平和日刊》《新社会报》等报刊，在报纸上大胆著文，揭露军阀及政客的黑幕丑闻。1926 年 8 月 5 日，他在《社会日报》上刊文《官僚之运气》，揭露军阀张宗昌等人相互勾结、狼狈为奸的丑闻。当晚便被张宗昌逮捕，次日清晨被杀害于北京天桥。

老先生与林白水有数面之缘，林白水在福州期间与老先生多有诗词唱和，也曾相互拜访互赠诗文，俩人有锣有鼓有得对，意气相投脾性相近。此番林白水因仗义执言而惨遭杀害，老先生也忍不住悲从中来。

听了老先生一串半文半白的说辞，林建富倒也没什么表示，毕竟这些个读书人动辄将国家生民挂在嘴边的呻吟，老百姓听不懂，他只想让孙子平安一生，至于发不发财的无所谓啦。于是林建富给了老先生一吊铜钱，请老先生给孙子起个大号，既然缺财，那就叫鼎财吧，鼎是辈分，财是愿望。

2

林成福成了亲有了儿子,在家待了一年多,虽然每日出门忙些不咸不淡的事,像是很不得闲的样子,然而在乡下待得久了,整日面对这一条大江、满目沙埕,再有就是远处的五虎山,实在是淡出鸟来,他又觉得没啥可留恋的了。在一个寒风刺骨的午后,在鼎财还是幼儿的时候,林成福带着两个兄弟,驾着一叶小舟,悄悄地回到了福州城。先是找此前的几位老伙计打探一下,结果这一打探,把他自己乐得哑然失笑。

原来那家把他告上警察署的赖账东家,根本不是省府主席陈仪的什么亲信,仅仅是一家做鱼丸生意的小商户,他的店开在省府路。有一次夜间正准备关门,突然几位身穿中山装胸前戴着一块圆铭牌的人从店门前经过,见周边的商铺都已打烊,唯独这家门面狭小的鱼丸店还开着,便走进门来,打头的是一位头发斑白的老人,后面跟着五位年轻人,看得出来这些人都是官家的人,一个个装束打扮十分干练,尤其是领头的那老人,目光如炬,虽然皱纹不少,但面色红润气质极佳,头发梳得纹丝不乱。进了门老人笑着对店家说:"有什么吃的没有,快饿坏了。"

老人说的是外地口音,用福州来说就是"两格声"。店家经营十多年,察言观色的本事也是不小的,自打这一行人进门,他就看出来,这人的身份不会低,尤其是身后那五位跟班,个个都是身强力壮的高手。

店家十分殷勤地迎上前,拿抹布把桌子擦了一遍,然后说:"这位先生,我家是小本经营,专卖福州鱼丸。"

老人说:"那就来一碗吧。我们有事,要快。"

店家立即转身操持,其实那鱼丸都是现成的,而且刚才正准备关门,在锅里还煮了一些准备自己享用的,这时火候正好,立即拿起一个白瓷碗,搁点葱花,滴几滴虾油,摆入一个瓷勺,端上来。刚走到近前,旁边的年轻人立即上前拦住,双手接过轻轻地放在老人面前。老人也不客气,掂起小勺轻轻地舀起一小口汤,吹了吹热气,慢慢地送入口中,忍不住"哈"了一声,这一声把旁边的五位年轻人给吓了一跳,立即起身上前,店家也一哆嗦,只听老人说:"这么冷的天,喝上这一口热汤,真是难得!"

听了老人的话，众人这才放松，店家也赔着笑："官人，您老慢用。"

老人却叫住他："店家，给我这些兄弟一人来一碗。"

六人六碗鱼丸下肚，也就片刻工夫。老人起身，对店家说："你这店不错，以后有空，我还会再来。"

店家听到大受鼓舞，连声道谢，老人吩咐身边的人算账，店家连连推却，老人说："店家，你这是小本生意，你若不收钱，以后我可不敢来了。"身边的人放下一块银圆，簇拥着老人向门口走去。店家正想送到门口，后面两位年轻人一伸手拦住了他，他半步也不敢动弹，目送老人离开。

此后不久，有位年轻人上门，要求煮三份鱼丸，自己带着三个小罐，分别装好后放下钱，一句也不多言。此类事发生过几次，店家很是纳闷。有一次一位来店里吃鱼丸的客人随手将一份《福建民报》放在桌上，第一版有一张大照片，店家给客人上菜时，随意瞄了一眼那张报纸，看到了大照片，他定睛再看，也不多言，他终于知道那晚的神秘客人的身份了。

这位精明的店家借着此事做了些手脚，他并不大肆张扬，而是在与老客闲聊时，无意中稍微透露出一点点信息，引起众客的催问之后，他才四下顾望，故作神秘地一点一滴地泄露几句。消息几经转手，周边的人们知道了这家店，竟然是省府陈仪主席曾经光顾的店，从此小店生意大有起色。店家也是精明透顶，把省府主席曾经坐的那张桌子椅子给收拾一下，漆上了一层明漆，摆放在靠窗的位置，而且不再使用，旁边还用红绳给围了起来，虽然没有特意明言，但知道底细的人一看便明了：就是这张桌椅，省府陈仪主席曾经坐过。

当鼎财的老爸林成福与众位木匠受雇于店家开设分店时，这位店家已不像从前那般小心翼翼而是颇为高调，还真以为自己是一棵葱了，在与工匠商议装修格局时大吼大叫，仿佛天下无双，而要付工钱时，却又挑三拣四，不是嫌这儿做得不够细，就是怨那儿不够时髦，总之就是拖着工钱不付。终于林成福火冒三丈，挥拳就是一顿猛揍。这店家借机闹事，告到了警察署。说来也是巧合，警察局里副局长正在造局长的反，想把局长给推倒自己坐正，也听说这店家与省府主席有点牵连，便派了两个警员来抓林成福。林成福也是个机灵人，在警察局里早就拜了兄弟，警察人还没到，讯息就已送到，于是溜之大吉。

过了这些年，林成福悄悄回到城里，找到警察局的兄弟一打探，令人哭笑不得，此时陈仪主席已经调任南京，人走茶凉，这位鱼丸店的小老板也就失去了摆谱的资格。警察局里呢？局长已是坐稳宝座，副局长灰溜溜地卷铺盖走人。

　　听到这消息，林成福真是哑然失笑，没承想居然这么个结局。当然，他带着几个兄弟找到那家鱼丸店，不仅要回了工钱，还狠狠地敲诈了一笔小钱，之后把躲在福清乡下的师傅也请回来，在南台上杭路开了家木器行，师傅做总管，自己做店主。

　　台江全域有许多条河流，都与闽江相通，水运发达，借着这些个河汉的便利，自古台江就是商贾云集、店铺林立的地方。福州是个消费城市，自己没有什么物产，城内绝大部分的吃穿用，皆靠外运。而南台因为有河港的优势，所有的物资由大轮船海运而来，到了闽江口，再转小船驳运，沿着那一条条四通八达的河汉，通向各个商户。所以台江的大小河汉无论有名无名，基本上沿河都有许多石板铺就的小码头，货由小船运到码头，卸下后直接就进了商铺，这就形成了台江繁华的商业格局。这些个大街小巷里，南北货物、东西商品在此交汇，甚至远在日本、韩国以及南洋的珍稀货物，也不远万里来到福州城，成为大户人家的桌上山珍、厝中收存。

　　就在林成福的木器行开业之际，台江建起了六个码头，过去闽江上摆渡是没有固定码头的，都是由船老大目测，随便找个较为平坦方便停靠的地方，船靠上岸，人员下船，货物搬运出仓，然后船老大吆喝几声，岸上等候多时的需要坐船前往闽侯县上街、白沙甚至远达南平、樟湖坂的客商陆续上船。过去的船既没有固定的停泊地点，也没有固定的开船时间，随到随开，全凭船老大的个人意愿。当然，运货的船还是有固定时间段的，这个时间段不以人的意志为转移，而是要看闽江水势。水流平稳水位适中，开得就勤快，若是水流湍急，或是冬天水位太低，船就少。如果是在夏季，闽江水位猛涨，水急浪大，船行途中险情不断，谁都不愿意拿自己的性命去搏杀。要是再遇上台风，那闽江上基本就停航了。

　　台江码头的建设，给行船的人家提供了极大的便利，也给乘船的客商提供了安全和时间的保障。船泊停靠在固定的码头，人员上下及货物运输都有了平坦的场所，时间大大缩短，轮船航行也就相对有了固定的时间段。

这码头都是圆木搭桥的，每年都需要维修，一场大水过后码头往往会被冲毁，还得再建。好在码头边历来是不缺木料的，就地取材，找几个工匠，将大木料劈开为梁，粗大的梁打入淤泥中十余米，上面架横梁，铺上厚木板，这就成了。建码头的同时，由台江通往仓山的万寿桥也建成。其实这座桥早就有了，只不过因为地处闽江主航道，再加上每年夏季福州城常常"做风台"（这是福州话，也就是经常刮台风），桥被洪水毁坏。这次改建听说是由日本商会出资的，主桥还是像过去一样，由台江通往中洲，再由中洲连接仓山渡。

万寿桥通车的第二年，也就是公元1931年5月，王贤镇三兄弟在仓山建了一个食品厂，名为"民天"，主要生产鱼露、酱油和四半酒。为了打厂告创名牌，三兄弟舍血本四处做广告，趁着万寿新桥落成之际，借由交通便利，将产品运往全福州城，一时间，城里各街巷到处张贴着民天食品的广告，尤其是台江上下杭一带，商业繁华，商贾林立，民天的彩印广告贴满了墙壁。还有在大街上免费品尝的，这不，林成福小木器店刚开张，他站在街边店前招呼着诸位看热闹的捧场庆贺的亲友之际，民天的店员把一小瓶鱼露塞到他手中，他刚想开口问，那伙计已转身快速离开，奔向下一个目标。林成福苦笑一声，仔细端看手中的小瓶子，商标印刷得朴素而简洁，但有一句话吸引了他：福州人用福州的商品。

就像评话老人所说的天有不测风云，林成福这个小小的木器店是春末开张的，到了夏季"做风台"——刮台风，闽江发大水，整个中洲岛都被淹了。这夏天走水说大就大，也就片刻工夫整条上杭街都进了水，这儿的房厝大多是土木结构，下部用土夯筑而成，上部以木板相隔，这种屋厝一怕火烧二怕水淹，给这大水一泡，许多商铺都倒了，而上下杭的商铺中，不少都是前店后宅，店倒了，家也便没了，林成福的木器行在所难免。有的人哭天喊地叫妈祖，有的人烧香拜佛求护佑，有的人划着小船跑到龙顶岭上的武圣庙中，想给关公大老爷敬一炷香，祈求关大圣保佑，可是一路上水流湍急，好不容易跑到龙岭顶，却见那小小的山头已经站满了人，许多人都是家中被淹，只能登高避水，根本无法靠近关圣庙，只得作罢。

林成福倒没有拜神敬香，他叫上两个伙计，撑着一条小船，在自己店铺边游荡，操桨划船对于在江边生长的他来说驾轻就熟，之所以久久不愿离去,主要是想看看店中还有什么能够捞回来的。这一看不打紧,当人们都远远避水之时,他却敏锐地发现,水面上漂浮着许多大大小小的木料,有的是整根的圆木,有的则是已被锯成方料,还有的木料上用墨水写着店名。林成福灵机一动计上心来,他立即叫上两位伙计,三人一起动手用长篙把这些个木料给拉到近前,用一根长长的藤绳给拴住,趁着周边无人,找来一把竹刷子借着水将方料上的字迹给除去。由于闽江长年发大水,从上游或周边会夹带来许多木料,发洪水时人们只顾着逃命,谁还会去注意这些个漂浮在水面的木料。可林成福注意到了,他尽可能地把这些个木料都给集中拴住,直接拉到自家倒塌的店铺前,绑在一棵大榕树杈上。就这样大水闹了三天三夜,林成福与伙计们也折腾了三天三夜,当大水退去,人们纷纷找回自己的家当,开始重建家园时,嘿嘿,林成福的这些个木料可都有了用武之地。彼时家家户户都得重新起厝盖房子,即使不能盖个深宅大院,总得有个住的地方吧,木料成为抢手货。然而此时闽江航运尚未恢复,一些木器行存储的木料早已被大水冲得了无踪影,这时只有林成福那倒塌的店屋前,还有成捆的上百根木料。店还未建起,生意先开张了。当初那两位与林成福一同由乡下进城的伙计依壮和依强还想着看老板的笑话,逃命都不顾却想着捞木料,然而当他们看到眼前这兴隆的生意,不得不佩服老板的深谋远虑,也暗自叹息自己的短视,想想也难怪,要不然人家怎么能当老板呢?

整个台江区域,凡是在江河两岸,受灾最为严重,基本上十室九塌,木料抢手,可林成福还会看人售木,有的本行业的木匠前来购买,即使一时钱款无法到账,他也给开个优惠,或是以货易货,如以大米换木料,有的则是先赊欠,待有钱了再给。其中一位也是开木器行的郭木匠,一时无法筹措金钱,林成福毫不犹豫,让郭木匠先来选木料,把自家的房厝先建起来,待日后有钱再付也不迟。这位郭木匠家在福州东郊岳峰溪口,平日就与林成福过从甚密交情颇深,有人就说他们俩是"鼓楼前拾柴配"——一对亲兄弟。然而不久之后福州城里闹瘟疫,郭木匠又不幸传染一病不起,生意难以维持,欠的钱根本还不起了。这位郭木匠本来日子过得用福州土话来讲就是"朗朗重甲甲"——家境贫寒经济拮据,一家三口仅靠郭木匠平日给人做木工挣点生活费。看到这位仁兄如今这副模样,林成福不仅不催,郭木匠走的时候,他还送了一副棺木,搞得他声名鹊起,那郭木匠的家人对他千恩万谢,而其实他内心颇为有愧,为什么呢?因为在他捞的方料中,就有不少是这位郭木匠店中的料,只不过木料上的店名被他给刷掉了。当然,这事他一直藏在心里没有多语,给郭木匠送终,给他家人送上一份厚礼,也算是对郭木匠的补偿吧。之后林成福看到郭木匠的妻子带着一个十余岁的女儿度日艰难,正好隔壁新开张了一家扁肉铺,便帮忙牵线让郭木匠的遗孀去扁肉店里洗碗做小工,挣点钱养活女儿,而他自己方便的时候也帮衬一下。其实要是追究起来,那些个方料也不能算是林成福占为己有,在水上漂浮的,按老规矩就是无主货,谁捞到就归谁,毕竟捞木料也是要付出体力的。

自己本来就是学木匠的,虽然手艺不是最高,但毕竟有个根基,林成福开办的这家木器行,生意不是最红火的,但却是人气最旺的,为什么?因为他这个老板呀!别看林成福五短身材,却是个武术行家,浑身肌肉,刀枪舞得上下翻飞,再加上口才极好能说会道,结交了一帮子兄弟,要不怎么老话说在外靠朋友嘛!隔三岔五地他店里就聚集些人头,不是为了做生意,纯是为了凑一起海阔天空胡侃乱道唾沫横飞。这不,当地商会组建起了几个专业协会,木器行也组织了个商会,专门为解决同行内的纠纷。既然有了商会,谁来做头呢?别看这商会首领没有酬金,但毕竟是有利可图的。商会首领要从商会内部产生,那就是也得经营木器业的,要做生意就得凝聚人气,做了商会首领这人气就占了先机。几个候选人相互攻击争执不下,几位大佬再三磋商反复斟酌,最后达成一致:还是叫林成福来干吧。林成福开木器行还不到一年,就成了行业的会首,这个行业协会名为木帮商会。

3

福州的木器行颇为兴盛,从小处来说每家每户所用的木盆木桶,从大处来讲起厝上梁,都得用木料。福州的木料自古便是从闽北延平(今南平)府的建瓯、邵武或是沙县等地砍伐,木排经闽江顺流而下到达福州台江。这些个刚刚采伐的木料一路漂流经闽江水浸泡,渐渐脱去了所含的油脂,有经验的木匠是要将这些湿木料在空地上放置一年,待一年后该开裂的已经开裂,该脱脂的已经脱脂,那些个木料才是可用之材。

用木料的地方很多,福州城的百姓们生活中的起居日用,基本离不开木料,而林成福既有木匠的眼力,又有商贾的口才,再加上他木帮商会首领的身份,不久便有人上门求他给看木料,能不能做新房的主梁。有了这么些便利条件,林成福也不含糊,既给客户出些主意,也给商户想些点子,买卖双方对他都挺满意。接二连三地居中谈成了几笔交易之后,林成福干脆把木器店交给账房先生经营,自己专心致志地客串起了"牙人",这是福州土话,用现代的语言来说,就是中介。

林成福既是木器行业的商会首领,又是木器行的牙人,还兼着自己开店,不过他做事公道、为人正派,出手也大方,倒还真令人刮目相看。他做牙人时,既为店家考虑,赔本的生意肯定没人愿意做,也为买家把关压价,这样一来,买卖双方都说他好,他里外都是好人。而他自己的店也尽量童叟无欺诚信经营,更为关键的是,作为商人他当然重利,作为市民他又有点痞子气,作为江湖人他又极为讲义气,因此身边时不时地聚集一些人,围着他一起讨生活。

1931 年"九·一八"事变,小日本占领了东三省,消息通过进步的学生在市民中传开,月底福州工商界宣布抵制日货,在上下杭一带商业密集区域散发传单,还有不少协和大学、华南女子学院的大学生带着一群中学生上街,向路人宣传抗日,尤其是向商家宣传抵制日货。林成福本就对那些个作威作福的官绅不满,毕竟在父亲督促下读过几年书,他也深深懂得作为中国人就要爱自己的国家。再加上他本是经营木器行的,从闽北运来木料,制成各种生活用品出售,与日本货没有丝毫牵绊,因此对于抵制日货他是举双手赞成。木器行商会还推举他为抵制日货的头人,负责联络了几家商会,大家共同商议,从此不再经营日本货。不久日本的一艘炮舰"圆岛"号从外海开进闽江口,对福州百姓的反日活动进行威胁,省政府发布戒严令,禁止所有反日活动,尤其禁止集会宣传。结果几十个学校的学生一起到省政府请愿,尤其是第二年元旦之后的 1 月 2 日,各校的学生在福州西湖公园集会,进行抗日宣传,期间竟然有日本驻福州领事及日本正副舰长拎着手枪冲到会场,撕毁标语并威胁学生,结果被愤怒的学生一顿猛揍,在警察的掩护下落荒而逃。1921 年 9 月 30 日,福州城内有 30 多个社会团体经过多次协商,共同成立了一个名为"救国联合会"的组织,林成福作为台江木器行的商会首领,也参加了筹备并成为这个组织的理事,此后他曾多次参加此类的反日货活动。有一天林成福不在，店里来了三个穿中山装的人，他们进店后对伙计说要找林老板，伙计答老板不在，这三个人四下里看了看，从口袋中掏出一本蓝色的证件，对伙计晃了晃，并且故意露出腰中别着的手枪说："告诉你们林老板，乖乖地做他的生意，不要惹是生非。"

傍晚林成福回到店里，伙计战战兢兢地把这事一说，林成福立即通过兄弟们四下里打听，结果从警察局传来的消息说：这些人是国民党省党部的，不好惹。此后林成福收敛了一些，做事更加审慎，当然有些事他是秘密地去做，绝不会向外人透露的。

也就是在这一年夏季，国民革命军十九路军的一部开进福州，建立了绥靖公署，由蒋光鼐担任公署主任。此后福州的交通及治安皆由十九路军负责，省政府的命令无法落地，市民大多听命于绥靖公署，对于百姓抗日的活动不再压制，而停泊在闽江上的日舰也灰溜溜地开回公海。到了年底，蒋光鼐出任福建省政府主席，十九路军绥靖公署主任换蔡廷锴。

当时市面上流传着许多传言，有的说十九路军要闹事，有的说早该闹了，但许多老人都说，最好不要闹，兵火无情，最终倒霉的还是老百姓。也有人找到林成福，介绍他认识一些十九路军的头面人物，以便获取更大的利益。林成福倒也不推辞，不过都找借口给推掉了。有兄弟私下问他，为什么不趁机搞事，建立一下自己的势力、弄点实惠呢？林成福微微一笑，十九路军的官兵大多是广东仔，这些丘八草头王今天在福州城里充大爷，明天他们开走了可以回广东去，我们怎么办？日子都是要过的，还是稳妥一些吧。

有些人听了觉得有理，但也有些人不以为然，尤其是几位原先跟着他的人，在军队里找到了新的靠山，便离他而去。林成福毫不在意，任其自然。不过私下里，他也利用各种机缘，在各个方面建立起自己的眼线，总之就是谁也不得罪，或许今后用得着。另外他也在暗中存银圆，多年的江湖使他明白一个道理，用福州土话说就是：手里没把米，呼鸡都不理，手中要是没点硬通货，万一有事做什么都不灵光。

1933年年底，正如街面上的传言一般，十九路军起事了。十九路军的将领陈铭枢、蒋光鼐、蔡廷锴等人联合了国民党内部分反蒋势力，发动了"福建事变"，简称为"闽变"。11月20日，李济深等人在福州召开中国人民临时代表大会，发表《人民权利宣言》，福建事变爆发。11月21日，李济深等通电脱离国民党，随后联合第三党和神州国光社成员发起成立生产人民党，以陈铭枢为总书记。11 月 22 日"中华共和国人民革命政府"正式宣布成立，由李济深、陈铭枢、陈友仁、冯玉祥（余心清代）、黄琪翔、戴戟、蒋光鼐、蔡廷锴、徐谦、何公敢、李章达等 11 人组成人民革命政府委员，由李济深担任主席。废除南京政府年号，将 1933 年定为"中华共和国元年"，福州为中华共和国首都，宣布革命政府的中心任务是外求民族解放，排除帝国主义在华势力；内求打倒军阀，推翻国民党统治，实现人民民主自由，发展国民经济，解放工农劳苦群众。中华共和国人民革命政府成立后，受到各地民众和海外华侨的拥护，但同时也遭到蒋介石政府的舆论攻击和军事镇压。仅仅一个月之后蒋介石抽调进攻江西苏区的嫡系部队十余万人，以卫立煌、张治中、蒋鼎文为三路前敌总指挥，在海、空军的配合下，由江西东部和浙江西部分路进攻延平、古田等地。卫立煌行动迅速，很快抵达福建北部，对十九路军形成夹击之势。刚刚成立不到百日的"人民革命政府"由于内部不团结，许多事情还没有商定，就宣告夭折了。卫立煌为了截断十九路军经泉州退入广东的道路，又迅速行军，隐蔽地绕到闽江以南进行阻击。同时，蒋介石大撒金钱，收买十九路军高级将领，使其内部自乱阵脚，军长师长几乎全部向中央军投诚。1934 年 1 月上、中旬，延平、古田、福州先后被蒋军占领，中华共和国人民革命政府和十九路军总部分别迁往漳州和泉州。21日，在蒋介石分化瓦解和优势兵力的攻击下，泉州、漳州相继失守，福建事变终告失败。李济深、陈铭枢、蒋光鼐、蔡廷锴逃往香港，第十九路军的番号被取消，军队被蒋介石改编，保留六十、六十一、七十八师三个主力师番号，军官大多调整为黄埔系。

当初十九路军得势时，福州的百姓并不知多少内情，只觉得人心惶惶，市面萧条，百姓没事不敢出门，生怕惹祸上身。小桥警察局的几个警察平日与林成福交好，此时生怕性命不保，纷纷跑到林成福的店中避祸。林成福把他们都安置在地下仓库内，下面有一条通道直通店后的河道，还备了一条运货的船，遇有兵祸，他们可以乘船迅速离开。隔壁扁肉店前几天便已关门，郭木匠遗孀及女儿也跑到他店中，他派人连夜将母女送往乡下躲避。

果不其然，十九路军撤退之际，中亭街一带商铺被洗劫一空，紧闭的店门被砸开，凡是值钱的金银细软统统丢失。好在人们早有准备，将值钱的物品转移出去,损失的也就是些拿不走的笨重物件。

十九路军撤走,林成福带着几个穿便衣的警察回到店中,门板被砸破歪在一边,家中物品十有九失,好在他这是木器行,那些个堆积在后厝的木料虽然乱了,但并没短少,相比较而言,那些个开金银器的商铺损失可就大了。

1934年1月初,福建成立地方维持会,萨镇冰担任会长,次日陈绍宽率领的海军陆战队从马尾进入福州。这两位都是福州名人,是海军的将领,两人出面共同维持,很快使福州安顿下来,台江一带商铺收拾一番便开门营业。不久警察开始肃匪清市,那些个与十九路军走得近的人便开始倒霉了,而被林成福救了的那几个警察不仅官复原职,且先后都担任了要职,比如与他相识日久的永泰人鲍警官便升任警长,这为日后林成福让自己儿子当警察打下了牢固的人缘基础。

林成福还给儿子定了一门亲事。

十九路军退却后,林成福又把郭木匠的遗孀和女儿从乡下接回来,让孤儿寡母住进了自己刚刚购置的宅院里,平日帮忙扫扫地擦擦桌子做顿饭,还送那女孩儿去学堂识几个字。这小姑娘比鼎财大两岁,不过在福州乡下有句颇流行的话:女大两黄金日日涨。与她母亲一说合,母亲对林成福的救命之恩感激还来不及呢,当然满口答应,这女孩儿便成了林鼎财的媳妇。然而这还没完,林鼎财不仅有了老婆,不久还有了个同父异母的弟弟。

当时林鼎财仅仅7岁,随着母亲来过福州城里,逛也逛了,玩也玩了,没事还跑到于山爬到了白塔顶上,远远望着南校场旁边的关公庙,还有一条长长的公路,公路两边树着整齐的木杆子电线杆,一辆辆公交车缓慢地驶过。

父亲说要送他去学堂念书,地方都找好了,还是新式学堂,离自己家不远,叫什么双虹小学。可是林鼎财在家里野惯了,不想去读书,又不好向父亲推托,于是对父亲说,如果表弟陈永弟能和他一起,他就去上学。陈永弟对于林成福来说,也不是外人,毕竟是自己小姨子的儿子,看着长大,而且与鼎财自小就形影不离,虽然老婆看不起她妹妹家,但儿子却偏偏与这穷表弟最为合拍。林成福长年不在家,对儿子难得顾及,心想都是小孩子,在一起生活也没有什么不好。既然儿子提出要和表弟一起上学,干脆就让他们俩一起来吧，如果是读书的料，也不枉一番心血，假若两人中能有一个有出息成了读书人，也算是做了功德，要是俩人都不争气，日后学门手艺什么的，能写自己的名字算算小账也不错。

于是林成福不顾老婆反对，托人回乡里与陈永弟的父母亲商量，把陈永弟接到了城里与林鼎财一起读书，一概费用都由他出，能不能读出个功名来，那就看他们的造化了。天下不太平，世道多坎坷，乡里乡亲的，不论贫富，能帮就帮一把，也算是对老天爷有个交代吧。今后即使没有什么大的出息，回家乡时面对列祖列宗，也能够心安理得步子稳，不必提心吊胆怕恶人。

第三章　求学

人世多艰,水火无情,面对突如其来的自然灾害,人们常常感觉渺小和无助,看到城里许多家庭流离失所,看到自己的同学家中突遭变故而致赤贫,陈永弟幼小的心灵中渐渐生产出一种无助和无奈,他觉得:这世道真是太不公平了!为什么这么多人会深陷这泥淖之中而无力自拔呢?

1

1935年初春,此时陈永弟正好7岁,与8岁的表哥林鼎财乘坐一艘运送木炭的小货船,离开了家乡,前往福州城读书。这是陈永弟第一次离开家,虽然以前也随父母进城里走亲戚,但那最多也就一两天,而此行,恐怕相当长一段时间无法与父母相见了。

起初母亲舍不得让年幼的陈永弟离开身边,可父亲说,趁着年轻去城里闯一闯,能学点手艺最好,也不用一辈子窝在草棚里挨饿受冻了。

母亲整理了几件换洗的衣服,裹成一个小包,在包里偷偷放进几张福建东南银行发行的钞票。这些钞票是去年才刚刚换的,乡里摊派到每家每户,说是从此就用这个钞票,原先的银圆不能再用了。虽然农村人本来就没有多少家产,但这珍存的银圆还是有那么三五块的,在乡保长再三上门劝说加威胁下,只好拿出一两块来换成这种新钞票。进入民国之后这种钞票多次发行多次废止,乡民们最怕这么穷折腾,少得可怜家产就在这钞票的倒换之中流于无形,因此在乡下基本上是以货易货,渔民们用打来的鱼去换点粮食、布匹或日用品,很少用到这种没有根基的钱,可陈永弟要进城里去了,虽然不多,总要带上点。

说起来陈永弟和林鼎财去的正是时候,百年不遇的事让他们赶上了。

一艘运木炭的货船名叫"闽光"号,沿着狭长的小穆溪一路穿行。初春时节两岸的桃花盛开,一朵朵娇艳柔媚的鲜花一路飘香,微风吹拂,那细碎的花瓣纷纷扬扬地从树上飘落,浮荡在碧绿的河水上,顺着水流缓缓流淌。陈永弟想起年前在乡下读私塾时,曾听过老先生讲一首古诗,是明朝时福州书生卢枸的《台江》:"日暖沙鸥戏水眠,春花春草自芊芊。美人迟暮伤南浦,回首台江正可怜。"他要去的地方正是福州台江,望着眼前一江春水,自然而然地就想到了这位曾在明朝崇祯年间考上庠生的书生的诗作,或许是冥冥之中对未来的预知和感悟吧。

由于运载着沉重的货物,又是逆流,因此船行驶比较慢,大人们都忙着操船划桨,无暇顾及两个小孩,放任他们在船上又蹦又跳前后乱窜。

上路之时日头还未露脸,到达台江码头月牙已高挂天幕,黑黢黢的路上一排木质电杆,一盏盏昏暗的路灯在狭窄的街巷中闪耀。码头上,一个十几岁的小姑娘坐在石阶上,静静地等候着。看到他们乘坐的"闽光"号货船靠岸,便起身上前,等在前方。

看见两个小孩下船了,小姑娘走上前问道:"是林鼎财和陈永弟吗?"两人吓一跳,林鼎财问:"你是谁?"

"我是你姐,你爸叫我来接你。"

"你认识我爸?"林鼎财不相信。

"你爸林成福,他去建瓯购买木材了,要几天呢,他叫我来接你们。"

林鼎财这才放心,不过忍不住好奇,又问了一句:"你叫什么?"

"郭叶香。"

一听这名字,林鼎财立即不说话了,父亲上次回家时与母亲说过,给自己说了一门亲事,女的比他大两岁,名叫郭叶香,原来就是眼前这位。毕竟还是孩子,对这类事还有些懵懵懂懂,但也知道自己是有老婆的人,与小伙伴们说话时理直气壮,可今天真正见到了人,得知眼前这位就是自己的老婆,却反倒有点害羞了。

女孩子早熟,看到眼前这小男人倒没什么反应,反正干爸对自己及母亲不错,早晚也是要嫁人的,她就十分乖巧听话,老娘叫自己来码头接人她就来了。不过从她的脸上,可以清晰地看到她对林鼎财的冷淡,甚至是骨子里流露出的蔑视。原本能说会道天不怕地不怕活泼好动的林鼎财此时却一语不发地跟在郭叶香身后,不敢吭声。可陈永弟并不知就里,内心里充满了好奇,跟在这位郭姐姐的身后,一路问个不休。最后把郭姐姐给问得不耐烦了,抛出一句话:"以后你就会知道。"永弟知道自己该闭嘴了,也不再言语。

郭叶香满脸不屑地带着这两个小依弟走大街穿小巷,七拐八弯地来到位于上杭路的家中,也就是林成福开的木器店中。小时候林鼎财曾与母亲来过,而陈永弟则是第一次来。进了门,郭叶香的母亲郭依嫂把做好的饭菜端出来,也就是浦城大米饭,配上一盘空心菜和番薯叶,再加上一碟清蒸闽江鱼。林鼎财和陈永弟一整天在船上都没好好吃饭,于是狼吞虎咽地很快干掉一碗,郭依嫂又给他们盛上一碗,还用小碟子装了一点点虾油,让他们蘸着清蒸鱼吃。

到底是城里的生活,永弟在家中很少能吃到纯正的大米饭,大都是杂碎陈米中掺了番薯,更多的时候就只是番薯,有时候把番薯切丝晒干后磨成粉,做成番薯饼,但毕竟还是番薯。其实这番薯吃多了会产生胃酸,吃的时候最好配点酸菜或是咸菜,这样就不会反胃了——这也是母亲教给他的。现在到了城里,竟然能吃上大米干饭,这让永弟觉得城里的生活真正好。

夜深了上床睡觉,床是两条长凳架起一块木板,上面铺着厚厚的稻草,然后是一张草席,再一块家织粗布床垫,盖的是一床蓝底白条纹的粗布棉被。虽然床和被子都比自家的好,但永弟失眠了。在家里时四周寂静,只是房屋比较破旧,隔不断窗外虫鸣鸟叫;而在城里,除了虫鸣鸟叫之外,还有木拖鞋叩击石板路的"嗒嗒"声、人力车飞快驶过的车铃声、市场上吆喝叫卖讨价还价的吼叫声,远不如自家那般安稳与闲适。

陈永弟睁大了眼睛,在暗夜中盯着天花板上贴的旧报纸,商铺的叫卖声早已停歇,冷风顺着窗缝悄悄地然而又是强力地侵袭进来,吹得那几张破旧的报纸呼啦啦地鸣唱着,一小股冷风透过报纸的破洞正好吹在他的脸上,他转过身换了个姿势,躲避这一缕扎肉的寒风。虽说已是春季,倒春寒依然令人瑟缩不已。

翌日一大早,郭叶香就站在门外叫他们起床,把那扇摇摇欲坠的门给拍得噼啪响。他俩应了一声,一骨碌起身穿好衣裳,就着冰凉的井水洗把脸。郭依嫂早已做好早饭端上桌,一人一大碗鼎边糊,就着一块叠饼,还有两片民天食品公司的酱菜。

鼎边糊是福州特有的一道小吃,也称为锅边糊。福州方言中夹杂着许多古汉语,"鼎"就是锅的意思。锅边糊始于何时无从查考,有传说古时有一家主妇磨了米浆准备蒸九重粿,临时来了客人,家里煮的饭不够吃,主妇灵机一动,将早上刚刚磨好的米浆倒在烧着菜的锅边,成熟后刮下来,加入调料盛入碗中,既做菜又当饭,客人吃得甚为满意,大大夸奖一番,并询问这道美食叫什么,主妇难以回答,想到刚才是在锅边倒了一圈米浆成了糊,就随口应道:鼎边糊。不久这种吃法就在福州城传开,因为做法简便,味道鲜美,家家争相效仿,成为福州的一道特色名小吃。可以这么说,福州的小吃店都会做鼎边糊,所有的福州人都吃过鼎边糊,所有来过福州的外地人也都品尝过鼎边糊。

鼎边糊的制作方法较为简单,首先是磨米浆:将大米用清水浸泡 2 小时,洗净捞起,加清水磨成浓浆。第二是制虾汤:将小虾装进小纱布袋内、别口,放入锅内,加水用中火熬成虾汤。第三则要制辅料:小丁香鱼干除去杂质,泡发香菇洗净切丝,葱、蒜洗净切段,用油锅煸熟。最后才是制糊:一口大锅加入清水,大火烧至七成热时,在锅的内壁抹一圈花生油,舀米浆一碗由左向右沿锅边浇一圈,将锅盖严,焖烧片刻揭盖,待锅边的米浆烙熟起卷时,用锅铲将米浆铲入锅中,放入丁香鱼、虾米、虾油、香菇丝等,煮熟后装碗即可食用。一碗上好的鼎边糊色白质嫩,具有浓郁的渔家风味。

而叠饼是福州话的发音,也就是一种小油饼,先是备料,还是米浆,加点食用碱并调味,一口烧热的油锅,一把扁平的小圆勺内先浇一勺米浆做底料,中间搁几粒拌过紫菜的新鲜海蛎为主馅,上面再浇一层米浆敷面,下油锅炸。上面炸得脆黄,下面还只嫩黄,待膨胀鼓起后出锅,趁热吃口味最佳。

两个小依弟一人一大碗鼎边糊再加两块叠饼,擦一擦嘴,背上个小小的布书包,对着郭依嫂说一声"谢谢依婶",跟着郭叶香离开家,朝学校走去。

他们两人安身的这个地方,与众多台江上下杭的民居一样,既然是繁华的商业区,自然有着众多的商铺,基本上都是一个格局:前店后家。前门安在热闹的通衢大街上,开着一个不小的店门,招揽着过往的客户;后院则是自家的住宅,相对较为僻静,为便于运送货物,后门往往紧靠着大大小小的河汉,所有往来的货物,不管是进货还是出货,都能十分便利地从后门直接装船运送。

为不打扰前面商铺的营业,兄弟俩在姐姐郭叶香的带领下,从后门自家宅院中走出来,沿着一条狭长的小弄,七拐八弯地向前走着。他们俩初来乍到,没转几个弯就给弄糊涂了,分不清东西南北,要不是郭叶香在前领路,他们肯定找不着北了。其实路不远,也就一杯茶的工夫,来到一条小巷,有个充满着浓郁乡情的名称:菜园墩巷。

之所以得此名,说来很简单:这儿原本是一片菜地,自清朝末年至民国初年,许多福州近郊的乡民纷纷迁入城里求寻一碗饭吃,这儿有人开荒种菜,渐渐地人多了,便搭起棚子住人,甚至摆起摊子经商,随着人口渐渐稠密,原来的菜地渐渐消失,而今已成为一片民居,但名称依然保存着。

菜园墩巷位于台江达道河畔中段,属于台江后洲达江路,至今这条巷子依然存在着。在郭叶香带领下,兄弟俩走着走着就看到一个小小的校园,一墙之隔,里面传出读书声,读的是国民小学课本:"来,来,来上学……"大门上挂着一块牌匾,上书四个字:双虹小学。这儿便是兄弟俩今后几年读书求学的地方。

他们跟随郭叶香走进小学校,门口的门房问了一句,郭叶香回答说:"是来上学的,先生让带进去。"门房不再言语。陈永弟边走边往两边看,都是些老旧的平房,中间一栋房子上还有一块石牌匾,上面写着"双虹书院",他想:可能以前这儿是个书院,后来改名字叫小学了。来到一座小庙,这是学校的办公区。郭叶香领着他们走到一个门前,旁边挂了一块小木头牌子,上面写着:校长室。郭叶香十分熟练地伸手在门边轻轻敲了三下,里面有人说:"请进来。"郭叶香推门进去,他们也紧跟着,一声不敢吭。

屋子不大,靠窗摆着一张木头的办公桌,一把靠背椅,一位头发斑白的老先生正捏着一支毛笔在写字。郭叶香走上前,立正,恭敬地一鞠躬:"先生。"

老先生抬起头看了一眼:"噢,是郭叶香同学。"

"先生,这两位就是我舅舅说的来上学的新生。"

林鼎财的父亲自从与郭叶香的母亲住一起后,母亲就让她喊林成福为"舅舅",自小开始已经喊了几年。

老先生用和蔼的目光看着眼前这两个学生，陈永弟有点怕这老头，只见他穿着一身蓝布长衫，下巴上留着一抹花白的长须，戴着一副圆圆的厚眼镜，两片模糊的镜片后面，是一双笑得眯起来的细眼。

老先生放下手中的毛笔，起身看着他们俩，问："你们愿意来上学吗？"

两人谁也没开腔。

老先生又笑了。

陈永弟感觉这老先生挺和蔼的，于是壮起胆子说："愿意——"

"好，好。"老先生说，"小孩子就是要上学读书，这样才能明理启智。"

老先生问他们的名字，填记在登记簿上。之后老先生叫郭叶香带他们去一年级，见任课先生。

出了门，林鼎财问："姐，这老依伯是谁？"

郭叶香回头盯了林鼎财一眼，爱理不理地说："是校长，蔡训忠蔡先生。"

来到一年级，见到任课老师，是一位年近三十的妇女，一件月白色对襟扣上衣，一条薄呢长裙，看上去大方、体面且有教养。郭叶香又是上前一步，一个立正，向先生鞠躬，轻声地喊道："先生。"然后转向他们说："这是你们的老师阮先生，以后你们就要跟着阮先生学习。"两人也亦步亦趋地立正，给先生鞠躬。之后郭叶香叮嘱他们："下课后在门口等着，一起回家。"然后转身走了。郭叶香也在这个学校读书，只不过比林鼎财和陈永弟高两个年级，正好上三年级。

阮先生把林鼎财和陈永弟叫到教室里，给他们安排了座位，发给他们三本习字本和一本课本，是《开明国语课本》第一册，封面上绘着一幅画：校园门口，两位学生正在给先生弯腰行礼，先生也给学生回礼。陈永弟迫不及待地打开课本翻看着，第一课是"起床"，全部是画，第二课是"上学"。书面上印着"叶圣陶编，丰子恺画"。只不过这些字陈永弟并不认识，他是后来才看懂的。

2

发完了课本，任课老师阮先生让大家到外面排队集合，准备召开新学年师生会。

这是一所国民完全小学，那时的学校学生并不多，从一年级至五年级，每个年级只有一个班，每个班最多也就 20 多人，全校学生百余人，加上任课老师也就 150 人左右。

一年级新生还从未列过队，阮先生最早把他们从班上叫出来集合，从高到矮排好了队形，男生一排在后，女生一排在前，当他们列队整齐后，高年级的同学也先后走出教室，自动排好队形。

先生们站在队伍的后面，校长从办公室走出来。他站在前方一个台子上，立正后向全体同学鞠了一个躬，学生们也纷纷鞠躬回礼。看着身边高年级同学的模样，一年级新生也跟着回礼。由于队列靠得太近，陈永弟鞠躬时脑袋碰到了前面的同学，那位同学"哎哟"一声往前冲去，引得大家哄堂大笑。

校长也跟着笑了起来，但他不以为意，清了清嗓子，捋了捋下巴上的长髯，朗声说道："同学们，新的学年又开学了。在场的许多人都认识我，也有不认识的，在此我做一个自我介绍，我叫蔡训忠。蔡是历史上改造了造纸术的蔡伦的那个蔡，训呢是训练的训，也是训示的训，忠是忠心耿耿的忠，赤胆忠心的忠。今天我蔡某人不怕误人子弟，在这里就要给大家训示一番，以表达一下我对国家对学校对诸位师生的忠心。"

听了蔡先生的一番开场白，下面的许多同学都笑起来，队伍后边的先生们也笑声连连。

蔡先生继续训示："每次开学，我都要给大家讲一讲我们这所学校的创办经历，今天，也不例外。虽然你们很多人都听过我讲学校历史，但是今天还要讲。一来是我们有了新生，二来孔夫子云：温故而知新。因此，在这里我还是要讲上一讲。"

停顿了一下，蔡校长开口问道："我们这个学校叫什么？"

在场的学生一齐高喊："双虹小学！"

"对，我们的学校名叫双虹小学。可是为什么叫这个名字呢？"

学生们回答不上来，或者是能回答，但不愿破坏这刚刚激励起来的气氛。

蔡校长再次捋捋胡须："我们这个学校名叫双虹小学，创办于 1928 年。

创办人是林亨元、郑太初、王书锦、王仰前,以及在下。之所以叫双虹小学,因为学校的前身,是创办于清朝的双虹书院。大家可以看到,在我们旁边的墙上,镶嵌着一块石碑,上面有四个大字,这,就是当年创办书院的时候留下的。"

大家齐刷刷地扭头看向旁边,一堵白色的墙壁正中央嵌着一块麻石碑刻。

"学校创办之初,林亨元先生是校长,鄙人为校董之一。后来林先生去了上海,鄙人继任校长之职。在这里,鄙人庄重向大家做出承诺,一定要殚精竭虑呕心沥血,把我们的学校办成学文化、重教养、育人才的山林,而在场的诸位,今天是莘莘学子,明天就是社会的栋梁、国家的希望。"

全场掌声雷动,听众热血沸腾。陈永弟听得一知半解,他觉得有点奇怪,好好的一座学校怎么变成山林了?啥是栋梁?校长为什么要呕心沥血呢?但他也能感觉到,校长蔡先生的训示,一定是在鼓励大家努力学习的。

陈永弟在城里开始了新的生活,姨夫对他也不错,刚从闽北购买木材回来,就来到他住的小屋,看看他盖的被子厚不厚,下面铺的稻草够不够。但姨夫的生意挺忙,又兼中介牙人,还是木器行的会头,经常有人来找,不是在店里就是在火神庙里议事,陈永弟大多是跟表哥鼎财,以及姐姐叶香一起。但这儿毕竟不是自己的家,正如福州老话所说:金屋银屋不如草屋。意思是人家的东西再好,也是人家的;自己的东西再差,可那是自己的。因此他总有些寄人篱下的凄凉,他只能是默默地学习,不敢多言。

倒是表哥林鼎财,不像永弟第一次进城,他与母亲来过好几次了。到了城里,他就像一只失去了牵拉绳的风筝,在广阔的天地间自由地飞翔。

有一天下午,永弟与表哥一同去上学,开学已经两个月了,姐姐郭叶香不再带他们,而是跟自己的同学一起走,表兄弟俩只好结伴一同去上学。走到尚书庙门前,表哥伸头向四周望了望,也不多言,拉着永弟就走进了庙中。

尚书庙是祭祀陈文龙的,国文老师上课时有讲到。陈文龙是福建兴化府人,南宋时考中进士,做过朝廷的重要官员,蒙古人打进来时,他积极组织兵勇抗击元军,后被俘绝食而死。明朝永乐年间皇帝诏封陈文龙为福州府城隍,又因为在民间传说中他能保佑航运和渔业,加封为水部尚书和镇海王,福州人便称他为尚书公。清乾隆皇帝也曾加封陈文龙为镇海王。这个尚书庙便是为纪念这位抗元英雄而建的。其实在福州不仅有这一座尚书庙,就是在南台也有好几座尚书庙。不过,万寿桥边的这座尚书庙一直被视为祖庙,其他的庙都是从这儿分坛设立的。这座尚书庙在历史上曾有过辉煌的纪录:明清时期科举考试之后,历朝皇帝都要委派新科状元率册封团赴琉球(今日本冲绳)、台湾册封当地官员。册封团海上行船路途艰险,为祈求平安,将陈文龙列为保护神立于船中祭拜。由此,在福州民俗中就有"官船拜陈文龙、民船拜妈祖"的说法。闽台及东南亚一带都将陈文龙视为海上保护神,仅在台湾,保存完好的陈文龙庙就有 16 座之多,东南亚一带也能看到不少尚书庙。在福州,民国时福建督军李厚基、省长萨镇冰,以及清朝时福州知府叶大庄等都曾捐款对尚书庙进行修缮。严复还为祖庙题写镌刻了三副石柱联,其中大殿正门的草书联为:"十万家饭美鱼香,惟神之助;百余乡风清魔伏,为民所依。"他还赋诗一首:"天水亡来六百年,精灵犹得接前贤。而今庙貌重新了,帐里英风总肃然。"

进到庙中听见好一阵锣鼓响,原来正在演戏,什么戏?福州评话。陈永弟很想去上学,但抵不住表哥的再三恳求,只好顿下心来,陪伴着表哥看戏。可是看着看着,他自己都情不自禁地被吸引了。

但见正中一排佛龛,一间间窗户内供奉着几尊神像,正中的当然就是尚书陈文龙了。面对着佛龛,则是一个戏台,两边两个台子,中间一条是走道,此时走道上方已被厚厚的木板铺上,形成一个完整的舞台,而观众只能从两边的走道进出。

戏台中央一张木桌一方木凳,观众分坐台前,两侧的楼上还各有两排包座,那是给有头脸的富贵人坐的,还配有桌子,摆着些瓜子、蜜饯和茶水。庙内黑压压的人头攒动,好戏还未开场,人们天南海北闲聊着,静静地等待着。不一会儿,说评话的演员准时出现,观众们七嘴八舌地欢呼起来:"先生来啦,欢迎先生!"噼里啪啦响起一阵凌乱的掌声。先生也含着笑颜有些得意地说:"哎呀,还鼓掌啊?"

先生走上舞台,落座,掏出一个德化出产的大号白瓷茶杯,沏上一杯福州茉莉花茶,从包中相继摸出惊堂木、小金镲、折扇等用品,一一摆在桌上。掏出一条毛巾,擦一把脸上的汗,随意地与近前的观众们聊起来。聊的都是些家常事,诸如柴米油盐等等。你可别小瞧了先生这番闲聊,他一方面是喘口气,让呼吸顺畅,另一方面也是在和观众进行交流,还有一个原因乃是在酝酿感情。

约莫过了十几分钟,茶沏好了,气也喘匀了,与观众们的说笑也达到了一个高潮。先生掀开杯盖,轻轻吹去表面的浮沫,慢慢呷了一口,嫌稍有点烫,不过那一缕缕茉莉花的香气却氤氲着弥漫开来,溢满四座。

先生气定神闲,摸起桌上的惊堂木,"砰"的一声清脆响亮,刚才还闹哄哄的人群顿时安静下来。先生看看四周一双双渴望的眼睛,不疾不徐地拿起折扇,"啪"地一下子十分灵巧地带有表演性质地把折扇给打开,象征性地扇了几下,终于开口了。

"话说天下大小事,忠肝义胆第一事。桃花园里三结义,惊天动地美名传。"一段三国故事在先生声情并茂的演绎中生动再现,把陈永弟听得目不转睛,他甚至都忘记了要上学。

终于听完了这一场评话,陈永弟从紧张曲折的情节中猛然惊醒:"坏了坏了,该死啦,要上学啦!"

表哥在一旁笑嘻嘻地说:"还上学?这都要放学啦。"

陈永弟忐忑地走回家,仿佛预感到了前途的曲折,而表哥却一脸的无所谓有说有笑地走着。果然正如陈永弟的预感一样,刚拐了一个弯来到家门口,就看到任课老师身着素色藏青旗袍的阮先生一脸阴沉地在家门前等着了……

3

送走了先生,林成福一脸玩味地看着表兄弟两人:"两位大少爷,很会享福啊,挺有身份啊,不好好去学堂读书,居然还偷偷跑去看戏了?"

俩人低着头一语不发。

林成福正想再说点什么,店里的伙计进来,在他耳边低语了几句。他抬起头吃惊地看了对方一眼,然后起身离去。走到门口又转身回来说:"你们好好想一想,今晚不许吃饭!"

林成福这一走就是大半个晚上,当然鼎财和永弟也没饿着,郭依嫂给准备了晚餐,他们狼吞虎咽地草草吃过。边吃郭依嫂边在一旁唠叨着:"你们两个小依弟,怎么不学学好?还让大人担心。我们普通人家,要想出人头地,就要刻苦用功啦!不读书怎么能有'太平燕'吃?我们福州人就是读书比人强,你们没听老人说:杭州出美女,福州出道台。自古福州就是出读书人的地方,你看看那文儒坊、衣锦坊,还有那黄巷、宫巷、郎官巷高厝大院里面,哪一个不是普通人家出身?哪一个不是留下大功名?你们只有好好读书,才能够离开这嘈杂的上下杭,才能够搬到鼓楼边,那里可是官人住的地方啦。你们要是有一天住到鼓楼去,那才是鼓山尾凉风——过日子没有后顾之忧了。现在的日子是有天没日头,不合理的事太多太多,世道不太平,人心惶惶的……"

就在这唠叨之中,表兄弟俩吃完了饭,一抹嘴角,跑去写作业了。

人心惶惶的事,不仅仅是世道,人类面对大自然时,时常会遭遇十年不遇甚至百年不遇的灾害,例如水灾、旱灾、冰雪寒灾、地震等,福州位于东南沿海,冰雪灾害相对较少,旱灾也不多,而水灾几乎每年都会光临。沿海地区易受台风影响,一条闽江蜿蜒穿越市区,每到夏季台风来临,福州便会发大水,民间称之为"走水",若是加上天文大潮,也就是潮水涨幅过大,江河的淡水不仅排不出去,海中的咸水反倒灌入河道,福州全市都会被淹。

也就是在陈永弟与林鼎财这一对哥儿俩上学不久,1935年3月31日,福州遭受了一场极为严重的水灾。与以往的水灾发生于夏季不同,这次是新年刚刚过去,清明即将来临之际遇上水灾,这在福州城历史上实属罕见。这场水灾的起因,并不是台风影响,主要是闽江上游延平、建瓯、建阳一带暴雨所致。

进入3月份,闽北主要农业区域即将开始春耕,福州是个消费城市,工业基础薄弱,地处沿海土地贫瘠,农业生产较弱,粮食主要靠闽北浦城、建阳等地运来,远的也有江西、浙江的大米。可是1935年春季,惊蛰刚过,闽北暴雨一连下了十余天,闽江上游崇阳溪、麻阳溪、建溪等水流暴涨,滚滚黄流沿着溪流顺着地势汇入闽江,沿途翻山越岭,到达福州城时已成为势不可挡的洪灾。

那天下午,陈永弟与林鼎财表兄弟俩像往常一样来到学校,正准备上课呢,猛然听到大街上有人用福州话高声叫喊:"发大水啦!发大水啦!"由于时常受水灾,这一群小学生们早就司空见惯,不慌不忙地收拾好各自的书包,快速跑出教室。在门口遇见赶来的任课老师阮先生,她大声指挥:"大家不要乱,赶紧往南禅山跑!"

陈永弟与林鼎财往大门奔去,正好遇见奔跑中的郭叶香,三人一同穿过街巷,急往南禅山奔去。可惜水火无情,当这三人一同奔跑之际,洪水上涨得极为快速,犹如闪电般,瞬间那水便顺着街巷飞涌而至,很快漫过了三人的小腿。陈永弟在前开路,郭叶香居中奔跑,林鼎财在后断路,三人随着大人孩子在巷中奔跑。水越涨越高,附近的老厝有的是祖上的产业,已有几十年甚至上百年的历史,经不起这湍急水流的冲击,轰然倒塌。三人顾不上回头,拼了命向前奔跑。跑着跑着,郭叶香一个踉跄,倒在地上,刹那间被水淹没,身后的林鼎财上前一把将她从水中拉起,不待她站稳便推着她往前。在前面开路的陈永弟听到郭叶香"哎哟"一声,也转身拉着她的手,三人手牵着手向前飞奔。毕竟是小孩子力气壮,不久便见到了南禅山的石阶,陈永弟手上使劲加快速度几步窜上石阶,林鼎财顶着郭叶香的腰也往上冲。就在三人登上石阶后,他们身后,一座民厝"轰隆"一声倒塌下来,正好压在小巷前,几位还在奔跑的居民躲闪不及,被压在土坯下面,起初还听到几声呼喊,可是后面接踵而来的大水立即淹没了这一片区域,仅仅两三分钟,再也听不到呼喊声了。

三人坐在山边一块巨大岩石边,林鼎财和陈永弟裤子全湿了,郭叶香最惨,落水后已是全身湿透。正是初春时节,阵阵山风吹过,冻得人们瑟瑟发抖。林鼎财把自己的衣服脱下来,披到了郭叶香身上。陈永弟见状,也急忙脱下自己的外衣给郭叶香。郭叶香只是低着头,害羞地不敢抬眼。山风越吹越冷,三人不停地在发抖。陈永弟便四处找寻着干枝,林鼎财也知道他的用意,立即爬上一棵松树,用力拽下几条细枝,他们将这些个树枝堆成一个小堆,并搬来几块石头围成火塘。陈永弟向四周看看,见到一位中年人正在抽烟,陈永弟也不言语,站在他身后等着。那中年人满脸的疲惫满身的泥水,他一转身看到身后的陈永弟正盯着他看,便问了一句:"依弟,做什么?"陈永弟没言语,只是用手指了指他食指与中指间的烟头。中年人恨恨地骂了一句:"这么小的孩子就想抽烟?不学好!"陈永弟摇摇头,说了声:"借个火可以吗?"中年人低头一看,看到了地上那一堆松枝枯叶,这才恍然大悟,

"噢"了一声,立即掏出口袋中的火柴,帮着把这堆枝叶给点燃了。陈永弟说了声"谢谢依哥"。中年人摇摇头勉强地露出了些许微笑,转身离去。

有了这极其珍贵的火堆,三人迅速围拢过来,靠着火堆烘烤着,这才有了温暖的感觉。

就这么在火堆边烘烤了几十分钟,陈永弟站起身说:"我去看一看,有没有同学。"林鼎财一听赶忙起身:"我去吧。"陈永弟看了一眼蹲坐在火堆边的郭叶香,然后说:"你在这守着姐姐吧。"林鼎财一听,也看了看郭叶香,不作声了。确实,郭叶香是林鼎财的老婆,而不是陈永弟的,因此只能是林鼎财守着她。

陈永弟向南禅山间走去,刚往上登攀了不久,看到石阶两侧左一堆右一群,挤挤挨挨地坐满了人,人们都是垂头丧气的模样,一个个衣衫不整无精打采,面色暗淡无光。望着眼前这一切,陈永弟也只能暗暗叹了口气,继续往上攀登。正好迎面走来一位妇女,一袭淡青长衫上满是泥尘,头发凌乱地披散着。陈永弟往旁边让一让,想让她先走。可谁知她走过身边时,却回头一把拽住了陈永弟。陈永弟定睛一看:"呀!是阮先生!"

阮先生拉着陈永弟左瞧右看:"你没事吧?"

"没事,阮先生!"

"好!好!真好!"阮先生一连说了三个好,"还有谁和你在一起?"

"我表哥林鼎财,还有三年级的郭叶香。"

"快,带我去你们那儿。"

陈永弟领着阮先生,一路跌跌撞撞地来到火堆边。阮先生看着他们三人,激动得说不出话来:"你们……你们……你们……"说着眼泪就涌了出来。

林鼎财忙起身安慰道:"先生,我们不都好好的嘛!"

"好……好……真好!"

郭叶香也忙起身,鞠了一躬轻轻地叫道:"先生。"

这时阮先生才看到他们面前的火堆:"啊!你们还有火堆!上面还有几个同学,我去叫他们来,烤烤火!"

阮先生转身向上走,陈永弟也跟着向上。林鼎财刚想跟在身后,陈永弟拦住他:"你看着火,不要灭了,我们一会儿就来。"

把山上的十余个同学叫到一起,大家围成一圈,林鼎财和陈永弟又捡了些树枝,将火烧得更旺一些。不仅是他们,周边的一些躲避水灾的百姓,也纷纷围拢过来。

跳跃的火苗,将面前几十人的面庞映照得艳红,刚才一个个还是奄奄一息嫌有天没日头的模样,而今终于有了些许生气。待衣衫烘干之后,人们渐渐散去,天色已暗,寻找吃食以度过眼前的饥饿才是正理。最后仅剩下双虹小学的几十位学生,在先生的指挥下围拢在一起。

眼看着天色暗下来,山下街巷中的水稍微退下一点,一些高墙大户房屋结实的人家,不断地将家中的积水一勺勺舀出,将厝中的水排光后,开始清洗地面并生火做饭;但地势低的地方依然积着水。

老是待在这山上毕竟不是长久之计,几位先生商量了一下,决定把在座的学生都送回家——如果家还在的话。但有些地方依然积水,行走不便,陈永弟想出了个办法,其实也不用想,这是他和表哥的老本行,他们把一块水面上漂浮的门板拉过来,让先生和几位学生坐在上面,永弟在前鼎财在后,一人操了一块长板当作桨,划了起来。先生起先还有点担心:"这样行吗?"鼎财拍着胸脯打保票:"先生放心,我和表弟是乡下江边长大的,这个我们最熟。"于是由先生带领,将几位学生一一送回家。可是有三位学生家里房屋被冲垮,家人不知去向。胆小的同学甚至低头抹起了眼泪,先生不能不管,又把他们集中起来。

陈永弟与林鼎财也回家看了一下,家中房屋倒了一间,还好大部分都能用。他们与家人一起操起木桶,将院内的积水往外舀。林成福回来了好几趟,没看到他们两人担心个半死,但是店中及行业公会事多,他又得往外跑,可心里实在是放不下家中,这么来回跑了几趟。这次终于看到表兄弟俩安然无恙,呵呵大笑连说了几个好,让他们待在家中不要出门,免得发生意外,然后他又出门去忙碌了。

陈永弟与林鼎财一商量,干脆把那三个无家可归的同学叫来,还有阮先生,她年过三十依然待字闺中,也是孤身一人。师生一同来到林家,郭依姆匆匆做了顿饭,几个人稀溜稀溜地喝下,惊慌失措大半日,心终于稍稍安定。

城内大水虽稍有退去,但大部分地方依然被淹,学堂是去不了啦,陈永弟与表哥一连几天就待在家中，与阮先生及三位同学做伴。有时闲得无聊，他们也上街去走一走。双虹小学还在水中泡着，大门已经倒了，围墙也倒了大半，几座教室得益于围墙，减小了水流的冲击，倒还安然无恙。不过校园里一片狼藉，书本、黑板、木片、垃圾漂浮在水面。

既然无法上学，陈永弟与林鼎财时常去林成福的店里帮忙，帮什么忙？捞木材呀。这是林成福的老伎俩了，虽然发的是水难财，但也不是每个人都能操作的，有很大的运气和胆量的成分。面对波涛汹涌的大浪，面对连片漂浮的垃圾甚至尸体，有的人看了都害怕，而像林成福这样本身就是风里来浪里去的角色，怎么会惧怕这个？说实话，干这活儿，没点胆量还真不行。

从发水灾的第一天起，林成福就组织了店里的伙计，一人操一根大竹竿，竹顶头套着一个铁钩，看到有木材在水中漂浮，立即上前挥竿，用铁钩把木材钩住，顺着水流拉过来。如果木材较大，比如是原木的话，那就要几人合力上前把它给拽过来。林鼎财带着陈永弟也跟着父亲干起了这营生，起初父亲不让，可看看他们俩得心应手，而且他们从小便在江边长大，识水性，也就睁只眼闭只眼，任由他们去搞了。

其实搞这营生并不是林成福的发明，早在明清时台江渐渐形成码头之后，商业渐渐繁荣，每年闽江都会发大水，每年也都有人以此来赚点小钱，降低自家的损失。在无情的大水面前，每个人都在为生存而拼搏，更多的人求安稳不愿拿自己的生命去冒险，因此愿意干这营生的人并不多。

福州台江一带，古时原是闽江的河道，因江水带来泥沙不断地堆积，渐渐形成沙洲，至今台江还保留着许多带有"洲"的地名，如义洲、后洲、帮洲、苍霞洲等等，在古时这儿便是沙洲，沙洲继续沉积形成陆地，之后有不少江边生活的百姓在沙洲上种菜养鸭，搭以草棚临时住宿，久而久之这一块块江上的沙洲渐渐连成片，因与水毗邻，水运便利，渐渐地就形成了商业区域。但毕竟邻近闽江，因此历史上台江几乎年年遭遇大大小小的水灾，几乎年年都要进行救灾。

这一场20年一遇的水灾整整持续了六日，从3月31日开始，直到4月5日城中的水才全部退去。紧接着就是紧张的清理扫除，忙了三五天这才渐渐恢复了往昔的生计。常年与水灾为伴，台江的百姓已是见怪不怪，并没有过多的忧伤，该干啥还干啥，毕竟生活还在继续。不过在陈永弟和林鼎看来,这是他们第一次见到这么大的水患,老人说水火无情,他们终于见识到了。

学校恢复上课后,有一次陈永弟听先生们闲聊时说道:《福建民报》上刊登了这次水灾的情况,全市共淹死120人。有先生听了当场义愤填膺,连连说了几个"胡说八道"!说他亲眼所见死亡人数绝对超过300人,可是报纸故意大事化小,接着忍不住又骂道:"现在的报纸睁眼说瞎话!"

人世多艰,水火无情,面对突如其来的自然灾害,人们常常感觉渺小和无助。看到城里许多家庭流离失所,看到自己的同学家中突遭变故而致赤贫,陈永弟幼小的心灵中,渐渐生产出一种无助和无奈,他觉得:这世道真是太不公平了!为什么这么多人会深陷这泥淖之中而无力自拔呢?

第四章　彬社

彬社之所以能够产生并壮大，一方面是百姓日常生活的需求，另一方面，当官府无能为力甚至是不作为之际，总有一些为自己也为乡邻，甚至于为百姓能够活得更好的人，他们会挺身而出，以他人利益为己任，奉献个人菲薄的力量，并将个人的力量不断汇聚，最终形成江河。

1

一场水灾，让陈永弟感受到了人世间的冷暖，体验到了生活的艰辛，品味到了成长中的不易。而同时，也让他学到了新的知识，这个知识不是学校给的，而是社会，是百姓，是面对灾难的勇气给的。

就在他与表哥林鼎财猫在家中百无聊赖之际，他却发现，姨夫林成福整天忙得不挨家——不仅忙着捞木材，也不仅忙着自救弥补店中的损失，更不仅忙着木器商会的事，他还在忙着彬社的事，还有救火会的事。

这彬社是个什么组织呢？救火会又是干什么的？

他没地方去问，因为没人告诉他，大家都在忙着，哪有这闲工夫聊天？看到姨夫成天暗地里神神道道，仿佛是在干一件不让人知道的事，他也知道，这事不能去问，问了人家也不会说。他只能凭借着自己的观察，依赖着自己的思考，去探究、去追寻、去挖掘。

也就是在他们表兄弟俩逃学去看福州评话的那天，傍晚林成福回来，见阮先生在家里，大为惊讶。虽然林成福以前曾见过阮先生，但是并没有交谈过，可这次破天荒地先生上门，一问话居然是这两个小兔崽子逃学了。林成福又气又羞，气的是这两孩子他从小就看着长大，俩人的脾气禀性他知道得一清二楚，不用说，肯定是自己的儿子林鼎财出的主意；羞的又是作为家长,还没去拜访先生,倒是让先生追到门口了。

林成福好说歹说,把气鼓鼓的先生给送走了,他正想对俩毛孩子发一顿脾气,此时却有木器行商会的伙计来对他低语了几句,在一边的林鼎财大气不敢哼一声,可陈永弟却断断续续地听到彬社、救火会、会首等几个词。林成福立即打消了火气,转身与那伙计一起出了门。

这彬社是干什么的?救火会又是做什么的呢?

好奇是儿童的天性,面对着自己本以为十分熟悉的姨夫,面对着他那行事诡秘的模样,面对着他与伙计低声耳语的神态,陈永弟免不了产生了巨大的好奇心。

陈永弟没有问,也不敢问,但是他在暗地里观察,他只是怀着好奇,怀着对姨夫这个人的好奇,怀着对这个社会的好奇,怀着对城里人和城里生活的好奇。

于是,陈永弟有事没事就到木器行中帮忙,起初是帮着扫扫地、抹抹桌子、搬木板之类的,有时账房老先生也特意考考他,让他给记账。林成福看到了直夸这孩子懂事,比自己的儿子强,甚至在训斥儿子时还拿表弟说事。表哥林鼎财对他有了意见,倒不是嫌他会来事,会哄大人开心,而是觉得他不陪自己玩了,少了一个知心的能够到外面闯祸惹事的伴儿。

就在这有意无意的观察和领会中,陈永弟渐渐地发现,自己的这位姨夫其实不简单。作为生意人,他练就了一套察言观色的本能,凡是来到店中的客商,他只要看看对方的衣着打扮,听听对方的言谈笑语,就大致能够知道对方的身份、钱财及社会地位,从而有的放矢地与对方谈好价钱,并适当地给出参考意见。若对方也是做木材生意,当然是一拍即合;若对方是搞木制品加工的,仅是来采购原料,听了老板的介绍自然引为同行;若对方是来采购材料自己起厝(福州方言:盖房)上梁的,老板的参考意见既中肯又便利,处处显出为客户考虑细致精打细算的样子,哪位不愿意省心省力省钱呢?结果呢?本想买些原料的干脆全部用料都在这儿购买,本想买根横梁的干脆建厝要用的材料都一并购买,本想先看看再定的满心欢喜地下了决心订购。

姨夫在前面接待客商,如数家珍般地介绍着自己店中的木料,说得是眉飞色舞口若悬河,站在一旁倾听的陈永弟则是如痴如醉五体投地。有时姨夫在一旁看到永弟十分沉醉一脸敬佩的模样，忍不住开他两句玩笑，一来调解气氛，二来也让客商感觉到小孩子可爱，宾至如归的亲切感油然而生，有的还会往永弟手里塞两个小钱，说是让他去买叮叮糖吃。这叮叮糖其实就是附近乡民自己做的糖块，一根扁担挑着两个箩筐，箩筐里放着圆圆的好大一块白色硬糖，有人买时，小商贩用一块铁板插入糖中，再用一根小铁锤往那铁板上一敲，叮的一声就敲下薄薄的一块，小孩子们称作叮叮糖。

这叮叮糖陈永弟曾买过，觉得并不好吃不甚上心，可表哥林鼎财对这个小玩意却挺感兴趣，其实他不是对糖感兴趣，而是对购买的方式感兴趣。叮叮糖除了用钱买，老板还常常与孩子们做游戏，就是先交钱，然后孩子们与老板来锤子剪刀布，如果老板赢了，钱不退也没有糖，如果老板输了，则要给双倍的糖。林鼎财对这个小小的赌博极为着迷，常常拿了零用钱玩这个游戏，但说来也怪，他总是输少赢多，附近的小孩子们都知道他很"厉害"——就连那几位卖叮叮糖的游商也都对他有所耳闻，不服气的曾专门找他比试，试过之后，又不得不佩服，所以许多游商小贩见到是他，绝不玩这个游戏。在表哥的怂恿下，陈永弟也曾小试一回，但没有表哥厉害，输得多，因此他再也不玩了，而且他对叮叮糖也看不上眼，不像别的孩子那样，听到叮叮糖那叮叮当当的声音便纷纷围拢过来，流露出贪婪的眼光，盯着游商小贩那一副担子，那一块叮板，那一个小锤，那敲下的一块块白色的糖块。

有一次放学路上，在一条小巷遇到了一个挑着担子的游商小贩叫卖叮叮糖，林鼎财抵挡不住那清脆的叮当声的诱惑，拉着永弟上前，先给了一张小钞，拉着小贩要玩锤子剪刀布，小贩也十分熟练，放下担子收了钱，伸出手与林鼎财对决。小贩竟然输了两盘，敲了两块叮叮糖，林鼎财十分得意地用两根手指夹起一块，另一块对着陈永弟喊了声："你的。"

陈永弟不想要，没有伸手，林鼎财二话不说，从小贩篮中拿出一小张稻草纸包起糖块，塞进陈永弟手中。两人正推让着，不想旁边上来一个大人，伸出手点了点他们的脑袋，俩人回头一看，居然是林成福。他含着笑："这两个小兔崽子！"

陈永弟有点不好意思，林鼎财也十分意外，怔怔地盯着他老爸。林成福用手指点着林鼎财说："混得不错啊，出息啦，有本事啦！"

林鼎财感觉大事不好，吓得脸色都变了。不过他老爸没有再多说，就这两句,然后匆匆赶路而去。

陈永弟想赶紧回家,可林鼎财又来了兴致,他向永弟一招手,尾随着他老爸而去。陈永弟觉得这样不好,想拉住表哥,可是林鼎财早就没了身影,陈永弟只好也跑着跟了上去。

拐了几个弯,来到三通桥边的尚书庙,此时庙中已有几位在门口等候,见到林成福来了,几人上前一拱手,林成福也双手抱拳作揖回礼,问了句:"吴老太爷来了吗?"

一人答道:"已恭候在内。"

一行人进入庙中。林鼎财与陈永弟远远地跟在后面,见状立即跑到庙门边上,探头向内张望。

走进高大的红木门,穿过天井,来到中间的正厅,几位来客端坐太师椅上,庙中给上了茶。坐在正中的是位老先生,面色红润,身着长衫,长长的须髯银白色,一头短发也是银白色,充满了岁月的沧桑。但见老者神态安神,一手扶在太师椅上,另一手正托着小盏品味清明前刚出炉的茉莉花茶。老先生的眉毛比较长,分撒在双目间,额上时光的蚀痕深刻而醒目,使得他含着笑也透露出一股威严。这股威严并不是他刻意表露的,而是眉宇间不经意的散逸,这是一个人坎坷一生的凝聚和结晶。

两个小孩躲在大门边偷偷地向内张望,他们虽然没有交谈,但相互间交流着目光,他们有点怕这位老先生。

林成福走进屋内,双手作揖,连称:"吴老太爷远道而来,未能远迎,失礼、失礼。"

老先生却不在意,哈哈一笑说:"成福老弟生意兴隆,倒是老朽不请自来有点唐突了。"

林成福坐在老先生的旁边,一张木几横在两人之间,旁边有人立马端上一杯茶,林成福也端起小盏轻轻吹拂去茶水面上的漂浮的茶叶,小饮了一口,然后放下。

躲在门外偷看的林鼎财心中暗暗吃惊,想不到平日里横风一样的依爹,说话、做事、走路都是风风火火的大老粗一个,说起话来居然这么文绉绉的像个识字断文的教书先生。

林成福微笑道:"吴老太爷是为彬社的资金来的吧?"

"是啊成福老弟,会钱该收了。"老先生也不客气,开门见山地说明了来意。

"吴老以后不必专门跑,叫人说一声,我送上门去。"

老先生哈哈一笑:"成福老弟你们都忙着店里生意,我老朽闲着也是闲着,也该动一动嘛。"

林成福向旁边一抬手,跟来的两个伙计依壮和依强立即上前,拿出拎着的木箱,打开,里面是一沓沓纸币。林成福向门外喊了一声:"你们两个,跟了这么久,也该露露脸了。"原来小孩子偷偷跟在后面,他早就察觉了,只不过不说破而已。两个小孩面色通红,相互看了一眼,羞涩地走进门。林成福一指桌子,说:"你们也算是读书人了,帮着点点钱。"两个小孩立即上前,帮着大人一沓沓地点着钞票。老人则面带慈祥的微笑凝视着他们。

不一会儿,一箱子的钱清点完毕,林成福将木箱往老先生面前一推:"老太爷,您看看是否对数。"

老先生一摆手:"成福老弟做事一贯谨慎,不必了。"他的手下把木箱收下。

老先生看着眼前这两个孩子:"成福老弟,这两个依弟是……"

林成福一指他们两,说:"对不住吴老太爷,这两个后生一个是犬子,一个是家侄,正在学堂读书。刚才在路上遇到,他们偷偷地跟在身后。"

老先生站起身走到他们面前,拉着他们的手连声说:"后生可畏。有成福老弟的栽培,日后必定飞黄腾达。"然后,老先生从木箱中抓起两张钞票,塞到两个孩子的手中:"初次见面,没带什么见面礼,来,给你们买纸笔吧。"

林成福忙上前拦阻:"万万不可,吴老太爷……"

老先生把手一横,拦在林成福面前:"欸,这是我给两个贤侄的,与你何干?"

林成福只是面带歉然,不再言语。

两个小孩收下老先生的钱后,林成福说:"还不快谢谢依伯?"

两个小孩懂事地向老先生鞠了一个躬:"谢谢依伯。"之后他们退到一边,站立在林成福身后。

林成福接着说:"吴老太爷,还有彬社救火队训练的事,也得操作了。"

老先生一捋长髯说:"是啊,前日救火联合会的会长还来找我,说是要搞一次统一的救火演练,不仅是我们彬社,还有纸帮、油帮、布帮等会社一起搞。看来这次规模不会小。"

林成福一拱手:"吴老,我们台江彬社成员已经议过了,这次我们争取更多的人来参加,毕竟这救火不是小事,与我们大家密切相关。大略统计,会有百八十号人。"

"这么多人?看来还是你们南台的彬社搞得好啊!"

"哪里哪里,有德高望重的吴老坐镇,我们当然是一呼百应啦!"

两人说得热烈而融洽,其他人则赔着笑随侍两侧,两个小孩也跟着看热闹立在门边。彬社是什么?救火会又是什么东东?虽然听得云山雾沼如坠云端,但两个小孩子内心明白,这彬社、救火会一定是个不小的会社。

2

这天是周末,救火会要进行救火演练,一大早,林成福就起了床,招呼着店里的伙计们,各自收拾了应手的装备,有的拿着镰,有的扛着镐,还有的挑着几卷帆布的水龙带。林鼎财十分好奇,早早地就把陈永弟喊醒,想去看看热闹。陈永弟其实心里也想着要去瞧瞧是个什么阵仗,他们跟着众人来到青年会的广场上。

这青年会位于万寿桥头,是闽清爱国华侨黄乃裳建造的。1910年,62岁的黄乃裳继任福州基督教青年会的会长一职,为了不断扩大青年会的影响,让众多青年会的成员有一个相对固定的活动场所,同时也为了给外地来榕的基督教成员有一个住宿休息的地方,黄乃裳筹集资金5万元,再加上福州基督教组织募捐(听说美国总统罗斯福也捐资12万美元),建起了这么一座中西合璧的建筑。这座大楼位于闽江之滨,站在楼顶可望见自西向东奔腾的江水,以及对岸的仓前山。这座大楼可是当年福州最高的一座大楼。大楼分为前后两座,前面的有三层,后面的有四层,地板全是用珍稀的楠木建造。楼内还有一座灯光球场,可供篮球、排球比赛使用,这在当年也是一桩新鲜事。福州城第一部无声电影也是在这儿放映的,陈永弟与表哥还来这儿看过电影。大楼建成时,不少南台及仓前山的民众扶老携幼前来观赏西洋景。1926年12月郁达夫来到福州,在青年会住了半年多。十年之后的1936年2月应福建省政府主席陈仪的邀请,郁达夫再次来到福州,在福建省政府任职，依旧住在青年会，业余时间写下了不少文学作品，他在青年会还发表过名为《中国新文学展望》的公开讲演。

青年会前的广场挺大，可是搞这么一个大型的活动，还是略显拥挤。这次的救火演练，台江几十个救火会都来参加，警察局管消防的官员也到场观摩指导。

林成福领着一帮木器行救火队人员，也就是彬社成员，排成一队，大家各自执着称手的工具，胸前挂着一块蓝底白字的胸牌，上面写着"上下杭彬社救火队"的字样。

十几位领头的人站在舞台上，其中就有陈永弟曾见过的那位吴老太爷。还有几位是省府官员，以及警察局的头头。

几位大佬先后都讲了几句话，然后是那位吴老太爷高声喊了一句："救火演练正式开始！"众人按照事先的分工，纷纷离开广场，操持着各自的家伙，列队走到闽江边上，那儿有一个小造船厂，围墙旁边几幢民房，灰瓦白墙高大而笔直，两扇大木门破旧地散落着。其实这几幢民房已无人居住，造船厂把这地方买了下来，准备建厂房扩大造船规模，其他的地方都拆得差不多了，就剩这几户尚且未拆，其实也就是年内的事。救火联合会与造船厂商议，把这几间未拆的破旧房厝拿来做救火演练用，反正房厝闲着也是闲着，况且救火会人多势众，造船厂日后也需仰仗救火会的势力，于是船厂十分痛快地应承下来。

几位伙计拎着一桶洋油走进旧厝，在废弃的木料上浇了点洋油，用火柴点燃，再加点破布旧木材，江边上刮起一阵风，火借风势，不一会儿便燃起冲天烈焰。

事先各队都已经抽签排好了先后次序，第一队布帮救火队先上，一群人口中高喊着："走水啦！"各自操着手中的工具呼啸而上。可以看出，这布帮的救火队还是训练有素的，他们各自分工明确，在指挥人员的呼叫声中，有的负责带队清场，有的拉起隔离粗麻绳，有的鸣锣报警，有的扛起竹梯往前奔，有的举着锄头、长撬棍负责拆房，有的推着水龙车拉起长长的帆布水带，有的对面而坐一上一下撑开了摇把，有的将长长的帆布水龙接好甩开，有的举着水龙往前冲，还有几位是作为后续人员也跟在身后，只等着前面第一批人员累得使不上劲时他们再冲上前接手干……由于靠着江边，闽江水很快便被抽入水龙车中，经过上下摇把加压，水龙带中接上了水，一股水流喷涌而出向空中射去。当竹梯架好，一个人把水龙扛在肩上，迅速抓着竹梯登上房梁，操起水龙便向火焰密集处喷射水柱，旁边一队人也挥锄舞锹把大墙给破开了一个洞，大家排队接龙，将一桶桶水从江边拎起，迅速地传到房前，向着那冲天的火焰浇过去。也就六个字（福州民间计时习俗，5分钟称为一个字，六个字就是30分钟）的时间，大火被扑灭了。另一队人带着竹扫帚和装着水的木桶，沿着破开的洞穴依次钻进去，将一处处火星给浇上水，以防死灰复燃。这一队的救火演练顺利结束。但演练毕竟是演练，与真正危急时刻不能相比，这不，在演练过程中，还有不少人面带笑容有说有笑，仿佛是来做游戏一般。其实也确实是一种游戏，缺少了身临其境的真实感，演练也就是带有娱乐功能的逢场作戏。

之后，纸帮、油帮、锡帮和木帮也都组队一一上场演练。从演练中可以看出，有的救火帮会财大气粗，他们人员齐整，一个个都是青壮年精神抖擞，就连队员身上的衣服都是统一的，带着的工具也都齐全，有的还推出了最新式的水龙车。当然，这水龙车其实也就是木质手推车，装上了一个木头水箱，两边有两个水龙带的接口，可以装上水并推到火场近前。也许有人问了，为什么不备办一些救火车呢？其实那个时代汽车还是个新奇的洋玩意儿，即便有也是大户人家的东西。南台小桥、上下杭一带马路狭小，两边商户林立，即使有汽车也没路，倒是这种两人就可以推着走的木质水龙车转动灵活，穿大街走小巷极为便利，因此在南台一带极受商户的欢迎。

但是也有一些救火会由于受财力所限，他们的人员、装备就大不如人，服装五花八门，工具也都是自家准备的，大小不一，长短不等，所能发挥的作用便大打折扣。不过他们武器不精人员的气势却丝毫不减，面对火情毫不退缩，勇往直前奋力扑救，直到把那大火扑灭为止。

这场演练是由福州救火联合会组织的一场大规模的救火演练，前来参加的是南台一带以小桥、茶亭、苍霞、上下杭为主的各个救火会，省警察厅、小桥警察局也派出专司救火的副局长参加，每支救火队上场演练时，各自辖区的警察还派有专人从旁协助，不断提醒注意事项。比如林成福率领的上下杭彬社救火会，就有小桥警察局的鲍警长跟着，一方面是业务指导，另一方面还兼任安全防范。这次救火演练与往年一样，不仅仅是上场演练，各队之间还进行了比赛，结果是林成福率领的上下杭彬社救火会取得了第一，获得了一辆水龙车的奖励。当然，他们能够得奖是实至名归，因为所有参赛队中，他们的人员最为齐整，工具最为完备，救火技术和效率也最为突出。林成福作为领队上台，从警察局长手中接过了水龙车，大家笑呵呵地推着车，兴冲冲地回家去了。

林鼎财与陈永弟也参加了演练，虽然只是跟在大人后面摇旗呐喊，但在现场，他们也亲身感悟到了水火无情、生命可贵的真谛。

参加了一场救火演练，在学到救火技能的同时，陈永弟也深深地感受到：在民间有一些非官方的组织之所以能够产生并壮大，一方面是百姓日常生活的需求，另一方面，当官府无能为力甚至是不作为之际，总有一些为自己也为乡邻，甚至于为百姓能够活得更好的人，他们挺身而出，以他人利益为己任，奉献个人菲薄的力量，并将个人的力量不断汇聚，最终形成江河。这不，眼前的救火会以及救火会的前身彬社就是一个鲜活的例证。

3

说起这救火会，就不得不提起福州城的发展演变过程。

福州旧城，有一个形象的说法，叫作"纸褙的城市"，什么意思呢？福州地处东南沿海丘陵地带，山多林密，自古便是出产木材的地方，靠山吃山，所以福州的百姓在建房起厝的时候，当然会因地制宜选择以木材为建筑原料。鼓楼、大根一带，自从明清开始，便是达官贵人聚居之地，大户人家盖房自然是高墙深院，虽然也用木材，但多为砖木结构，高大的风火墙阻挡了火势的蔓延，再加上每家每户都自备水井，院子正中也习惯性地摆放着一两口大缸，做什么用呢？闲暇时养鱼，一旦有大火险情，这大缸里的水自然就是救火之用了。大户人家如此，可百姓怎么办呢？

在南台小桥、茶亭、苍霞、上下杭一带，聚居的多为平头百姓，他们可盖不起高楼大厦，只能是木材加竹片，稍为富裕的人家以土墙为基，以木梁为顶，或者低矮的土基加上木板隔墙，有的甚至是连片的棚户区，清一色的竹木棚屋。这种竹木搭盖的低厝最怕什么？自然就是怕火了。俗话说水火无情，可这水火两样偏偏福州城一年四季都具备。作为沿海城市，一条闽江穿城而过,春夏时节台风频频光顾,鼓楼、大根一带地势较高自然是高枕无忧,而南台、仓前山临江而居,夏季躲避水患成为常态;春秋两季尤其是冬季天干物燥,百姓的棚户区住房皆为自己随便搭就,能住就凑合,防火的功能自然较为低下。民间烧菜做饭大多以柴禾为燃料,一旦谁家用火不慎,冒起个小火星,经大风一吹,一烧就是成片。为避火患,福州尤其是南台的百姓都忌讳说出"着火"两字,往往是把突发的火灾称为"走水",本意是想以水克火,然而常常事与愿违。南台不仅是百姓的居所,更是商业发达的旺铺林立之地,一家走水,牵扯甚多,损失甚巨。

这种事关民生的历史遗留问题怎么办?作为官府来讲,当然也是要为百姓做点事的,可是官府毕竟鞭长莫及。自明清以来,历朝历代皆由官府出面建立起了救火的组织,可面对这广阔的地域,面对这众多的人口,面对这崎岖的街巷,官府也不可能面面俱到,因此在福州,民众很早就自发地组织起了民间的救火队伍。起初是各个商帮各自为战,之后人们发现了这救火队伍的极大好处,不同的商帮纷纷组建了自己的救火队伍,在连年不断的救援中,这些个商帮的救火队伍相互配合,相互促进,相互联系,渐渐地形成了一个区域性的组织。这个组织经过数十年的孕育、发展、壮大,在民间赢得了极好的口碑,深受广大商户尤其是百姓的欢迎,当然也引起了官方的注意。这不,就在 1919 年 3 月,经南京政府社会部审核,福州警察局批准,各区有名的三十七个救火会分别推举两位代表,在南台横街的三山会馆组织起了福州救火联合会,简称救联会。从三十七个救火会中各推举一人为理事,再从三十七位理事中推举十三人为常务理事,从十三位常务理事中推举一位德高望重的人为会长,再选一人为监事。常务理事中进行了明确的分工,有总务、财务、推介也就是宣传,还有联系警察局的警务等,另设秘书、文书、会计等人,总之大家有事一起做,有火一起救。林成福就是这理事之一,他主要管财务。

必须说明的是,这种民间组织不仅仅是救火,在发生水灾,以及瘟疫、传染病等情况下,救火会也起到了民间救助的功能,成为官府的延伸和替代。因为这些个救火会的成员各自都有着自己的营生,都是来自于民间,他们的所作所为也都在百姓的监督之下,因此他们干的是自愿的活计,为百姓解决了诸多难题,得到了百姓的信任和依赖,救火会的资金全靠民间筹措。在南台一带,经商的商铺每家以一个月利润的三成主动上缴作为救火会的资金,海外归侨或是经营良好的商铺还会主动捐款,还有就是热心公益的官员也常常捐助。这种民间筹措资金的方式没有任何强迫性,全靠自愿,有的地方像南台一带商业发达,救火会的资金较为充裕,而有些地方经济不景气,救火会的资金当然常常捉襟见肘难以为继。

在福州历史上究竟是谁发起成立救火会的,至今已无从考证。但据文献记载,清朝末年福州便有了一支民间的救火组织,叫作彬社,这是由木材商帮发起成立的。为什么叫这个名称呢?很简单,"彬"字拆开就是杉木,民间在酝酿结社成立木材商帮救火组织时,有读过几天书粗通文墨的商人就提议把这组织称为彬社,彬社应运而生。之所以由木材商帮最先成立,其实内中缘由也很简单,一方面福州就是个出产木材的城市,在历史上福州木材的交易就十分火暴;二来福州临江水运便利,闽北山区的木材经闽江上游随波而漂,可直抵福州城;三来福州内河直通外海,顺闽江而下可达海上,经海路北上可达浙江、上海,南下可至厦门、广州甚至香港,福州自古便成为全国木材交易的重要市场。福州的南台与湖北的汉口、辽宁的安东(今丹东)成为中国历史上的三大木材交易市场。在福州,有多少人因为经营木材而发家,有多少人依靠木材建起了自己的家,有多少人依托着木材建立信誉成为名家,除了木材经营,木雕、木件、木画等木材衍生品也形成了产业,不少手艺人脱颖而出。

就拿林成福来说,他先是在家乡拜师学木匠,之后跟着建筑队给人起厝建屋,接着学会了木雕手艺,积累了一定的经济基础之后,干脆经营起了木材生意,在福州城扎下了根。乡下人的朴实、生意人的精明,再加上江湖人的义气,造就了林成福今天的地位。

木材商帮成立救火会,带了个好头开了个好局,在随后的岁月流逝中,救火会显现出了强大的生命力、显赫的社会地位,因此从善如流,其他一些商会纷纷前来取经,也相继成立了各自的救火会。这些个不同的商会虽然经营主业不同,但商贾方面多有交集,也多有继承和传续,例如你是搞木材生意的,而他是搞油漆出售的,另一位则是搞砖瓦运销的,这就形成了产业链,相关联的产业相互配合相互协作,这边出售木材,很快地就介绍到那边购买油漆或是砖瓦,因此也就有了紧密的联系。总之一句话,有钱大家赚,有财大家发。所以在林成福的交往圈中,不仅仅是木材商会,诸如洋油(煤油)、电光(电力)、洋灰(水泥)等也多有交集。朋友间相互帮衬相互依托,形成了共存共生的联盟。

参加救火演练并获了奖,林成福十分高兴,他跟随着店里的伙计们一起推着那辆奖励的水龙车,林鼎财和陈永弟也跟在大人们的身后,兴高采烈一路蹦跳着回家。一路上不少熟人都跟林成福打招呼,就连过路的巡警也跑过来凑热闹,向林成福讨个好彩头。林成福也不客气,买了一条哈德门香烟放在店里,有客人来就送上一包。小桥警察局的鲍警长这次是跟着他们参加了全程演练,在林成福的再三邀请下来到店中,顺便还带来了一位面生的小警察,林成福掏出一包烟塞到鲍警长手中,也给了小警察一包。可小警察并不会抽烟,看得出来他挺有眼色,顺手将这包烟塞进了鲍警长口袋中。林成福装作没看到,招呼两人落座,沏上茉莉花茶,一人一杯递到他们手中。

点上烟,喝了口茶,鲍警长说:"成福老弟,给你介绍一下,这是我们警察局新来的伙计郭添银,你叫他小郭吧。"

林成福向小郭点点头,小郭也有点不好意思地向林成福拱手作揖。

林成福问:"小郭是哪里人?"

或许是初次见面,面带羞色稚嫩的小郭涨红了脸,嗫嚅着说:"城东岳峰溪口人。"

正好出来给大家添茶的郭依婶听了忍不住插了一句:"你是溪口村的?我也是……"

鲍警长立即向郭依婶招手:"来,依婶也坐下。"

林成福立即拉了一张竹椅,让郭依婶坐下来。

小郭一听立即笑着抬头看了一眼郭依婶:"依婶是同乡?"

郭依婶望了一眼小郭:"我家在村东,就在金鸡山下。"小郭连声说:"真是老乡,我家在村西口,也在金鸡山前。"

郭依婶盯着小郭问:"你依爹是郭顺土吧?"

小郭摇头:"郭顺土是我大伯,我依爹是老三,郭顺洋。"

"噢,我明白了,你依爹不是去南洋了吗?你依妈和我小时候是好姐妹。"

说到自己的父亲,小郭明显地情绪低落:"我依爹一走就没回来,我自小就没有见过依爹,都是我依妈把我带大的。"说到伤心处,小郭低下了头。

郭依婶也跟着擦了擦眼角的泪花,立即转移话题:"你怎么当警察了?

"我在私立岳峰中学毕业后考上了南京警校,刚刚毕业回来,就分到了南台小桥警察局。"

郭依婶亲热地上前拉着小郭的手:"很久没有回家去看看了,也不知你依妈身体咋样?见到你真好,有空常来坐坐啊!"

由于是第一次来,小郭警官对林成福的底细还不了解,只是笑笑没敢接话,旁边的鲍警长是个老警察,对这一片地面都熟,他立即介绍说:"成福老板是经营木材的,是我们这片上下杭木帮商会的会长,还是彬社救火会的会长,救火联合会的理事,以后时间长了你就知道了。"

听了警长的介绍,小郭立即起身:"成福依叔,以后还望您多照顾。"

"唉,哪里话?"林成福立即起身拉着小郭的手让他落座,"以后这儿就是你的老窝,你与我老妹是同乡,巡街累了尽可以来喝杯茶,不用客气哈。"

小郭连连点头连声道谢,一转眼,看到了躲在门后的两个小孩,他露出笑脸对他们招手。

林成福见了立即嚷道:"还不快出来见一下客人?一点礼数都没有!"

林鼎财和陈永弟立即现身,蹑手蹑脚地来到大家面前,林成福一指他们两个:"这个是我儿子,这个是我侄儿,都是些不成器的家伙。"

小郭立即上前抓住他们两个的手:"成福依叔可不能这么说,儿孙自有儿孙福,这两个孩子眉眼有神,日后不可限量呢!"

听了小郭的话,林成福挺高兴,但他还是故作不满地说:"要是有你小郭警官一半的出息我就算烧了高香了。"然后大家都哈哈大笑起来。

林成福转过头来瞪着他们俩:"见了客人也不叫一声,真是没礼数!"

两个孩子立即进前两步——向大家打招呼:"鲍依伯、小郭依哥。"

鲍警长连连向他们招手示意,小郭则拉过他们到面前,左看右看:"你们谁是哥谁是弟?"

陈永弟老实地说:"他是哥,我是弟。"

小郭从口袋中掏出两个红纸包着的小方块:"来,这是我刚才在美且有买的小点心,你们一人一个。"

两个小孩不敢接,抬头看着林成福,林成福严肃地说:"还不快谢谢小郭依哥,便宜你们两个了,真有口福。"

两个小孩接过红纸包,说了声"谢谢",转身进入房内。

几个人继续聊着,说起了刚刚成立的福建省警官训练所,说是早几年就有各地警察局提议,省警察厅举办训练所,让全省的警察都来训练一下,一方面提高全省警察的素质,另一方面也是一种福利,让各地的警察都能到省城来走一走逛一逛,尤其是那些个偏远乡下没来过福州的警察。由于交通不便,福州与各地的联系一直不是很顺畅,也就是在 1936 年,福州至厦门的公路全线通车,途经莆田、泉州、同安,而福州通往远郊马尾、连江、罗源的公路也通了车,虽然都是沙土路,但毕竟能通汽车了。从福州到厦门要两三天时间,从福州往连江、罗源等县城也要两整天。

见四下无人,两个小孩子都进了屋,鲍警长低声向在座的说了一句:"还有个事,听了不要外传。闽侯大义民团抓了一批壮丁,准备送去参加国军的,结果半夜被共党闽东游击队给截和了,民团死了十几人,丢失枪支20多支,那些个壮丁也都被劫走了。这大义离福州城不远,就在北郊,省府已经下令,福州城戒严三日,以防共党游击队偷袭。"

几个人听到都有点紧张,郭依婶不放心地说:"共党不会打到福州来吧?"

林成福有点不高兴了:"妇道人家,操这个心做什么?"

"你……"郭依婶正想反驳,鲍警长赶紧打圆场:"知道就行了,不要外传。"

林成福也心领神会地说:"是是是,莫议国事。"

郭依婶没再言语。倒是在门后偷听的两个小孩觉得稀奇:这共党都是些什么人?胆子真大!

几个人喝着茶说着话,天色渐暗,鲍警长站起身说:"时辰不早了,我们该走了。"

林成福立即上前拉着:"喝碗米粥再走不迟。"

"唉,这次就不吃了,我们要回局里去点个卯,毕竟是公事在身,那些个丢丢烂的规矩还是要遵守的。"

一行人相互告别离去,刚走到门口,一个小姑娘一闪身走了进来,见这么多人从厝里出来,她立即躲到门边低下了头。鲍警长看到了叫道:"叶香放学了？"

郭叶香忽闪着明亮的大眼睛："鲍依伯好，今天周末没上学。"

"噢，可不是嘛。"鲍警长拍了一下自己的后脑勺，"忙得都昏了头。"

站在鲍警长身后的小郭见到郭叶香，忍不住多看了几眼，但毕竟不熟，没吱声。

一行人相互告别、分手，鲍警长带着小郭离去，林成福则领着家人回身进屋。

走在路上，小郭忍不住问道："警长，这林成福老板什么来路？"

鲍警长笑笑说："我就知道你早晚会问。这位成福老板脑袋灵光，虽是乡下出身，但胆大心细，很有些手腕。想当年他给人家做木匠，结果那人不地道，拖欠工钱还仗势欺人。这位林成福不仅把人家给收拾了，还要回了工钱。那件事就是我去处理的，就这样认识了他。不过他这人确实不错，你看他身边那位30多岁的少妇，就是你的同乡郭依婶，丈夫原本也是经商卖木材，去闽北浦城进货时得病死在路上，至今尸体还在异乡未能回归。郭依婶带着个女儿婆家不容，可自己娘家又贫穷，没有活路了想要抱着女儿投闽江自尽。林成福得知后把她们接来安顿在自己家中，管吃管住还管小孩上学堂读书。虽然他们之后住在了一起，而且你那乡亲还给林成福又生了一个儿子，但街邻都说林成福救了一家人。"

小郭点点头，又问："那你看这林成福究竟是哪一种人？我们能不能信任他？"

鲍警长呵呵一笑："究竟是哪一类人，这倒不好说。首先他是个商人，福州有句老话：杀头的买卖有人干，赔本的生意没人做。他毕竟要养活一大家子人，所以在商言商，商人的狡猾他不缺。但是在狡猾的同时，他又有点江湖义气，不是那种七胡八喝信口雌黄的人，很受众人的信赖，要不然他也当不上木器商会的会长。"

小郭若有所思："看来这位林成福老板还真是个人物呢。"一转念他又接着问："林成福的大儿子应该是他老婆生的吧？他老婆不在了？"

"在，在乡下，也来过福州，我还见过她，是个厉害的婆娘。"

"那么他和那郭依婶在一起，他老婆没意见？"

"有意见又能怎么样？她远避乡下，鞭长莫及，眼不见心不烦。"

第五章　过年

一样的时光、一样的年味、一样的美好追忆，不一样的，是那笼罩在金色童年里淡淡的回味，以及离乡背井的游子内心深处那难以割舍的浓郁乡愁。

1

元旦之后，学校就准备着复习功课，迎来了期末的大考，考完了呢？便是要放寒假，准备过年了。

这是 1937 年的春节，这一年，在陈永弟、林鼎财这群学生依弟的生活中，注定会成为难以忘怀的一年。这一年，对于全中国人来说，也是血与火、生与死反复较量的一年。

就让我们先从这一年的新春佳节开始说起吧。

与不少地方一样，农历春节也是福州百姓最大最重要的节日，老一辈人称之为元日，而福州方言则称之为"做年"。做年究竟时间多长？至今说法不一，短的说仅仅是初一、初二、初三这三天，长的说则有两个月，即从十二月初一起至新年正月三十止。说法虽然不一，但做年却是家家户户都要操持的。富裕的人家可以早一点进行，贫穷的人家当然也就能省则俭，但不管是富过还是穷过，每年的"做年"则是大家都要过的关口。

这不，进入农历十二月，郭依婶就开始忙碌了。她先是把家里的大门小窗统统拆下来，让已经放假在家四处乱窜的林鼎财和陈永弟一起，将卸下的门板一块块搬到厝前井台上，她则顶着寒风，赤脚穿着一双木拖鞋，不惧井水的寒冷，用竹板刷将那些个门板、木窗一块块给洗刷干净，然后再一块块搬进屋立在院墙边，待风吹干后再一块块给装上。甚至连庭院中的隔墙板她也给一块块拆下清洗，晾干后再装上。其实福州的民居中，这些个门板、窗户都是活动的，一根主柱旁边装一扇门或窗，将柱子往上顶，再顺着槽往下一套就给装上了。拆也很简单，抓着一扇门或窗往上一提，下面离开凹槽，往外一拉就拆出来了。墙板也是如此，上面第一块先拆下来，下面的板往上提就一块块出来了。

临近过年的阳光十分明丽，在门板、窗户晾晒之际，郭依婶又到南禅山上采了几把新鲜的带叶竹枝，用麻绳绑在长竿上，举着这以鲜竹枝捆绑成的扫帚，将屋梁上的木柱一根根清扫干净，除去梁间的灰尘。这其实也是福州的一种习俗，称作"筅堂"。这是什么意思她不知道，但她知道，这样做不仅是要干干净净地迎接新年，更有以正直立身的意思。

把屋子里里外外全部清扫一遍，这些个活计郭依婶足足干了三天才完工。之后再把一床床被子、褥子、枕头也都拆开清洗，挂在院墙外竹竿上晒干，这一下子又是三天，工作量着实不小。算起来家中共有六口人呢，够她忙上几天的了。除了林成福、郭依婶，还有林鼎财、陈永弟两个后生，再加上女儿郭叶香，前两年郭依婶又给林成福生了个儿子，如今已经虚岁三岁了。这孩子长得虎头虎脑肥嘟嘟的极为可爱，按照辈分林成福给取名叫林鼎宝。林鼎财和陈永弟对这孩子也是怜爱有加，可惜郭叶香对他们两人十分排斥，只要她在家，基本上都是她带弟弟，林鼎财和陈永弟想去摸一下都不让，更别说抱了，只有在郭叶香上学还没回来，他们俩先放学时才能抱上一抱，逗一逗小孩。可只要郭叶香进了门，看到他们俩在抱弟弟，她立即沉下脸，二话不说上前就给抢过来，抱回了屋里。陈永弟早就看出来了，郭叶香不待见他们俩，主要是针对林鼎财的。姨夫林成福私下里与郭依婶商量，让郭叶香给林鼎财做童养媳，郭依婶自然是没有意见。郭叶香比林鼎财大了两岁，也才十三四岁的年纪，但女孩子早熟，她早就有了自己的打算，虽然寄人篱下，但她性格高傲，从来不把林鼎财看在眼里。当然林鼎财内心自知郭叶香的轻视，他也不敢在她面前称大。

家中大大小小的洗涮完毕，也就到了腊月十五，除夕越来越近，该准备的食物也都要着手了。第二日便是福州传统上的"尾牙"，身为商人的小妾，虽然没有正式的名分，但郭依婶一直都把自己当作是林成福的女人，一方面是感激他在危难之际收留了自己和女儿，另一方面林成福也是个男人，并没有看低她和女儿，日常没有让她受一点儿委屈。因此她是心甘情愿地为林成福操持一切，尽管并没有合法的手续。

所谓尾牙，是福州的一个重要民间节日，"牙"的本意是民间祭祀土地神的仪式，从正月初二开始为春祭，第二次是正月十六，每月两次祭祀，而十二月十六便是每年的最后一次祭祀，因此称为尾牙。其实这一传统民俗原本是中华民族的源远流俗，可惜之后各地渐渐佚失，唯有东南沿海浙江、福建、广东一带遗存，其主要原因乃是这几个省份经济繁荣商业发达。而在福州当然主要还是商家才会有每年办"尾牙"的习俗，辛苦操劳一年，到了十二月十六日，商家都会举办酒宴招待店中的伙计，所有雇员无论长幼不管职位高低皆能上席。酒宴上东家会向大家道一声辛苦，感谢大家一年来的辛勤劳作，每人发放一份奖金。与此同时东家还会对来年的打算进行一番说教，有些员工干了一年并不被雇主看好，需要辞退，也是在这尾牙年会上说明，因此这些个被辞退的员工参加了尾牙宴之后回家过年，开春后不必再来了。当然一般来说雇主并不会随便开除一位雇员，这样对自己的经营也是极为不利的，除非这位雇员确实不好笨手笨脚，或是经商不利需要紧缩经营规模。大部分雇员会在尾牙宴上接受老板的祝福，并通知说元宵节后正式开门营业，于是这些个雇员皆大欢喜，知道没有被老板给炒了，当然也就和老板多喝几杯，笼络一下感情。

吃完了这顿尾牙酒宴，并不是就放假回家了，下面还有一年到头最为紧要的关口。作为经营商户，对外的账目往来是经常的事，相互拖欠也在所难免，既然一年到头了，这些个欠账也必须及时清算了。伙计们尤其是账房先生面临一项重要的任务——追债。在福州，从农历十二月十七开始，到十二月二十二，这六天内必须要将整年的欠债统统给追回来。如果过了这个时段，就不能再要债了，只能等到新年之后才能继续要债。如果硬是去要，不仅讨不回来一文钱，甚至还会被欠债者臭骂一顿，遇到不讲理的，挨一顿揍也是有可能的，而且挨了揍还不能有半分怨言——谁让你坏了规矩呢？

其实在福州民间，尤其是在南台小桥、上下杭、茶亭一带，恶意欠债不还倒是少数，大多数欠债主要还是经营不善造成的。大家也都是明白人，都靠着这些个营生，长年生活在一起左邻右舍的，谁不知道谁呀？到了年尾对于那些欠债的人，被欠者也仅是象征性地上门提醒一声，决不会逼人家走上绝路——如果真是逼急了，破罐子破摔一了百了，那被欠的债这一辈子都讨不回来。如果放人家一条生路，来年说不定时来运转经营有方发了财，不仅欠的债还清，还可能会主动奉上一笔违约金以示感谢，毕竟多个朋友多条路嘛。

洗刷完毕，郭依婶就该准备敬神的食品了。她先是去同利肉燕老铺买了一大碗太平燕，顺便购买了些木耳、腐竹、香菇、金针菇等食料，拿回家一一泡发，在蒸饭的木桶中蒸了一桶干饭，到了午后，将这些个食物或蒸或煮或炖一一都给弄熟了，还煎了一盘红枣年糕，拿出一摞漆成大红色的木碗，将这些个食物摆放在碗中，小木桶中装着白米饭放在中央，十碗食物围着绕成一圈，十个小酒杯排成两排。一张红木方桌，前方是一尊灶公神像，两边两根红色的蜡烛。这一切都摆好，就等着店中的伙计来祭祀、吃饭了。

冬季天色暗得早，东街口鼓楼的钟声隐隐约约地传来，厅堂中摆放的西洋自鸣钟也清脆地发出了六声响。随着钟声，林成福带着几位店中的伙计回来了。

屋子中央燃起了一盆旺盛的火，众人裹挟着一股寒风涌进门，见到郭依婶先后打了招呼。对于这些人郭依婶都熟识，她有时去店里送些用品，有时他们也来家中与老板商议事项，经常与郭依婶见面。端出一盆温水，让大家都洗净双手，然后林成福在前，众人跟在后面，林成福拈出三支香点燃，然后他转身向后看了一眼，问郭依婶："孩子们呢？"

郭依婶这才想起来，敬神是要全家人都参与的。她立即来到后院，将孩子们一一喊出来。林鼎财与陈永弟搭伴，郭叶香抱着还在熟睡的小弟弟，孩子们躲在大人身后。

待人都来齐了，众人先后从郭依婶手中拈了三支香，在红烛上点燃。林成福在前领着众人，双手举起三支香，神色肃敬，对着灶公灶婆的神像朗声说道："上天言好事，回宫降吉祥。灶公灶婆，在此有礼了，恳请神灵来年护佑我们小店生意兴隆！"一鞠躬。然后又说："恳请神灵护佑我们众人平安度过！"二鞠躬。接着再说："恳请神灵护佑我们一家人安康吉祥！"三鞠躬。林成福双手高举三支香，分三次举过头顶，向灶公灶婆行礼，众人一一跟随。之后林成福上前一步，将三支香插在神像前的香炉内，绕着方桌转一圈，向灶公灶婆行礼，众人也一一跟随。

之后大家来到院中，这儿已经摆上了一张大方桌，桌上满满当当地摆放着菜肴。林成福依惯例端坐主桌,账房老先生坐右首,伙计们与郭依婶推让了一下,将郭依婶请到了左道,众人落座后,林成福让郭依婶把每人面前的小红木酒盅添满,他端起酒盅,对众人巡视了一圈,说道:"又过年了,诸位辛苦,来年继续发财。"众人起身举杯一同说道:"发财!"将酒一干而尽。

这酒是福州本地的老酒,是用糯米酿制的,虽然度数不高,入口微苦回甘,但后劲挺大,更多的是用来烧菜用。林成福不胜酒力,平日也很少喝酒,要喝也就是这种度数低的福州老酒。

放下酒杯,林成福拿起竹筷,对着众人说:"来,动筷子。"他首先从大碗中夹起一块鸭肉放在了身边的账房先生碗中,老先生立即起身向老板致谢,林成福又夹起一块肉放在郭依婶碗中,这也是表达对她的感谢。郭依婶抬头看了他一眼,那眼神中明显蕴含着感激。然后林成福招呼大家:"不用客气,一起来。"大家相互推让一下,各自夹了菜送入口中,有的用筷子夹了一块白年糕,有的用瓷勺舀了一个鱼丸,有的在芋泥中挖出一勺轻轻放入嘴里。

郭依婶从郭叶香手中接过孩子,让郭叶香也吃饭,她自己则挑起一些小的食物放在孩子口中,让他品尝。林鼎财和陈永弟则尽情放开手脚,将一张小嘴塞得满满的。

望着眼前这些个围桌而坐的人,陈永弟既好奇也新鲜,原本学校放寒假了,他与林鼎财表哥商量,像往年一样,准备回乡下老家去,一来与家人团聚,二来在家过年。可今年林成福因为生意上的事,在年前跑了一趟闽北和浙江联系货源,准备来年再进一批货,争取扩大经营。可谁知等他办完了事回来之时,所乘坐的轮船在前一天却在江中出了事,没能准时到达。他这一路原计划从浦城乘船而下到达南平,再换乘由福州开往南平的船回来。由福州开到南平的客轮每天都有,上行因为是逆流,所以中途要住一晚,第二天上午才到南平,而回来时则是顺流而下,一路顺利的话傍晚就能到家。可林成福要乘坐的那班客轮在由福州上行去南平时,半航中途遇上急旋风,船被吹得一歪撞到江中的礁石了,船舱破损涌水,没能及时到达南平,林成福在南平住了一晚,第二天回到福州时,已临近做年,只好让人稍信到乡下,告诉陈永弟的父母不能回家了,在福州过年。待年后看看,如有顺风的船回家,一起捎回去看看家人。

尾牙的酒宴在一片鼓劲加油的赞美声中结束，每一位伙计都领到了一个红包，伙计们打开一看，足足是一个月的薪水。这在福州南台也有个讲究，叫作"双饷"，说明过去一年来生意经营得不错，老板赚了钱。如果经营不佳赚钱不多，到年底老板也会给红包，这叫"鞋钱"，比喻钱不多，只能买一双鞋。席间林成福与众人说到来年的打算，准备做哪些事，在哪些方面要多用功。伙计们听了十分高兴，也都纷纷加入到讨论之中，你一言我一语七嘴八舌说了不少话。这其实也是一个信号，如果年终尾牙老板与大家商量来年的经营事宜，说明老板要把大家留下，没有让人辞职的意思。而如果老板让账房当场给人结账，这就说明这位被老板给炒了，来年不用再来了。

2

其实林成福的木器行并不大，人也不多，除了一位账房老先生之外，还有两位店伙计，一位叫依壮，一位叫依强，都是林成福从老家带出的人，也都曾跟着林成福舞刀弄枪练过武术。他俩专管招呼客户，另外还有两位身高体壮的伙计是干粗活的，也就是专门搬运木材的。那些个木材在进货时，往往都是些粗大的木料，由闽北顺流而下漂流到台江码头，在江边偏僻不影响航道之弯角处，放在水中浸泡半年脱去油脂，再由这些个搬运的伙计一根根拉上岸来，接受日晒、雨淋、风吹的考验，四五年后这些个原先潮湿的木料变成干燥的木材，该断裂的地方已然裂开，这才送到加工厂给锯成一块块方料，然后入店出售。这四位伙计都是林成福的同乡，唯有那账房老先生是个读书人，是在城里雇请的。目前店中经营状况尚属良好，明年还能保持是最好的，因此林成福也没想开掉哪一个，这些人都跟了他三五年了，相互间知根知底，因此不存在炒人的事。不过在陈永弟眼中，这位老先生是个有故事的人。

老先生姓郑，大号郑春熙，家住鼓楼安民巷，那儿一片都是大宅院，原先是官员或是读书人聚居之处。老先生的祖上曾中过进士当过官，后来清王朝倒了，进入民国，老先生所学的那套不能用了，虽然去东洋留过学，但毕竟是常常感念着大清朝的皇帝，说话做事便有些不着调，不招人喜爱，他又不会别的营生，只好靠着识文断字给人当讼爷，省政府成立了司法局，来了一批留过洋喝过洋墨水的法律专才，像这位郑老先生这样还拖着长辫子替人打官司的师爷就失了业，只好给人写写讼状、替人算算账挣点活命钱。林成福开店想找一位账房先生，请彬社那位吴老太爷帮忙，介绍了这位郑老先生，来到林成福的店中，请他给店里掌管账目，当然给的薪水不算菲薄，一来是吴老太爷的面子，二来这位郑老先生虽然迂腐，脾气有点倔，做事却极是认真，过手账目几年来还未出过差错。再加上老先生在城市里还有些七大姑八大姨的亲戚，店中有些为难的事，老先生感念于林成福的知遇之恩，常常出手相助，虽然不能解决大问题，一些小事倒也能摆平。一来二去地相处多年，老先生看着林成福的店由小变大从弱到强，也看到了林成福机灵的脑袋和非凡的手腕，也就一直跟随着不再改换门庭。

其实，日后他还是改换了门庭的，也称不上改换，而应该是叫作归队，但那时林成福已经无法知悉了。

林鼎财和陈永弟放学了，常会跑到店里来玩，伙计们都是乡亲，他俩大都认识，倒是这位老先生让俩熊孩子开了眼界。老先生原先也是有家室的人，后来家庭凋敝，被夫人娘家轻薄，便将嫁出去的女儿召回家一去不归，儿子女儿也都随夫人走了，老先生便成了孤家寡人。人倒是清静了，一人吃饱全家不饿，可毕竟是上了年纪，身边没人陪伴，家族中的房产早就变卖一空，幸好族人看在孤身老人觉得可怜，便在侧室留出一间偏房供老人居住，饮食起居一概不管。

虽然已是家破人离，但老先生毕竟是读过几天书识文断字，那读书人酸腐的空架子倒还时常端着。这不，见到两个小孩机灵可爱，空闲时他便与小孩儿聊得欢，给他们讲些大户人家的规矩，或是说些福州的家谈巷议、民间传奇等等，说得开心时还舞起身段，给他们来上一两段闽剧唱腔，诸如《甘国宝》《贻顺哥烛蒂》《碧玉簪》等等，或者讲上一段福州评话，《铁公判》《双玉蝉》《夫妻三鼎甲》等等，不仅把这两个小家伙逗得哈哈直乐，就连店里的伙计们看了也拍手叫好。另外这位老先生从小念私塾有着深厚的国学底子，写得一手好字，自从他来到店中，每年做年时，大门前、前厅及院内几处小门上的楹联便统统由他撰写，他也极为重视，把这个看成是展示自己才华的大好时机。每年写春联，他都要先沐浴更衣，燃上一炷香，慢慢研墨，这过程中他思考着写什么词，他写的那些个词还真是他自己根据眼下的时局草拟的,绝不像其他商家从老书上抄来千篇一律毫无特色。老先生的字写得好,对联也工整,尤其是那文绉绉的新词一套一套的,令人拍案叫绝。有一次老先生刚刚写好一副对联,郭依姆给抹上糨糊贴到大门上,可不到一袋烟的工夫,出门时发现那副对联竟然不翼而飞,家人出去仔细看,猜想大概是过路的人正好看到,觉得写得好,顺手就给揭下拿走了。老先生颇有几分得意,摇头晃脑地显摆了半天,重写一副并亲自贴在大门上。

郑老先生有许多怪僻,其中之一便是死死抓着自己家的身世说事,有事没事他总要来一句:"想当初,爷爷我也是风光过一阵子的。"起初小孩子们好奇,林鼎财便追问他是如何风光,这位老先生便摇头晃脑地开始酸了:"爷爷我也是有身份的人,当年大清王朝,爷爷我还中过进士,准备考取功名的。"

"那为什么没有考取呢?"

"为什么?为什么?因为大清王朝倒了呀,搞了个什么民国?叫得好听,还民国,可这国里老百姓哪里说得上话!"然后老先生长叹一声:"唉,世风不古,世风不古呀!"

听了老先生的话,两个小孩起先倒还觉得有趣,虽然他们不知道民国与清王朝的区别,但见到这老先生别具一格的模样,就像闽剧里的丑角一样,令人喷饭。可是听久了,老先生也就这么三句话颠三倒四地重复着,于是小孩子们便也都失去了兴趣,听到老先生说起"想当年",大家便一哄而散,只留得老先生在那儿长吁短叹,慨叹世风不古了。

不过小孩子们没事时,听听老先生发发牢骚、讲讲怪话,如果能说出点新意,还真的挺有趣。比如老先生时常以自己家住鼓楼为荣,说上几句台江人的坏话。在福州历史上,鼓楼一直是达官显贵们居住的地方,而台江则是明清以降逐渐发展起来的商业地区。同样是说福州话,鼓楼的话多为官话,说些官场的用语,而台江则在日常口语中多用商业词汇,这就造成了地域间的差异。其实鼓楼与台江相邻,但就这么一条街相隔,两地在语言上、习俗上便有不同,鼓楼人以城里人自居,看不起台江人。而与台江一江之隔的仓前山,因为山峦起伏,多为农田,所以台江人又看不起仓山人,把仓山视为乡下。

郑春熙老先生是读书人,家在鼓楼,以城里人自居,言语中时不时地就透露出一股子优越感,看不起台江人。有时争论起来,他便出言不逊:"你有什么了不起?我是鼓楼的!"每每听到这句话,店里的伙计们便会群起而攻之,反驳道:"既然你是鼓楼的,跑到我们南台来干啥?"一句话便把老先生给噎住了,他便不敢再言语。是呀,虽然是鼓楼的,可实在是没有活路了,只好降低身份跑到南台来求生活,虽然看不起,却是要靠人家南台人才能生存,所谓英雄气短是也。

除了这么些酸腐气之外,老先生倒也通情达理,还是个热心肠,挺能助人,尤其是南台人多为经商,受家境的限制,没读过几天书,文化水平普遍不高,一旦遇到文字上的需求,比如写封家书、写个状纸之类的,凡是有求上门的,老先生概不推辞,凭借着自己的经验,帮人出主意打点官府,以求得利益最大化。这不,林鼎财与陈永弟在学校读书,回家来老先生便时常帮着复习功课,给他们讲讲中国历史文化,林成福看了大加赞赏,甚至于拜托老先生无事时多给他们讲点知识指点一二。见自己的学识有了用武之地,老先生当然得意扬扬,不过得意之余,他也确实尽心、耐心加诚心,他讲福州历史故事时,不仅两个小孩加上郭叶香坐在小木凳子上仔细听取,就连店里的伙计不忙时也会扭过头来倾听。

不过话说回来,这位老先生肚子里确实有点墨水,而且年轻时也确是风流倜傥的公子哥,每每有了谈兴,他便高谈阔论纵横八万里,说起台江的一些文物古迹名人逸事如数家珍娓娓道来。比如他说到南台下杭路的德发弄,其实这条小弄就在他们家附近,两个小孩上学时经常从那儿经过,也没觉得怎么样,可是郑老夫子说到德发弄的来历、演变和逸事,竟然能吸引小孩子们的极大的兴趣。他讲得口若悬河滔滔不绝,孩子们听得聚精会神笑逐颜开。还有那状元境里福州历史上的第一个状元,还有那从换头街到万侯街又改名乃裳路的一条小路,还有那中平路上的浣花庄,还有那"三桥渔火"星安桥……

说到动情之处,老先生兴致勃勃地吟唱起福州方言歌谣:一粒橄榄两头尖,我哥出海去赚钱;只要俩人情意好,寄转五百当一千。日落西山夜昏黄,点起油灯照孤房;日里想哥想到暗,夜里想哥到天光。

说到激动之处,老先生情不自禁,甚至向小孩子们说起福州的"白面"与"乌面",而说到此时,郭依婶立即从屋内冲出来,指着老先生的鼻子:"做死啦，与小侬弟说这些个不干净的东西！"老先生当场醒悟，连声说："对不起对不起，这些不适合向小孩子说的。"说得两个小孩加上郭叶香摸不着头脑，这"白面"与"乌面"是什么东西呢？后来当他们长大成人后才知道，所谓的"白面"与"乌面"，乃是旧时福州城里对妓女的说法。

按理说像郑春熙老先生这样一位出自大户人家清高傲慢的人，平日里看人眼睛都不带直视的，可为什么偏偏屈就成为林成福的账房先生？而且还死心塌地做事认真？说起来还与一段官司有关。

郑春熙家住鼓楼安民巷，祖上曾是清朝的官员，可是到了他祖父这辈染上了抽大烟的恶习，说来这也是清末的一个普遍现象，就像当今男人抽烟一样，仿佛是一件十分时髦的事，大家都像追星一样趋之若鹜，虽然后来的福州同乡林则徐在广州禁烟，可最后林大人功亏一篑被撤职查办，留下了一句"苟利国家生死以，岂因祸福避趋之"的感叹。可这抽大烟众所周知，并不是抽支香烟那么简单，说白了这可是断子绝孙的死棋。要不然当初英国人拼全力向清朝推销鸦片，可他们自己为什么不试试来一口呢？郑老先生的先辈们沾染上这一恶习也就那么几年的工夫，偌大个家业便随着袅娜的轻烟灰飞烟灭，而且成天沉醉于这烟枪，考取功名光宗耀祖的家训也被抛弃到了爪哇国中。郑春熙的父亲痛感国破家亡的凄惨，正逢清末左宗棠在福州近郊马尾创办船政学堂，他便报名考取了这一不收学费的近代海军学校。毕竟是官宦人家出生，架子没了底子还在，乃父成绩不错，与严复、邓世昌等人为学友，马尾船政学堂毕业后直接被外籍老师保荐，到英国克莱斯特皇家海军学院留学，回来后去了李鸿章的北洋舰队。当时李中堂的北洋舰队正好遇到发展瓶颈，毕竟这近代海军在清朝是个新鲜事儿，能起到什么作用朝廷中争议不断，再加上李鸿章派系庞大，引发了朝中对立派的攻击，也引起了实权派老佛爷慈禧太后的警惕，李鸿章的权力被逐一打压。而李中堂一手创办的北洋舰队成为一支引人注目的军事力量，慈禧老太后当然也格外关注就怕尾大不掉，暗中使绊子派人掺沙子。俗话说苍蝇不叮无缝的蛋，偏偏就在此时北洋舰队内部出问题了。

在马尾创办船政学堂是洋务运动的一个重要部分，因此中国近代海军的诞生，福州人成为一个重要的力量。有不少家境贫寒的子弟纷纷报考这所不收学费反给津贴的学校，再加上福州本就是个读书成风的古城，有句民间谚语:杭州出美女,福州出道台。福州出道台意思是说自古福州就是个以读书求取功名的热土,有许多福州籍的贫寒子弟通过科举考试出人头地,宋朝宁宗嘉定元年(1208年)科举考试一榜三鼎甲尽为福州人,清朝时更是鼎盛,清初福州李氏五子登科,清中叶曾氏五子登第,清末陈氏兄弟六人中三人进士三人举人,还有福州南郊螺州陈氏六子科甲,福州自古便有男人热衷读书考取功名的习俗。所以这船政学堂一办,给那些个落榜的考生提供了一条出路,众多学子纷纷进入船政学堂,此后出人头地成为海军官吏的大有人在,因此在近代海军中形成了一支重要的力量——闽派。

马尾船政学堂的成功,成为洋务运动的一个样板,全国各地纷纷效仿建立了不少海军学校,如烟台、天津等等,这些个海军学校的创办也为近代中国海军的发展提供了人才。可是在当时,这些个海军之所以出来当兵,还是因为家境贫寒。而今解决了温饱问题之后,甚至于在仕途上多有成就之后,便暴露出了一个致命的缺陷——门阀派系,这在李鸿章的北洋舰队中是首先出现的。当慈禧太后想着削减李鸿章的权力之时,北洋舰队内部的派系斗争亦愈演愈烈,闽派作为近代海军的奠基人,当他们手中的权力日渐扩大时,形成了一个以地域为特征的小圈子,只要有机会,这些个执掌基层乃至中层海军权力的官员们便不约而同地提拔任用同为福州籍的海军,这当然引起了烟台派、天津派的激烈抗争,这种派系斗争发展到不共戴天的地步,于是,慈禧太后的机会来了。其最终结果,尤其是在甲午海战、马江海战相继失败,李鸿章的权力被大大地削弱了。

郑春熙老先生的父亲从英国留学归来,先是在北洋舰队担任管带,也就是舰长,好在他到来不久涉事未深,派系斗争他并未陷入而是置身事外,因此当闽派前来找他让他参与其事时被他婉拒了,最终被人排挤,在老同学的帮助下在北洋舰队里搞后勤。虽说是离开了权力的巅峰,失去了实权,但塞翁失马,这也保住了他一条小命,使他脱离了一线,虽身在海军却未能亲临战场直接参加甲午海战。

后来的事大家都知道了,甲午一役北洋舰队全军覆没,清王朝的海军遭到沉重打击,洋务运动至此一蹶不振。郑春熙的父亲在仕途上一直是一个小官吏,没有大的起色,中华民国替代大清王朝那年,郑老先生的父亲也病入膏肓,不久辞世。可惜的是孙文先生创建的民国并未给百姓带来和平,各地军阀混战,倒霉的当然还是老百姓。郑老先生在家排行老大,下面还有两个弟弟。相比较而言,郑老先生自小受到的是传统教育,甲午一役给了年轻的他以莫大的打击,他便也随着许多人一起到东洋留学两年,就在此时家族中有人摇身一变成为民国新贵,外战不行内战却是十分的娴熟,趁着郑家老人不在长子留洋幼子尚未成年之际,玩弄权术贪占了他家祖上的家产,将一家老少赶出郑氏祖居。

郑春熙在外留学两年回来时,竟然发现自家已上无片瓦难以容身,当即奋起抗争,运用自己在东洋学习的法律知识打起了官司。可惜这是在军阀混战之时,本来法律就不够健全,更何况各路军阀江山轮流做,你方唱罢我登场,没个和平的环境,再加上那位家族新贵在省城有不少人帮着说话,郑老先生胳膊扭不过大腿,官司打输了。他不甘心进京找到了自己的同学、同乡帮忙,郑氏在永泰县梧桐镇也是个大家族,祖上有不少人在京城或是在各地为官、经商,盘根交错。郑老先生来到京城求援时,郑氏家族长辈出面了,他们也对同室相煎的局面看不下去,毕竟都是自己家族的人,这些个大佬出手,那位霸占郑家产业的新贵自知理亏,赔钱了事。不过经过此事,郑老先生对这个社会也就心灰意冷,将退回的部分家业交给了两位弟弟,让他们有个安身之处并赡养老母亲,他自己则云游四方去了。

在外漂泊居无定所,该吃的苦都吃过了,该受的罪也都受过了,凭借自己的法律知识,他帮人赢过官司,可更多的却是受制于这个不平等的社会,输多赢少,浑浑噩噩大半生,终老还是要还乡的。回到福州,母亲已离开人世,两个弟弟也是处于社会底层,他只想着安稳过日子了此残生。就在他四处找寻安身之处的时候,彬社的那位吴老太爷把他介绍给了林成福。

说来吴老太爷与这位郑春熙老先生自小就认识,俩人都是永泰同乡,小时候同在学堂开蒙受业,之后郑老先生随父亲来到福州定居,而吴老太爷则与家乡几位同龄人经商,也在福州定居。一个偶然的机会参加永泰同乡会俩人相见,经交谈竟然发现是小时候的玩伴。林成福不仅雇郑老先生为账房先生,甚至还给他准备了居住之处,供他一日三餐无忧。一方面是看吴老太爷的面子,另一方面林成福也发现,这位郑老先生走的地方多见多识广,店里有时遇到事还真得凭借郑老先生那三寸不烂之舌给化解,便有更多地倚重。郑老先生也不客气,没把自己当外人,虽然有时逞些口舌之强,但对于林成福的为人处事他还是十分认可的。

3

吃过了尾牙宴,店里的大小事也就进入到了年终结账的关键。郑老先生给清算了一下,还好,本年度店里经营还算顺利,略有节余,欠账也不多,这些个账目郑老先生早就有了全盘的谋划,最终他把账目交给林成福过目,一看这本账林成福也笑了,不错。欠账的也就十余家,而且这些人林成福都认识,甚至十分了解,都是些熟人,他们在这一年中有的是家中遭遇变故,有的是被人拖欠,有的则是老板过世,剩下孤儿寡母,并不是恶意拖欠,实在是事出有因。到了这个份上,林成福凭借自己多年来的经验也明白,这些欠账恐怕是难以要回来了。为什么呢?因为这些人都是多年打交道的人了,他们都是有身份的人,不到万不得已是不会欠账的。如今欠了林成福的账,这说明他们确实是遇到了困难。林成福轻描淡写地说了一句,先去他们店里看一看,要不回来也不用再去追了。

快过年了,林成福也是大事小事不断,既有木帮商会的,也有救火会的,还有一些亲朋好友相互拜访的,倒是自家的商铺牵挂最少,有那位账房郑老先生坐镇,他倒是不用过多操心了。

下午林成福前往小桥警察局,在那儿开了一个会。小桥警察局管辖着上下杭这一片,林成福所在的商铺就在这辖区内,而且林成福与警察局交往非浅。说来还是当年林成福暴打那个欠薪不还的所谓省府主席亲戚时认识他们的。这事儿发生后,小桥警察局接到上峰指示,在上下杭一带林成福活动的地方进行搜寻,那时他还没开这个店,居无定所,结果竟然没有找到,为什么呢?很简单,他被彬社给藏起来了。之后彬社的吴老太爷出面,与警察局局长私下一番交谈,说清楚了林成福这事的前因后果。局长不论公事还是私事,多有拜托彬社之处,他便不再积极,虚与委蛇说是正在全力搜寻,暂无结果。后来那省府主席亲戚的真面目被揭露出来,林成福暴打恶意欠薪者反倒成为义举,并且有省府官员出面讲话,说是他维护了政府的声誉,这事便不再提及。也就是通过这件事,林成福与小桥警察局有了交集。之后林成福在彬社吴老太爷的帮助下,在上杭路开了商铺,由于他办事稳妥又重义气，很快成为吴老太爷的得意门生，代表彬社出面与市面上大大小小的组织或人物打交道，免不了与警察局也有了来往。

小桥警察局开的这个议事会，其实也是他们的固定项目，每年过年之前，都要开这么一个会，说是商议会也行，说是茶话会也罢，总之就是找来辖区内有头脸的人物，相互拜个年，介绍一下辖区内的治安情况，通报一下省局的一些重点事项，之后聚餐。这个会也算是警察局与民众的恳谈会，反正这个费用不由警察局出，而由辖区各商会赞助，其中林成福赞助的数额最大。

警察局局长先是给大家拜年，感谢诸位老板、士绅一年来的支持，然后说到这一年来，辖区内太平无事，治安防范没有大的案件，水火两灾也还算平稳，可以说是让警察局最为轻松的一年。然后话锋一转："不过近日共党闹事较为厉害。据省府密报，前年（1935 年）2 月共党福州市委执委、连江县委书记、县苏维埃主席被俘并枪决，5 月共党福清县委成立，8 月共党福州市委执委、罗源县委书记被俘并枪决，去年（1936 年）8 月共党福州市委成立了工委，11 月闽侯大义被共党攻陷，而共党组织的罢工罢课罢市等活动持续不断。在此要提醒各位士绅，天下不太平，诸位要戮力同心，在蒋委员长的统领下，确保三民主义的建设。"

讲完这一段，局长调子一转，换了话题："一年来，在诸位士绅的襄助下，在我局各位同仁的携手努力下，各方面都取得了可喜的成效。不过诸位也都看到了，我们警察局这幢小楼破旧不堪，空间狭小，诸位都是我辖区内有头脸有地位的士绅，请诸位在此局促之地聚会实属无奈。来年打算寻地建一幢宽敞的警察局大楼，还请在座的各位予以支持。"

众人齐声赞同，也有人说早该建新的了，这个事就这么定下来了，准备在年后立即启动。当然建楼的资金也就是在座的诸位共同承担。

议事会开到这里也算是功德圆满，警察局局长借机与诸位士绅、老板多喝了几杯，警察局十余人悉数参加了聚餐。会上免不了觥筹交错，林成福在警察局的老熟人鲍警长、小郭警官等一干人马纷纷与林老板碰杯，他是来者不拒，一一喝干。

快到下午 2 时，议事会终于结束。林成福满面红光，步履都有些蹒跚了。虽然酒量不行，头脑倒还清醒。

林成福与众人有说有笑地一同离开酒楼,警察局局长拱着手将各位送出大门。临走时,林成福特意走到鲍警长和小郭警官面前,对他俩说:"有空来小店坐坐,喝杯茶。"俩人笑着连声感谢。

走到建宁会馆时,正好遇见林鼎财和陈永弟,俩小孩原先还是一路说笑打闹,一转弯见到林成福,立时站定不再言语,林成福见到他俩,问了一句:"去哪里?"

林鼎财不敢吭声,陈永弟说:"姨父,我们刚才去青年会馆卡溜(福州话,玩),现在回家。"

"走吧。"林成福笑了笑一摆手,俩人立刻跟在身后一同回家。

沿着长长的小巷,林成福在前,俩小孩在后,三人呈"品"字形往家走。林成福背着双手,俩小孩在身后虽不言语却挤眉弄眼地交流着。突然,前面一条名叫硋埕里的小巷内跑出来一个人,他猛然看到款款而来的林成福,赶紧想转身,可已经来不及了,尴尬地站在小巷边,面对着林成福。林成福被这突然跑出来的人给吓了一跳,抬头看到对方,忙拱手道:"噢,何老板,发财发财。"

对方陷入惊异之中,也只好抬手作揖:"林老板发财。"

"何老板这么急匆匆的是要去哪里呀?"

"我……我去尚书庙看戏。"

"啊好,何老板雅兴不浅。有空去鄙号坐坐喝杯茶。"俩人匆匆别过,林成福继续往家走,那位何老板加快了脚步奔跑而去。

台江万寿尚书庙是为祭祀抗元名将陈文龙而建的,在福州南台,尚书庙还有浓厚的民俗活动,除夕要通宵达旦演"躲债戏"。两年一度的正月十八日要举行尚书公官船出海活动,一则是尚书公回莆田省亲,二则尚书公巡安四海,当天还举行庙会、太平法会、游神踩街,热闹之极;农历八月十五日为庙庆举办庙会等活动。

为什么叫"躲债戏"呢?南台自古商业发达,账目交往中当然有些欠债因各种原因无法偿还,做年之际便是每年清算账目的时刻,此时有些商户无法清还欠账,只好躲到尚书庙中来。在南台民俗中,一旦欠债者躲到尚书庙中,就像是获得了免死牌,债主切不可跑到庙中要债。直到新年初一这些欠债的人才会返回各自家中过年。为了招待他们,庙中特意安排上演闽剧,供这些有家不能回的商人们看戏。当然,来年如果这些人经营上有了起色,会立即还清债务,并拿出些许资金供奉尚书庙。

到家后,林成福问郭依婶:"今晚吃什么?"

郭依婶看了看锅里:"家常饭,有饭有菜。"

林成福说:"你煮一碗鱼丸来。"

郭依婶也不问,立即到厨房中煮了一碗鱼丸,在汤中还加了些葱末,用小碟装些福州虾油。

林成福亲自动手拿脱胎漆器的两层食盒将煮熟的鱼丸装好,叫来林鼎财和陈永弟:"你们俩跑一趟,去尚书庙给何老板送些吃食。"

林鼎财不敢吭声,接过就准备走。陈永弟却开口问:"姨父,为什么不请何老板到家里来吃?"

林成福笑笑:"何老板去年有一批木材从闽北运来,半路上被土匪抢走了,损失惨重。他欠了我们店里一些资金,不好意思见我。如果叫他来吃饭,他是个好强要面子的人,肯定不会来的,还是你们跑一趟,给他送去吧。他也不容易,做年了,总要让他吃饱肚子。"

两个小孩拎着两层食盒子一齐出了门。

来到尚书庙天色已暗,林鼎财带着陈永弟走进朱漆大门,里面戏台上正上演闽剧《甘国宝》,讲的是清乾隆年间武状元甘国宝奉令担任台湾总兵,戍守台湾的历史故事。戏台上吹拉弹唱铿锵有力,台下却是人头攒动水泄不通。小孩子身材瘦小活动灵便,俩人在人群中挤来挤去,费了不少力气终于在一个角落里找到了何老板。他们上前将手中的食盒递上去,叫了声"何依叔,我依爹叫我们送来鱼丸给依叔尝尝。"

何老板接过食盒,泣不成声,说:"谢谢你依爹,告诉他,我欠的债年后一定偿还。"

陈永弟接着说:"我姨父说了,欠债的事你不要着急上火,来日方长,从长计议。"

何依叔拉着他们的手:"好,好,谢谢你们小依弟。"

林鼎财还想留下来看戏,陈永弟却拉着他往外挤:"走啦,表哥,天暗了,等下姨父又着急了。"

林鼎财只好跟着表弟,一前一后挤出尚书庙。

第六章　国难

山河破碎，善良百姓横遭涂炭，一座朴实宁静易攻难守的福州城，一座榕荫匝地河流纵横的福州城，一座三山耸立两塔雄峙的福州城，就这样在极短的时间内，陷入敌手，饱受摧残，百姓遭难。

1

"乡国真堪恋，光阴可合轻。"时光真像一匹奔驰的骏马，一跑起来就收不住蹄子。过了年，陈永弟与表哥林鼎财就开学了。来到学堂，这儿倒没有什么变化，唯一的变化就是大家都长了一岁，先生们都老了一岁。班主任阮先生倒还是那么干练，走路一阵风，那蓝色的阴丹布旗袍外套了一件夹袄。虽然已是春分时节，可天气却依然阴冷。

1937 年，这一年注定是一个不平凡的年份。2 月初，《福建民报》头版刊登了一篇文章，说是共产党闽中特委五位负责人在莆田被捕，押送至福州后不久被枪决。文章见报的那一天，阮先生来到班上十分气愤，她一改往日的从容贤淑，满脸通红，虽然面对着一群孩子有些话不能说得十分明白，但也明确地表达了自己的愤慨。她先是给大家读了这篇文章，然后还把报纸上的照片给大家看，只见那五个人被五花大绑，虽然画面不是很清晰，但从那张报纸上已经十分清楚地看出内容。

阮先生压抑着自己内心的愤怒，对同学们说："岂有此理！岂有此理！真是暗无天日啊！"

看到阮先生难得一见的发怒，有同学在后面小声议论："这些人是不是阮先生的亲戚啊？"当然这些话阮先生本人没听到，但林鼎财和陈永弟都听到了，陈永弟转身向后，对着那位同学，伸出食指压在嘴唇上，对他"嘘"了一声,让他不要再出声。这位同学也知趣,立即闭嘴不说话。

阮先生在狭小的教室里转着圈走了好几圈,终于停了下来,对大家说:"掏出课本! 第五课,一起朗读!"教室里响起了朗朗的读书声。

之后又发生了许多事。开学不久的 4 月份,福州市自来水工程开工建设,从鼓楼开始。在此之前大家多是喝井水,尤其是在台江,林鼎财自家的院内就有一口井。自来水是个新鲜的事物,见过的人极少,那位曾经留学东洋的郑春熙老先生倒曾见过。听到大家都在议论这事,他也就掺和着给大家说起自己的见闻,听得大家如坠五里云端,最后大家知道,反正这自来水挺方便,不用再出门打水,在家中一拧那水龙头就能接到水。可惜的是听说这福州自来水工程是由日本人办的公司叫什么三菱株式会社承包的,只是虎头蛇尾,到了 7 月份他们竟然丢下这半拉子工程不干了,最终陈永弟他们也没能喝上自来水。

4 月份还有一件大事,这与林成福的生意直接相关——省府下达通知,开征普通营业税。商户们苦不堪言,类似的税收已经够多的了,还要征收这么一个新的税种,于是在商业发达的南台一带,才几天的时间有大约四分之一的商铺关门停业,还有四分之一在等待观望。

其实增加收税的事,让林成福也十分头疼,本来这税收就不低,再加上项目繁多的苛捐杂税,令各商铺叫苦不迭。这天下午,林成福正在商铺中与账房郑老先生低声商议着,小郭警官突然上门,对林成福说:"林老板,我们局长请你去局里议事。"林成福看了一眼小郭,问道:"小郭警官,黄局长有什么要事呢?"小郭警官知道林成福与局长交情不浅,直言道:"听说是有关收税的事。"林成福立即放下手中的活计,跟着郭警官出了门。

来到警察局那间宽大的局长办公室,黄局长忙起身让座,并叫副官给林成福倒了一杯茶。然后直入话题:"成福老弟,我也不多客套。上峰来了指示,福州市府征收普通营业税,可是从全市来看,效果并不理想。我们南台尤其是小桥一带是商业重地,这个税收其实也就是我们的大头。市局已经下令了,要我们警察局协同收税。今天找你来,就是想听听你这位老朋友的心里话。"

林成福也不多言,打开随身带来的一个布包,里面是一沓税收单据,还有自己店铺的账本。他把这些个单据一一展示,并把账本中上月营业收入那一页翻开。"黄局长,我不敢多言,你看看我这店中的实情就知道了。"

黄局长翻看着林成福带来的账本,还有那厚厚一沓税收单据,看了一会儿便明白了,抬头问:"贵号是这般情形,其他的店铺呢?"

林成福痛心地说:"还不如我呢!"

黄局长停歇了半晌道:"成福老弟,你这情形我知晓了,真是难哪。"

林成福也忍不住发牢骚:"局座,你我认识也不是一天两天了,不是外人,你看看我,今年1月份生意还好,2月做年,依惯例商铺停歇,收入不好,这也是常事,往年都是这样。3月份本来还算好的,可这又增加了一项普通营业税,你看看我还能有多少利润?"

黄局长叹了口气:"现在市面上怎么样?"

林成福也叹道:"已经有近一半的商铺关门歇业了,还有不少死不死活不活地苦熬着硬撑着。如果再这样下去,我这小号也将无法生存了。"

黄局长摇摇头:"可我这上峰的命令,你看也不能不做吧?"

林成福苦笑道:"黄局长,如果有一天商铺都关了,你这命令也就……"

两人相视苦笑着。

这个增加税收的政策最终没能执行下去,倒不是省府良心发现,而是世道不太平,一连串的事件发生,省府疲于奔命,根本无暇顾及执行这增税的事。

5月中旬,以福建协和大学为主联络了各高校的学生们,走上街头游行示威,主题是反饥饿。学生一闹事,警察就忙于应付。这儿刚刚平息,进入6月,福州的汛期来临,这一年的水患极为严重,6至8月间,竟然发生了七次水灾。而紧邻闽江的南台首当其冲,大水漫灌,再加上天文大潮,闽江水不仅排不出去,反倒向市区倒灌,整个南台陷入一片汪洋。警察局、救火会以及各商会忙着紧急救灾,这税收的事也就放在一边不再议论。

自然灾害倒也罢了,外敌入侵更是雪上加霜。卢沟桥事变,华北局势危急,广大民众立即投入到抗日救亡的爱国运动当中。其实早在1931年"九·一八事变"时福州的爱国民众就开始了各种活动,而到了七七事变,爱国热情更是高涨。

救亡热潮首先是从在榕的各个高校掀起的。广大学生纷纷涌上街头游行示威,向全体市民进行宣传,发动民众,唤起民智。经过一番酝酿,7月17

日,福州农工商会、妇女会、新闻界及各文化团体发出通电,声援华北抗日战争,发动广大市民为国献力。学生游行队伍来到日本驻福州总领馆,向日本总领事提出抗议,要求日本军队立即撤出中国,反对侵略。次日,日本驻福州总领馆发出通知,要求在福州的所有日本侨民一周内迅速撤离,两天后,日本总领馆降下国旗回国去了。

也就是在同一天,7月19日,福州各界成立了抗敌后援会,林成福、吴老太爷等人在后援会中任重要职务。此后不久,非常时期难民救济会、福州民众抗敌歌咏团、福州文化界救亡协会、救亡漫画协会福建分会等爱国抗敌组织相继成立。

大学生游行队伍还在全市开展了查抄日货的行动,学生们分成好几个小组来到南台,深入各街巷,走访各商铺,散发宣传单,查抄日货。当学生们来到林成福的木器行时,正好林成福也在,他忙打开大门请学生们进门检查,并介绍说自己所经营的这些木材全部来自闽北,欢迎同学们检查,支持同学们的爱国行动。他还在商铺门口摆上茶摊免费给参加游行的学生提供饮用水。

林鼎财、陈永弟所在的学校也组织了类似活动,一群小学生们跟着那些个大哥哥大姐姐上街游行、查抄日货。当大学生在林成福的商铺检查时,正好林鼎财和陈永弟也跟着队伍来到门前,他们看到学生们忙得汗水湿透了衣衫,也看到林成福热情地对待学生,十分受鼓舞。

各界商会还组织了捐款活动,广泛筹集款项支援前线抗战。此间林成福积极参加多方奔走,他自己也捐出了一大笔现金,这些钱都集中到商会,转交给前线将士。

一时间,福州城内大街小巷到处张贴着标语、到处回响着口号,一些剧团如省立民众教育实验小剧团、抗敌剧团等文艺团体纷纷走出剧院走向街头,走向乡村,向广大民众宣传抗战思想。不少大学生、中学生也有组织地进入工厂、乡村,向广大民众进行爱国宣传活动。

民众的抗敌热情空前高涨,然而就在这一片高涨的激情中,也有一些不和谐的声音出现。11月福建协和大学的师生共100多人举行抗日救亡大会,会上师生群情激愤,大家踊跃上台发言。留美归来的女教授李冠芳登台激昂演讲,赢得掌声雷动叫好连连,引得现场的大学生们直呼口号群起响应。然而次日,这位李冠芳教授突然失踪,几年后真相大白,她是被国民党特务绑架并暗杀的。

福州是一座濒海邻江的城市,一条绵延的闽江自城中穿过,向东流入大海。为了提防日军通过闽江航道进攻福州,年底马尾海军在闽江入海口修建军事防线,并且将闽江下游的航行标志一一拆除。

还有一件事值得注意,这件事并没有在公开场合宣传,也是由鲍警长私下透露的:共产党八路军派出代表正在与省府进行商谈,商议国共合作一致抗敌的事,并准备在福州设立办事处。

其实对于共产党的动向,省政府虽然百般掩盖千般严禁,但在百姓中还是多有传播。比如十几年前闽西龙岩、上杭、宁化等地的共产党根据地,还有福州东部连江、罗源及闽侯县、福清县、长乐县山区有几块共产党游击队的根据地,还有闽东古田、屏南、霞浦、福鼎等地共产党建立政权的消息。这些传言和消息虽然政府多方压制,但毕竟难以阻挡,就像严冬之后和煦的春风,终有一天会吹遍大地。

鲍警长私下透露出的消息很快得到了印证。1937 年,新四军副军长兼参谋长张云逸来到福州,与国民党省府进行商谈,1938 年 2 月,新四军驻福州办事处成立,主任名叫王助,是新四军的参议。办事处地址在鼓楼安民巷。这些消息都刊登在了《福建民报》上。

人们忙于生计对国事关心甚少,身边能读报识字的人也不多,这个消息还是陈永弟上学时听阮先生介绍的。阮先生在课堂上时不时地把报纸上的一些消息读给同学们听,她还说:"过去省府把共产党称为共匪,而现在却一改蔑称,直呼为共产党,这是一个巨大的变化,为什么呢?因为国共合作全民抗战了。如果能团结全国各民族各阶层的人民,大家齐心协力一致对外,那么中国是有希望的。"

听了阮先生的课,陈永弟挺佩服的,觉得阮先生不仅有学问,还有大志向,经常向学生们灌输爱国思想。当然他也觉察出阮先生的几许神秘,因为从她的话语中、从她的言传身教中,时不时地感觉到她与其他老师有所不同。

福建地处东南一隅,由于高山阻拦交通不便,历史上就是个偏安一隅的东南角落,当全国进入抗日战争最为激烈的时候,福州这儿却偏偏平安无事,既没有枪林弹雨,也没有出生入死。只是从大街上学生们的游行队伍中、呼喊的口号中,可以感受到民众的思想脉络。

然而福州的这种平静很快就被打破了。1938 年 3 月,日军出动飞机沿着闽江口进入到马尾,对马尾造船厂进行轰炸,造船、铸造两个分厂被夷为平地。这是福州市第一次被外敌轰炸。其实早在几年前,十九路军在福州搞"闽变"时,国民党的军队就曾用飞机投弹轰炸过市区,但那次仅仅投了几个炸弹,而且威力有限,并没有造成多大的伤亡。可这次就不同了,全副武装气势汹汹的日本飞机,投下的炸弹威力巨大,造成的损失也大,听说有不少百姓被炸死了。

此后不久,省府发布告示搬迁到了永安,一些重要的工厂、学校也纷纷搬到闽西北山区,以躲避日军飞机的轰炸。

如果说马尾在福州东郊,距离福州尚远,而 3 个月之后的 6 月份,日本飞机终于飞到了福州城内,投掷炸弹 30 多颗,闽江两岸一片火海,尤其是南台、仓前山两处,成片的民居瞬间房倒屋塌,成排的树木顿时横七竖八,居民死伤上百,无数残檐断瓦。

日本飞机来临时正是大白天,陈永弟与林鼎财还在学校上课,因为福州上空极少有飞机飞临,所以人们也极少有防范措施。当飞机来到头顶时,人们还不知所然,纷纷抬头仰望,眼见着低空的飞机肚子突然打开,一颗颗乌黑的炸弹就像一块块大石头掉下来,人们立即四处狂奔。好在学校组织有方,前段时间马尾遭遇轰炸之后,学校便根据上峰的指示,进行了防空演练。当第一声爆炸响起时,学生们立即在老师的引导下,纷纷钻入学校的地下室躲避。这所小学依山而建,教室下方是一个个半明半暗的地下室,这原本是储存物品的地方,经清理打扫,开辟成躲避飞机轰炸的场所。好在日军的炸弹并没有直接落在学校里,半小时之后,飞机远去,校长先是钻出来到外面看了一下,确认飞机已经远去了,这才招呼着让师生们来到大操场。因为学校师生较为密集,几位校董商量一下,决定提前放学,让孩子们立即回家。一来与家里团聚让大人们放心,二来将密集的人群疏散开来以避免重大损失。同时校长不断叮嘱,回家后如果家里被炸了,没地方去就立刻赶回学校来,由学校收容。

陈永弟与林鼎财一同回家,郭叶香也跟在他们身后。一路上,看到那一片片倒塌的房屋,一条条堵塞的街巷,在南台苍霞一带,轰炸引发的大火持续燃烧,路边一户户人家放声大哭的惨状,尤其是那一些家破人亡的凄凉景象令人心酸。三个孩子与同学们一道默默地走着,无声地看着,难过得掩面不敢直视。

过去,人们只知道日本人侵略了中国,也听到长城抗战、山西抗战、华北抗战的事,但那毕竟只是道听途说,战争离他们还很远很远;而今一路上的所见所闻,使大家真切地感受到,战争就在他们身边。这生与死的厮杀,这血与火的拼搏,真实而残酷地展现在了眼前。

2

刚回到家,郭依婶就冲出屋子,看着他们三人好端端的,忙抓起一个又抓着一个,从头到脚打量了一番,确实没事,她才放下心来,口里呼着"妈祖娘娘保佑",立即转身去妈祖神像前燃起三支香。

说话间林成福也回来了,他边走边吼道:"去学校看看孩子们!"进屋一看孩子们都回来了,他也松了一口气,随即转身就走。郭依婶追出来:"你去哪里啦?"林成福回道:"不少人家着火了,我正招呼救火会呢,忙完就回来。"遇到性命攸关的事,孩子们也不敢多言,一个个待在家中。直到天色暗了,林成福才拖着疲惫的身躯回来,但见他一脸的烟尘,一头的炭黑,汗水流过的地方留下一条条痕迹。身上也是白一块黑一块,都看不出衣服原来的深灰色调了。

他进了屋,立即招呼着身后:"来,都进来,先吃饭。"他的身后跟着四个人,是何老板,就是年前欠了林成福的账躲到尚书庙里看戏的那位。郭依婶立即起身,林成福介绍说:"何老板家老厝被轰掉一半,一家四口没地方去,我就把他们带来了。"然后转身对何老板说:"何老弟不是外人,有我家吃的,就不会让你一家老小饿着。"

陈永弟和林鼎财起身去搬凳子,让何老板一家都坐下。郭依婶拿出碗筷,给每人都盛了一碗地瓜稀饭:"何老板,不好意思啦,不知您要来。"

何老板忙摆手:"给你们添麻烦了,我本不想来,可成福老哥……"

林成福插了一句:"何老弟不必客套,大家都是熟人,相互帮衬吧。"

林成福这里五个人加上何老板家四人围坐桌前，一碗地瓜稀饭就着几个菜吃着。

　　吃饭间，何老板放下筷子："成福老哥，年前欠了你的钱，我本想今年一定要补回来，这不刚刚有了点起色，可谁知这人祸又降临了……"一句话，旁边的何太太就抹起了眼泪，轻声地哭起来。

　　林成福喝道："何老弟说这些个做什么？留得青山在，还怕没柴烧？吃饭，吃饭……"

　　郭依婶也劝解何太太道："依姐，先吃饭吧，有话饭后再说。"

　　众人又端起了碗。

　　这边刚放下碗，郭依婶收拾着碗筷，何太太也来帮忙。那边有人敲门，林鼎财开门一看，是鲍警长来了。林成福立即让座并叫郭叶香沏了茶，林成福、何老板与鲍警长坐下，说起了白天的大轰炸。陈永弟和林鼎财一道，躲在屋后偷听大人们的议论。

　　鲍警长说："今天损失惨重，鼓楼倒是没什么，我们南台还有仓前山都遭了不少炸弹。"

　　林成福问："省府有什么说法？"

　　鲍警长说："自从上个月省府搬到了永安，隔得远，还没有消息。"然后他对着何老板说："老何，你那店里损失可不小啊。"

　　何老板长叹一声："你都看到了，我现在是上无片瓦下无分文，要不是成福老哥帮衬，我都得露宿街头了。"

　　林成福叹道："何老板，都是兄弟，你平日里对我也多有帮益，国家有难，大家相互帮扶吧。"

　　鲍警长接着问："老何以后有什么打算？"

　　"什么打算？走一步看一步啦。"

　　林成福在一旁插话道："你看何老板一家四口都平安，这比什么都好。明天我会叫几个伙计，帮何老板把老厝修整清理一下，先有个安身处所。将店中的木料也都归整一下，还是继续开店经营吧。"

　　"还能经营吗？"何老板问，他自己都失去了信心。

　　林成福盯着何老板，一字一句地说道："人还在不怕没生意。你看我们上下杭有不少人家房屋都受损了，他们下一步要做什么？不就是修厝吗？这不是大量需要木料吗？还有仓前山，他们修厝不也只能到我们这儿来买木料？有心打石石必穿，你还怕什么？"

这么一提醒，何老板一拍大腿："对呀，成福老哥，还是你老手啊！"

鲍警长也叹道："成福老弟毕竟是遇见过大场面，过来人有经验，要不然也不会走到今天。"

林成福叹道："你们也不用夸我，其实我和你们一样，城里灯笼乡下骨。多事之秋，兄弟们相互携手吧。鲍警长，你也不是外人，今后有什么消息多透露一下，让我们也提前有个准备啊。"

"那是必须的，没有二话。"鲍警长一口应承。

"唉，对了，还有个事问一句，你们警察局不是要盖楼吗？弄到什么地步了？"林成福问道。

鲍警长又是一声长叹："这时候还盖楼？盖得高就成了日本飞机的目标了，这个时段谁会嫌命长？"

林成福说道："那看来这事没戏了。"

其实在林成福内心，是不想给警察局出钱的，盖这个楼其实也就是搜刮民脂民膏而已，照现在的情形看来警察局这个楼是盖不成了，他也暗暗高兴，当然他不会把这个情绪暴露在外的。

翌日，林成福来到店中，他知道今天应该是木器店最忙碌的时刻，所以要来看看店里的经营状况。其实他的店和其他的店格局都一样，都是前店后宅，临街的一处是店面，对外经营招揽顾客，店后则是自家住的屋子，大户人家住屋宽敞一点的，也就是有个院子。林成福虽然不是大户，后宅还是有个院子，这倒不是他钱多，而是他有眼光，原先这里是一个小沙洲，他自己动手拉来砖石，把这沙洲给填平了，就成了一个院子，主要是用在堆放木料，剩余的几许空地则被郭依婶种了些蔬菜。

福州人的店面开得比较晚，一般要到上昼（福州话，上午）10时许才开门营业，林成福来到店中，先是和伙计们一起把木料给整理好，等待着顾客前来。9时过后，他就打开店门，亲自把守着店面，看着街上的人流越来越多。可还没等到顾客上门，倒是先等来了彬社的吴老太爷。他老人家一把雪白的长髯，一根弯曲的老树根拐杖，一身灰色长袍马褂，一进门便开口道："成福老弟，哥哥来求你帮衬了。"

林成福当即让座并叫伙计上茶，待吴老太爷坐下后，他说："您老人家一把年纪了，有什么事为啥非要亲自上门？让伙计招呼一声，我自会上门求教的。"

"唉，这次不一样，不是我的事。"吴老太爷喝了一口凉茶，快人快语地说道，"老弟你必定也听说了，这次日本人丢炸弹，我们仓前和你们南台一样，也遭受了巨大损失，不少人家都被炸了。眼下木料奇缺，还望老弟给些货。"

林成福有点奇怪："吴老太爷，你们那仓前不是有个大储木场吗？我们这儿缺货时还是去你那儿求助的。"

吴老太爷一摆手："都被炸了，大火烧了个通宵，只剩些木炭了。""噢，是这样。你等等，我叫人来，马上给你弄货。"于是林成福忙叫来店中伙计，出门把何老板给请来，与吴老太爷商议。按林成福的说法，吴老太爷所需的木料，先由何老板给备齐，让何老板先赚这第一笔钱，不够的话林成福这儿再凑。

吴老太爷一听："成福老弟，你这可是把赚钱的机会让给人家了。"

林成福忙解释："何老板是我的老伙伴，他的家被炸了，先让他缓过一口气吧。"

在何老板的感激声中，在吴老太爷的钦佩目光中，这第一笔生意就先订下来了。

吴老太爷立马叫上跟来的人，去何老板家把所有的木料都给清点好，用大竹篾编成的竹索绑紧放入河道中，一条大船在前牵引，一排木料在后漂流，到达闽江主航道后再转向前往仓前山，漂流运到码头后，再由人工一根根扛上储木场进行加工。忙碌了整整一个礼拜，终于把吴老太爷的这批货给弄到位。何老板是大大地赚了一笔，而林成福这边也小小地赚了钱。晚上何老板就送来一笔钱要把欠债还上，林成福推托说："何老弟，这钱我先拿一半，另一半你还是考虑着再进点货吧。我想，不要再往闽北跑了，免得又被土匪打劫。"

何老板便问："不去闽北，还有哪些地方可以去呀？"

林成福胸有成竹地说："去闽东吧，我在福安、霞浦那边已经联系了人，你有空跑一趟。"

何老板说："跑腿的事我可以去做，但是要先说清楚，这次是我俩合作，不能只让你帮忙没收益了。"

林成福笑道："其实我也是有条件的，虽然联系好了，但是没有做过，万事开头难，这打头开路的事由你何老板去做，日后顺畅了，我们都从那儿进货。所以这第一笔收益，还是你的吧。"

第二天何老板就上路了。

半个月后，何老板从闽东风尘仆仆地回来了。一回家放下行李包袱，他便直奔林成福的店中来，看到林成福并不在店里，他便让伙计转告林成福，晚上在家等他，有要事相告。

晚上天色暗了，林成福沏好茶，等着何老板。不久何老板容光焕发地走进来，落座后先喝了一杯茶，待林成福给他斟上后，他说："成福老哥，这次比较顺利，有你事先联络，人家闽东福安那边也有大批的木料，他们以前都是往浙江上面运的，与他们说好，都是福建乡亲，日后也可以匀一些发给我们，要多少就给多少。"

林成福点头说："好，这下子我们不必在一棵树上吊死只盯着闽北了。"

何老板接着说："而且这次我已订购了一批，发货上路了，过几日便可送到我们这儿。只是有一项，闽东不像闽北，可以顺着闽江漂下来。他们那儿先是要将木料顺河漂到福安赛岐，入海后从海路过来，到了马尾再用轮船拖上来，这样成本要高一些。"

林成福沉吟片刻："安全为主吧。我们在闽北搞了几次，都被土匪给打劫了，损失惨重。闽东虽然成本高，可毕竟能运来。"

喝了几杯茶，何老板四下里看看，压低了嗓门说："老哥，还有一事。"林成福凑近了他，"我在福安，看到共产党的队伍了。"

林成福心中一惊，忙向周围看了一圈，招手靠近何老板："什么情况？"

原来何老板去闽东福安县，正好遇上闽东红军游击队集结队伍准备北上抗日，领头的便是叶飞。这些闽东红军游击队原来就存在，中央红军北上长征后，闽东游击队坚守在闽东山区，创建了宁德、屏南、古田、福安、寿宁、霞浦、福鼎等大片根据地，四处出击打击国民党军队，以艰苦卓绝的斗争，确保了闽东苏区红旗不倒。眼下进入抗日战争时期，闽东游击队接受上级指示，组织队伍开赴江苏南部，加入新四军，成为抗战的一支劲旅。余下的少数队伍，继续依托闽东山区的优势，创建根据地，坚持武装斗争。何老板所去的福安,是闽东红军游击队经常活动的场所,因此他与游击队正面接触也是十分正常的。

林成福好奇地问:"你看到他们了？"

"何止看到,我还与他们一起生活了几天。"何老板扬扬得意地说。

"你觉得他们是些什么人？"

"什么人？和你我一样的老百姓,普通人。我也问了他们,之前在家也是务农的,也有经商的,反正都是些平头人。"

"他们对你怎么样？"

"就是你和我这个样。"

林成福觉得好奇,而何老板却掩饰不住内心的激动与得意,仿佛他是得到了什么尚方宝剑一样。

林成福一把拉住他:"老弟,你和我细细说一说。"

于是何老板对林成福说起了自己一路上的经历……

何老板说得详细,林成福听得有味,但是何老板并没有对林成福全部说出他自己的心事。何老板也是农民出身,此前在连江乡下,偶然的机会与同乡一起来福州讨生活,做起了小生意。此次闽东之行,他接受了共产党的主张,已经加入到共产党的队伍当中,受党组织派遣回到福州,准备接受党组织的领导,从事城市秘密工作。

3

随着战事的推进,福州地面的形势也越来越吃紧,省政府已经下令福州疏散人口,一些胆小怕事、在乡下有亲戚的人急着拖家带口往乡下跑,尤其是往一些交通不便的地方躲避战火。比如在永泰、闽清,还有闽侯大湖、廷坪等,甚至于福州北郊北峰山区等地,能够走的就先走了。而福清、长乐、连江一带沿海地区,易受日本军舰的攻击,人们也纷纷往北部山区投亲靠友,找寻安身之地。大学都已经内迁了,中小学也都停课了。可是没过多久,日本军队似乎还是在华北、华南一带与中国军队作战,并未有进攻福州的态势,之前迁往山区的一些人,由于生活不便,不顾政府的再三警告,纷纷迁回福州城内。另有不少躲在乡下等待观望的人看看并无大事,也就三三两两地回到城里。

　　林成福并没有走，他先是把几个孩子都送往老家，可是老家靠江，还在日本兵进攻的范围内，他便想着如果战事吃紧，带着家人继续往廷坪搬，他已找好了人，也是一位朋友，家乡在闽侯北部廷坪乡。可是孩子们待在乡下一连几个月，福州城内并无战事，已经停课的学校通知开学，林成福又将三个孩子接回来继续学业。

　　期间国府主席林森在重庆病逝，他是福建闽侯人，中共的《新华日报》发表了社评《为元首逝世致哀》，中共中央还发了唁电，称林森先生为"领导抗战，功在国家"，延安还召开了追悼大会。为纪念这位乡贤，国府将闽侯县更名为林森县，陈永弟和林鼎财的家乡就有了新的名称。

　　为了防范日本兵的进攻，福建省政府已搬迁离开了市区，省府的办事部门也多次发布防范令，最初人们还紧张了半天采取各种措施，可是一次发布没见着日本兵，二次发布又是虚张声势，市民们也就不以为然了。大家都以为日本兵不会来了，可是该来的还是会来。就在这年 10 月，日本陆军第六十二独立混成旅团二千多人，乘坐兵舰先是在福州北部连江县的晓沃、道沃、浦口、东岱等沿海地带登陆，占领连江县城后兵分两路，一路从西部经潘渡、汤岭攻占大北岭，另一路往东沿着闽江一路攻陷闽安镇、马尾，之后东西两路夹击进攻，美丽的福州城沦陷。

　　当日本兵进攻福州城时，林成福并不在家中，而是与何老板一起相约前往闽东购买木料。由福州前往闽东有两条路径，一个是走水路，在台江码头乘船，沿着闽江出海后再北上，可直达闽东宁德、霞浦、福鼎一带。但是为了防范日本兵的进攻，闽江早已戒严，所有的船只都停航了，而且在闽江航道上海军还设置了障碍，根本无法通行。那么只有走陆路了。从福州北郊新店出发登上北峰，到宦溪后往降虎寨，翻下山岭便是连江县潘渡乡贵安村，乘船沿潘渡溪直下，出海后再北上亦可到达闽东。可是他们不知道的是，他们所走的这条路，也正是日本兵进攻福州的路径。

　　其实这一次的同行，还是何老板建议的。一来是店里存货不多，需要补充，二来何老板上次闽东之行颇有收获，也想让林成福一同前往，去闽东看看。当然，何老板的真实意图并没有向林成福明说，他是想拉林成福一起去见闽东游击队。

当他们二人乘坐摇摇晃晃的公共汽车来到福州北郊新店,想着沿着古老的登山道翻越大北岭,正好遇见两个外地的客商,也是要徒步翻越北峰的,便与他们商谈。这两人是浙江苍南的客户,常常往来于浙江福建,主要是贩运木料的。大家同行,在路上也好有个相互照应。他们沿着步道直登北峰,途经宦溪之后,草草吃了饭便沿着山路下山,山下就是潘渡乡贵安村了。可就在此时,从连江登陆一路攻打福州的日本兵正好从他们要去的方向奔来,迎面相遇。先是何老板听到那条狭窄的山路上远远地传来一阵阵大皮靴踏在石板上的响声,他便提醒林成福,其实林成福也听到了,几个人停下脚步侧耳倾听。此时浙江客商有一位内急,便跑到路边草丛中解手。听着前方脚步声越来越响,转过一个山口,竟然是一队日本兵排着队迎面开来。那些个日本兵身着黄军装,一个个端着三八大盖,在太阳的映照下,枪上的刺刀还有头顶上的钢盔泛着刺眼的光,还有几个人合伙抬着重机枪的架子,扛着沉重的弹药。大家一看叫了声不好,连忙钻到路边的草丛中躲避。日本兵的队伍渐渐走近,原本他们没看到这一行人。可就在他们经过时,那位在路边解手的浙江客商听到声音竟然没在意,提着裤子就走到了路边,队列中的日本兵见到突然从路边钻出一个人,他们也吓了一大跳,几个日本兵立即端起枪,一阵乱枪过后,那个浙江客商一声都未来得及吭,提着裤子就倒下了。日本兵也没停留,一路扬长而去。当日本兵过后,林成福三人从草丛中钻出,到近前一看那浙江客商,早就断了气,一摊鲜血把地上的沙土染红了一大片。

　　闽东是去不了了,林成福等人将这位浙江客商草草地埋葬在路边,那位活着的浙江客商继续赶路,而林成福和何老板则一路紧赶慢赶往家返,他们又不敢大步走,只能跟在日本兵的后面,一路上颠沛流离,历经千辛万苦赶回家时,日本兵已经进城了。

　　站在北峰山坡上,林成福与何老板遥望着山脚下的福州城,此时已是枪声此起彼伏狼烟滚滚。大好河山破碎,善良百姓横遭涂炭,一座平实宁静易攻难守的福州城,一座榕荫满地河流纵横的福州城,一座三山耸立两塔雄峙的福州城,就这样在极短的时间内,被攻陷了。敌酋猖獗,百姓遭难,饱受摧残。

第七章　抗争

哪里有压迫,哪里就有反抗;哪里有奴役,哪里就有不愿做奴隶的人们;为了尊严,为了生存,为了让子孙后代能够挺直腰杆,他们自发地组织起来,端起了土枪洋枪,扛起了大刀长矛,冒着敌人的炮火,前进!

1

当天下午,日本兵在飞机、军舰大炮的掩护下,前面坦克开路,士兵则端着上了刺刀的长枪,呈梯队形沿着闽江向市区进攻,时不时地就有枪声传来。夜间,林成福与何老板趁着夜幕的掩护,悄悄地潜回家。走到上杭路口时,听见前面一队日本兵走来,他们立即躲进一条小巷内,待日本兵列队走过之后,他们才钻出巷子,七拐八弯地各自回家。林成福来到自家门口,不敢大声叫门,轻轻推了推,已从里面锁死,并且用坚硬的物件顶住了门,推不动。他回身绕到屋后,走过一片密集的棚屋,翻越后墙进入院中,来到后门,轻轻呼叫道:"有没有人?"里面问道:"谁?"林成福听出了声音:"鼎财,是我,你依爹。"里面也听出了声音,立即扒开顶着门的桌子,轻轻地拉开门,一把将林成福拉进了屋内。

屋里面漆黑一片,借着昏黄的灯光,林成福好一会儿才适应,向四周看了一圈,见家人都在。郭依婶举着一根棍子,林鼎财操着一把柴刀,郭叶香抓着一把剪刀,陈永弟也横端着一根木棍。见到林成福回来,全家人顿时兴奋地呼叫着,林成福忙把手压在嘴唇上"嘘"了一声,让大家不要出声。

见到大家都没事,林成福的一颗大心脏这才放入心房。他问:"都好吧?"郭依婶忍不住用手抹着眼泪:"外面枪响了一个下午,到现在都没停歇,大家都担惊受怕的。"林成福伸手拍拍她的肩膀:"好了,不要哭了。现在日本兵正在进入市区,我看这里也不能久留。我到后院看一看,你们收拾一下,不要带太多物件,躲到吉祥山地洞里去吧。"

为了躲避灾祸,人们早就动了各种心思寻找藏身之地。可南台这一带原是水上沙洲淤积而成,地表浅,下面都是黄沙,挖不到一米就会涌水,人们无法在自家地下挖地洞,只能就近躲藏。而林成福家后院出门不足百米就是吉祥山,虽然不高,但都是石头,林成福早就与伙计们在吉祥山上挖了一个小藏身洞。

林成福先是探身朝大街上观望了一下,没有动静,也听不到日本兵的怪叫,他向身后招招手,林鼎财在前,陈永弟紧跟,之后是郭依婶抱着年幼的儿子,郭叶香紧随母亲身边,林成福断后,大家小心翼翼地一路前行,不一会儿来到吉祥山,找到了自家的藏身洞。林成福搬开盖在洞上的木梁,让大家先后钻进去,他将木板盖住洞口,用一根粗大的木梁横在木板上,在上面放一些杂物遮挡,他自己一侧身从旁边的小口中艰难地钻入。

小洞不大,地上铺着稻草,七口人坐在地上十分拥挤。林成福说:"先在这里躲一晚,明天看看再说。"大家都斜靠在墙上,闭着眼。然而谁也睡不着,都竖起耳朵仔细倾听着外面的动静。

整个晚上藏在洞中的人都紧张得无法闭眼,外面时不时就响起成串的枪声,以及日本兵叽里呱啦高声地喝骂,到了下半夜才渐渐地平静。第二天,人们被寒风冻醒了,虽然还是10月初秋时节,毕竟炎热的夏天已经过去,夜间的露水将人们身上的单衣都给打湿了。陈永弟一个哆嗦,醒来时四处一望,才想起自己身居何处。他抬头看看,林成福或许是一夜未合眼,双目红通通的。看到孩子们一个个醒来,林成福悄声告诉大家,先不要出去,他到外面看看什么动静,然后再来通知大家。

林成福从旁边的小孔钻了出去,听听四下里没有声音,弯着腰向巷子深处慢慢地走去。林鼎财和陈永弟趴在小孔旁,看着林成福在视线中消失。

也就是一袋烟的工夫,林成福回来了,还带着几个地瓜,分给众人。大家也不顾那地瓜是生的,擦一擦上面附着的泥土,直接放入嘴中啃。一个地瓜落肚,总算是不再饥饿。看看天色已亮,四周渐渐地有了动静。几个人小心翼翼地走出各自的屋子,有的去井台打水,有的在屋内做饭。大家都提心吊胆地生怕惹来横祸。看看大街上人越来越多,林成福也招呼着:"我们回去吧,不管怎么样,不能做饿死鬼。"众人东张西望地一个个钻出藏身洞,向家中走去。

来到家中,但见那大门上的锁被砸开了,一扇门倒在地上,另一扇斜挂在门柱上,看来昨晚日本兵已经来过了。走进屋子,里面被翻得一片狼藉,桌子被推倒了,瓷碗摔在地上粉碎,衣柜也被推倒在地,里面的衣服散落一地,郭依婶一清点,家中的两床线毯没有了,木桶中的一小袋大米没了,还有一包红糖、一瓶酱油也都没了。更可气的是,当她掀开锅盖时,里面竟然有一泡屎,气得她拎起这口铁锅就给扔到门外去了。还有一些木桶、木盆也都被砸坏了,碎木片丢了一地。

郭依婶边清理边骂道:"这些个东洋兵,真不是好货!"

林成福帮她收拾着,劝解道:"人没事就好,人没事就好。"

几个小孩子也动手帮着大人收拾屋子。这时屋外有人喊:"成福老哥!"林成福急忙出门,一看竟然是何老板,只见他身上的粗布长衫破了好几个大口子,用手捂着头,一缕鲜血从指缝间流淌下来。

林成福一个箭步迎上前去,扶着他进了屋。郭依婶见状,忙放下扫帚,想去拿木盆打一盆清水,可一看那木盆已经碎了,她只好拿起一个破损的葫芦水瓢,打了半瓢水,递到林成福手边。林成福拿起一块白布,在水中蘸湿了,轻轻抹拭何老板的额头,将血污和灰尘清理干净,看到他头上裂了好大一条伤痕,还在往外渗血。林成福只能拿出一块干净的白布按在伤口上先行止血,等血不再流淌了,用一条白布将何老板的额头缠上一圈,当作绷带使用。

包扎妥当,林成福才问道:"何老弟这是怎么回事?"

何老板忍不住大骂道:"这狗日的日本兵,在万寿桥上设了岗哨,过路的人都要向他鞠躬。一旦看不顺眼,动不动就是一枪托打过来,还有的人被枪打死了。"

众人一听,顿时没了声音。

林成福问:"除了万寿桥头,还有哪里有岗哨?"

"有几个岗哨我也不是很清楚,我是清早趁天不亮去店里取些木柴回来做饭,正好被日本兵看到,这才遭了毒手。"

看看天色已亮,老是躲在家中也不是办法,总要出门讨生计。林成福告诉大家先在家里老实待着,不要轻举妄动,他去外面看看情况。轻轻地拉开小门,林成福探头向外张望了一下,转身关上门,随即小心翼翼地向街上走去。

林成福先是转到大街上来到店门前,那一溜木门已被砸开,供进出的小门也斜倒在一边。走进自家店中,遍地狼藉,小小的柜台被掀翻,两个抽屉拉出来倒在地上,里面的账本、票据被撕开四处抛撒,就连那一把老算盘也被砸碎珠子遍地散落。转到后屋木料堆放场,那些个大大小小原先整齐码放的木料四分五裂,好一点的小一些的精致木料没了踪影,剩下的都是些粗大的不好搬动的,也都零零落落。不管是屋内还是屋外,只要值点钱的东西都被搜刮一空。更为可气的是,后院一块小小的空地,郭依婶在那儿开辟了一块小菜园,种了些大白菜,原先长势喜人的白菜如今是一片荒废,好一点的白菜被连根拔起拿走,剩下的尚未长大的也被用刺刀给戳得颠三倒四残根断叶。

望着眼前的一切,林成福不禁怒火中烧握紧了拳头。就在此时他听到外面大街上一片轰鸣,立即起身走向大街,转过一个弯便是南街,他在小巷中一探头,只见一长溜的摩托车、汽车隆隆驶过,车上装满了日本兵,他们身穿黄色军装,脚踏长筒皮靴,横端着长枪,枪上的刺刀在日光下发出寒光。不仅是他,左邻右舍也有不少人将门打开一条缝向外张望。日本兵见有人在伸头探望,摩托车上架着的机关枪立时响起,一梭子弹飞速扫过,林成福向小巷里缩进来,可有些人躲闪不及被子弹击中,发出一声声惨叫。大摇大摆的日本兵听到了,却发出阵阵肆意的浪笑。

等了好长时间,车队过后,林成福从巷中探身,见日本兵已经走远,他壮着胆子走出来,附近几座供行人通过的石桥上都有日本兵站岗。原先这儿是熙来攘往人烟稠密,可现在却是空无一人死一般沉寂。一个日本兵转身远远地看到了林成福,立即操着日本话大喊了一声,端起枪"啪"的一声就射过来一发子弹,林成福向旁边一闪没打中,但他也不敢再待下去了,立即向后跑去。可那日本兵还不甘心,在身后追着跑来,边跑还边开枪,并呼叫着同伙。林成福听到身后大皮靴杂乱的脚步声,立即转向小巷,凭借着对这附近的熟悉,拐了几个弯便甩掉了日本兵。但是他也不敢再往大街上跑了,只好转身回家。

他的店毗邻大街,街口已经有日本兵站岗,不能往前走了,他只好七拐八弯从小巷中穿行来到后院,轻轻敲门,然后闪身进入厝内。

一家人正焦急地等着他回来,见他现身大家才松了一口气。

郭依婶上前问:"怎么样?"

何老板也问:"成福老弟,什么情况?"

林成福叹了一口气:"大街上到处都是日本兵,还乱开枪,有不少人被打中了,生死不明。我看这几天大家都待在家里不要到处走。"

"可……可我们总要吃饭呀。"郭依婶叹道。

"吃饭的事随便弄一点吧,生存要紧。"

眼看着快到中午了,郭依婶准备做饭,林成福阻止道:"不要在厝内生火,免得冒烟引来日本兵。"

"不生火怎么做饭?"

"等下我们去吉祥山边上起个灶做饭,那儿在山边又有很多树林,冒烟会飘到林子里,离家远日本兵不会注意。"

林成福拎着锅,郭依婶提着米和菜,穿过后院,走过几条小弄堂,来到吉祥山边。找了一块空地,林成福用锹挖起一个土灶,从四周林地里捡来柴草,郭依婶架上锅,生了火便煮起饭来。周边树林较密,又是在山边,那燃烧的灶烟一股股沿着山势向上升腾,从远处看确实难以发现。

很快郭依婶煮好午饭,装入一个四层的脱胎漆器食盒中,用河沟里的清水洗了铁锅,林成福拎着铁锅在前,郭依婶拎着食盒在后往家走。

来到家中,孩子们都躲在角落里,林成福招呼着大家来吃饭。打开食盒,只见里面是一把碎米,掺杂着白菜叶和番薯叶。孩子们默默地吃饭,林鼎财开口问:"依爹,我们家是不是没有米了。"林成福抬头看了儿子一眼,郭依婶忙解释说:"家中的米都被日本兵抢走了,这些都是剩下的碎米,我在地上拣拾的,就这些了。"林成福听罢没有吭声,叹了一口气:"吃吧,下午我去买米。"

正吃饭间,听得外面有轻轻的敲门声,林成福一招手,众人立即噤声,并找地方藏身,练过武术的林成福随手操起一根平日防身的硬木棍,走到门边,悄声问:"谁?"门外也是轻声地应答:"成福老弟,我,鲍警长。"林成福一听放下手中的圆棍,并收起顶在门边的木棍,打开一道缝,让鲍警长进来。

那鲍警长并不像以往那样身着黑色的制服,而是穿了一件深灰色的短袄,额上的短发已是斑白一片。听到是鲍警长,郭侬婶和孩子们也都现身。

鲍警长坐下,见桌上尚未来得及收拾的碗筷:"噢,你们在吃饭。""没事没事,快坐。"林成福按着鲍警长坐下,并用白瓷碗装了半碗白开水递上。鲍警长坐下后,重重地吁了一口气:"成福老弟,我就是来看看,在家待不住。"林成福微微一笑:"鲍警长家里没事吧。"

"倒还好,没什么大事。不过我们警察局有事。"

"怎么了?"

鲍警长苦笑了一下:"这儿附近就我们警察局的房子最好,被日本兵征用了。现在局长的办公室成了日本兵的指挥部,我们这些警察都被赶出门了。"

林成福一叹:"人没事就好。"

鲍警长掏出一支烟,递给林成福,林成福摆摆手,鲍警长也不客气,自顾地点上烟,美美地吸了一口,轻轻地吐出一个个烟圈。当他正想说话时,突然从门外传来一阵阵急促的脚步声,还夹杂着日本兵的鬼哭狼嚎。随即,附近几家传来一阵阵砸门声,接着便是哭声。不久,砸门声来到了林成福家,众人都惊慌起来,林成福一招手让大家都躲到后屋去,不行就沿着后巷往外跑。他自己壮着胆子来到门口,打开了大门。只见三个日本兵冲进来,照着林成福就是个大耳光,嘴里还骂了一句:"八嘎!"林成福捂着脸正准备反抗,身边的鲍警长拉了他一把,将他拉到了一边。日本兵端着刺刀就开始四下里搜查,刚刚整理好的房屋很快又一片狼藉。

正当日本兵在四处乱翻之际,只见门外不声不响地走进来一个人,林成福和鲍警长背对着门没有看到,那人进来后,用日本话向里面喊了一声。三个日本兵听到他的话,立即转身,一个个惊讶并狐疑地看着他。听到背后的声音,林成福和鲍警长一起转身,竟然是账房先生郑春熙。只见郑老先生一身粗布长袍,一顶褪了色的宽檐礼帽,手中一杆老硬木拐杖,还是平常那身打扮。但令众人惊奇的是,时至今日他们才发现,这位郑老先生居然会说日本话。

三个日本兵听了便来到郑老先生面前,用日本话叽里咕噜说了一大通,郑老先生不急不缓地与他们对话,说什么在座的人都听不懂。三个日本兵讲了几句之后,转身离去。

郑老先生回过头来,面对着众人惊讶的目光,平缓地说:"没事了,日本兵走了。"

坐了没多久,鲍警长就回家去了。林成福问郑老先生吃了没有,他也不客气:"还没呢。"郭依婶赶紧起来给老先生盛上一碗碎米夹菜粥,饭不怎么样,可老先生倒是吃得兴起,一连吃了三碗,把锅底都刮干净了。

中午老先生照例是要小憩片刻,林成福赶紧把他请到侧屋,那儿有张床,一直是给老先生午休用的。待郑老先生入屋,林成福轻轻关上门,悄无声息地退出来,让大家散开,各自去忙了。林鼎财和陈永弟两个小孩原本是闲不下来的,可现在是非常时期,不能再像过去在大街上到处跑了,说不准就成了日本兵的活靶子,只能乖乖地待在家中,闲得无聊地干坐着。

没多久,屋门口又传来一阵敲门声。林成福跑到外面打开门,竟然是三个日本兵,中间一个是军官,腰上别着把长刀,两个士兵扛着枪跟在左右。日本军官一阵哇啦哇啦的日本话,林成福听不懂,怔在那儿,屋里郑老先生刚刚躺下并没有睡着,喊了一声:"他们是来找我的,让他们等一下。"待郑老先生穿好衣服来到院外,已是十几分钟之后了。可是那三个日本兵倒挺稳得住,丝毫没有怪罪,一直在外等着。

看到郑老先生出来了,日本军官上前一个鞠躬,然后是一长串的日本话。郑老先生不急不躁地与他们对着话。几个人你来我往,说了几十句,有时还停顿一下,然后接着说。说了有一袋烟的工夫,日本军官微微一鞠躬,转身离去。

林成福忙迎上前去问:"这东洋兵来做啥?"

郑老先生微微一笑:"他们要成立什么维持会,要我去给他们做事。"

林成福一怔:"你答应了?"

"怎么会!"郑老先生微有怒容,"我父亲经历过甲午海战,见识过日本人的猖獗,你觉得我会为他们做事?"

林成福微微点头:"可日本人不会善罢甘休,你怎么回应他们?"

"这还不简单?日本人是要找人给他们跑腿的,你看我老朽年过七旬,满口假牙,说话都不利索,走路还挂着拐杖,还能跑得动吗?"

"那日本人怎么回答你?"

"他们说让我再考虑考虑。"

郑老先生抚摸着自己下巴上雪白的长髯,忍不住呵呵笑了起来。林成福不禁暗自赞叹:"关键时刻还是老先生有经验,挺得住。"

2

一连十几天,一家人都是在胆战心惊中度过的。林成福觉得日本人不会这么轻易地放弃,一定还会再来找郑春熙老先生。可是等了好几天日本人一直都没来,好像是忘记了这件事。直到几日后大街上贴出日本人的布告,还有鲍警长传来的消息,大家才知道,原本日本人已经找到了傀儡,不需要郑老先生了。

日本军部从厦门带来了一批人,由于厦门比福州更早沦陷,早有一些软骨头投靠了外敌,成立了伪维持会。日本人为了占领福州,从厦门组织一批汉奸来到福州,组成维持会,出面替日本人做事。当然,在福州也有人附逆,沦为日本人的走狗。这不,日本的布告贴出来第二天,就有两个原先在木帮商社与林成福一起共事的人跑来游说。

这两人也都是开木材商铺的,与林成福一样都是木帮商会的骨干。可如今他们有了新的身份,日本人在福州成立了伪政府,纠集了一批甘心侍敌的汉奸,担任了伪市政委员会成员,有民政科、警察局、财政局、税务局等,帮着日本人疯狂欺压同胞,卖国求荣,助纣为虐。这两个原先木帮商会的人也都在那个所谓委员会中任职,他们这次来,就是来拉拢林成福的。

听了这两人巧舌如簧的介绍,林成福终于得知他们的来意。他是个聪明人,经历过不少大风大浪,见识过各色人物,当然不会与他们硬顶,他苦笑着说:"刚才就看到了市政委员会发出的布告,我正准备收拾一下开店营业呢。可是你们也看到了,我这儿被糟蹋得一塌糊涂,不少木料都丢失了,想要开门营业,最少也得三五日。而你们要我出去做事,你们看一看,我这一大家子上有老下有小,都要吃口饭,哪有这空闲啊!"

两人当即说:"成福老兄想开门营业,这还不容易?你以前都是去闽东进货,跑一趟闽东不就得了?"

林成福苦笑一下:"闽江口停着日本的军舰,早就把福州港给封锁了,闽东的木排能进来吗？你们这是让我去送死啊。"

两人一听这倒是实情，只好转移视线向四周看了一下。他们当然知道郑老先生与林成福家的关系，再看看郭依婶，还有四个孩子，两人便不再多言。林成福客气地将他们送出门外，两人不甘心，再次游说："成福老兄，识时务者为俊杰，你也看到了，那个什么狗屁国民政府，我们辛苦挣点血汗钱还不够交税的，现在好了，有日本人给我们撑腰，看看蒋该死还收个鸟税！"

林成福笑笑，也不松口："你们也看到了，我有我的难处。这样吧，我把家中大小事梳理一下，有空再找你们吧。"

两人悻悻而去。

待林成福送客回身，郑老先生叫住他，小声说："他们不会这么停手的，我看他们还会再来，你不妨出门躲一躲。"

林成福苦笑了笑："躲？往哪儿躲？再说还有这一大家子，都得吃喝，我能躲吗？"

一家人愁眉不展，难有良方。

当天晚上，草草吃罢晚饭，家人坐在黑暗中，小桌上点着一盏豆油灯，昏黄的灯光映照在墙上。

这时林成福听到外面有轻轻的敲门声："咚，咚咚咚咚。"一短声四连声，林成福听出来了，这是彬社内部人员的信号。他立即起身开门，一个黑影在外面说："成福师兄，吴老太爷有请。"

林成福立即返身，对家里人说："我出去一下。"

郑老先生问："是吴老太爷的人？"

"是。"林成福也不隐瞒，其实吴老太爷郑老先生也认识，他们的私交还不错，又是同乡，小时候就玩在一起，而且吴老太爷一些私下的隐秘活动，还得到了郑老先生出谋划策。

郑老先生说："你去吧，家里有我顶着。"

林成福一闪身，跟着来人离开了家，消失在暗夜之中。

福州城位于中国的东南沿海，夏秋时节天亮得早，次日凌晨，当天蒙蒙亮时，郭依婶已早起为孩子们准备早餐。而此时，后门轻轻地吱呀一声，林成福推门进来了。他在外忙碌一个晚上，此时满脸都是疲惫，眼睛里带着血丝。

郭依婶迎上前去："回来了。"

林成福点点头："孩子们还没睡醒吧？"

"没呢。"

"不要叫他们，让他们睡吧，反正学校都停课了。"

走进屋里，看到郑老先生的侧屋房门已经开了，林成福迈步进去，轻轻关上门，与郑老先生低声交谈着。

看到这一切，郭依婶微微叹了口气，转身去忙早餐了。

自从伪市政委员会的布告发出来后，市面上多多少少有了些人气，不管怎么说，老百姓总要生活，因此商铺也渐渐有了些生意。不过人们神色都是仓皇，一个个如惊弓之鸟，不敢在大街上多有停留，采买了所需的物品之后，便脚步匆匆地往家里跑。林成福的木器店开张了，他将店中所剩无几的木料整理一下，排在店中对外出售。而那两个原木帮商会现在是市政委员会的成员也来过几次，不过不是再动员林成福出面了，而是来收税。按照市政委员会的公布，木器行的收税税率是20%。林成福苦笑了一下，不无讽刺地说："两位老总，你们现在可真是老总了。原先你们还说国民政府的税收高，你们无法生存，可现在日本人的税收，比老蒋高出了4倍啦。"两人吭吭哧哧老半天也说不出一句完整的话来。

市面上虽然恢复了平静，但铁蹄下的日子十分艰难。路上的行人一个个行色匆匆面有菜色，传来的消息不是谁家被抄了就是谁家死了人。鲍警长已经恢复了工作，但他更多的却是待在林成福的店中，与郑老先生几人坐着闲聊。有时何老板偶尔也会来，但坐不多久便匆匆离去，他也有一家大小要糊口啊。有时小郭警官也会跟来，但因为年轻，小郭警官更多的是被日本人派了差事，今天去抓这个，明天去那边收尸。

鲍警长带来的消息都是噩耗，小郭警官更是传来阵阵凶讯。

这不，刚刚落座，鲍警长就忍不住叹道："昨天下午，茶亭那边天成酒馆的老板派出伙计去乡下收酒坛子，回来的路上，万寿桥头日本兵岗哨对他喊话，可这伙计是个老实人，听不懂日本话呀，日本兵二话不说上去就是一个大嘴巴子，把那伙计的牙打掉了两颗。小伙子也是个二愣，对着日本兵就骂，结果来了两个日本兵把他绑在电线杆上，一刀刀活生生地给捅死了，最后还把他的头割下来挂在电线杆上，今天还在那上面挂着呢。"

众人听了不言语,只是叹着气。那边郭依婶听了忍不住抹起眼泪。

郑老先生接着说:"上午在大街上遇到一位同乡,他的弟弟和鲍警长一样也是警察,在西门那一边。日本兵进攻福州城时,他们警察局掩护百姓撤离,与日本兵干上了,有一百多位警察英勇捐躯,有人偷偷地将他们的遗体集中埋在西郊怡山西禅寺内。"

林成福也说:"我听说日本兵在南台中洲岛上设立了什么宪兵队,抓了不少老百姓,天天都有人被杀。他们杀了人就往闽江里面丢,江上每天都漂着不少尸体。"

郭依婶带着哭腔说:"你们还不知道吧,何老板家里也遭难了。"

林成福一听:"你快说,何老弟家怎么了?"

郭依婶泣不成声地说:"刚才我去买米,路过何老板家,他家出了大事。何老板的老婆被日本兵给杀了,还有他的女儿。"

林成福一听,忙和众人打声招呼,就往何老板家跑去。

来到何老板还露着半个天的破屋中, 不大的厅内并排摆放着两具尸身,上面盖着白布单。何老板愣愣地坐在一侧,旁边是他的小舅子,帮着料理后事。

林成福上前一把抓起何老板的手:"何老弟……"

听到林成福的声音,何老板起身,颤巍巍地说了声"老哥……"便哽咽着说不出声了。

林成福挽着何老板让他坐在凳子上,转身问旁边的人:"怎么回事?"

店中的伙计上前一步对着林成福耳边悄声说:"早上老板娘去街上买菜,被两个日本看到了,把她拖到巷中给凌辱了。她的女儿才9岁,在旁边哭泣,日本兵没人性,一刺刀把小姐刺死了。老板娘咬了日本兵一口,也被杀了。"

听了伙计的陈述,林成福狠狠攥紧了拳头。

傍晚,林成福趁着夜色摸黑出了家门,直奔仓前山而去。郭依婶没有阻拦,她知道他这是去找彬社的吴老太爷去了。

又是一个难眠之夜,第二天清晨林成福摸进门来,郑老先生迎候在门前:"准备动手了?"林成福点点头。郭依婶正在灶前忙碌,听到了他们的对话。她起身走出屋子,两人正面对面悄声低语,见到她出来,便停止了对话。

郭依婶也不说话,斜倚在门框上,她知道,男人们正在商议着一件大事。

林成福私下里商议的大事还未开始,郭依婶便遭了难。

这天中午大家草草吃过饭,郭依婶见米桶露了底,拿出一条米袋子准备去买点米。临出门时,她那4岁的小儿子林鼎宝咿咿呀呀地也要跟着,郭依婶牵着小鼎宝一起出了门。穿过小巷来到大街,路口上有个日本兵在站岗,路过的人都要向这日本兵鞠躬。郭依婶像往常一样牵着鼎宝,来到日本兵面前微微一弯腰,便要继续前行,谁知这时日本兵伸出刺刀将她拦住。

日本兵叽里呱啦说了一大通日本话,郭依婶不明就里,这时从岗楼里又出来个日本兵,走到郭依婶身边,伸出手就把她脑后的发髻给解开了。在福州有个习俗,已婚的妇女都会把自己的长发绾起,在脑后结成一个髻,用一个网罩给兜住。每逢乱世,妇女出门时往往会把钱财等藏在发髻中。或许是有汉奸把这事报告给了日本兵,日本兵知道这一情况,在大街上站岗时见到妇女绾起发髻,便会细细搜查。当郭依婶的发髻给解开时,从她的长发中抖落出一卷钱钞。日本兵一伸手捡起这卷钞票,一阵哈哈狂笑,并伸手对郭依婶进行搜身。日本兵也是个下流痞子,趁机在郭依婶的胸部捏了两把。郭依婶时年三十有余,风华正茂,她也是个刚强的性子,哪里受得了这侮辱,一伸手便给那个搜身的日本兵一个大耳光,打得那个日本兵连连后退几步。站岗的日本兵见自己人被打了,端着长枪就刺过来。郭依婶一转身躲过刺刀,随手操起旁边的一根木棒朝日本兵头上狠狠敲去,那日本兵立即倒地。

四周的百姓见状,立即惊叫起来,四下逃散。郭依婶牵着鼎宝也向小巷中跑去。倒地的日本兵爬起来,抓起枪朝天开了一枪,听到枪响,附近警察局里驻扎的日本兵跑了出来,朝着郭依婶逃去的方向狂追。

毕竟是女人家,又牵着个孩子,郭依婶接连穿过几条巷子,将日本兵带到巷子中打转,可她自己也累得气喘吁吁,小鼎宝仅仅4岁,能跑多远?转过一道巷子之后,郭依婶被后面的日本兵一把拽住了衣襟。几个日本兵上前拖住郭依婶,嘴里狂叫着:"噢,花姑娘。"他们七手八脚开始撕扯郭依婶的衣服。旁边的小鼎宝见状吓得大哭起来。一个日本兵上前举着刺刀,凶狠地一刀捅进了孩子的心窝,可怜那仅仅4岁的孩童立时刀下毙命没了声响。郭依婶见状大吼一声,她拔下头上刚才整理发髻时插上的银钗,抓住那个日本兵将那银钗锋利的尖头刺进他的喉咙,日本兵大叫一声,捂着自己的喉咙,只见一串血珠冒出,日本兵倒地身亡。旁边几个日本兵见状,立即松开手,举起刺刀朝着郭依婶身上猛扎,一刀、两刀、三刀……

上午林成福接到吴老太爷的消息,赶往仓前山救火会商议秘事。店中的伙计依壮匆匆跑来找到他,进门就大叫一声:"老板,不好了,老板娘她……"林成福一听,嗖地一下站起来:"老板娘怎么了?"依壮上气不接下气,拉着林成福就往外跑。吴老太爷立即叫上两个年轻人,跟着林成福一路前行。

一路小跑穿越观顶巷,跨越万寿桥,约莫三袋烟的工夫,林成福一行人终于跑到店中。待他上气不接下气地来到店里时,只见账房郑春熙老先生,还有何老板,还有警察局鲍警长和小郭警官,还有店中的伙计,还有林鼎财、郭叶香和陈永弟,大家都站在院中围成一圈。林成福拉开众人挤进圈里,但见两条长木凳,上面放着两块门板,这边是郭依婶,那边是小鼎宝。郑老先生已经从附近教堂里请了两位修女,将郭依婶的遗体清洗过,只见她躺在木板门上,双眼圆睁,一副愤怒难遏的模样。林成福上前,轻轻掀开郭依婶身上覆盖的白布,见她身上七八处窟窿,林成福当即眼泪就落下了。再掀开小鼎宝身上的白布,仅有一个窟窿在心脏位置。见到母亲横遭惨祸,身后的郭叶香忍不住哭泣起来,林成福也一个踉跄,旁边的何老板立即上前扶住他。借着何老板的手,林成福抓住旁边的木柱这才站稳。

林成福红着一双冒火的眼睛,问道:"怎么回事?"

旁边的伙计依壮立即上前一步,悄声说了事情的大致经过。

鲍警长也上前一步:"老弟,依婶杀了一个日本兵,刚才他们已经开始戒严了,说要报复,要杀一百个中国人。"

林成福瞪着一双要杀人的红眼:"让他们来吧!"他转身对着吴老太爷身边的两个伙计说:"回去告诉吴老太爷一声,不能等了,明天就动手!"

两位伙计应诺一声,转身离去。

郑老先生上前:"老板,你可想好了?"

林成福看了老先生一眼:"没活路了,不动手也是个死。"

郑老先生点点头,没再言语。

旁边的何老板接上话语:"老哥,先让婶子和小侄子入土为安吧。"

林成福一摆手："来不及操办了，今晚就下葬，明天就动手！"

当天夜晚，林成福整晚没睡觉，他操起木工的工具，连夜打造两副棺木，待天色微明，在一众亲属的帮助下，将郭依婶和小鼎宝入殓，众人将两具棺木抬到后屋吉祥山，挖了两个墓穴，将母子下葬。待做完这些事，林成福擦了一把额上的汗，朝着东边渐渐升起的日头，深情地看了一眼。

3

又是一个滴血的清晨，闽江上的晨雾如轻纱般缥缈，忽儿凝聚成团，忽儿四散如烟，江滨如绿色巨伞般的榕树，树荫下行色匆匆的路人。中洲岛上的小广场前，每天都上演着一部滑稽戏：几个日本兵迎着朝阳，端着大枪，迈着八字步，来到旗杆前，挂起那白中带红的膏药旗，随着一声令下，广播中响起了催眠曲般的歌曲，日本兵神情肃穆地升起了旗。升旗之后，日本兵一个个面朝日本国方向站立，唱起了歌颂天皇的歌曲。

万寿桥头，林成福身着一身黑衣，店中的两个伙计推着一辆板车，车上装的是一根根圆木。板车经过中洲岛时，林成福轻轻一招手，伙计将板车停在路边，低头看着一侧的车轮。旁边站岗的日本兵见状，立即端着枪上前喝道："什么的干活？"伙计一指车轮："爆胎了。"看见瘪塌的车轮，日本兵再喝道："快快的，开路开路！"两个伙计一人在前扛起车把，一人在后用力推着板车。日本兵端着长枪，目光随着板车向前移动，当林成福来到日本兵身后，操起一根圆木，朝着日本兵的脑袋狠狠地砸下："快快的，送你回日本老家。"那日本兵一声没吭倒下，林成福一招手，两位伙计依壮和依强立即各自从板车上操起圆木棍，朝中洲岛上日本兵营冲去，很快就将大门口两边站岗的日本兵给敲掉倒地。

路边上过往的行人中，有不少人纷纷从身上掏出匕首，也有短棍、三截棍等武器，朝着各自盯上的目标发起袭击。几个零散的日本兵被打了个措手不及，纷纷倒地，中洲岛日本宪兵队高处岗楼上放哨的日本兵发现了下面的情况，立即掏出口笛，瞬间尖锐的哨声响起，军营中的日本兵听到了，也看到了大门前的紧急情况，一个个都冲到兵营中拿起武器，朝着大门外开始射击。林成福等人原本是想趁着日本兵冷不防冲进军营，可是此时日本兵已经有了准备,自己这一方缺乏武器,只有一些刀棍之类的冷兵器,失去了突然袭击的条件,只好各自找到掩体,躲避敌人的子弹并寻机进攻。

路上的这些人都是救火会的成员,在福州沦陷之际,有部分救火会成员撤离到了闽江对岸的南通,自发组成了一个抗敌指挥部。在日寇占领福州后,这些个胆大心细的抗敌指挥部成员暗地里潜入城中,与各个救火会取得联系。也就是在那个时候,来不及撤离的仓前山救火会领头人吴老太爷与救火会昔日下属联系之后,策划组织一场袭击与日寇进行抗争。吴老太爷第一时间便想到了讲义气重友情的林成福,林成福一拍即合参与了此事的谋划筹措。当天清晨,救火会成员分为五路,从不同的地方渡过闽江来到仓前山,向日寇发起进攻。

中洲岛上的枪声,引起了对面仓前山上烟台山日本驻军的注意,当他们看到山下的局势,立即将掩体中的机关枪架起,朝着山下万寿桥就是一梭子连射,子弹四溅,路上不少行人来不及躲避,纷纷中弹倒下。

就在林成福等人被泼水般的子弹压制着的时候,吴老太爷手下一干人员,沿着麦园路一路杀将过来,到了烟台山前向着日本兵营攻击。驻扎在烟台山内的日本兵背后遭受攻击,只好掉转枪口向门外射击。而万寿桥上林成福等人见日本兵的机关枪掉转了方向,趁机将几个自制的装满洋油的瓶子点燃,向中洲岛日本兵营扔进去。很快,躲在沙袋架起的掩体内的日本兵被大火淹没,几个日本兵身上着了火,狂啸着往里跑去。看日本兵的子弹稀疏,林成福一马当先,从桥墩后冲出,向兵营大门飞快地跑去。躲在大门后面他伸头向内张望一下,一颗子弹飞来,他往后一闪身,没打中。他看清了日本兵躲避的地方,一个瓶子扔出,随着一声炸响,那儿又燃起大火,一个日本兵转身想往后跑,林成福抓过旁边一个人手中的一杆扎枪,用劲一扔,那长枪借着风势一路势如破竹,尖尖的枪头狠狠地扎进了日本兵的后心窝,日本兵一声没哼倒地。另一侧的日本兵见状,一枪打来,林成福躲闪不及,左胳膊被子弹钻了一个窟窿,鲜血喷涌。旁边的依壮忙撕下一块衣襟给他包扎好,并打了个死结。

日本兵营中枪声四起,大街上的百姓先是忙不择路地躲避,见到是中国人在有组织地打日本兵,不少热血青年纷纷现身,加入到这进攻队伍当中。这时,鲍警长带着几个警察也来到人群中,他们手上有几支长枪,虽然不如日本兵的武器精良,但毕竟也是武器,开枪还是会打死人的。郭添银小郭警官端着枪来到林成福旁边,趴在沙袋堆起的掩体后面,向日本兵营内张望。看到日本兵躲在沙袋后面,因为这一边没有多少武器,大都是刀棍之类,所以日本兵毫无忌惮,大摇大摆地倚靠在沙袋上向外射击。见到气焰嚣张的日本兵,小郭警官端起枪,一拉扳机将子弹推上膛,卧倒在地,瞄准了沙袋后面的日本兵一扣扳机,那日本兵应声倒地。

林成福看了一眼小郭警官,忍不住伸出大拇指喊道:"好枪法!"

小郭警官自豪地说:"林老板,我可是南京警校毕业的!"

见到有人被击中,那些个日本兵都躲藏在掩体后面不敢再大意。毕竟那些个日本兵受到过严格的军事训练,军事素养极强,小郭警官此后虽然开了好几枪,可惜再也没能击中日本兵,只能是打消了日本兵的嚣张气焰,使他们不敢再冒头。

林成福这边里外双方僵持着,而烟台山上打得十分火热,日本兵两挺机关枪朝着门外轮番射击,吴老太爷手下的救火会成员一时难以攻入大门。大街上更是热闹,有血性的老百姓纷纷拿起武器,朝着近前的日本兵开始攻击。这些个日本兵往往是三五个落单的人,他们自恃无人能敌,出门也没带武器,虽然几经顽强还击,但毕竟寡不敌众,很快就被三个两个地干掉了。

按照救火会起初的策划,是想趁日寇冷不防时来个突然袭击,可是日本兵毕竟受过严格的军事训练,而且武器精良,在最初的混乱之后,他们立即组织起高效的反击。林成福这边与日本兵对峙不久,几个日本兵交替掩护冲到了大门前,几个手榴弹从门内丢出,落在他们身边,一阵阵爆炸声中,武器落后的救火会成员纷纷倒地。林成福身边的依强不幸中弹倒在地上,他旁边的依壮立即一把扶起他,可是他的额头被弹片击中,一股鲜血喷涌而出,甚至来不及说一句话,头一歪便没有了呼吸。

林成福见状眼睛都发红了,看看周边倒下一大片,小郭警官是受过军事训练的,面对强敌他说:"林老板,这样下去我们都会没命的。"

林成福并不想撤离,可就在此时,对面烟台山上的日寇也开始了反击,一阵阵机关枪的响声,一声声手榴弹的爆炸声,与敌寇对峙的吴老太爷这边立即无法再战,只能撤离。

当烟台山上的日寇开始转身向山下的人们射击时,小郭警官又说:"林老板,再不撤就走不了啦!"

林成福见状,只好心有不甘地大吼一声:"走!"一行人交替掩护着,向码头撤离。

撤退途中,林成福一把拉住依壮,说:"你赶紧回家去,把我那三个孩子还有郑老先生送走。"

依壮答应一声,脱离了队伍,向深巷跑去。

撤离的队伍三三两两地跑到街口,日本兵分为两队呈扇形包抄过来,边追边开枪,时不时就有奔跑的人被击中。这边撤得快那边追得也快,当他们跑到万寿桥头钻进巷中时,日本兵也追到了近前。

左突右冲,林成福终于来到事先约好的集合地点江边码头,早已准备好的一条小机帆船已启动。见仅有二三十人跑来,身后的枪声越来越密集,林成福低声说:"你们先走,我还有家人。"他解开缆绳,将机帆船推到江中,几十名幸存的救火会成员乘坐机帆船向江对岸的南港撤离。

林成福转身回到巷中,看到排成队的日本兵放慢了速度,他们不时地拉动枪栓,向路边奔跑的行人开枪。林成福与众人跑散了,四周都是些不认识的人,他抬头向前一看,那年过半百的鲍警长在他前面不远处。林成福立即跟上鲍警长想一起跑,可就在他往前紧跑几步即将追上鲍警长时,身后一声枪响,鲍警长应声倒地。林成福一步冲上前去,一把扶起鲍警长,一颗子弹从他后背射入胸口穿出,鲍警长当场气绝身亡。身后大皮靴急促地响起,林成福只好放下鲍警长转身继续往前。忽听背后一声枪响,一颗子弹擦着他的肩膀在墙上钻了个洞。转到一条小巷中,见前方一个日本兵正与一个警察对峙,林成福定睛一看,竟然是跑散了的小郭警官。那日本兵人高马大,而小郭警官却瘦小身材,两人端着刺刀较量了几个回合。小郭警官明显吃亏,日本兵步步进逼,小郭警官一步步后退,不料被地上凸起的石块绊倒往后一仰,手中的长枪也飞了出去,那日本兵狞笑一声,拿着长枪正准备往下捅,林成福冲上前抢起圆棍横着扫去,一棍打在日本兵的腰上,日本兵怪叫一声倒在地上,林成福上前一棍敲在他脑门上,送他去见了阎王。

林成福上前一把拉起小郭警官,叫了声:"快走!"两人一前一后往小巷中跑去。当小郭警官转身跑进小巷,身后传来一声枪响,他回头一看,林成福中弹倒地,他忙上前拉林成福,可林成福的额前已是鲜血一片,林成福紧紧握着小郭警官的手："快走,救孩子……"后边传来一片狼嚎,日本兵追来了,小郭警官只好转身向巷子里面窜去。几个日本兵追到近前,看到林成福还有一口气,端起刺刀就向他身上捅去……39岁的汉子林成福英勇就义。

小郭警官一路狂奔,来到林成福家中,刚一推门,依壮领着孩子在前,郑老先生在后正准备出门。此时巷子中已传来一阵日寇的狂呼乱喊,小郭警官一摆手:"后门!"依壮立即带着老小四口转身跑向后门,小郭警官关好门,用一根粗大的木棍顶住,转身追过去。当他们来到后屋的巷内,前门响起一片砸门叫嚣的声音。

小郭警官在前引导,众人紧跟,依壮断后,七转八弯来到江边小码头,依壮撑着竹篙,众人上船隐身,小郭警官一推小船,飞身跳上船。在茂密的榕荫中,在湍急的水流中,小船很快划过小河,来到闽江上。划过一段距离,在一处隐秘的石码头前小郭警官下了船,叮嘱依壮将孩子们送往乡下。郑老先生不愿跟随便下了船。郭叶香也不愿走,随着郑老先生,由他老人家帮安排去处。一叶小舟,载着林鼎财、陈永弟,向对岸飞速驶去。

当小船来到江心处,陈永弟回头望了一下对岸的福州城,那里已是一片硝烟,枪声四起。林鼎财已得知父亲英勇牺牲,他抹了一把眼前的泪花,与陈永弟一道遥望着对岸。刚才还能看到小郭警官及郑老先生、郭叶香的身影,此时已消失不见了。

天边一轮如血的艳阳被一朵朵云彩遮挡,茂密的芦苇在风中摇曳,江上淡薄的烟霭起伏着,芦苇丛中时不时有受惊的水鸟掠过,发出阵阵凄凉的鸣叫。一江碧水滚滚向东,毫无顾忌地奔腾着,朵朵浪花被湍急的水流鼓荡,拍打着岸边的岩石,发出阵阵鸣响。

中部

锻 造

万里乘风去复来,只身东海挟春雷。
忍看图画移颜色,肯使江山付劫灰。
浊酒不销忧国泪,救时应仗出群才。
拼将十万头颅血,须把乾坤力挽回。
——清·秋瑾《黄海舟中日人索句并见日俄战争地图》

第八章　入职

一别近十年,再次回到这残破却又亲切的故城,再次回到这石板小巷幽远绵长的街衢,再次回到这曾经系挂着少年梦想的商铺,故人已逝,时过境迁。还能够找回往昔的峥嵘吗? 还能够追忆起旧时的遐思吗?

1

按照事先约定,考试一周之后,陈永弟准备前往福州城里,去轮船公司看看自己是否考上,如果顺利考上,自己就可以去轮船公司做工了。当然如果没有考上,回到家乡该干啥还是干啥。

年仅 19 岁的陈永弟,其实对自己的人生并没有过多的思考,身在乡下,又是农民的孩子,当然不会像城市的孩子那样有许多神奇的幻想,有许多美好的憧憬,有许多不切实际的向往。为了生存,每天都要与父亲一道起早贪黑辛勤劳作;为了能填饱肚子,每天都要乘船去闽江上,风里来雨里去不惧风吹浪打讨生活。要让他离开这个虽贫穷却充满着乡情亲情友情的破旧的茅草房,去城里住木屋睡木板床忍受富人家的冷漠和歧视,他还真没有做好准备。

清早起来,陈永弟像往日一样,收拾着千缝百衲的旧渔网,准备与依爹一起撑船去江上捕鱼。母亲上前阻止道:"明天就要去城里了,今天就不要去了。"父亲正在整理木桨的手停顿了一下,稍微犹豫,接着又忙碌起来。陈永弟说:"还是去吧。"父子继续着手上的操作。

母亲也没再劝阻,走到门边,坐在长条凳子上,拿起针线箩,在儿子破旧的衬衣上又缝了几针。

就在陈永弟与父亲推着小船准备去江上时,沿着江岸那狭窄的堤坝走来了两个人,在前面引路的是乡里的保长,穿着一件浅色短褂子,还有一位身着深色中山装,胸前戴了一块蓝色的圆牌子,一排扣子扣得紧紧的,把他那脖子勒得肉鼓鼓的,戴着圆边礼帽,手里还拎着一根文明棍。

两人一路走来,到了近前,保长一哈腰,对着那中山装说了一句:"钱先生,这儿就是陈增保的家。"

那位中山装上前一步,用眼角扫了众人一眼,看着三人,哼了一声,操着江浙口音对着永弟的父亲说:"你就是陈增保?"

永弟的父亲没有多言,轻轻点了点头。

那人又转眼看着陈永弟:"那你就是陈永弟了?"

陈永弟侧身站在父亲身后,不明就里,只是静静地看着他。

"你应该是20岁了吧?"

父亲说:"虚岁20。"

"很好。"那人点点头,转身就走。

保长上前说:"你家陈永弟已经被征兵了,收拾一下,过几天就上路吧。"然后不再多说一句,转身追上那位中山装一起远去。

征兵?永弟被征兵了?父亲陈增保追着那保长问:"不是说独子可以不当兵吗?"

保长头都不回丢下一句:"哪这么多废话?看你家穷得叮当响,让你家孩子去当兵,不还能解决吃饭的大事吗?"

父亲一听,丢下网具,也顾不上去打鱼了。母亲则满脸愁容,望着远去的保长渐渐虚幻的身影。

说起民国时期的兵役,有着相当长的一段历史。早在1933年,国民政府颁布了《兵役法》,实行义务兵役制,规定所有男子从18岁至35岁为甲级壮丁,36岁至45岁为乙级壮丁,如果是独子可以免予征兵。到了1934年,成立了兵役团管区司令部,全盘管理兵役征集和预备役的训练。1937年征兵先由各保、乡造册上报,按《兵役法》进行征集,经体检合格后送团管区司令部集训。当年正逢抗战,众多爱国青年纷纷参军为国杀敌。为保证抗日军队兵员补充,1939年民国政府军政部颁发《国民兵役法规则草案》,规定20岁至24岁服常备兵役,其中又分为三类:现役3年,正役6年,续役(当兵至40岁止)。凡18岁至45岁未服常备兵役的人,必须服国民兵役,也就是预备兵役，平时接受军事训练，一旦战事发生必须上前线。

　　然而这些个法律到了基层乡村时，下面就有了对策，许多富人子弟当然不会冒着生命危险上前线的，再加上因抗战多年兵役缺乏过度征召，有不少应当征兵的年轻人纷纷外逃，社会上出现了一种卖身充当壮丁的人，这些人或者是家境贫寒者，或者是横行乡村的地痞流氓，或者是孤身一人无依无靠，他们出卖自己的青春，换得赖以生存的粮食，有的将这些卖身所获供家人生活，有的则是一人吃饱全家不饿，他们冒名顶替充任兵役。当他们进入军营后或是贿赂军官，或是半途逃跑，然后再次卖身换得钱财。一些富裕家庭或是略有钱财的人家，往往以花钱买人头的方法让这些个冒名专业户顶替自家的子弟去当兵。

　　1946年蒋介石发动内战，兵员严重不足需大量补充，颁布了《兵役法修正案》，将原先三丁抽一、五丁抽二的规定，更改为三丁抽二、五丁抽三，也就是说你家中如果有三个儿子，按原先的兵役法只要有一人当兵即可，而抗战之后的内战，三个儿子就要有两人当兵了。尤其是1947年之后，蒋介石陷入内战的深渊，甚至原先不用去当兵的独生子也要被征兵了。而到了1948年底，蒋介石的民国政府眼看就要垮台，不管三七二十一只要在大街上抓到人，用绳子五花大绑就押送到兵营中，有的壮丁半途集体逃跑，征兵的人更加穷凶极恶，手段残忍无所不用其极，抓到人之后用铁丝刺穿锁骨绑成一串集中押送——想跑也跑不成了。不过这样的兵即使送上前线也身受重伤，还能扛枪吗？

　　得知自己被征兵，陈永弟立即赶到表哥林鼎财家，与他商量。自从姨父林成福血染上杭英勇牺牲，陈永弟与表哥林鼎财亡命逃回乡下老家，当他们哭泣着向族人诉说林成福就义的经过，大姨也就是林鼎财的母亲当场昏厥，幸得家族郎中施以药剂，但自此整日以泪洗面，身体大不如前，性格也发生了极大的变化，昔日耀武扬威目中无人，可至今却是一脸的病容令人伤感。陈永弟的母亲多次上门去看望姐姐，给她端茶倒水伺候着，而她却只是哽咽着很少言语。

　　母亲病倒在床，全家的重担就落在了林鼎财身上，老话说穷人的孩子早当家，父亲走了，林鼎财自然就承担起了照顾母亲的重任。别看他年仅十几岁，但也是在乡村长大，所有的农活都能拿得起来，白天他常常与表弟陈永弟一同下河抓鱼摸虾，除了自家食用，也送部分到集市上出售换取一些日用品。田里的农活他样样精通，开垦荒地种菜种番薯，样样能操持。家族中的族长原先就是他爷爷，但爷爷年纪大了，由他的大伯担当。除了自身勤俭操劳，家族中也给了不少的帮助，母子俩这才得以维持生计填饱肚子。

陈永弟找到林鼎财时，他正在田中挖番薯，旁边的竹筐中堆了小半筐。陈永弟说保长来叫他去当兵，林鼎财一听就丢下手中的锄头："你被征去当兵？还有这种事？你走了，家里怎么办？"

陈永弟说："这不也正在为难嘛，走投无路了。"

林鼎财拎起竹筐扛着锄头："走，我们去找成桂依伯说说。"

这成桂依伯，也就是林鼎财的大伯林成桂，是如今林氏家族的族长。但凡家族中遇大灾小难，林成桂便出面予以解决，实在解决不了的，也可召集族中长者商议。但陈永弟并不是林氏家族的成员，所以陈永弟犹豫了，见表弟不肯迈步，林鼎财上前一把抓紧他的手就往前走。

来到林氏祠堂，几位林家老人坐在竹椅上闲聊着。见到林鼎财牵着陈永弟匆匆跑来，几位老先生便开玩笑地问："后生仔，这么急跑过来，是不是进厝摸不着门了？"

林鼎财没工夫与老翁们闲磨牙，鞠了一躬，说："成桂依伯在不在？"几位老人看他焦急的样子知道他有事，手一指大门："族长在里面。"

林鼎财谢过众人，立即跑进祠堂，跨过高高的门槛，穿越天井来到中堂，族长坐在正屋与几位老人议事。见他们来了，族长一招手："鼎财有什么急事？"林鼎财立即上前，向族长问一声安，便把陈永弟被征兵的事说了。族长一听，忍不住叹了一声："就连独子也要去当兵了！现在的政府做事，真是一时韭菜一时葱——变化多端啊！"旁边的一位老先生也出言："族长恐怕还不知道吧，福州城里传来消息，蒋总统的军队连吃大亏，兵员不足啊。现在的官府，那是大王补裤弟子出钱，做的事情都祸害到百姓啦。"

听了这些个老先生们的议论，陈永弟内心更是焦虑无主张。他不是林氏家族的人，自己的陈姓在村中是个小姓，做事总是要看大户人家的脸色，其实到这祠堂来求助不是自己的本意，可表哥非要拉着他前来，他无法推托只能跟着。

族长林成桂略一深思，便道："这样，我去保长那里打探一下。"几个年轻人抬来一顶小轿子，毕竟族长年届八旬，走村道不太方便，小轿载着族长向邻村走去。

保长住在邻村，比他们的村子要大许多。这位保长也曾在福州读书，他的家族也是个大家族，据说还与国府主席林森沾点亲，他的先祖曾下南洋打拼，赚了点钱回到家乡又是买地又是开店，在福州城里也有生意。保长的哥哥是黄埔军校毕业的，在国军里当官，于是他的家中有钱也有权，几个兄长都在政府做事，只留下最小的他在家中照料母亲，因为母亲不愿离开家乡。

这位保长与林氏家族有着相互帮衬的关系，有事没事经常来沙埕村坐坐，与成桂族长喝茶闲扯，因此在保长面前成桂族长还能说上话。半个时辰成桂族长的小轿来到村中，直奔保长家的大宅院。保长也是刚刚送走县里的官员，坐在厅中小憩，听家丁来报说成桂族长来了，他也是聪明人，自然知道成桂族长此行的目的。保长候在门前将成桂族长搀扶着迎进门来，落座、上茶。成桂族长一见面，都是老熟人也不用客套，便问起陈永弟征兵的事。保长微微一笑："成桂老兄，你也知道，国家正是危难之时，用人之际，不是我借故推托，实在是县里的主意。实话告诉你，原本是要将你家族中林鼎财也征兵进去的，是我再三恳请才免去了，但陈家那个后生，我实在是无能为力了。还请您见谅。"话说到这个份上，成桂族长也知道覆水难收，坐了不久便告辞回转。

回到祠堂，林鼎财和陈永弟还在侧室中等着回音。成桂族长长叹一声，将保长的话原原本本地复述了一遍。然后他问："陈永弟你不是去轮船公司报考了吗？"

陈永弟在旁赔着小心，回复道："轮船公司还没回话，要一个星期之后去问。"

"那一个星期到了吗？"

"也就是后日。"

成桂族长一拍大腿："那你还等什么？直接进城去。"

"可……可家里会不会出事？"

成桂族长微微一笑："我听城里族人说过，那轮船公司的老板也是有些地位的，听说还在政府里兼差，如果你能去那公司里干活，恐怕这乡下甚至县里也是鞭长莫及了。"

"可……我怕我父母……"

族长一听,慈祥地看着陈永弟说:"看来你还是个讲孝道的后生,也罢,我林成桂也是奔八十的人了,没两下子还敢行走在乡下?你去吧,见了先生就相面,不管有用没用,我备点礼去打通保长的关节,让保长给行个方便,把这事遮掩过去。"

2

黎明前的黑暗是最令人揪心的,原先还能看到点点繁星,可天快要亮了,这些个星星反倒都躲了起来。河塘中响成一片的蛙们,也都偃旗息鼓不再鸣唱。微风轻拂,河岸上的杂草发出窸窸窣窣的声响,一条沙土路上,陈永弟斜背着小布包,手上拎着小竹篓,父亲默默地跟在身边,母亲悄悄地边走边抹泪。

江边上,表哥林鼎财已经备好小木船,站在船边上他看到陈永弟走来,立即迎上前去,接过手中的竹篓,放在船上。陈永弟一声不吭登上船,临走时父亲才开腔:"如果能待下,不要回来了。"他声音很轻,然而在陈永弟听来却十分沉重。

母亲拉着陈永弟的手还想说什么,可是话到嘴边却什么都说不出来。半晌,父亲哼了一声:"快走吧,别误了。"母亲这才依依不舍地松开手,看着一条小船吱吱呀呀地划过水面,向芦苇深处驶去,不一会儿,夜幕遮住了身影,什么都看不见了。

小船驶到江畔,两人松开篙和桨,任由小船顺着江水向下游漂去。陈永弟望着岸边一晃而过的芦苇丛,望着石板小码头前那棵老榕树,望着掩映在一片竹林龙眼树之间的沙埕村,他十分清楚,这一走还不知道什么时候才能回来。前方,一片哗啦啦的水声中,是通往福州城的方向。城里有什么在等着他?他将面临什么样的命运?他不知道。他只知道,他没有别的路了,只能向前。

随波逐浪的小船十分灵活,来到螺州时天色渐渐明亮,一轮红日透过薄薄的雾霭向江中洒下一片艳丽的朝霞。陈永弟从竹篓中掏出两块长条的白粿,是母亲昨晚连夜做的,现在还留有余温。他递给表哥一块,林鼎财也不谦让,接过来就送入嘴中咬了一小口。那松软细腻的白粿挺有弹性,在口中慢慢咀嚼着,随着河中的清水送入腹中,很快这一小块白粿便吃完了。林鼎财也从船舱的木盒子中拿出自己母亲准备的食物:两个米饼,上面还沾着一层虾米。囫囵吞枣地吃过这顿早饭,日头已经高照,湍急的水流将小船冲击得左摇右晃,两人特意选择了靠近岸边的河道,为的就是避开那些急流。相比较而言,乌龙江的水流要比白龙江湍急得多,因此村里人进城,常常是将船顺着乌龙江向下漂流,到了马尾之后再划船沿白龙江也就是闽江主航道逆行,虽然时间会长一些,但行船关键的就是安全。而从福州城回来时则相反,沿着白龙江逆流而上,到了北港淮安之后再折向西南,顺乌龙江下行,便可直达南屿家中。

当然也有人图省事走捷径,出家门后直奔对岸的湾边,由小溪进入福州城,但这有个风险,因为这些个小河溪一来不了解它们的走向,不知通往哪里,二来城郊仓山沿江一带都是闽江水带来的泥沙淤积而成,地形不是很稳定,常常会有变化,今天看是沙洲一片,明天发大水很有可能就把路给淤塞了,如果不是附近的人对周边地形熟悉的话,很有可能走入河汊中没有路,还得转回头原路出来,这样费时费力得不偿失。就像福州俗语所说:府里也误县里也误,到头来一事无成。

吃过早饭,两人一商量,要加快速度,不然等到天黑也赶不到福州城里。操起桨奋力划着,好在这是顺流而下,不用费太大力气,小船就像离弦的箭一样向前飞速射出。

船到螺州时还不足两个时辰。当小船晃晃悠悠地在江上行驶时,岸边榕树下的码头上,突然出现一队人马,他们都穿着黄军装,手上还端着长枪。见到一条小船上两个年轻的后生,人群中一个家伙立即挥舞着手枪冲着他们高喊:"喂,江上的小船,靠岸!靠岸!"两人一看,那些个军队中还有一排人双手被绑着,一个个垂头丧气的模样。林鼎财低声说:"快走。"两人压低身影,两把木桨飞快地划着,朝江心向下驶去。岸上的人见他们要逃,端起枪就是一排子弹,然而离得太远,而且越离越远,这些个枪子儿都掉到了江中。那个操着手枪的家伙高喊着:"小王八蛋,别让我抓住你!"两人也不吭声,操纵着桨飞快地通过这一段江中航道,向下游驶去。

终于小船驶到马尾,这里是白龙江与乌龙江汇合处,到了这儿,他们就要折向西北,往福州的方向驶去。相比较而言,乌龙江狭窄而湍急,白龙江宽阔而平缓,来到马尾,这儿的江面一下开阔了许多。江上的船也多了起来,有运货的小木船,也有漂洋过海的大轮船,还有国民党兵的军舰,大小船只都沿着各自的航道有序地行驶,倒是那兵舰横冲直撞耀武扬威,把汽笛拉得震天响。

与乌龙江相比,这白龙江也更加繁华热闹,两岸房屋鳞次栉比,既有洋气的海关大楼,也有低矮的百姓破屋,码头上一块宽大的木板架在船上,搬运工一字排开吃力地扛着货物,颤颤巍巍地行走在木跳板上。

两人撑着小船沿着江岸寻找水流平缓的地带,用力划着逆流而上。船过草霞洲,江水裹挟的泥沙在江面上沉积形成几块沙洲,这些个沙洲每天都会有不同的变化,过往的船只都小心翼翼,稍不留意便有可能撞击到沙洲上搁浅。他们的小船尽量靠在江畔远离沙洲,往左一拐不久就看到了三江口。三江口也是沙洲淤积而成,不过这几块沙洲要比草霞洲宽大许多,上面还有人开垦了农田种些蔬菜之类的,隐隐约约地看到几幢草房被高高的茅草遮挡着。越过草霞洲,对面江岸上遥遥地就能看到罗星塔耸立的尖顶。

他们将小船停靠在三江口边的沙洲上,小船的缆绳系在江边供船只停泊的石柱上。划了大半天的船,两人早已是饥肠辘辘,可惜早上带的饭食仅剩下两个熟番薯,但总比挨饿强,于是这两个冷番薯很快下了肚。

填饱肚子,看看日头已经偏西,他们加快了划船的速度,驶过太保闸,穿越新垱洲,远处的万寿桥出现在视线中,他们知道,距离福州南台不远了。于是纷纷加大手上的劲道,加快划桨的速度。终于,在夕阳下山之际,他们来到万寿桥下,继续往前划到苍霞洲,找个偏僻处停泊,这儿一片都是疍民连家船停泊之处。

所谓疍民,也被称为连家船民,是生活在闽江中下游以及福州沿海一带水上的人家,也有人称他们为游艇子、白水郎等。他们终生漂泊于水上,以船为家。他们以闽东语福州话为母语,与福州话有些许差异。虽然长年生活在福州水上,但他们与福州人有不小的区别,他们有自己独特的生活习俗,因此也是个相对独立的族群。

疍民的起源有很多种说法,不用说外人,就连他们自己也有不同的传说,其中流传最为久远的说法是:古代时天上掉下一把扫帚,落在地上成为汉人,落在水上则为疍人。他们自认是被汉武帝灭国的闽越人的后代,他们还说自己的祖先是东晋时期反抗晋朝失败而逃亡海上的卢循军队残部;或者是上溯到9世纪唐朝时王审知入闽,有不少福建原住民被强占土地并被驱逐躲在水上生活;还有的自称为14世纪元朝灭亡后下水为生的蒙古族后裔;更有的追源溯宗至14世纪元末明初兵败下水的陈友谅余部等等。有少部分疍民家族中的族谱甚至还能追溯到祖籍在山西。在福州有许多历代志书都记载着疍民是秦汉时期亡国于西汉的闽越人的后裔。

因为没有详细的户籍资料,生活在福州城乡的疍民究竟有多少人,一直以来都没有精确的统计,不过有人做过估计,民国时期福州的疍民大约有十万人,这个数字被专家学者认为是可信的。福州疍民主要分布在南台三县洲、帮洲、义洲、鸭姆洲、泛船浦,以及仓山上渡、中洲、苍霞、水部,后来又扩散到南屿、洪塘、马江、亭江、瑁头、琅岐等地,甚至远达长乐、永泰、闽清、罗源、连江等沿江或沿海地区,有的溯闽江而上,迁徙到闽北的南平、邵武、顺昌、建瓯、将乐等闽江上游地区,还有顺江入海北迁至闽东宁德、霞浦等地。

如果说福州平民百姓生活艰苦,这些疍民则更苦。不管怎么说平民百姓还有个房子可以安身,疍民们全家的财产就是一艘小船。当然他们也有平民百姓不具备的优势,如果遇到什么天灾人祸,平民百姓只能眼睁睁看着灾祸降临,而疍民们则可以拔锚开船躲开灾祸。

林鼎财与陈永弟撑着小船靠江岸停泊,正好这儿一大片停靠着疍民的小船。他们将船缆系在岸边石柱上,跟旁边船上一位老依婆说一声,请她帮忙照看。老依婆也十分客气,满口应承。

两人上了岸,沿着狭长的小巷向轮船公司走去。这儿的几条小巷,其实他们都曾走过,小时候在福州生活三年多,这儿曾是他们玩耍的地方。他们也曾在夏季到江边下河游泳、摸鱼捞虾。

行走不多远,正是夕阳西下之际,远远地就看到了轮船公司的大门。

就在他们两人操桨离开乡下不久,天刚蒙蒙亮,林氏宗族的族长林成桂也出了门,他还是坐在小轿上,大清早来到乡公所求见保长。一见面先是奉上一盒礼品,保长淡淡一笑:"陈家的那位后生走了?"族长一惊,如见仙人。保长说："你这么大清早的赶来，不就是要告诉我，那后生已经进了城去轮船公司做工了吗？"族长无语，伸出大拇指十分地佩服。保长说："我早就知道这事了，也料定你们会这么做。我也难做事呀，这年头好男儿谁愿意当兵送死？我是听到了陈家后生被轮船公司招去的消息，这才填上他的名字给县里，也算充个人头，我也得生活呀。至于能不能去，可就不是我的职责了，县里有本事，让他们找轮船公司要人去。"族长一听，这才放下一颗高悬的心脏："保长，还是您有能耐。"听了他的奉承话，保长又是一乐："我有什么能耐？我倒是听说那轮船公司的老板才是有能耐的，上次省府的朋友告诉我，他外面看是轮船公司的经理，可内里还在政府当差，就连省里也要给他一点薄面的。"族长一惊："还有这事？"保长一笑："不过这与你我何干？猫有猫路狗有狗道，我们各自找生路，谁又能奈我何？"

族长原先还以为会被保长一顿臭骂，没想到保长早就料到会有这一手，他也就是个能推就托的主儿，多一事不如少一事，反正陈家小子进了城，要抓丁可以，去城里吧，离开了他的地界，阎王老子也管不着了。

当然看在族长那份薄礼的面子上，而且日后或许还有用得着的地方，保长也是见人面带三分笑，得过且过了。国家事，管他娘，自己怡然最重要。

与来时的心态不同，族长乐呵呵地留下一份薄礼就走了。而保长则望着他的背影良久，他有点不明白，又不是他林氏家族的人，这位老族长为什么会这么上心？不明白就不明白吧，这年头，天下不太平，就连蒋总统听说也走投无路了，前线战事吃紧，国军连连惨败，东北不用说，早已成为共军的大本营，而华北嘛，也正陷入泥潭之中。大事不妙啊！

3

两人在小巷中穿行不远，轻车熟路地就来到了轮船公司，径直上楼找到人事科，进门正好见到科长黄昌富出来，可能是每日见过的人太多了，见到两人他并没有言语，旁若无人地插身而过。

当他快要走过时，陈永弟在旁边轻声叫唤："昌富堂叔……"

他一怔，回头看了他们一眼："你们叫我？"

"昌富堂叔，我们是沙埕村的……"

"噢,是你们。"科长恍然大悟,立即回身,十分热情地拉着他们走进屋内,"你们是接到公司的文书了?"

两人顿时愣住,无法回应。见两人这副神态,昌富科长笑笑:"没关系,我们公司已经发文书通知了,叫你来公司上工。"

科长大气磅礴地坐到自己的位置上,对陈永弟说:"应该是你吧。"

陈永弟上前一步,将父母反复交代在路上买的一条香烟放入科长的抽屉里。

"都是乡里乡亲的,搞这些个做什么?"科长嘟哝了一句,十分熟练地关上抽屉,"你来了正好,明天就上工。"他对外面叫一声:"阿肥弟,去业务科打听一下,明天是哪条船回来。"

科长十分亲切地但又有些虚伪做作地与两个年轻人闲扯,问了些乡下的生活,问两个年轻人的关系,说些不咸不淡的话,话语中时不时地显示着他在这事中出了不少力气。

没多久,那个肥胖的办事员一路小跑回来说:"科长,明天是民生号回来。"

"民生号?那你就去民生号吧。我这里出一张公函,你去码头直接找船长林泰升,就说是公司下的令,你去船上做轮机工。"

人事科一位老先生坐在桌前,一笔一画端端正正地写了一份公函,看来老先生做这行已经有些时日,他一气呵成毫不费力。黄昌富从抽屉里拿出大印,庄重地盖在公函下方,陈永弟小心地折起收下,千恩万谢退出办公室。

此时已是夕阳残晖,轮船公司的人收拾着准备下班了。还好他们早来一步,要不然还不知又要等到什么年月。

来到大街上,陈永弟和林鼎财知道要在福州城里过一晚上,明天民生号轮船才回来呢。可是到哪里去呢?两人一商议,要不然去找依壮吧。

陈依壮原是林成福店中的伙计,也是沙埕人,当年他送两个后生回乡下之后,一夜未歇息就划船回城了,因为店中还有许多事要做。后来几年过年时他都回到乡下。据说日本鬼子投降之后,城里有人议论着要给救火会主动打击日本侵略者的事立个碑,可还在议论之际,内战爆发了,所有的事便都不再议论。依壮后来又去木器行做了伙计,老板也是熟人,就是那位何昌义老板,与林成福有深交。

两人在上杭路一路走过,见到木器行就进去打听,结果还真让他们给找到了。来到店中,一进门,正好何老板也在,他低着头正在算账,见到两位年轻人进来,他也没注意看,随口问道:"两位老板需要什么货?"

　　年轻人见到他,轻声叫道:"何依叔。"

　　何老板这才抬起头,惊异地盯着他们俩:"二位是……"

　　此时闻声从后院进来一位伙计,正是依壮,他一看到这两人,高兴地叫了一声:"啊,是你们……"上前就把他们给抱住了。

　　何老板见状感到惊奇,但没吭声。依壮转身介绍道:"老板,你再看看他们是谁?这是林鼎财和陈永弟,成福表叔的两个孩子。"

　　何老板一听顿时惊喜万分:"是你们俩,都长这么大了!来来让依叔看看,走在大街上都认不得了,认不得了!"说着说着,何老板眼眶就湿润了:"十年了,你们都成大人了。"

　　故人相见分外亲切,何老板的夫人和女儿亡命于日本鬼子的毒手,至今他仍是一人生活,而他的木器行也是日本投降后才开的,之前他一直流浪于街巷打零工,甚至做过苦工。

　　看到老友的后人们一个个健康活泼,何老板也高兴万分。他亲自下厨做了两样简单的菜,又叫依壮去街边小食店买了几样果品,四个人便围坐桌前,开始了晚餐。

　　大家边吃边聊,聊得倒比吃得多。饭中,何老板向两个年轻人介绍了分手以后的情况,有些细节依壮还作了补充。他说:那天依壮送他们上船回乡下之后,自己赶紧找了两位好友,趁着夜色日本兵还未进行封锁搜查之际,将林成福的遗体给运了回来,连夜做了一口薄棺材,下葬在吉祥山角。这五年来,每逢忌日他都会去看看,给老友烧点纸钱。说到伤心处,林鼎财忍不住抹起了眼泪,陈永弟也是泪眼汪汪。何老板当场告诉大家,等下吃完饭,他就带大伙一起去坟上看看。林鼎财等不及了,说:"现在就去吧"。

　　一干人放下碗筷纷纷起身,走到路边看到香火店尚在营业,拐进去买了一刀纸钱和一包香。七拐八弯走到吉祥山脚,何老板熟练地拨开茅草,沿着小径走到山前,一块空地上竖立着几块石碑,这边是林成福的,那边是郭依婵和小鼎宝的,还有一边是何老板的太太和女儿。

　　来到近前,燃起三支香,林鼎财跪倒在父亲的坟前,陈永弟也跟随身边跪在姨父坟前。林鼎财说："依爹，儿子都没来看过你，今天我来了，你在那边还好吧……"

一句话没说完便泪眼婆娑。陈永弟也跟着落泪，说了些思念的话语，然后大家围在一起，将那厚厚一沓纸钱给烧了。林鼎财与陈永弟一起，跪在林成福的坟前叩了三个响头，之后又在郭依婶及何夫人的坟前站立鞠躬致意。细心的陈永弟发现，在郭依婶和林成福的坟边，有一束美丽的鲜花，不知是什么人放的。

回到店中，何老板安排大家洗漱，然后在屋中铺开床。说是床其实是一块木板架在两条长凳子上，厚厚的一捆稻草铺好，上面盖一张草席，一床自家织的粗布线毯，一个漆皮木枕头，一床薄被。

说来有点无奈，何老板这儿从未有过这么多人一起住，因此他的长凳子不够，百姓家倒也不必过于讲究，何老板将仅有的四条长凳子都让给了林鼎财和陈永弟，他自己则从后院木料库中搬起两块较宽的木板，直接放在地上，铺一层稻草加一床草席，依壮也如法炮制。四个男人睡在一间屋子内，可是这一晚谁也睡不着，都在不停地闲谈，说到了曾经的往事，说到了认识的故人。说话间林鼎财突然问："我姐郭叶香现在何处？"这一句让大家都愣了一下，没有人能回答。片刻何老板说："我倒是听人说过，那位郑春熙老先生找到了靠山，现在是市政府的官员，具体做什么不清楚。郭叶香跟着她舅舅一起生活，好像已经是大学生了，在哪所大学不知道。"听说郭叶香上了大学，陈永弟细一想：可不是嘛，自己今年 19 岁，表哥大他一岁 20 岁了，而郭叶香应该是 22 岁了。

还有仓前山彬社的吴老太爷，大概年届九旬了，倒是活得好好的，不过听说已经不能走路了，出门都要人抬着。现在他的大弟子在掌管着彬社，他不大出门。至于救火会的事，也都交给弟子们操办了，他自己过起了隐居的生活。

"噢，还有，你们还记得小郭警官吧？他现在是小桥警察局的副局长了，前几日他还来过店里，说是成福老哥曾救过他的命，他要找机会感谢一下。他还问起你们的情况呢。"

提起他，林鼎财和陈永弟眼前便浮现出一个瘦瘦的高高的青年，苍白的脸上仿佛看不出喜怒，倒是那一双炯炯有神的眼睛，盯着人看时好像能看穿人的内心。他竟然当上警察局副局长了？也难怪，人家还是南京警校毕业的呢。

毕竟辛苦劳累了一天，从乡下撑船赶到城里，即使有许多话说不完，可面对着暗夜，说着说着，渐渐地就没了声响，众人都睡着了。何老板听见大家都响起了鼾声，便拉灭头顶上的电灯，侧身也睡了。

第二天，天刚蒙蒙亮，陈永弟就起床了。他一起身，发现林鼎财早已睡醒，正睁着眼盯着天花板。陈永弟也抬起头，顺着林鼎财的目光，见那顶上一根横梁，拴着一条红布，在晨风的吹拂中，那红布轻轻地摇曳着。

一夜长谈，四人都没有睡好，不过都需要起来劳作，大家也便不再多言，起身洗脸刷牙。依壮跑到街边小铺里买来几个三角芋粿、叠饼，还有一盆鼎边糊。众人喝着鼎边糊就着芋粿，配上民天公司的酱菜，填饱了肚子。

林鼎财拉起陈永弟向江边跑去，他们要去轮船公司的专用码头上，询问那民生轮到来的时刻。来到码头，一条长长的木板铺就的栈桥直通江边，下面是几十根粗大的圆木扎在水中做梁。看来还真是家大公司，就连客运码头都是自己建的。然而当他们前去询问时，那小木屋的门窗紧闭，根本没有人。他们不敢远去，只能在附近转悠等候着。好容易等了一个多时辰，终于来人打开了小木门，接着是从江中打水，扫地擦桌子，卫生搞好之后，又来了两个人，这才打开窗户对外营业。陈永弟忙带着林鼎财上前，询问从南平开来的民生轮的到达时刻。那人看了两人一眼，翻了翻白眼，傲慢地说："从南平来的船早上刚刚开出，要傍晚才能到呢。"再问大概几点到，那人又翻翻白眼："哪有准确的时刻，反正都是5点以后。"

看着这种下界鬼爬到大王桌头想成爷的人物，两人也不想与他多言，没说两句话，转身便离去了。不过他也不是胡说，既然傍晚船才到，那就傍晚再来吧。

俩人转向回头的路，一路上没说话，也不知道这一天该怎么过去。漫步来到江边，他们的船还停在榕树下，下了船解开缆绳，将船一路撑着沿着小溪进入街边，到了何老板家后门码头，将船系紧登岸，就回到了何老板家。这个时辰何老板家肯定没人，他们都在前店忙碌着。两人转小街巷来到上杭街，看到依壮正在店中操持着。

陈永弟和林鼎财进了门，二话不说便帮着依壮干活。根据客商的要求，又是搬木料拉皮尺又是画墨线，这一切对于他们驾轻就熟，以前他们没少干。有了二人的相助，不过一袋烟的工夫，那位客商选好木料，交了订金，约定明天就派船来，从后屋码头上直接装船，这批货是要运到福清去的。

等到客商走后，他们才闲下来。依壮询问他们去看船的情况，听说要等到傍晚轮船才能到达，他便说道："你们不说我还忘了，以前跟着成福老板坐过那船，去南平订货。每天上午发船，逆水行舟，闽江中段暗礁很多，晚上不能行船，要在古田县的莪洋村住一晚上，第二天继续航行，下午才到南平；又要住一晚上，第三天上午开船，顺水流直下，傍晚到达台江码头。这样算起来跑一个来回要三天时间。"

听说依壮坐过那船，两人极感兴趣，立即拉住他，让他细细说来。依壮回想了一下："其实没什么啦，那船不大，是烧木炭的，舱内有几个等级，好像是五个吧，头等舱是最好的，两人一间，床很软的，睡着一定很舒服；二等是四人一间；三等是八人一间；四等是大通间，上面有一排排床；五等在船的最下面，是个大舱，没有床，地上铺着草席，大家都坐着。"

"你睡过那个软床吗？"林鼎财好奇地问。

"哪有这个命？"依壮苦笑了一下，"我们是去闽东看货的，坐的是五等舱，在大通舱里坐了一晚上，当然也可以躺着。"

"你怎么知道前面的几个舱？"陈永弟问。

"晚上在莪洋过夜时，那些有钱人都去岸上睡旅社了，我们没钱都睡在船上，前面的舱房都是空的，我们在船上随便走动，就那个几个人看船，也不会阻拦我们。"

"看来你还是见过世面的，不像我，都要上船了，还不知道船上的样子。"陈永弟忍不住泄气地说。

"你要在船上做工了，以后不是比我们知道得更多？"林鼎财安慰他道。

第九章　师傅

表面上看,这位师傅沉默寡言,只是埋头干活,但在他看来,这位师傅是个有故事的人,他的待人处世,他的举手投足,他的处变不惊从容淡定都令人钦佩。可以猜测,他很有主见,很有办法,而且可以肯定:他见过大世面。

1

傍晚5时不到,林鼎财拉着陈永弟再次来到台江客运码头,等候着民生轮进港靠岸。谷雨刚过,立夏即将来临。正如元代诗人仇远在诗词中所描述的,"红紫妆林绿满池,游丝飞絮两依依。正当谷雨弄晴时"。

一江碧绿的春水,承载着上游闽北诸多山川浓浓的春意,汇聚着中游乡间几许溪流暖暖的纯情,一路劈山斩岭,一路春风浩荡,一路高歌猛进,自西北向东南,蜿蜒而来。其间几多曲折、几多坎坷、几多礁石、几多险滩,她总是克服千难万险勇往直前,她总是不断积聚力量拼搏争先。

等了近两个小时,日头西落,昏黄的路灯垂头丧气地斜挂在木制的电线杆上,白天看来碧绿的江水在暗夜中已是漆黑一片,耳畔只听得水流冲击礁石发出的哗啦声。当他们实在等得双目对视毫无脾气之际,忽听得江上一阵当当当的敲钟声,不仅是他们俩,在岸边上早就等得不耐烦的人们也都纷纷翘首以待望着江面。果然,一条客运轮船在江面上划了半个弧,船头转过来,逆流慢慢地靠近了码头,略微向江的上游侧身之后,船头轻轻碰到岸边挂着的破旧轮胎上,终于安全靠岸了。

一条长木板从岸上伸来,船上两位水手接住,用缆绳系在旁边的桅杆下方,岸边的横板也用缆绳系牢,上下各有两位船员照料,舱门打开,先是一等舱,接着是二等、三等舱,旅客们纷纷拎包提箱,小心翼翼地从那横板上走下来。男人们不管老少倒还沉着,可要是遇上大姑娘小媳妇,那战战兢兢的样子真令人忍俊不禁。前面人在下船,船舱后部则开始卸货。这是一条往来于福州与南平之间的客船,在载客的同时,还充分利用几个货舱运货,当然所运载的货物基本上是布匹、日用品等,不敢运载重量太沉的货,毕竟是以客运为主,如果运货多了,船就容易超载偏载,遇到恶劣天气极易发生危险。就这么耽搁了大半个时辰,船上的旅客统统下来了,而船后部的货物还在卸。前舱上的船员开始打扫卫生,整理桌椅,身着制服肩上戴有四条杠的船长则迎风伫立甲板上,面对江面,遥遥地眺望着远方。

林鼎财和陈永弟站在江岸上,早就依稀看见了船头上那三个大字"民生号"。待旅客都下来之后,林鼎财向陈永弟一招手,两人沿着那块狭窄的横板登上轮船,旁边有船员问:"小依弟找谁?"林鼎财大大咧咧地说:"找泰升船长说公事。"于是不再有人问。

两人来到船长身后,他已经听到了刚才的对话,但并没有回身,只是问:"你们找我?"

陈永弟上前一步,来到船长侧面,对着船长先是一个鞠躬,然后递上轮船公司人事科的公函。船长也不言语,打开这张纸,可是船上灯光昏暗,船长拿着公函来到船舱口,借着门里透出的灯光看了一遍,抬头问:"你就是陈永弟?"

陈永弟轻声回答:"是我。"

船长放下纸,盯着他看了几眼,略微思索,对着正忙碌的船员们说:"去轮机舱里把李贵生叫上来。"

有个船员匆匆跑到船舱下,不一会儿一位身材不高却极为壮实的中年汉子顺着扶梯走上来。但见他年约 40 岁,一头短发,一身灰色的厚工作服上沾了一块块的机油和黑色的炭尘,面色黝黑,看上去极为精干,一双大手还抓着一把扳手。汉子上前平静地问道:"船长,你叫我?"

船长用手一指陈永弟:"这是你的徒弟,轮船公司刚分派来的,以后就跟你了。"

说完船长略微点点头,也不看众人,转身向船长室走去。

李贵生向着陈永弟看了几眼,憨厚地一笑:"我叫李贵生,你叫什么?"

"陈永弟。"

就在李贵生师傅满脸含笑地自我介绍时，陈永弟也眯笑着观察师傅，面对着这样一位敦厚面善就像邻居大哥一样的师傅，陈永弟与其他人一样，第一次见面当然会有些许陌生感。

没想到李贵生却十分热情，一把拉住陈永弟的胳膊晃了两下，然后说："以后一起在船上讨生活，不用客气。"

陈永弟便有了十分美好的第一印象，他轻声叫道："贵生师傅。"

"唉，不用这么叫。"李贵生一摆手，"叫什么师傅？都是吃一口大锅的饭，你叫我依叔就行。"

"贵生依叔。"陈永弟立即改口。

李贵生确实还在忙碌，他说："我下面还要维护轮机，我们今天刚刚回来，明天休息，你后天上午再过来，9点开船，你8点到。要穿上公司发的工作服，机舱下面很脏的。"然后他摆摆手，转身下到机舱里。

看着师傅正忙，陈永弟和林鼎财不便多打扰，慢慢下了船，沿着狭长的巷子往何老板家中走去。

他们不知道的是，就在他们转身从跳板上走下船之际，刚才已经从舷梯上下去的李贵生师傅，此时又登上几步，半身隐藏在舷梯，探出头来，朝着两人离去的方向，观察着、思索着……

下了几层舷梯来到底舱，面对着还在隆隆作响的机器，李贵生又拿起扳手，将一颗螺丝拧紧。旁边一位同事问："贵生师傅，船长叫你做什么？"

"没什么大事。"李贵生应道，"来了一位新人，船长让我带他。"

"噢，你又收新徒了？这是你带第几个了？上次那个还是学徒期还未出师吧？"

李贵生摇摇头："其实学徒时间早过了，只不过公司不给考试，不让转正。"

"是啊，公司太克扣了，付学徒工的工资，干的却是满师的活啊！"

两位师傅边聊边忙手头的工作，他们把船舱下方的轮机都擦拭了一遍，看着机舱内锅炉旁边的炭舱，还有几篓木炭，把地清扫了一遍，不久前来接班的轮机工进入舱内与他们进行交接。之后李贵生与同事一起沿着狭小的舷梯走上甲板，来到船边顺着踏板上了岸，相互告别之后，提了自己的一个藤编的筐子向上杭路走去。

沿着狭窄的小巷,李贵生来到巷口一家小小的饮食店里,叫了一碗福州扁肉,又买了一块米糕,他还没吃晚饭。李贵生边吃边悄悄地向四周观察着,匆匆地将这些个食物塞入腹中,付了钱,他便向旁边的一条偏僻的小巷走去,一直走到尽头。这是一条死巷子,尽头直抵吉祥山脚。来到最里面的一户门前,他连续三个短促地敲门,接着又是两个长声敲门,门开了,他走进去,黝黑的院子里没有开灯,只有巷口一盏昏黄的路灯,开门的人探头向外张望了一圈,见没有人,便关上房门,李贵生与这位一前一后径直走到后宅,在一处偏僻的小屋内进门坐下。屋子里陈设比较简陋,除了一张方桌,两张方凳,别无他物。

　　坐下后,那人给李贵生倒了一杯水,他也没客气,端起来便灌入口中。如果陈永弟在的话,他一定认识那位。没错,那人是陈永弟的姨父林成福的老友,也是开木器行的,何老板何昌义。

　　看得出来,这位何老板与李贵生十分熟悉,他问:"路上还顺利吗?"

　　"还好,半路上有水警来检查了一遍,不过都是装样子。那批货都送到了。"

　　"那就好。山上没有什么消息?"听了李贵生的话,何老板放下心,但接着又问了一句。

　　"山上倒没什么,回来时公司有事。"

　　"怎么了?不是你被发现了吧?"

　　"不是。"李贵生安慰道,"公司给我派了个学徒来,今天晚上在码头他来接船了,和他一起来的还有他的表哥。"

　　"学徒?公司怎么突然给你派了个学徒?他叫什么?"

　　"叫陈永弟,19岁。"

　　"是他呀,我认识。"

　　听到何老板说认识,李贵生笑了。

　　"他昨天晚上还住我家里,是我的老相识。我知道他去轮船公司做工,没想到竟然派给你做徒弟。"

　　于是,何老板向李贵生说起了他与陈永弟,以及与林成福、林鼎财的关系。

　　李贵生听了,建议道:"我觉得他也是个苦出身,看上去人也老实,你看要不要把他给拉进来？"

何老板沉吟片刻："其实我早就有这个打算，但是几年前他们还是小孩。昨天他们来找我时差点没认出来。以我对他们的了解，底子不错，也是农家孩子。但我们这条线建立起来不容易，还是小心为上，不能出现任何差错，不能把自己弄到危险的境地。"

两人都没说话，沉寂了一会儿，何老板说："这个事要慎重。这样吧，你先不要急，先考验一下，看看再说。"

李贵生点点头。

何老板又说："你这边运货的事先放一放，不要让陈永弟知道。等我向上级请示一下，待上级有指令再操作。"

"好，先这样办。"

"今晚我就会把这事通知到货栈去，你后天走船时不要再去货栈，直接上船走人。以后这段时间你也不要去货栈了。"

李贵生点头应承。

两人说完话，李贵生起身来到后院，打开后门，外面就是吉祥山边，沿着山脚有一条狭窄的小路。何老板看看四周，在暗夜中沿着那条小路走向深巷。李贵生关好门，来到另一侧厢房，开了门，里面是他的卧室。他把带回来的物品放好，脱去外衣，洗把脸，躺在了那张木床上。床板嘎吱响了几下，但是他并没有睡着，后脑勺枕着双手，想起了心事。

李贵生是个有故事的人。

2

李贵生原籍福州近郊闽安镇，这是闽江下游江边的一个小村镇，依山傍江，与闽江边众多村庄一样，这个小村的百姓既有开荒种地靠山吃饭的，也有撒网捕鱼依江为生的。李贵生的父亲17岁那年考上了马尾船政学堂，毕业之后在清朝福建水师的军舰上担任水手。当时清王朝正在搞洋务运动，借着发展军事的时机，在全国建起了四支水师，分别是北洋水师，在山东威海刘公岛；南洋水师，在上海吴淞口；福建水师，镇守福建沿海；广东水师，镇守广东沿海。这其中李鸿章统领的北洋水师在甲午海战中败给日本舰队,而南洋水师拒不增援得以保存,福建水师则驻守在马尾港。其实马尾港并不是海港,而是个江港,悠悠闽江自西北向东南穿福州城之后一路奔流,到了马尾掉转方向,往东北而去,因此马尾就是闽江拐角的一处江边小镇,闽江继续往下奔流便注入东海。想当年借洋务运动之机遇,马尾从一个破旧的江边小镇,一跃成为中国近代海军的摇篮。附近许多贫困的农家子弟,也就借着洋务运动的东风,只要稍有文化,便近水楼台都报考了马尾船政学堂,成为清王朝海军官兵。

李贵生的父亲从马尾船政学堂毕业后,在福建水师任职,因记忆力较强,他干的是报务员。后来为了镇守闽江沿岸要地,福建水师在沿闽江险要之处建起了炮台,自马尾开始到闽江入海口有 30 多千米,两岸先后修建七处炮台,购买了英国、法国及德国的岸炮,形成一连串拱卫福州城的要塞。李贵生的父亲被派往连江琯头的长门炮台,在那儿做报务员。

这些炮台的建立,为确保马尾福建水师锚地、拱卫福州城做出了极大的贡献。然而 1884 年中法马江海战之役,福建水师遭到重创,几乎全军覆没。有人要问了,既然福建水师深藏马尾,且沿江建有要塞,为什么会如此惨败呢?这要从当时的历史条件说起。

清光绪九年,法国对中国和越南发动了系列侵略战争,中法两国最初在越南北部交战,例如老将冯子材在镇南关大败法军之役,让法国军队损失惨重。这场中法之间的战争其实双方互有胜负,形成僵持局面。可此时腐败无能的清政府却有了退缩之意,经谈判,法国逼迫清政府签订了丧权辱国的不平等条约。这个条约因为在朝中有不少反对意见,并未得到执行。法国政府为了逼迫清政府执行这一条约,便发动了系列新的攻势,对福建水师驻地马尾的入侵便是其中一例。

1884 年,清光绪十年,法国远东舰队在司令孤拔的率领下,明明知道马尾是福建水师的军港,却以"游历"为名,不打招呼即沿着闽江入海口上溯侵入马尾。沿途福建水师炮台发现之后相继上报,可当时钦差会办福建海疆事宜大臣张佩纶、闽浙总督何璟、福建船政大臣何如璋、福建巡抚张兆栋和福州将军穆图善等军政官员,面对外敌入侵竟然手足无措不知如何处置,只好层层上报朝廷。可形势不等人呀,就在他们层层上报之际,法国舰队长驱直入抵达马尾港,福建官员未接上级指令,只能软弱地向驻扎在军港的各舰发出了措辞强硬的命令："不准先行开炮,违者虽胜也斩。"更让人难以理喻的是,他们还下令对法国军队要给予"最友好的款待"。于是在马尾军港出现了世界军事史上极其罕见的一幕:法国舰队擅自进入马江停泊,有时四五艘,有时六七艘,就像是在自己家里一样出入无阻,他们与福建水师军舰首尾相接,前后长达一个多月。

福建水师处于被法舰围困的状态,战争一触即发。卧榻之旁岂容他人酣睡?福建海军许多官兵眼看自家军港遭受外敌如此欺侮,纷纷请战要求赶走入侵者,福州城内也有不少富有爱国激情的读书人上书,要求朝廷下令行使自卫,并请求直隶总督兼北洋大臣李鸿章派北洋水师支援,以挽救大局。可惜此时李鸿章陷于官场的相互倾轧自顾不暇,更何况远水难解近渴。说来也奇怪,为什么不向近在旁边的广东水师或驻扎上海的南洋水师求救,却偏偏舍近求远向山东威海的北洋水师求援呢?可见这些个秀才们也只会纸上谈兵,遇到实际交战他们就显现出了缺乏军事素养目光短视的缺陷。

何如璋等官员怕影响和谈,更怕引起严重后果丢了乌纱帽,命令各舰不准自行起锚,甚至对水师官兵停发子弹。大战即将来临,可这些个自命不凡的官员却把自己的手脚给束缚住了。

法国舰队可不是来马尾做客的,进入马尾港后,他们根据事先侦测到的地理及水文情报,将军舰停泊在罗星塔前的马江江面上,占据了有利的位置,磨刀霍霍日夜操练,并派出人员侦察附近地形,了解福建水师的武器装备情况与福建水师的军舰相邻而泊,给福建水师带来了极大的威胁。

客观地说,当时主政福建的官员也有头脑清醒的人,也采取了几项措施。例如清政府主持福建沿海防务的会办福建船政事务大臣张佩纶在频向朝廷报告的同时,也向各地发电,请求北洋水师、南洋水师和广东水师派舰支援,可是仅有近邻的广东水师派了2艘军舰前来,其他的水师则坐山观虎斗,仿佛与自己毫不相干。

令人瞠目的现象出现了,福建官员多次致电清政府请示之后,朝廷终于有了回音,可是当他们打开电报时,得到的回复竟然是八个字:"彼若不动,我亦不发。"官员们只得再三强令,压制官兵请战的要求,严令各舰"无旨不得先行开炮,必待敌船开火,始准还击,违者虽胜尤斩"。

法国舰队虎视眈眈数日，一场大战终于来临。8月22日孤拔接到法国政府命令，当晚8时召开作战会议，决定于次日下午14时，利用闽江落潮的有利时机发起攻击。23日上午8时，法国驻福州副领事白藻太向船政大臣何如璋投递最后通牒，限福建水师当天下午撤出马尾，否则开战。文官误事，何如璋得知后一时手足无措，竟然对福建水师封锁了这个消息，听任各舰抛锚江心，结果是贻误战机，让各舰坐以待毙。

　　为避免停泊在马尾港内的各国军舰产生误会，法国舰队在开战之前将开战通知送达各国驻福州领事馆，并告知了周边英国、美国等军舰。上午10时，闽浙总督何璟接到法国送来的战书，声明4小时后向中国开战。然而令人惊奇的是，何璟竟然也像船政大臣何如璋一样，将这份战书束之高阁，对福建水师官兵封锁消息，既没有积极备战，也不准请战官兵"轻举妄动"，直到中午12时之后方才告知张佩纶等人。张佩纶、何如璋闻报后惊慌失措，以中国来不及准备作战为由，下令派出精通法语的福建船政学堂工程师魏瀚乘船前往法方进行谈判，要求延至次日开战。法国舰队旗舰"窝尔达"号看见驶来的船后，误认为是中国军舰来袭，下午1时45分，孤拔随即下令提前对中国舰队开火，马江海战爆发。

　　开战前先后进入马尾港的法国军舰有10艘，总吨位约15000吨，装备火炮77门。中国军舰虽有11艘，但大部分都是轻型炮舰，所有舰只加起来总吨位仅9800余吨，装备火炮也只有50余门。且中国舰队大多采用立式蒸汽机，机器在水线之上，因为当时的军舰大多是军商两用舰船，采用立式蒸汽机可以多装货物，但是也有一个致命的缺陷，那就是缺乏装甲保护，极易受到攻击，一旦被炮火击中轻则失去动力，重则发生锅炉爆炸整条舰船倾覆沉没。船上装备的火炮又多为前膛炮，无论是威力还是射速皆不如法国军舰装备的后膛炮。更为不利的是，法国舰队还装备了当时最先进的新武器——可以连射的机关炮。

　　当法国舰队向福建水师发起突然袭击之时，福建水师船舰尚未起锚，就被法舰第一轮攻击波击沉两艘，重创多艘。战斗开始后，张佩纶吓得心慌意乱晕倒在地，由随从背扶仓皇逃命。见长官逃跑了，驻福州的福建巡抚张兆栋以及旗舰"扬武"号管带兼舰队指挥张成也都先后弃舰逃亡。危急关头福建水师中下层官兵不甘受辱英勇还击，舰队中唯一的轻巡洋舰"扬武"号虽受重伤船身倾斜,仍发尾炮准确地击中法国旗舰"富尔达"号,击毙官兵5人。

然而局部的小胜难扭转全局的败势,由于实力悬殊,江面战斗仅仅进行了半个多小时,就以福建水师战败而告终。福建水师军舰11艘、运输船19艘,全部被击沉或击毁,官兵阵亡521人,受伤150人,下落不明51人。而法军仅仅死5人,受伤27人,有两艘鱼雷艇受重伤,其余皆为轻伤。接下来几日法国军舰顺闽江驶向下游,沿途不断向闽江两岸的炮台射击,将这些个辛苦建起的炮台逐一摧毁,同时闽江两岸无数民房被炸毁,民众伤亡极大。法国军舰最终耀武扬威地从闽江口驶出,马江海战以福建水师全军覆没而结束。

马江海战之后,清政府下令在马尾建昭忠祠,以慰忠魂。至今来到马尾依然能够看到这座昭忠祠。李贵生小时候,曾跟着父亲多次来到昭忠祠,祭奠那些曾经的战友、上级、同学。每每来到祠前,父亲总是跪地痛哭泣不成声。福建水师的官兵大多都是福州籍,因此马江海战之后,福州多处沿海沿江地带,家家有哭声,户户皆戴孝。

李贵生的父亲也是这场战争的亲历者,他镇守的长门炮台位于连江县琯头镇长门村电光山上,这儿地势险要,扼守闽江入海口,早在明朝崇祯年间就已修建了炮台。清朝洋务运动之后重建。马江海战后期法国军舰退出马尾港时途经此地,长门炮台也遭到炮击,但不少官兵在炮台遭重创身受重伤之际,仍坚守岗位奋起抗争,利用尚未摧毁的几门小炮向山下江中行驶的法国军舰开炮,击伤排水量4585吨的法国装甲巡洋舰"拉加利桑尼亚"号,并击中法国远东舰队司令孤拔的旗舰,使孤拔身受重伤,最后死在台湾。此战中李贵生的父亲身负重伤,后来被长门村的乡亲背下山送往医院,可是医院里堆满了海战中受伤的官兵,有位德国籍医生匆匆跑来看了一眼,一招手:"这人不行了,抬走。"送他来的乡亲觉得他还有一口气,就将他送往附近的乡村,找到一位老中医,吃了几服药,并涂上厚厚的膏药,休养了半年才慢慢恢复。

此役之后福建水师虽进行重建,但规模已大不如前,不久清政府对海军进行重组,将四个水师合并,编为巡洋舰队和巡江舰队,福建水师自此在历史上成为往事。

李贵生的父亲养好伤之后回到海军,虽然生命得以延续,但是战争的创伤仍然在他心中留下阴影,尤其是众多昔日友好、亲朋,而今阴阳两隔,更使他伤心欲绝。此后不久他结婚了,当年背他下山送医的那乡民成了他的大舅子,他娶的是那位乡亲的妹妹,1900 年李贵生来到这个世界。父亲身体一直虚弱,就在李贵生 5 岁那年,父亲一病不起,不久带着满腔的愤慨离开人世。尚且年幼的李贵生,在他成长的过程中,他的母亲、舅舅多次提及马江海战的惨痛教训,以及失去亲人的家庭悲剧。他也曾亲眼所见乡邻中不少人家皆是单亲家庭,许多儿时玩伴没有父亲。每年清明节之际,乡邻中上坟祭祀、生离死别的痛心疾首,令人心酸。

父亲去世后,家中失去生活来源,母亲饱尝艰难含辛茹苦将他养大成人,读了三年小学之后,迫于生计,他跟随走船的舅舅,登上船舶,开始了向江河湖海讨生活的营生。

李贵生的舅舅与村中几位朋友合资购买了一条半旧的木帆船,在闽江及近海处给人运货,北上抵达闽东霞浦三沙、福鼎秦屿,甚至浙江沿海;南下则直到泉州、厦门,远及广东汕头、阳江;走内河则全省几乎都跑遍,南平、建瓯就不必提了,沿富屯溪到过光泽,沿沙溪到过永安,沿九龙江到过漳平。水上生活极为艰苦,不仅仅是风里来雨里去没日没夜,如果遇到强风浪大潮水更是命悬一线。好几次在船上遇到风浪,眼睁睁看着伙伴被滔天巨浪卷走,在颠簸起伏的海上想在高十几丈的浪中救一个人,难度与登天无异,小心翼翼地驶船靠近落海者,可一个大浪打来瞬间又被拉开几十米。遇到风大浪急之时,再大的船也如汪洋大海上的一片树叶,随波漂流上下起伏,吃下去的食物也会吐得一干二净,最后吐出来的则是胃酸甚至是胆汁。

可是再危险也得去做,家中还靠着这微薄的收入维持生计呢。李贵生家境还算好的,母亲给人做针线活多少能赚点钱,再加上他走船也能有些收益。要是遇到家中子女多,上有老下有小,那日子可真是煎熬啊。

穷人的孩子早当家,长年的水上生活,造就了李贵生临危不惧安稳如山的性格,更令他觉得珍贵的,是那一段影响着他人生的难忘经历。

3

那天傍晚,大舅的儿子李贵生的侄儿来找李贵生,说是大舅找他有事。前几日大舅偶感风寒身体有恙,在家卧床数日了。不知大舅有什么急事,正在与母亲一起吃饭的李贵生当即放下碗筷,赶往大舅家里。来到大舅那半旧的木屋,大舅刚刚吃过中药,见到李贵生立即艰难地起身,舅妈往他身后塞进一个枕头让他靠着。

大舅喘了一口气,待气息平稳之后说:"阿贵你还记得村里的德材叔吗?"

"记得。"

这位德材叔与大舅同村,小村名叫壶江村,其实是个海岛,位于闽江入海口。闽江口有三个岛,最大的是琅岐岛,其次是粗芦岛,第三是川石岛,而壶江岛则位于这三岛之间。全岛仅有 0.57 平方千米,距离大陆最近点为 3.5 千米,岛上百姓以渔业为生,海运发达,属连江县琯头镇管辖。

当年李贵生的父亲驻守连江县长门炮台,与这座岛遥遥相望。马江海战时贵生的大舅正好在附近捕鱼,法国军舰横冲直撞,他们的小渔船立即靠岸躲避,见到长门炮台硝烟四起炮声连连,几个胆大的渔民跑到炮台上,抢救受伤的官兵,大舅直接将李贵生的父亲给背到山下。之后李贵生的父亲来到壶江岛寻找恩人,见到了大舅的家人,认识了大舅的妹妹,不久在长辈尤其是大舅的撮合下,李贵生的父母结婚了,把家也安在了壶江岛。两年之后李贵生在这儿呱呱坠地。

壶江岛地处闽江咽喉,自古便是军事要塞。这儿北依五虎礁,南控闽江入海口上的主航道梅花航道,西望江口双龟礁,东入闽江经马尾直抵省会福州。早在明王朝郑和下西洋时,率庞大舰队在岛上祭拜海神、祈求妈祖娘娘保佑,并操练水师补充给养,由此处扬帆启航。清朝福州乡贤曾任钦差大臣的林则徐数次察看闽江入海口的航道,上岛视察军事设施,在附近相继建造了闽江口炮台。他写下了一首五言诗《五虎门观海》:"天险设虎门,大炮森相向。海门虽通高,当关资上将。唇亡恐齿寒,闽安孰保障。"

大舅口中的那位德材叔,是村中的一位老船长,航海经验丰富,长年闯荡江海,尤其善观天象海潮,甚至去过台湾、海南、舟山等地。不少大户人家需要运输物资时，第一个想到的往往便是这位陈德材。德材叔身经百战，在附近几个海岛中名声远播，有不少外来的客商常常想方设法找熟人结识他，遇有重大货物时还重金请他执掌舵轮。这次有位广东的客商想要将一批福州的柑橘运往漳平，顺道由漳平运出当地名茶水仙茶。经友人介绍认识了德材叔，想要请他亲自出马。为什么呢？因为由福州前往漳平，首先要从闽江口入海南下，经台湾海峡到达金门，再顺着九龙江逆流而上经漳州到达漳平。这一路上通江达海，尤其是九龙江一带，福州这边往那儿去的船并不多，但德材叔曾数次途经，对于九龙江水域较为熟识，再加上他数十年积累的丰富经验，安全系数较大。但这位广东客商并没有讲实话，其实他运福州的柑橘只是个借口，更多的是想在回程时运出一批漳平的水仙茶。有位南洋华侨富商是漳平人，想品尝家乡的名茶，顺便建立一条销运线路，将漳平的水仙茶运往海外。但漳平一带比较危险，危险在哪儿呢？那一带有红军出没，国民党的军队为"剿匪"常常驻扎于彼，货物运输风险较大。当然这一条那位广东客商给隐瞒了并没有向德材叔全盘说明。

由于客商给的报酬较为丰厚，德材叔便想到了多次合作出洋、海上经验丰富的大舅。可大舅正生病卧床难以行动，他就想到了外甥李贵生。虽然李贵生年纪尚轻走海经验欠缺，但谁不是在生活中积累经验的？因此大舅向德材叔推荐了李贵生。

李贵生回家向母亲说明了大舅的事，母亲想了一下，颇为担忧，但李贵生却已有了想法，一来报酬不低，想给母亲减轻一些生活压力，二来也想去看看闽西的风土人情，长这么大了他还从未去过闽西。

李贵生答应了大舅，并向德材叔报到，约定时间启程。于是，在李贵生的人生中，便有了这么一个机缘巧合。

启程那一天，李贵生早早地来到德材叔家门前，之后陆续有几位船员集中一处。德材叔领着大家来到村头妈祖庙前，敬上一炷香，众人一齐上前，每人手中拈着三支香，德材叔领头，齐齐跪在妈祖像前。德材叔领诵，大家齐诵，向妈祖娘娘祷告，请求妈祖娘一路上多多护佑，确保海上行船平安。之后众人依次将手中的香插入庙前的香炉中。德材叔打开一瓶福州老酒，一一倒入众人的碗中，大家一齐端起，一口喝尽。然后将碗轻轻地放在妈祖像前，跪拜后渐次退出。来到海边，一条半旧的木船，德材叔倒出一碗酒洒在船头,又将一碗酒倒入大海,他一挥手,众人纷纷登船,在家人的目送下,解开缆绳,扯起风帆,借着强劲的海风,朝着西南方鼓浪扬帆。

这条船上共有七人,除了老船长德材叔,另有六位年轻的壮小伙,大家按照分工各司其职,有的拉帆,有的操舵,有的持桨,到了吃饭时间则是众人轮流做饭,反正船上都是清一色的男子汉,大家对饮食并无过高要求,只要能熟能吃即可。船上的饮食极为简易,大家都在忙碌,没有时间做饭,因陋就简能省则省,常常是有空闲的随手抛竿入海钓两条海鱼,一木桶掺了番薯的米饭,一盘青菜,一条清蒸鱼,一大锅海带或紫菜汤,这就是全部的饭食。经过三天三夜航行,木船一路顺风顺水,到达金门岛外。德材船长爬上高高的桅杆,四下里探巡一番,找到了九龙江入海口,指挥着林船顺水道逆流而上,经龙海、九湖到达漳州,立刻抛锚停船。再往上则是九龙江的上游,他们的木船体积较大吃水较深无法航行。根据事先的约定,德材船长带着李贵生来到漳州芗城,找到商贸货栈,将船上的柑橘卸下交由货栈清点收货。而漳平的水仙茶则由当地的小木船运至漳州,再装上他们的大船运回。

与货栈交接之后,一船的柑橘顺利卸下直接入库。而那批茶叶据货栈说已派人联系,要等到明天才能运到。这时货栈说要派人前往漳平押运货物,让船上也派个人同去,以便交接。船长一招手:“贵生,你与这位老板跑一趟。”一来贵生是船上最年轻的,二来船长看贵生一路上手脚不闲做事勤快,心中甚是欢喜,想着要提供机缘,让他见见世面。听到船长的吩咐,贵生二话不说,跳下船就与货栈的老板一起坐上一条小木船,逆流而上直奔漳平。

漳平,位于福建南部交通咽喉地带,九龙江上游,地处闽南金三角边缘,周边有泉州、漳州、龙岩、厦门等大城市,连接沿海,拓展内陆,早在明朝时设置县治,漳平的水仙茶为福建名茶之一,名扬四海。

李贵生与货栈的伙计一同乘坐小船,两人合力划桨逆流而上,接近漳平时,突然发现前方溪畔有一干人排成一列正在狭窄的河边上行进。他们看到后立即停船,向远处观望。只见这支队伍与他们常见的趾高气扬的国军不同,他们的衣着五花八门,有的身着灰色军装,有的穿着与百姓一样的黑色或灰色短裤,他们的武器各式各样,有的背着大刀,有的扛着枪头挂着一撮红布条的尖枪,仅有少数人扛着长枪,他们的鞋与大多数百姓一样,有的是自家做的布鞋,有的干脆赤脚穿着草鞋。但他们却不是一群乌合之众,他们一个个精神抖擞面带笑容,不像国军一个个板着脸好像人们欠他们的钱一样,也不像地方民团穷凶极恶要吃人的模样。这些人有说有笑,路上还不时与百姓打招呼说话。

李贵生看了觉得新奇,他问货栈的伙计:"这是什么部队?"伙计也是摸不着头脑:"我也不清楚,以前没见过。"之后他像是想起了什么:"会不会是共产党的红军?"

"红军?"李贵生立时引发了强烈的好奇,"红军是干什么的?"

货栈的伙计解释说:"听我们掌柜的说,红军是共产党的部队,从江西过来的。他们与过去的军队不一样,他们的人都和我们一样,都是贫苦人家,因为家贫无法生活,所以参加了红军。"

"他们到这儿来干吗?"

"听说他们是来和国军打仗的,他们是要为老百姓打仗。听说在龙岩、长汀,还有江西那边老百姓都分了土地,不再给地主耕田了。"

"还有这等事?"李贵生顿时生出了好感。在他的家乡,虽然很多人都是捕鱼的,但岛上也有几块农田,可这些农田都是地主的,要耕种就必须找地主租地,一年地租按照土地的收益清算,如果遇到灾害土地歉收,依然要向地主交租,不管死活。很多农民租种土地的时候,遇到丰年倒还好,略有收益,若是遭遇天灾人祸,那只有欠租了。甚至有不少人因为交不起地租被抓到福州坐牢,还有人为避免坐牢铤而走险在海上抢夺财物做了海盗。

如果这些红军能到壶江岛,把那些个地主给打跑,把土地分给农民,把海船分给渔民,那我们就能过上好日子了。李贵生在心里暗暗地想着。

眼看着前方的队伍远去,李贵生与伙计又操起桨,划着船进入漳平县城。系船登岸,伙计带着李贵生穿大街走小巷,来到他们联系的那家货栈,与伙计进行了交割,商议着明天将水仙茶装船运到漳州,再转他们的大船回福州。

办完事以后,李贵生与伙计闲得无聊,便又上街闲逛。走到一个街口,听到前面有歌声,年轻人喜爱热闹,俩人立即跑上前去,看到大街上的空地聚集了不少人,一个身穿灰军装头戴布帽的年轻人正站在一块大磨盘上发表演讲,他的帽子上有一颗红色的五角星。

那位年轻人很有文化，说的都是些新鲜的词，"穷人要翻身""不再受欺负，起来当主人""掌握自己的命运"等等。李贵生听了，觉得每一句都说到了自己心坎上，每一句说的都是自己的心里话。大街上聚集了不少人，这一边众人围成一圈，红军战士教大家唱歌；那一边有红军在向大家做宣传；还有的红军在墙上写大字刷标语。李贵生曾念过小学堂，认识不少字，他看到墙上写的标语，这边是"拥护红军"，那边是"建立苏维埃政权"，还有"保卫红色根据地"等等，这些词有许多他不理解，比如什么是"苏维埃"？什么是"红色政权"？不过站在街边听了那几位的演讲后，也就明白了。他们介绍说，他们是红军第四军第三纵队的战士，这次跟着军长朱德从龙岩来到漳平，为的是建立红色政权，与国民党反动派进行坚决的斗争。

　　这些红军一个个和蔼可亲，有的操福建闽西的口音，也有不少是江西老表口音。他们不但与老百姓交谈，而且在大街上买米买菜买针线一律付钱分文不少。以前在福州城，或是在琯头，他是见识过国军的，那些人一个个横眉竖眼，倒好像是老百姓欠了他们钱一样，在大街上哪里是买东西，一件商品明明是两文钱，他们只付一文，有的干脆就是强抢。相比较而言，还是这些个红军战士好。中午他们在货栈吃饭时，货栈老板给他们讲了这样一件事。漳平市东边象湖镇有个杨美村，老板有亲戚是那个村的人，他们说，有一天中午红军的队伍途经乡村，村里谁都没见过红军，他们便像往常一样，见到官兵就躲到山中。红军来了以后只见到一位腿脚不便的老大爷，红军向老人购买了些稻米，付了钱。其中一些红军在一家店铺中见到有米，他们取了一些米，留下两块大洋，并在墙上写了一幅告示：

　　"老板：你不在家，你的米我买了廿六斤，大洋二元，大洋在观泗老人手中。礼！红军。"

　　红军走后村民陆续返回，店铺老板见到这幅标语，并找到了留言中提到的那位老人观泗，收下了两块大洋。从此红军再度经过，老百姓非但不跑，反倒帮助红军，还有不少人甚至参加了红军，跟着队伍一起走了。老板最后说："唉，这些个红军，都是咱们自己人！"

　　吃过午饭，李贵生与伙计一起在江边漫步，看着一弯清澈的江水缓缓流淌。这时只听身后有人问："请问你们有谁会操船吗？带我们渡江。"李贵生回头一看，不知什么时候身后竟然来了一队红军。旁边的百姓听了，纷纷打听谁会操船,让红军过江。李贵生头脑一热,立即喊了一声"我会"。

红军战士听了目光转向他,问道:"听你口音不是本地人吧?"

因为生长在福州,李贵生操持着一口浓郁福州腔,但因为经常走船走南闯北,他也会说普通话。他笑着应道:"我是福州人,在船上走船拉货。"

"噢,你是福州来的?"几位红军战士顿时感到惊奇,因为在闽西,福州人并不常见。"你会操船?"红军战士问。

"会。"李贵生肯定地应道,"我是走船的,靠操船为生。"

红军战士一听马上乐了:"那好,你有船吗?送我们过江好吗?"

李贵生一指江边停泊着的那条小木船:"那不是我的,是货栈的,我只是跟来取货。走吧,我送你们过江。"

小船悠悠,载着这一队红军战士分批过江。九龙江上游并不宽,也就一袋烟的工夫就能一个来回,一连好几趟,李贵生与伙计把这支红军送过江。临走时那位领头的红军战士连声感谢,并要给他们钱。李贵生直摆手不要,可那位红军战士说:"我们有纪律,要给的。"便塞给他们一人一块银圆,向他们挥挥手转身而去。

手里攥着这块还有温度的银圆,李贵生感动得无以复加。他以前也给国军操过船,可那不仅毫无报酬,甚至还要挨打受骂,那些个国军扬言说是为国家卖命,没有钱,还把他们船上存储的一些鱼干给抢走了。

在漳平度过难忘的一夜,第二天天未亮,李贵生与货栈的伙计一起,押运着三条船装着满满的漳平水仙茶回到漳州。可是当他们回到货栈时,却发现原先停在九龙江畔的那条木船竟然不见了!这可把李贵生给吓了一大跳。他急忙跳下小船跑到江边货栈,只见大门紧闭,货栈的伙计也十分着急不知出了什么事。经辗转打听终于找到了货栈老板。原来有消息说红军即将攻打漳州城,守城的国军还未见红军的影子就要逃走,来到江边正好看到李贵生他们那条从福州开来的大木船,几个士兵端着枪冲上船,把这条船给征用了,一队国军二话不说立即登上船,要他们开到厦门去。船长德材叔心有不甘,可是人家用枪顶在胸前,怎敢不应?

德材叔请货栈老板转告李贵生,让他自己往福州赶,并留下两块大洋。红军渡江时给了一块大洋,德材叔又给两块,李贵生有了三块大洋,可这是什么日子呀?自己还从未遇到这种事。他只好自作打算,向老板问清了回福州的路径,暂时委身于货栈中,等有合适的船再走。

此时战事紧张,一连几日都没有往福州的船,于是李贵生向老板请教,只能先去厦门,那儿往福州的船比较多,而且福州至厦门也通了公路,每天有一班长途汽车可乘坐。还未等他动身,就在当天晚上,红军攻打漳州,所有的海路陆路统统中断了。厦门去不了,福州回不去,李贵生只能委身在货栈,给老板打打杂,干些搬运的活计,以维持生计。

当天晚上,红军攻打漳州,外面枪响了一夜,货栈中的人整夜被枪声所扰未能合眼。第二天天刚亮,只见江边堤坝上,一排排躺着红军战士,他们黑色的脸庞写满了疲惫。

到了近午,这一队红军战士纷纷起身准备开拔,他们向江边的人打听,想坐船渡江,李贵生再次自告奋勇,操着船将红军一队队送往对岸。当最后一队红军过江之后,那位负责人站在江岸上向李贵生表示感谢,并掏钱要付给他,谁知他一口回绝,红军指挥员再三说明队伍的纪律,可李贵生就是不收,最后他说了一句:"我想跟你们走。"

那位指挥员一听愣了:"你想参加红军?"

"是,我家在福州,我回不去了,干脆跟你们走吧。"

那位指挥员问了一下他的家庭情况,得知他也是贫苦出身,立即向他伸出手与他紧紧握手,对他说了一声:"欢迎加入穷人的队伍。"李贵生与货栈的伙计说一声,让他告诉老板自己去厦门了,然后头也不回,义无反顾直接跟着红军的队伍走了。加入红军的时间他记得十分清楚,那是1932年4月18日。当时他已32岁,还有一个月就过生日了。

跟着红军部队转战各地,在队伍中,他已属年长,许多战士仅有十七八岁,不少老战士年纪也都比他小。但在队伍中李贵生不怕牺牲冲锋在前,经过几次战斗的锻炼,很快就适应了红军的生活和战斗,不久因为表现突出,他被提拔为班长。在队伍中,他那一手熟练操持行船的技术得到指挥员的认可,每逢队伍过江,由他担任突击队队长,他总是忙前忙后,指挥着一帮战士,安排队伍上船下船,帮着老乡撑船操桨。一年之后,在连队党代表的帮助教育下,他加入了中国共产党,成为一名共产党员。之后他随着闽西红军队伍进入江西,回到根据地。然而在江西并未驻扎多久,第五次反"围剿"失利,红军被迫北上开始了艰苦卓绝的长征。征途中每遇过河渡船,指挥员便把他派到第一线，不仅帮助自己的连队渡江，还帮助兄弟队伍过江，然后他再追赶队伍。这样几个来回，他在连队中便出了名，成为具有特殊才能的突击队队长。可惜这种日子并未持续太长，当他跟着队伍来到湘江时，长征中最为艰难的湘江战役就此打响。

在指挥员的命令下，他与几位会使船的战士一道，熟练地操持着木船将一队队红军战士运过湘江。在他们旁边，也有红军队伍用几条木船连成一排，铺上木板架起了浮桥，可是这浮桥刚架起不久就被国民党的飞机炸断，再架再断，屡架屡断，在利用浮桥过江的同时，他们这边船运也一刻不停日夜连轴。就在这操船渡江的过程中，他接替牺牲的副连长，升任为副连长，当前所面临的第一要务，便是让所有的红军能够顺利渡江，从而摆脱敌军的追击。因此他自己的部队渡江之后，他接到命令，依然坚守在船上，帮助后续队伍过江。他们一连几昼夜不停歇，将一船船红军送往对岸。饿了啃一口凉面饼，渴了喝一口湘江水，敌军的飞机在天上轰炸，地面部队反复交战，渡口失而复得几经易手。红军大队人马顺利渡江之后，他接到指挥员的命令，这条船立即开回对岸，去接应坚守湘江边红八军团。当他们横渡湘江来到江边，等候多时却未见红八军团，只见从山中窜出许多湘军，他们不得不划船过江准备追赶大部队，然而当他们即将靠岸时，却发现对面码头上已经站满了国民党兵，他们的去路被堵住了。这一条船上仅有四名战士，他们全部愿意听命于李贵生副连长的指挥，经过商议，决定先将船顺流往下，躲开两岸的国民党兵再设法追赶部队。他们一路直下，眼中所见皆为匆匆而过的国军，有的国军甚至对他们视而不见。看来红军已经走远了，他们四人掉队了。

趁着夜色将木船停靠在一处隐秘的地方，四人下了船，决定先找一家农户，已经有两天粒米未进了，早已是饥肠辘辘。趁夜进入一个村庄时，他们遭到地方民团的袭击，两名战士当场牺牲，李贵生与另一人在往山上奔跑时也走散了。

独自一人，李贵生只好昼伏夜出，可是白天漫山遍野皆是当地民团在搜山，有不少掉队的红军战士惨遭杀害。望着那些无名的战友倒在刀棍之下，李贵生痛不欲生。躲在这大山深处总不是办法，李贵生趁着夜色来到河边，找到一条无人的小船，船上还放着一件衣服，他立即脱下身上的军装换上一件旧衣，操起篙撑着船顺流而下。这是哪里他不知道，前方有什么情况他也不知道。他只知道躲在这里就只有死路一条，勇往直前或许能冲出一条生路。漂流直下走了一天一夜，小河汇入一条大河中，沿途已经能看到村庄甚至乡镇，渐渐地有了人烟，河面上也有了船只往来。连续几夜奔波早已筋疲力尽，将船靠在岸边隐秘处，李贵生和衣躺在船上就睡着了。当他一觉睡醒时，猛地一起身，发现几条枪对准了他。他环视四周，四五个国军士兵站在船边。

　　那几个士兵操着一口浓郁的湖南话问："你是船主？"他点点头，不敢吭声，他知道他要是一开口，那一口福州腔就会露馅。"那好，你送我们过江去。"于是他也不说话，立即操起桨，让这五个士兵上了船。他熟练地划着桨，不时观察着水流，顺利地将他们送到对岸。在船上那几个士兵也没与他多说话，只顾着相互嬉笑。到了对岸，那几个士兵看了他一眼，扬长而去。他正准备操桨离开，其中一个年轻的娃娃兵转身跑回来，对他说："我们没钱，白坐你的船了，这里有两块饼，你拿去吧。"然后跑去追赶队伍。

　　几天没吃饭了，李贵生立即将船划到一个无人处，就着清澈的江水，狼吞虎咽地把这两块面饼吃完，总算解决了一顿饭。划船来到湘江上，想找个机会登岸，这里国民党士兵来来往往，时间久了容易暴露，还是趁早离开为好。他操着船继续往下游漂流，来到一个不知名的较为繁华的大集镇时，在码头上遇上国民党兵的搜查。只见一队士兵站在码头上，看到他过来了几杆长枪对准了他，令他靠岸检查。小河不宽，河上的行船完全在步枪射击的范围之内，躲不过去了只好硬着头皮靠岸。当他来到岸边，两个士兵跳上小船，仔细检查了一遍，可什么也没有，便用枪指着他，命令他下船。

　　来到岸上，一个排长肩上扛着把冲锋枪，问他："你是做什么的？"

　　此时他不能不开口了，便故意用浓重的福州腔说："走船的。"

　　对方一听，立即把枪举起来对准他："你是哪里人？"

　　旁边几位听到他的外地口音，也纷纷向前将他围住。

　　他装着胆战心惊的样子："我是福建人，福建人。"

　　"福建人，怎么跑到我们湖南来了？"

　　"我是跟着老板来运货的。"

　　"运什么货？"

"茶叶。"

"你福建什么地方？"

"福州人。"

"噢，是福州人，不是闽西的。"对方一听，放下了枪。几个士兵也跟着放松起来。但他们并没有放过他，继续问道："老实交代，你是不是红军？"

"长官，你看我这么大了，红军能要我吗？"

那排长也笑了，一来李贵生确实年过三十，二来这几个月连续奔波，胡子拉碴面相显老。他们都放松警惕，还与他闲谈："你走船几年了？"

"我 17 岁就跟村里人走船，现在走了 20 多年了。"他这是故意将自己的年龄说大了。

"你都去过哪些地方？"

"去的地方多了，广东、浙江，但是你们湖南这里是第一次来。"

"既然是走船跑码头的，可你为什么只有一个人啊？"

"哎呀，长官，说起来伤心，我的老板前几天去进货就没回来，我一直在这里等他。"

"你老板怎么了？"那排长一听，立时来了兴致，追问道。

"我也不清楚怎么了，前日老板说去货栈联系，叫我在这儿等他，货到了一起运走，可等了三天还没见他来。"

几个士兵哈哈大笑起来："你们老板是不是跑了不要你了！"

这时几个军官走来，士兵们一见立即起立站好。那位军官来到他们中间，看到被围在中央的李贵生，皱起眉头问："这是什么人？"

那个排长立即上前："报告长官，他是跑船的，在江边等老板，被我们发现，检查过了，没有东西。"

那军官走到李贵生身旁，开口问道："你是哪里的？"

"长官，我是福建人。"

"你是福建人？"那位军官惊呼道。

"是，长官，我是福建人。"

"你福建哪里的？"

"福州。"

"福州什么地方？"

"我是福州连江琯头人。"

"你是走船的？家在哪里？"

"我家在琯头壶江岛。"

"那你知道长乐梅花吗？"

"知道。"

"长乐梅花与壶江是什么关系？"这位长官最后那一句是用福州话说的，李贵生一听这人竟然是福州人，他立即也用福州话回答说："依舅与外甥的关系。"

说起来这还有段传说。壶江岛的对面是长乐梅花镇，明朝时候，有倭寇乘船侵犯闽江沿海，在壶江与梅花之间多次侵扰，两地居民相互配合，利用船只与倭寇进行殊死搏斗。为了夜间联系方便，两地渔民皆以福州方言进行联系，暗语就是"依舅"，用普通话来说就是舅舅，相互称对方为舅舅，称自己为外甥。战斗中结下的友谊保持至今，现在两地每年依然会举办联欢活动。遇到重大节日，两地老人会出面组织相互拜访，对方则以盛大礼节相迎，用最好的房、最好的床款待亲人，举行声势浩大的"接亲"踩街活动，家家敞开大门，户户喜迎宾朋。

听到对方说出这段传奇，李贵生也有点惊异："长官你是……"

"我是长乐梅花人。"

"哎哟，依舅！"李贵生立即上前，亲热地拉着对方的手。旁边的几个士兵一看，竟然是长官的老乡。于是那位排长上前，对李贵生介绍说："这位是我们的连副。"

副连长简短地问道："你怎么到这里来了？"

于是李贵生把刚才说的话又说了一遍，说是与船老大一起前来运货，结果老板去了三天也不见踪影，他现在想走走不了，想留留不住，正在为难呢。

那连副一听，用福州话说道："这年月兵荒马乱，你还是早点回家去吧，不用等了。"

"可是……可是我身上没有一文钱……"李贵生用福州话应道。

连副盯着他看了好几分钟，叹了一口气："这样吧，都是乡亲，你帮我一个忙，我送你回去。"

"依舅要我做什么？"

"我当兵好几年奔波在外,一直没回家,家中老娘不知怎么样。我给你一笔钱做路费,你帮我带点钱回家孝敬老娘。你看怎么样？"

"依舅这个你放心,我不要你的钱,但你给依姆的钱我一定带到。"

"你不收我的钱,那你怎么回去？"

"这……"李贵生一时语塞,置身异乡,没有钱还真回不了家。

李贵生跟着这位连副,在镇子里找了一户人家住下,吃过饭清洗一番,奔波几天,总算能睡个安稳觉。

当天晚上,大概是这位连副还不放心,又把李贵生叫到一间小房间。一进门连副就问:"福州乡亲,你老实告诉我,你是不是红军？"

李贵生一听,知道他是在试探,便应道:"我确实不是,你不信上船试试我的水性。"

那连副一摆手:"算了,不用了,即使你是也跟我没有干系。"

李贵生有点好奇地问:"长官,你一个福州人怎么跑到湘军来了？"

连副长叹一声:"我是中央军校毕业的,委员长对这些地方武装不放心,采用掺沙子的战术,把我们这一批毕业生都分到各地去了。"

"那你一个人在这里岂不备受欺负？"

一席话把连副说得感慨万千:"这受气的事还能少吗？不过也快熬到头了,听说委员长要对湘军动手了。"

连副转头对李贵生说:"此地不宜久留,你明天就走,早早回家去吧。"

次日副连长一大早赶来:"贵生,我要开拔了,不能送你。"他把一个小包塞到李贵生手中:"这里有我多年积攒的一点钱,你收好带给我老娘。"他又把另外一个小包递给李贵生:"这里两件衣服是给你的, 我还没穿过,还有五块银圆,你做路费。"临走时他又说:"记住了,我叫林洪涛。"

"长官,这太多了……"

"不多,路途遥远,还不知道会出什么事,你多带点。另外你头脑也要灵活一点,把钱收好,不要被人骗走了。"

林洪涛找个士兵送李贵生到码头上,乘坐上前往长沙的船。李贵生上船之后往路边一看,远远地就看到林洪涛正与队伍一齐开拔,走在路边,他回头望了一眼李贵生,转身而去。

李贵生把林洪涛的包斜绑在肩上,再把他给的衣服套在外面,将四块银圆塞在鞋底,一块放在口袋中。一路上风餐露宿紧张万分,辗转一个多月回到了福州。当他来到台江码头,看到进出闽江的木船时,终于松了一口气,算起来自己离开家乡已经三年了。

在台江码头找到一条开往琯头的货船,李贵生上前帮人撑船挣了一顿饭,经过一天的操持傍晚时分到达琯头,正好看到一位乡邻的小渔船要回家,他忙上前叫住船主,可对方看了他半天,问道:"你是谁?"

李贵生一听,忙说:"你不认识我了,我是贵生,和你一起出过海的。"

"你……你是贵生?你回来了?不是听说你跟着南洋老板出洋了吗?"

"噢……是,我跟着老板回来探亲,老板给我几天假,让我回家看看。"

"啊,贵生,赶紧上船,好久不见了。"

李贵生乘坐乡邻的船回到了壶江岛。跳下船,顾不上与乡邻多说话,紧赶几步跑回家中,正好看见母亲在院子里锄地浇菜,他上前一步,轻轻地叫了一声:"依妈。"

老人家一听,转身一看:"啊!贵生……"手中的锄头掉落在地。贵生冲上一步扶住母亲,免得她摔倒,然后将她搀扶着坐在小木凳上。

母亲一把老泪涌出,抬头看着他:"贵生,真的是你吗?"

"是我,依妈。"

母子相望无言,只直掉泪。

这时听到那位乡亲传言的依舅也赶过来,老远就喊:"依姐,真的是贵生回来了?"

李贵生立即起身,迎上前去:"依舅……"

"啊,贵生,你……你回来啦!"依舅上前一把抓着李贵生的双臂,左看右看,上看下看。

李贵生忙搬出小木凳子,让依舅坐下。

夜间,母亲与依舅都睡不着,乡邻也有不少人围坐简朴的院内,听李贵生讲述这三年来的遭遇。当然,他把自己当红军的那一段经历给隐瞒了,只说自己遇到一位南洋华侨找人运货,他在找不到德材船长之际,只能跟着华侨到了南洋,在外漂泊三年,现在回到国内,在半路上遇到一位长乐籍副连长林洪涛,还给他母亲带来一封家书,及一些钱。

依舅一听:"你帮人家一个大忙,这是做善事,明天我就陪你去梅花,找到那个连副的老娘,给人家报个平安。"

一夜闲聊,到了很晚才睡。

第二天一大早,依舅就来到家门前,李贵生已起床,匆匆吃过饭,依舅撑着船与贵生一起来到长乐梅花镇梅西村,找到了那位副连长的亲娘。这是一户大户人家,家中有不少人,老太太一听是儿子派来的人,立时在众位亲戚的搀扶下拄着拐颤抖地走出来,见到李贵生和大舅,便问道:"你们是我家洪涛的朋友?"

李贵生上前一步:"依姆,我是洪涛连长的朋友,在路上遇到他,他托我给您老人家捎一封信,还有一些钱。"

于是李贵生从背上解下林洪涛交给的布包,呈给老太太。老太太颤抖着双手接过布包,在众人面前解开,从里面拿出一块崭新的布料,打开布料,里面包着一封信,还有一个小布袋,袋里有二十块银圆。

老太太展开那两页信,旁边一位族亲立刻上前接过信,当众读起来。这边读着那边老太太的眼泪便持续不断地涌出来……

信不长,主要是说自己一切都好,让老母放心,托友人送来一笔钱,请老母开销。

老太太还在抹泪,那边亲友搬来椅子让李贵生及舅舅入座,接着有人端上茶来。老太太抹了一阵眼泪,与李贵生二人面对面坐下,便询问起李贵生与林洪涛见面的经过。李贵生详细讲了接受林洪涛副连长相托的事,说自己也是途中落难,要不是洪涛连长的救济,自己也无法回到家中。

听说李贵生舅甥是壶江岛人,老太太高兴地一拍手:"哎呀,都是亲戚,来,上菜!"于是李贵生与舅舅在林家吃了顿饭,告辞而去。

在家休息十天,李贵生坐不住了,他让舅舅给自己找个事,当然还是去走船。这期间他听说在连江、罗源一带有共产党游击队活动,多次往返连江、罗源寻找党组织,可是当他冒着危险来到游击队活动的地方时,不是游击队已经撤离,就是失去了消息,他只好又回到家中。直到1938年2月,当他从报纸上看到新四军在福州设立了办事处,他想,自己的机会来了。趁着走船到福州之际,他在福州西郊洪山找到一位自己熟识的菜农,借了一副卖菜的担子,大清早挑着一担新鲜的蔬菜进了城。他一路观察,来到鼓楼安民巷,在巷中穿行找到了53号门牌,他不敢贸然进门,先是放下担子佯装休息,擦了擦脸上的汗,向四周察看一番,果然如他所料,周边几个大门口皆有人员盯梢,当然这些应该都是国民党的人了。观察之后,他挑起担子慢慢地走过,见到那扇大门开了,他立即飞快上前,对着开门的人说道:"长官,我来送菜了。"不等对方醒悟,他便将担子一竖挤进了门去。旁边几个探头张望的人甚至还未来得及看清,他便已进了门,随即转身将门关上。

开门的人吓了一跳,大声责问道:"你这是干吗……"

李贵生回身一笑:"长官,不是你们要我送菜来的吗?"

对方一听,愣住了:"送菜?我们没有要送菜呀?"

"反正我已经送来了,再说你们也要吃菜的吧,长官,你就收下吧。"

"你……你这是……"

这么几句交谈,李贵生终于看清了对方的面目,这是一位年轻人,身着灰色军装,臂膀上挂着一个标志:新四军。于是他压低了声音说:"同志,我有要事,要见你们首长。"

对方一听,来人居然叫了声"同志",还说要见"首长",这些可都是自己人才用的词,在福州他还是第一次听到。但是他依然保持着警惕:"你是什么人?我们这里没有首长。"

"请你们首长来说话,我有要事,快点。"

对方一听,自己做不了主,只好说道:"你等一下,我去请我们长官。"片刻工夫,从里屋走出一位中年人,他面色慈祥,面带笑容地说:"这位老乡,听说你找我有事?"李贵生此时再也忍不住眼泪,当即上前一个敬礼,面带泪花:"首长,我可终于找到你们了。"

那位首长立即上前拍拍李贵生的肩,说:"老乡不要激动,你先坐下慢慢说。"

他一挥手让那位年轻人端来一碗水,李贵生一口喝干,然后弯腰脱下鞋,将鞋后跟撕开,从里面取出一张薄薄的纸,递给了这位首长。首长轻轻打开一看,是中国共产党党证,仅有两行字,写着姓名,年龄及入党时间,落款是红四军第三纵队,司令员签名是伍中豪,党代表签名是彭枯,还盖着个红红的印章。

首长一看,问:"你是红军?"他立即起身,将李贵生迎到内室,面对面坐下后,李贵生哽咽着将自己的经历说了一遍。

听完李贵生的叙述,首长说:"贵生同志,你受苦了!"

听了首长的话,李贵生又是一阵哽咽。

首长接着说:"李贵生同志,对于你的经历,我们按照组织程序还要进行审查,请你理解。眼下正是需要革命同志,十分欢迎你归队。你还有什么要求没有?"

李贵生提出,能不能让他看看近期党的报刊。首长点点头,打开抽屉,从里面拿出几份报刊,一份是延安的《解放日报》,一份是重庆的《新华日报》,还有几本党内学习材料。李贵生当即拿起几份报刊,如饥似渴地翻看着。此时首长则退出房间,让他一人认真看。

来到外间,首长问那位开门的年轻人:"外面有什么动静?"

"没有,很平静。"

首长思索了一下:"立即给南昌发电,汇报这里的情况,尤其是报告李贵生同志的事,请延安进行审查。"

十几分钟后,首长再次进屋,李贵生依然沉浸在书报之中。首长笑笑打断说:"李贵生同志,你一时半会也看不完,这样好不好,我们边吃饭边谈。"在一张简陋的木桌前,两盘青菜,两碗米饭,李贵生与首长面对面,边吃边聊。

吃完饭撤下碗筷,首长对李贵生说:"下面的事我要重点向你交代一下。目前虽然是国共合作共同抗日,但是我们不能放松警惕,你肯定也注意到了,我们这房子周边全是国民党的特务在监视,为了确保你的安全,等天黑后你从后门走,换一身衣服。记住,一周后你到南台上杭路372号,找榕发绸布庄,对老板说你是伍老板介绍来的。到那里接受组织的下一步指示。你看怎么样?"

李贵生一个立正:"我服从组织安排。"

"李贵生同志,那就再见了,希望你保持红军本色,为国家、为人民,继续战斗。"

从此,李贵生接受了福建党组织的领导,坚持地下斗争,坚守政治信仰,成为一名奋战在隐蔽战线的战士。

第十章　上工

一条半旧的客轮,一间狭小的船舱,一个热浪滚滚的炉膛,一堆黑漆漆的木炭,在摇晃的机舱里,他开始了自己跑船的营生。或许是机遇,或许是命运,在这个狭小的天地里,他受到了人生的教诲,他感悟到了为正义为理想而奋斗的幸福。

1

一大早陈永弟就起床了,洗漱之后看了一眼木桌上的台钟,时针刚刚指向 5 点。他把昨天晚上整理好并放在床头的那件公司发的厚厚的蓝布工作服拿起来,套在身上,走到天井边借着晨光端详自己的模样。他左看右看,觉得已经不错了,走回屋内脱下衣服,轻手轻脚地挂在门边的一个钩子上。

从窗户望到外面,此时天已半亮,只听见大街上不知谁家的公鸡一声长鸣,有了这一声带头,公鸡打鸣便此起彼伏接二连三地响起来。勤劳的人家开始准备早饭,袅袅炊烟缓缓升腾起来,阵阵米香冉冉飘散开来。

陈永弟起来时,住在对面小房内的林鼎财也已睡醒,毕竟都是穷人家的孩子,早起操劳是永久保持的习惯。俩人一起把房屋内外给打扫了一遍。这套房屋原是何昌义老板家的住宅,自从妻子女儿遇害之后,他便一人居住。他的房屋也和南台许多人家的房屋一样,前店后宅,后宅直通小河,河边架起一块石板便是小码头,出货进货的小木船可直抵码头,直接装卸木材。何老板单身一人,在后宅有自己的房间,有时店里忙起来,他便直接在店中搭个小床。陈永弟与表哥借住何老板的老厝,看中的就是后院几间空闲的房屋,他们在这房屋中各取一间,与店中的伙计们一起吃住。

陈永弟与林鼎财哥俩在后院忙碌着的时候，何老板在前面还未睡醒，昨天晚上他们忙了大半个通宵，快到凌晨才躺下，此时尚在梦中。

陈永弟与林鼎财一起，在后院洗米煮饭。一锅半是米半是番薯的稀粥，配上两块街边买来的小油饼，再来一小碟闽清糟菜，两人吃得那是一个香。洗过碗筷，见时辰尚早，俩人来到后院，那儿有一块空地，何老板与伙计们抽空在那种了些蔬菜，此时空心菜长势正旺，俩人拿了锄头将杂草除去，又给那长势喜人的蔬菜都浇了水。

做完这些事，看看实在是找不出什么事可做了，而时间还早，两人相视一笑：算了，别琢磨了，直接去码头，有事就做，没事逛街。

来到台江码头，民生轮已经停泊在那儿。昨天晚上进船厂维修，今天凌晨才开出厂区停在码头上。陈永弟迫不及待地就往码头上跑，刚跑几步又回身，想起了后面的表哥。林鼎财向他一挥手："你去吧，没事我就回家了。俩人告别各忙各的去了。"

船上没有旅客也没有装货物，所以吃水较浅，船头高高地翘起来。陈永弟跑到船尾，找了个机会看船在浪涛中靠近岸边时，一个跃步跳上船去。船上有几位船员正在收拾船舱内的物品，听到脚步声抬头一看，是个不认识的小依弟，正想开口询问，看到他身着轮船公司的深灰色厚工作服，胸前印着"轮船公司"四个字，知道他是轮船公司的员工，也不再问，低下头继续忙碌。

看到那些船员的表情，陈永弟觉得挺自豪，忍不住挺了挺脸膛，健步走向船尾，找到通往轮机舱的舷梯，双手抓着，侧着身连下三层，到达船舱的底部。

刚下来时一片黑暗，待他站了几秒钟，就着船边几个舷窗的微弱光线，终于看清了周边的情况。

这是一个小船舱，旁边有个小门通往另一侧，两个船舱平行，两侧各有一台锅炉，此时炉火不旺，锅炉前两扇左右开合的炉门，随着炉门开启，里面透出通红的火焰。左右两侧是两个垂直的统舱，里面放着好几大竹篓木炭。没错，这船上的锅炉就是燃烧木炭产生煤气，推动汽轮机带动螺旋桨，从而制造动力，驱动着轮船航行。

这个船舱便是整条船的轮机舱。

当陈永弟下到轮机舱时，师傅李贵生及另外一位轮机工已各就各位，正做着开船前的各项准备。

　　所谓轮机工，就是在船上掌管轮机运作的船工。一是要对汽轮机进行必要的维护保养，二是要观察航行中汽轮机的运作情况，三是要持续不断地添加木炭，供汽轮机产生动力驱动轮船行驶。一条船有两台汽轮机，一台至少要有一个人，一条船上便有两位轮机工，陈永弟便是这轮机工的学徒。

　　下来之后，陈永弟有几个感觉，一是这儿的黑暗，燃烧木炭产生煤气的过程往往需要将一篓篓的木炭打开并送入炉中，难免产生大量的粉尘。二是锅炉舱在船的最底下，两边虽然都有舷窗但都是密封的，当轮船装上货物坐上旅客之后，船吃水变深，底舱就会没入水中，从舷窗上能看到水下的情景。三是为确保安全，轮机舱是单独的，与其他舱并不相通，通道较少空气较为混浊，气流不畅通。还有一个陈永弟此时尚未体验到，当汽轮机高速运转时，会发出巨大的隆隆声响，新来的人会感觉极为不适，但时间久了渐渐适应了以后便不再感到难受，可真到了那个地步，听力已经受到极大损害。

　　总之一句话：这轮机工是个苦差事，在轮船上是最下等最辛苦最劳累也是最脏的工作。

　　说下等，当然是指位置。在船上的位置是在底舱，在船员的位置中又是最底层的，上面除了船长、大副、水手长、轮机长之外，尚有服务员二人、厨师一人、水手二人，再就是二位轮机工了。

　　说辛苦，当然是指工作。其他人工作之余还可以坐一坐歇息片刻喝杯茶，可这轮机工是得不到空闲的，一旦加炭不及时燃烧不充分供不上煤气，轮机就会减慢甚至停止运作，这条船失去动力也就无法航行了，如果出现半途中停航，尤其是逆水上行时停航，会发生什么情况？不用想都能猜测得到。

　　说劳累，干得辛苦，当然就会感觉疲劳。一天下来，腰酸背痛腿抽筋。停航休息时，其他员工可以上岸走一走散散步，轮机工则一概是找个平坦的地方就地躺下，动都不想动，直到船长下达启航的命令才会拖着疲惫的身躯起来继续干活。

　　说脏，一来在底舱空气不流通，令人觉得憋闷，在轮机舱里一刻都不愿待,二来必须将一篓篓木炭拆开送入炉膛,这个过程中难免会使烟尘飘散,熟练的老员工轻手轻脚扬起的炭尘会少一些,新工友粗手大脚往往是烟尘满舱。在这儿干不久就会汗流浃背,再加上炉火的烘烤,还有擦拭轮机与机油亲密接触,轮机工的身上既有烟尘也有汗尘还有油尘,一件工作服穿不到半天便沾满污垢。难怪陈永弟上工之前师傅李贵生再三叮嘱,一定要穿上公司发的厚工作服,除了这件工作服,还真想不出在这狭小憋闷的机舱里穿哪件衣服合适。

早早来到船舱下,陈永弟向师傅李贵生报到。见到陈永弟,李贵生吃了一惊,没想到他这么早就来了。但一想今天是他第一天上班心情激动,早做准备也是应该的,于是释然。

李贵生把陈永弟介绍给旁边的另一位师傅:"来永弟,这位是吴玉水师傅,我的老同事。"

陈永弟立即上前鞠一个躬,叫了一声:"玉水师傅。"

吴玉水看上去比贵生师傅年纪要大一些,他一摆手:"哎,你师傅是贵生,别叫我师傅。"

陈永弟笑笑没有回应,他也看得出来,这位玉水师傅是个直性子的人,有话说话,就事论事。

贵生师傅关切地问道:"永弟,你吃过早饭没有?"

陈永弟点点头:"在家吃过了才赶来的。"

贵生师傅从后面的铁柜里拿出一个竹筒,竹筒是由粗大的毛竹从中间锯下一节,两头都带着节,上面有一根绳子做提手,还钻了一个小洞,他把竹筒递给永弟:"上次忘了对你说,来上工要带一个杯子喝水。这船舱底下很热,不喝水是不行的。我给你准备了一个,不知你看可以不。"

接过师傅递过来的竹筒,陈永弟感激得差点落泪。手中拿的这个竹筒虽然简陋但却实用,看来这位师傅真是个好人。

"你别看这个竹筒不好看,在我们轮机舱很好用的。"贵生师傅进一步解释,"我们这儿比较乱,好的杯子容易坏,我们喝的水就从锅炉旁边的水管里面接出来,很烫,放在这大竹筒中挂起来,凉得快一点。"

听了贵生师傅的解释,陈永弟明白了,他是老师傅,对机舱下面的生活有自己的体验。

陈永弟接过竹筒，里面贵生师傅已经装了大半筒的水，不热不凉正好入口，可见师傅已经准备很久了。

接下来，贵生师傅给陈永弟讲起了轮机舱的一些结构。除了有两台锅炉，旁边各有两个竖起如井一样的舷舱，那是放木炭的，轮船公司后勤部门负责采购，然后将木炭运到船尾，从那竖直的统舱推下落到舱底，下面有个小铁门，打开后便能看到那一篓篓的木炭，轮机工从这铁门中将木炭取出填进灶膛里，炉火充分燃烧之后产生煤气，经管道送往轮机内，驱动轮机运行，从而使轮船产生动力。

锅炉前面是两台轮机，目前已经启动，这两台轮机在"碇碇碇"不停地匀速运动着。轮机工的另一项重要工作就是随时观察这两台轮机的运转情况，还要定时给轮机加润滑油，以便轮机能够安全正常地运作。再往前两个更加狭窄的小舱，里面上下各有两张床，想必这就是轮机工们休息的地方了。不过不客气地说，躺在这个狭窄的舱里，枕头旁边就是时时不停运转的轮机，想要睡觉还真得适应一下。

他们的后边就是船尾，那儿有个小舱是厕所，里面水管供洗漱用的，下方一个圆口直通江面，旁边两个脚踏，想必就是方便用的。锅炉旁边有个水龙头，打开有热水流出，这就是他们喝的开水了。

贵生师傅带着陈永弟前后转一圈，不过十分钟就把舱内的各种设施都给介绍遍了。师傅打开旁边舱壁上的一个铁门柜说："这就是你的柜子，你可以放一些自己的用品。"

陈永弟随即将自己背来的布包放入柜中，他一看这舱壁上，一整排有好几个柜子。

"我们这儿吃饭是由船上的厨师做，到时会有船员给我们送饭来，刚才我已经和他们说好了，这趟走船我们要三份饭菜。"

毕竟是老师傅，想得真周到！陈永弟忍不住对自己这位师傅刮目相看敬佩无比。

"你看还需要什么，可以向公司提出，虽然我们这儿比较苦，有些东西还是能够拿出来的。"

陈永弟笑笑，刚来这儿，他确实不知道自己还需要什么，师傅都想得很周到了，似乎也不缺少什么了。

经过贵生师傅的介绍，陈永弟大致知道了自己需要做什么，以及怎么做，当然现在还仅是纸上谈兵尚未进入实际操作，不过不必等太久，很快他就要开始操作了。

贵生师傅这番介绍让陈永弟学到了不少知识，比如这眼前烧木炭的轮机，就有不少传奇故事。

其实陈永弟自己也知道，毕竟他也是江边生长的，也曾见识过许多木帆船，还有钢壳的机动船，尤其是那些机械船，在船上安装了发动机，大部分都是烧柴油的，这些柴油机械船稳定性能好、马力大速度快，而且容易操作。既然使用柴油为燃料的机械船这么好用，为什么改为木炭了呢？

其实这也是在特定时期不得已而为之的产物。

柴油机械船少不了柴油，还有用于机械润滑以确保机械正常运转的机油。福建不产油，柴油机油之类的东西是要从外省甚至从国外进口。刚开始时也正是这么做的。可是偏偏遇上了抗日战争，日本侵略者对我国进行疯狂的进攻和掠夺，福建沿海一带为日本军舰封锁，一切进口燃油的渠道都被切断了，闽江上的轮船陷入停航的危境。总不能坐以待毙呀。轮船公司的老板想到了有人将汽车的汽油发动机改为木炭炉，这些个精心算计唯利是图的老板开动脑筋，对船上的发动机进行改装，利用木炭烧成煤气代替柴油作动力，再用福建山林地带常见的植物油如菜籽油等替代机油做润滑剂，在水上一试用，还真顶事，非但解决了燃油不足的问题，而且减少污染较为环保，更何况在商人们看来，这木炭在福建多山林树木的地方，就地取材，大大降低了运营成本。于是在1940年之后，闽江上航行的船舶大多改装成了木炭炉，在抗战最为艰苦的阶段，闽江的航运依然能够保持畅通。抗战胜利之后，按理说这柴油进口不再成为问题了，可是航运公司的老板们依然采用木炭为动力不愿更换为柴油机，为什么呢？节省成本呀！

因此在陈永弟做工的这条船上，还是使用这种虽笨重但省钱的木炭锅炉。

2

早晨8点，一声汽笛从船头传来，在底层船舱里也能隐约听到。刚才坐在凳子上闲聊的两位师傅立即起身，贵生师傅叫了一声："永弟，走，上去透透气，等下开船了可就没时间了。"陈永弟跟上两位师傅从后部的舷梯登上甲板，斜靠在船舷护栏上。吴玉水师傅从口袋中掏出一包烟，抽出一支叼在嘴边，划燃一根火柴点上烟，面对着滚滚江水，吐出了一个烟圈。

李贵生师傅是不抽烟的，他也靠在护栏上，面对着江边。陈永弟与两位师傅保持着三步的距离，顺着贵生师傅的目光望着江边。但见一条狭长的木板从江边延伸到船边，两位船员站在舷梯旁迎候着，旅客们拎着自己的行李，陆陆续续地沿着那条狭长的木栈道，来到船边登上甲板，船上的员工引导着旅客寻找各自的船舱。

陈永弟看到前天见过的那位船长林泰升，远远地站在船头观察水流，判断流速，他这是在为开船做最后的准备。

船头旅客在登船，而船尾一块长木板架在船舷边，几个码头搬运工人将一包包一袋袋一捆捆货物搬上船，运到船尾的货物舱中，一一摆好扶正，船上的人员拿着货单清点件数，并不时地指挥着将货物堆码整齐平稳。此时陈永弟看到船尾的一个角落里，有位船上的船员从码头上过来，下了一辆人力车，从车上取下一包物品，从一个没人走的通道上了船，将那物品拎着走下舷梯。身边的两位师傅也看见了，玉水师傅忍不住笑道："你看那王守堂，又能发一点小财了。"贵生师傅也笑了："他那也是没办法，只能借这个聊补生活困顿罢了。"

陈永弟不明就里，也不敢多言。他知道处在他这个地位，只能少说多看，最好只干不说。

站在船首的林泰升船长此时也正好转身走过来，他也看到了王守堂拎着一包物品下了船舱，但他视而不见。

陈永弟有些不解，转向贵生师傅看了一眼，而此时贵生师傅也发现他在关注这事，正微笑着看他。贵生师傅向他一招手，待他走到近前直言道："轮船公司给的薪水比较低，不少船员家中好几口人，物价又不断上涨，很多船员都借着跑船私下运一些货拿到闽北去卖，再从闽北买一些福州没有的货物回来。公司也都知道，睁一只眼闭一只眼当作没有看见。"

陈永弟这才恍然大悟。

"但是这些货物不能有危险品，更不能有武器。路上会有水上警察前来检查,要是被查到,很有可能被说成是通共抓起来。"

听了贵生师傅的话,陈永弟点点头,没再言语。

贵生师傅继续说:"其实我和玉水师傅也都有带货,我们都放在了下面的柜子里。"

然后贵生师傅转头看着玉水师傅:"你这次带了什么?"

玉水师傅也不隐瞒,直言说道:"我带了两箱福州老酒。"

玉水师傅对陈永弟说:"小阿弟,并不是我们教你学坏,其实这也是没有办法的事,我们都要养家糊口啊!实在是这个世道……"

玉水师傅没有再说下去。

贵生师傅继续说:"这些都是小打小闹,其实公司也在做这个事,公司不少管事人员都与船员合伙搞生意,有钱大家分。他们才是做大头,我们这都是些小生意。"

玉水师傅又问:"永弟,公司给你一个月多少薪金?"

陈永弟回想了一下:"签订用工合同时说学徒工每月 1000 元。"

玉水师傅在心中算了一下,说:"1000 元在年初还能买半石大米,现在好像只能买三分之一石了。一石大米是 160 斤,你这一个月薪金只能买 50 斤大米了。你自己想一想,除了吃饭你还要穿衣,还要刷牙洗脸吧,衣服、毛巾、牙膏等等要不要钱?你这一个月薪金能买几个?"

来自乡村的农家子弟,以前陈永弟对自己的生活基本上没有什么考虑,可现在自己一个人生活在福州城里,衣食住行全都要考虑,所以两位师傅一提,还真是有很多事情以前没想过。

贵生师傅最后说:"其实我们比你好不到哪里去,像我还是老员工,公司成立就在做轮机工,一个月也才 5000 元,现在一石大米都买不起了。玉水师傅比我还要低一些,他家有父母要赡养,还有两个孩子,你说这些薪金够不够?"

玉水师傅叹了口气:"所以我拿到薪金就先跑去买大米,只能买一些三等低劣米,不敢买太好的。如果跑慢了米又涨价了。我家里已经是大米掺番薯了,要是再买不到米,只能吃番薯了。"

说完这些,玉水师傅长叹一声,无奈地摇摇头,转身下了船舱,贵生师傅跟着下去,陈永弟不再多想,跟随两位师傅一起来到轮机舱内。

其实陈永弟自己也知道，抗战胜利之后最初几年倒还平静，老百姓的日子过得挺安宁，但是这种平静并未维持多久，自从老蒋为了消灭异己打起了内战之后，国家经济便开始急剧衰退，甚至落到民不聊生的地步。在老百姓看来，最大的危机便是那一日三涨四涨甚至七涨八涨的物价，他自己有着切身体验，拿着钱去买米，上午可能买十斤八斤，到了下午再去就只能买五斤四斤了。很多企业为了确保自身及员工的利益，纷纷开始了"米代金"的应对，就是说公司不再给员工发放薪金，而是改发实物大米，由公司批量采购，这样可以稍稍保证员工不受一日几涨的物价的影响，至少不会挨饿。

那么这个物价到底是怎么个涨法呢？这里有个数据，就以从福州至南平的航运来看，有资料显示，按照每人每公里计算，1937 年抗战爆发那年票价是法币 0.0325 元，而到了 1948 年则涨到了 45540 元，你算算这涨了多少倍？

不知过了多久，只听得舱顶上挂的那个铃突然丁零零地响起来，把陈永弟给吓了一跳。听到铃声两位师傅立即起身站在锅炉前，往炉膛里加了木炭，把火烧得更旺。之后船上的汽笛响了三声，巨大的轰鸣声响起，船尾的螺旋桨开始启动，一阵哗啦啦的水声之后，螺旋桨由慢到快飞转动。在一片欢呼告别声中，轮船启动，渐渐离开码头，一声长鸣，轮船掉转船头对好方向，轰隆隆地向闽江上游驶去。

轮机舱里，两位师傅一左一右，不时地察看着炉膛里燃烧的情况，并时不时到轮机前观察机械运转情况，陈永弟站在旁边，认真观看着两位师傅的操作。当贵生师傅往炉膛里加木炭时，陈永弟也凑上前去想看得更仔细，贵生师傅侧身到一边，给陈永弟让出一个位置，指着炉膛告诉他："往里添加木炭时，不要堆在一起，要左右叉开，留下空隙让空气流通，这样炭火会烧得更旺，产生更多的热能，而且不会造成死火。如果木炭都堆压在一起，空气不流通，不仅火烧得不旺，反而会把火压灭，动力不足，船就要停下来了。"边说贵生师傅边做示范，他把那些长长短短的木炭丢进炉膛，向两边均衡铺开，交叉起来堆高，而不是只放在一边。陈永弟看了直点头。

"来，你来操作一下。"

陈永弟上前，贵生师傅后退一步，陈永弟拉开炭舱，从里面抽出一根木炭,拔了半天拔不出来,从上面层层叠压的木炭把下面压得死死的,根本抽不动。贵生师傅将铁铲伸进去,撬了几下,这才使紧压的木炭松动,陈永弟拔出一根,随即丢进炉膛,又抽出一根丢进去,来回操作了十几下,贵生师傅也不说话,随他任意操作。

其实这并不是什么高精尖的技术活,只要看多了干久了谁都能操作。轮船开出还不到半天时间,陈永弟便已能够掌握操作的要领,下面关键的则是技术的积累,而这种积累并不是一天两天能够形成的,需要长时间的沉淀。尤其是关键时刻的应急能力,突发事件的处置能力,危急关头的变通能力,这不仅仅是对于轮机工,实际上对于今后的时光,都需要陈永弟不断琢磨反复修炼。

这边陈永弟帮着师傅干活,那边两位师傅与他虽然是第一次接触,也感受到了陈永弟的勤劳和实诚。三个人在一起有说有笑,相互帮衬,轮流休息。两位师傅重点向陈永弟灌输一些往年的走船经历,陈永弟也向两位师傅说起自己的人生故事。陈永弟年龄不大经历的事倒不少,引得两位师傅欷歔连连。

航行途中轮船靠岸停泊了几次,每次靠岸,墙上挂的那个钟就会丁零零地响起来,两位师傅听到后,立即撤火压温,螺旋桨转速放缓,船头转向侧身靠岸,有旅客上下,不久铃声又响起,立即加火升温,螺旋桨高速转动,轮船继续航行。看着两位师傅熟练操作配合默契有条不紊,陈永弟羡慕不已,他在想,自己什么时候才能如此娴熟地操作呢。

船到林森县荆溪镇,这儿是个客运码头,有不少人上下,还有个水上警察局的警察登船检查,当然他们与这条船上的船员都是老熟人,所谓的检查也就是走过场。有位警察不怕脏下到轮机舱内,一见面就亲热地叫了声:"哟,是贵生和玉水呀,今天你们当班。"

贵生师傅也回应一声:"是罗警长啊。"

这位警长看着站在一边的陈永弟,好奇地问道:"这位小兄弟是……"

玉水师傅上前说:"这是贵生的徒弟,第一次上船。"

"好,贵生又收徒弟了,好!"这位警长连说两个好,还顺手拍了一下陈永弟的肩膀,陈永弟也对他笑笑。

警长掏出烟递给玉水师傅一支,点燃后说:"这次跑南平,你们帮我带两袋闽北笋干回来,南平的水警会送上来,还是那个数,你们看好吗?"

贵生点点头:"罗警长的买卖肯定没问题。"

"好,那就说定了,后天你们回来时我来接货。"

罗警长将烟叼在嘴边,玉水师傅从货柜里搬出一箱福州老酒:"你看是这个牌子的吧?"

罗警长笑笑说:"什么牌子无所谓啦,只要是福州老酒,都有销路。"他从口袋里掏出几张钞票,点了两张交给玉水师傅,搬着这箱酒上了舷梯。

不久之后三声铃响,轮船继续逆流上行。

陈永弟睁大眼睛没有吭声,默默地看着这一切。贵生师傅说了一句:"以后你在这条航线上跑久了,也会有很多熟人的。你不找他们,他们会主动来找你。"

船到闽清又靠上岸,旅客上下之后,船并没有马上开走,只听得舷梯旁一阵叮叮当当敲钢梯的声音,贵生师傅说:"船员送饭来了,永弟你去接一下。"

陈永弟来到舷梯旁,上面一个身穿白色制服的船员手上拎着三个木制食盒,他攀上舷梯接过这三个食盒,当他抬头正视那船员正想表示一下谢意,谁知那人傲慢地抬头仰视,连看都不看他一眼,甚至鼻孔里还轻轻地哼了一声。于是他也不用给对方好脸色,接过食盒,一声不吭地下了舷梯,对方见他没有任何示意,正要发作,想了一下却也没回声,转身走了。

走下船舱,陈永弟把两盒午餐分别递给贵生师傅和玉水师傅,他们接过来打开看也不看,坐在旁边的小马扎上。贵生师傅回头看了一眼陈永弟,叫了声:"永弟,先吃饭。"陈永弟上前与师傅们坐在一起,打开食盒,里面有两层,一层是白米干饭,一层是蔬菜,里面有两片薄薄的五花肉片,还有就是空心菜,既没油也没盐,清汤寡水。劳累了半天,确实感觉有些疲惫,三人有说有笑地吃起来。

一路航行是单调的,一路操劳是艰辛的,一路浪花是汹涌的,一路谈笑是风趣的。

一顿饭也就十多分钟,吃完后贵生师傅将食盒拿到后舱水龙头上冲洗一下,陈永弟也跟着如法炮制。玉水师傅将食盒放在地上,掏出一支烟点燃,陈永弟随手将玉水师傅的食盒拾起来拿到水龙头边冲洗,玉水师傅忙伸手拦,可是没拦住,刚要起身,一旁的贵生师傅说了句:"没关系,让他洗吧。"

玉水师傅说:"这怎么好意思!"

陈永弟回了一句:"你坐吧,玉水师傅。"

看着陈永弟在洗碗,贵生师傅不禁露出了赞许的笑容。

半个时辰之后,又是一阵铃响,轮船继续航行。整个上午甲板上的嘈杂声不断传来,有老人蹒跚的脚步声,有孩子打闹的欢笑声,有大皮鞋踏在甲板上的咔嚓声,有拐杖戳在扶梯上的喀喀声。甚至还有一个调皮的小男孩顺着舷梯下到底舱,对着陈永弟伸出舌头做个鬼脸,转身跑上去了。虽然没有上到甲板看到那些个旅客,但是从他们的言谈对话中,从他们走路的声响中,从他们看到闽江两岸风光大呼小叫的嘈杂中,可以大致猜想出他们的身份。

轮船继续航行,正午时分,船上的人们都疲倦了,原先喧哗的甲板上此时寂静无声,只听得铁壳船劈波斩浪发出阵阵的砰砰声,还有浪花冲击到舷窗上发出的哗啦声。从舷窗上可以看到,原先在头顶的太阳已经西斜,有一半圆窗已照不到日光。只有到码头时轮船发出一声声汽笛,其余时刻,轮船保持着匀速航行。

甲板上安静了,底舱依然在忙碌着,经过这大半天的体验,陈永弟基本掌握了添加木炭的时机和要领,还有就是轮机保养维护的一些基本常识。上午还是贵生师傅在做他在看,到了下午,便由他来操作贵生师傅在旁指点。不过贵生师傅也没闲着,一会儿给他倒水,一会儿告诉他某个零部件的名称,一会儿向他强调关键步骤的操作。

船到古田县水口镇,前方突出一块角,行船到此是个关口,需要行进一个"V"字形。在船底能明显感觉到整条轮船的倾斜角度,先是向左45度,划一个弧,再向右45度,当轮船拉直了船体航行时,日已西斜。玉水师傅说:"莪洋到了。"不久铃声响起,两位师傅一起压火减灶,轮船上的汽笛一声长鸣,航行的速度慢了下来。

贵生师傅告诉陈永弟:"这里是古田县的一个村,名叫莪洋,轮船公司在这儿有一个客运站,与当地的旅社联系好,去南平的旅客要在这里过夜,明天早上继续航行,下午就可以到达南平了。"

玉水师傅接着说："你也感觉到了，一路上水道曲折，闽江上急流、险滩、暗礁不少，白天行船倒还好，为了避免出现意外，晚上是不准航行的。"

"那船上的旅客呢？"陈永弟问了一句。

贵生师傅笑笑说："有钱的人当然可以到岸上去住，一般老百姓上岸也可以，不过很多人都是在船上过夜的，他们舍不得花钱住旅社。"

玉水师傅补充道："有钱人花天酒地找女人，老百姓只能苦熬。"他一声长叹："世风不古啊！"

这话什么意思，陈永弟没有明白，不过他大概知道，玉水师傅这是在叹息老百姓的日子不好过。

傍晚时分，船员送来晚饭，三人吃过之后，把锅炉中的火加上厚厚的湿煤给压实，底部保留着火苗，明天清晨起来捅开煤层就可以让火苗燃烧旺盛。夜幕降临，劳累了一天，三人登上舷梯走到后甲板上，站在船尾向岸上张望。

这是一个小山村，紧挨着江边，几幢三四层的楼房已是最为豪华的建筑，大部分都是一二层的民房。从江边水线一层层往上，树木婆娑，村庄掩映，一条沙石小道呈"Z"字形向岸上延伸。这是供人们行走的。旁边还有一条狭窄的石板小路，弯了好几个折，这是供板车运货的。只听到岸上一些小酒店里传来阵阵音乐，娇柔委婉，莺鸣燕唱，还夹杂着断断续续的哄笑叫骂、喝酒猜拳的声响。

回过头来望着闽江，春水向东浪花翻卷，湍急的水流时不时拍打着船舷，浮在水面上的船只不停地摇摆着，如果不是岸上的粗麻绳系牢，肯定会被江水冲到下游去。其实这儿处于一个湾口，浪涛已较为平缓，要是在江心，水流更加湍急。

三人靠在船舷上惬意地闲聊着，不知什么时候，船长悄悄地走来，到了他们身边陈永弟才看到。见船长来了，三人立时起身，船长也是随意走走，他问道："机舱里还好吧？"

贵生师傅应道："运转正常，泰升船长。"

这位上了岁数的船长对大家笑一笑："没事就好，我也是走动走动，你们随意。"

他正准备转身，看到站在旁边的陈永弟，说："噢，我忘了，你叫什么？"

"陈永弟。"

"很好,很好。"船长微笑着,转身向船头走去。在他身后还听到他轻声地嘀咕:"陈永弟……"

夜幕降临,岸上渐渐平静,只有江边的蛙们还在鸣唱。

贵生师傅伸展一下双臂:"劳累了一天,早点睡觉。"

陈永弟跟着两位师傅下到机舱。轮机左右各有一个狭窄的卧室,里面仅能容一张双层的高低床,两位师傅各在一边。贵生师傅说:"永弟,你就睡在我上面吧。"永弟上去把床铺好,师徒三人洗洗漱漱之后,纷纷上了床。可是并没有睡着,又开始聊起来。这次是贵生师傅向永弟介绍起轮船公司的情况。

闽江航运古已有之。福建地处东南丘陵,全省境内八山一水一分田,那些田也都是江河冲击形成的小块平地。自古以来福建交通就是以水运为主。其实在福建历史上,也曾建过铁路,那还是清朝末年,一些有识之士眼见西方各国在中国的土地上横行霸道抢劫资源,纷纷进言提出强国富民的策略。早在清光绪三十一年(1905 年),福建籍在京任职的官员发起众议,筹建闽省铁路,经过商议,一致推举赋闲在家的闽籍官员陈宝琛为总理,负责筹划此事。他欣然受命并联络同乡官员及乡绅一同上书,得到了清政府的批准。经反复讨论多次商议,决定先行修建由漳州至厦门的铁路。分为两段进行,第一阶段从嵩屿到江东桥,全长 28 千米;第二阶段从江东桥到漳州,全长 17 千米。1907 年 7 月 19 日福建省第一条铁路正式开工建设。三年之后建成了第一段,试运行时百姓蜂拥而至看新鲜,可惜这条铁路"前不过海"(嵩屿距离厦门海上行程尚有 3.5 千米),"后不过江"(江东桥距离漳州还有 17.5 千米)。旅客乘坐极不方便,从厦门出发先乘船前往嵩屿才能到火车站,从漳州出发乘汽车行驶 17 千米多才能到火车站。建设中资金短缺数次停工待料,建设工程粗糙偷工减料,通车运行后日常维修养护极端缺乏,火车经过时摇晃得厉害,司机根本不敢提速,只得提心吊胆减速行驶缓慢通过。当地流传着一首形容这段铁路的打油诗:"农民上火车,草笠被风吹,下车捡草笠,火车犹可追。"可见这段铁路运行状况之糟糕。

铁路未能改变福建交通的落后面貌,那么汽车呢?福建山峦起伏,凭借当时的技术设备要想修一条平坦笔直的大道那是异想天开,民国之后福建才修建了几条沿海的公路，多为沙石路，行驶速度根本提不上来。

　　福建多水，江河奔流，自古以来，水运一直是福建交通的重要环节。就拿眼前的闽江来说，先民们逐水草而居，凭舟楫之利，从水上渔猎到河海航运古已有之。据考古资料，秦朝时，福建的先民就已在水上航行。秦军统一中国来到福建，就是仰仗着水运之便利。进入近代，闽江水运形成规模，但是沿江各地往往各自为政，为争夺利益相互倾轧，甚至发展成流血事件。为此民国时福建省政府多次进行整合。经长期演变，至1940年，闽江轮船股份有限公司成立，董事会上众位董事一致推举黄章五为董事长，潘伊铭为常务董事，聘福峡汽车公司营业部主任林君扬为公司经理，内设襄理、秘书及总务、工务、业务、会计四课及稽查室。下属部门还有南平办事处、福州客货运站，以及洪山、水口、谷口等业务站，之后还相继办起了闽轮修造厂，专门从事公司轮船的维修，当然也曾自己建造轮船，当时的轮船大多使用木材，为此还建起了配套的木工厂。轮船公司经营航线以福州为起点，南平为中心，上溯至建瓯、洋口、沙县、永安等内溪三条线路，营运里程为985千米。轮船公司主要负责闽江上游自福州以上至南平、建瓯、洋口、沙县等地的客货运业务，有大小轮船57艘，总吨位达到3746吨。轮船公司的成立，使得闽江上游的航运面貌得到极大改观，过去那种各自为政互不买账甚至相互攻击的混乱局面有所改善，因此也得到众多客商的好评及拥护。陈永弟所在的就是这个闽江轮船公司。

　　之后不久福建省又相继成立了平水和下游两个轮船公司。平水公司全称为福州平水轮船股份有限公司，经营航线自福州万寿桥以上，经侯官、白沙、闽清、水口、谷口至尤溪口，全长425千米。下游公司全称为闽江下游轮船股份有限公司，经营范围主要为闽江下游自万寿桥以下，至闽侯、长乐、连江等县，及永泰大樟溪，营运里程为513千米。

　　这三家公司皆成立于抗战时期，其中轮船公司拥有员工1300多人，平水公司拥有员工400多人，下游公司拥有员工300多人，从这些数字也可以看出这三家公司的规模。

　　三家公司客货运输实行五定：定航线、定船舶、定码头、定时间、定座位，船站分开，船舶听从各地运输站的指挥。相关业务部门还定期对船员进行培训考核，提高作业技能。从此闽江航运各自经营，相互配合，这样一来，革除了闽江航运多头管理各自为政的弊端，使得闽江航运利益最大化，管理标准化，人员技能化，大大提高了航运的安全系数。

当然，龙头老大非轮船公司莫属，在日后的工作中，陈永弟还发现，虽然福建省警察厅在各地都配备了水上警察局，这些个警察局时常定点上船进行检查，但他们来到轮船公司检查时，往往对员工较为客气，检查也是马马虎虎应付了事。这是为什么呢？因为公司的经理林君扬身份特殊，他有着官方的背景，在担任轮船公司经理之后，他还是国民党福建省交通特别党部主任委员、三青团交通特别团部总干事，他的身份极为复杂。日后陈永弟还知道，林君扬早年就参加了"复兴社"（也称"蓝衣社"）等国民党特务组织，这个"复兴社"后来发展成为国民政府军事委员会调查统计局，简称"军统"。有了这么敏感的身份，有了这么深厚的背景，有了这么唬人的地位，那些个一般的警察局怎么还敢检查呢？因此他们的检查多是表面文章。当然这些警察对此也是心照不宣，不会向外界泄露的。

3

辛劳了一整天，陈永弟枕着木枕，耳畔响起江边蛙鸣虫吟，仿佛又回到了故乡，回到了从前。

南宋诗人叶茵曾写过一首描写闽江的诗，名为《钱友归侍》："闽江闽山相对青，照人肝胆寒如冰。路旁修松夹古桂，风鼓吟髭月随袂。君来莱衣我独无，此乐不能与之俱。老夫耄矣君年少，喜见功名将远到。归欤归欤盍归欤，长途玉汝千金躯。来秋来作广寒客，相携醉舞红尘陌。"

翌日，在江水拍岸的嘈杂声中，陈永弟从睡梦中醒来，一转身他回忆起所处的方位。不禁叹道：好久没有这么香的睡眠了。

躺了十分钟之后起身，发现两位师傅已经早起了，正做着开船前的各项准备工作。陈永弟赶紧爬起来，匆匆洗漱之后，来到机舱打下手。玉水师傅看到了笑着说："没关系，年轻人多睡一会儿。"永弟回了一个感激的微笑，来到船舱，帮着把那一大篓木炭用铲锹给敲开，好把一根根木炭抽出来。

早上 8 时船长下令准备开船，原先还有不少人在船上慢步，还有一些人在岸边与小贩讨价还价，听到船上的铃声响起，这些人纷纷跑上船。可就在这时水上警察局的一位警官气喘吁吁地跑过来，在岸边向船上招手，高声喊着："等一下！等一下！"船长立即叫停，已经启动的螺旋桨随即放慢了速度。那警官跑到码头上，对着船长说："不好意思，你们等一下，省党部的长官要乘船去南平。"已经解开的缆绳重又套上码头的石柱，人们开始等待。这一等便是半个时辰，起初人们还不敢多说话，时间一长，便有一些旅客开始叫骂。船长再三向水上警察询问，那些警察也不知道具体情况，只得应付道："刚才上峰有令，说是有几位省党部的长官要乘船去南平公干，下令让你们等一等。"船长虽然面有不快之色，但也不好说什么。倒是有几位胆大的旅客三言两语开始讥讽，那几位在岸边等候的警察可就没那么客气了，瞪着眼对着出言不逊的旅客吼道："想造反？信不信把你当共党给惩办了！"几位旅客当即退下不敢再多言。

已经下到机舱里的陈永弟和两位师傅，按照时间做好了开船的准备，可是又听到船长停船的命令，不明就里，登上船舱探出头观望，这一听一看大致知道了原委。既然一时半会船还开不了，他们三人走出底舱来到船尾，玉水师傅点燃一支烟抽着，陈永弟跟着贵生师傅斜倚在船舷上看着岸边。

漫长的等候倒不是问题，问题是这漫长的等候不知什么时候才是个头。船上的旅客虽然被外面的警察瞪了几眼不敢吭声，可到了船舱里就骂开了。

清晨的日头映照在江面，把波涛轻漾的水面斜斜地划出一道闪亮的波纹，宽阔的江面上一道道水波涌向岸边，蓝天上的白云、闽江两岸的山峦、山上茂密的丛林，皆被倒映在江上。看似平静的江面，底下却是波涛滚滚暗流涌动，不知什么时候便会掀起滔天巨浪。

等了将近一个时辰，一阵汽笛声响起，弯弯曲曲的公路上驶来三辆汽车，转了几个弯之后，径直开到岸边。从车上下来一行六七人，他们匆匆迈过那陡峭的小道，来到船边。岸上的警察们立即将一块宽大的木板架上船，木板两边站着两排警察，他们一个个伸出手小心谨慎地搀扶着这一行人走上船。看到贵客来了，贵生师傅说一声："准备开船了。"便转身下了舷梯，玉水师傅也跟着下去。陈永弟正准备跟下去，可是当他目光从那一队贵宾中扫过时，却惊奇地"咦"了一声，停下脚步盯着那一行人，在他们中间，他看到了一位老熟人。

这一队贵宾上船之后被直接领到头等舱,不久一声铃响,等待多时的船终于启动了。

在船舱下忙碌了一会儿,船摆正航向,平稳地向上游驶去。轮机工们终于有了空闲。坐下后,贵生师傅问陈永弟:"见到熟人了?"

陈永弟点点头:"中间那位年纪大的一脸胡子的老人我认识,他叫郑春熙,以前是我姨父店里的账房先生。"

"嗯,账房先生竟然是省党部的人?你没看错?"玉水师傅忍不住问道。

"我和他在一起生活了三年多,怎么会看错?"

玉水师傅点点头,可贵生师傅却陷入了深思。

一路无话,下午4点多船到南平。为了确认自己没有看错,船还未靠岸,陈永弟便爬上舷梯,等着看那一群贵宾。贵生师傅也向玉水师傅交代一声,上了舷梯站在永弟的身后。

轮船平稳缓慢地靠了岸,拴好缆绳,船上的旅客开始出舱。以往船到码头时,船上的头、中、尾三个舱门同时打开让旅客下船,而此时却只打开了中、尾两处门,船头的旅客在船员引导下绕过船舱从中门下了船。此时岸上停了几辆汽车,三位当地官员来到船头,不一会儿,那些个贵宾从船头的前门开始下船。永弟仔细辨认了一下:没错,就是他!不同以往的是,他身着一件深蓝色中山装,以前见到他基本上都是长袍马褂瓜皮帽,而此时却是头戴一顶圆边礼帽。但他的变化不大,还是那么清瘦,灰白的胡子还是那么长,手上的龙头拐也还是原先那根。只不过看上去要更老一些,脸上的表情却更加阴郁,更加深沉。

贵生师傅问:"是那个白胡子老头吗?"

"就是他。"永弟轻声应道。

贵宾们下船之后,在当地官员引导下径直上了汽车,扬长而去。

"看来你的熟人成了贵人了。"贵生低笑着。

永弟却没吭声,他不明白,几年不见,这位账房先生似乎突然发达了。

轮船在南平停了一晚上,因为此时要是返程,在半路上还得过夜,倒不如就在南平待一晚上,明天返程,这样顺风顺水只要一天便可到达福州。

次日清晨,船上的船员一律早起,天不亮就开始做着启航的准备。上午8时,旅客纷纷上船,货物也从尾部搬运装好。半小时之后,一声铃响,船开动了。与来时不同，返程是顺着闽江水的流向往下游走，即使失去动力，这艘船也会被急流往下冲，因此机舱里再不必不停地添加木炭，只要保持燃烧，基本上没有问题。永弟与两位师傅闲暇时便坐下来，在玉水师傅的要求下，永弟向他们讲述了自己与那位郑春熙先生的交往经历。

听完陈永弟的叙述，玉水师傅便问："这么说你回家之后就与这位账房先生失去了联系？"

"就是，他怎么成了省党部的人，说实话我也挺纳闷，在我看来他就是个落拓失意的老先生，却不料摇身一变，竟然成了省府官员。"

中午服务员送来三人的饭菜，玉水师傅没有吃一口，他从自己携带的物品中拿出一个番薯放在炉膛边烤，没多久便传出一阵阵烤番薯的香味。贵生师傅打开食盒，把自己碗中的那两片薄薄的肉片夹起来，放进了玉水师傅的食盒中，玉水师傅连连摆手："不用不用……"贵生师傅却不说话，一伸筷子，把永弟碗中的薄肉片也夹起来放入玉水师傅的碗中。玉水师傅很不好意思，连声道谢。永弟不明就里，但师傅这么做肯定有原因，他也便不吭声。

傍晚时分轮船顺利到达福州台江码头，待旅客走完、货物卸完之后，船员们可以交班了，由造船厂的人前来接手，等一下要把船开去检修。明天船员们休息一天，后天再来上班。

玉水师傅与陈永弟和李贵生告别，当他登上岸时，永弟看到岸上两个小孩向玉水师傅扑来，他立即迎上去，双手抱起年纪小的女孩，将手上拎的食盒交给那个大一点的男孩，然后牵着男孩的手，一齐向小巷走去。

第十一章　风波

没想到，要自发地成立一个组织，居然弄出了这么一出风波，这使得他更加看清了现实社会的诸多不平，对那些个饱受欺压的工友产生了更加深刻的同情。通过一系列事情，他对当前的境遇、对社会的不公、对资本家依权仗势践踏员工的行径产生了痛恨，对今后的人生道路有了更加深入的思索。

1

"落日无边江不尽，此身此日更须忙。"倏忽之间，陈永弟上船做工已经一个多月了，这期间，他跟随贵生师傅走船十几个航次，基本上把那些个该掌握的要领掌握得八九不离十。其实说实话，这轮机工的技术含量并不高，只不过是必须要有能吃苦的干劲，再加上多一分专注、多一分认真、多一分责任。不仅仅是这脏累苦险的轮机工，说起来做任何事情还不都是这个道理？虽然工作环境不太好，报酬也不高，但任何事都得有人去做，如果都没人去做，这条船是决然无法开行的。

人的一生就像是一个圆，这个圆往往都是由自己画出来的，有的人走了一辈子也没有走出个人命运画出的这个圆。其实，圆上的每一个点都能延伸出一条腾飞的线，甚至是面，只不过许多人往往局限于个人的学识、才干，局限于个人的志向、目标，局限于个人的命运、道路，而难以突破，难以成事，难以展现个人的才华。

所以有人说：一个人想要成就一番事业，必须要有三气：志气、才气加运气。

正是5月黄梅天，这个黄梅天其实是在说长江两岸，福建地处东南沿海，到了5月已是气候炎热艳阳高照的初夏时节。此际闽江上游多雨，各条支流河溪正值涨水时节，大水汇聚进入闽江。因此当长江两岸莺飞草长杨柳依依之时，也是闽江汛期来临之际。毕竟要依靠这条福建的母亲河维持生计，轮船公司从上到下全部都盯着闽江的水文情况，公司业务科每天频繁联系中上游各个运输港站，打听气象情况，了解上游溪河水势，从而为闽江航运确定航线及时刻，遇有上游连日大雨水势超大，则需要判断流速计算洪水到达主干河道的时间，从而避开洪峰确保航运安全。这天傍晚，民生号客轮从南平返回到达南台客运码头，前来接船的有公司业务科的人员，他们向林泰升船长询问一路上闽江的水势，尤其是那几个暗礁之处水流的情况。同时还有几个商家来到船尾，将贵生师傅与玉水师傅带运的几件货物卸下运走。

正在一边帮忙的陈永弟看到一位中年人脚步稳健地踏上后甲板，直奔机舱而来。见到陈永弟他点点头，然后对两位师傅说："贵生、玉水，找你们说点事。"

两位师傅回头一看："噢，是祥远，什么事你说。"

中年人没有开口，而是抬头看了一眼站在旁边的陈永弟。

"他是陈永弟，我的徒弟。"贵生师傅立即介绍道，同时对陈永弟说，"这位是郑祥远师傅，他也是公司的轮机工，老师傅了，和我们一起走过船。"陈永弟便礼貌地叫一声"祥远师傅"。

那位师傅向陈永弟点点头，笑一笑，转头对两位师傅说："我来是向你们说一声，我们几个人合伙议了一下，准备成立一个工会组织，你们看要不要加入？"

两位师傅相互看了一眼，玉水师傅问道："祥远，先说说你们有几个人？为什么要成立工会？"

原来这位郑祥远也是轮船公司的老员工，与李贵生、吴玉水一样都是公司成立之前就在闽江上走船，公司成立之初他们被招聘成为员工。

郑祥远师傅说："这几年公司的运营效益不错，可并没有给员工带来什么福利，每每员工家庭遇到困难，公司不仅不管不问，而且动不动就对员工进行处罚。前几年的'开封'号你们一定还记得，这条船满载旅客从南平返回福州时，在距南平仅15千米的夏道附近莲花滩翻船，船上旅客100多人死伤近一半，船员也有死伤。可是公司对这些个死伤的工友不仅不予以抚恤，反倒说是船上工作人员违章航行导致公司损失惨重，还把那几位幸存的工友给开除了。你们说，这有没有道理可讲？"

一席话说得热血沸腾，不要说两位师傅，就连陈永弟都觉得愤怒。

郑祥远师傅接着说："还有，你们也知道，抗战时期航运公司撤往后方，政府为救济公司生活困难员工下发了救济金，可这些钱都被公司扣留了没发给我们，他们借口说公司经营需要维持缺少资金，可是员工们生活困顿难道不需要钱吗？这些钱都被公司挪用拿去购买股票，几个董事都发财了，可他们对员工却不管不顾。许多员工多次向公司提出要发救济金，可公司却说战时资金周转困难发不出，一直拖到现在抗战都已结束两年了，还是一再拖延，你们说这有没有道理可讲？"

其实郑祥远说的事两位师傅早就知道，也多次与工友们商议过，却总是拿不出一个解决的办法。这次祥远师傅特意前来找他们，看来是已商议出解决的法子了。

玉水师傅说："你说吧，要怎么办？"

"怎么办？成立工会，大家要齐心，由我们自己做主，向公司提出我们的要求。"祥远师傅说。

"这……可以吗？"玉水师傅有点担心。

"怎么不可以？"祥远师傅是个急性子，当即打断了玉水师傅的话，"你们也知道，平水公司成立了一个工友联谊社，作为工友之间的正式组织，帮助职工解决难题，为工友说话办事，还组织工友学习文化，代表工友出面与公司商谈。我们也要成立这样的组织，代表我们工友与公司进行谈判。"

"那现在怎么做？"

"现在我们要串联，要让全体工友都知道，把大家的心拢到一起，然后向公司提出成立工会。"

"要我们做什么？"贵生师傅问。

"很简单，你们愿意不愿意？如果愿意，在这个请愿书上签名。你们看，这个请愿书上已经有百多位工友签名了。"

贵生师傅和玉水师傅一起在这个请愿书上签了名。

"很好，你们就等消息吧。"祥远师傅十分满意，他小心地折叠好那份请愿书，然后准备离开。可当他一转身，看到了陈永弟，便说："小依弟也是公司的工友，要不要来一起签名？"

贵生师傅立即上前阻止道："祥远，他还是个小学徒，要是出了事我们被开除了没关系，可他就没有饭碗了，还是算了吧。"

祥远师傅点点头："对，你还是不要签名了。"

待祥远师傅走了之后，陈永弟与两位师傅又回到船舱继续忙碌，不久前来交接的船厂师傅接过了他们的活，三人便上了岸，玉水师傅与他们不同路告别而去。

玉水师傅走后，陈永弟与贵生师傅走向上杭路，路上陈永弟好奇地问："师傅，那'开封'号是怎么回事？"

贵生师傅看了永弟一眼："'开封'号是我们航运公司的一条客运船，1944年9月从南平返回福州途中，发生了翻船事故，船上共有旅客104人，还有船员8人，死亡34人，受伤13人，生还65人。"

听了之后陈永弟继续问："我们公司的船经常翻船沉没吗？"

"这个倒不是，但是常在江边走怎会不湿鞋？"

贵生师傅介绍说："闽江上滩多流急礁石密布，航运水道极为复杂，再加上洪水那更是行船艰难。特别是闽江上游，以前还是航运的禁区。我知道的就是，在闽江上游有三条主要的溪流，一个是沙溪，发源于建宁县，流经宁化、清流、沙县，在沙溪口与富屯溪合并后汇入闽江。二个是富屯溪，发源于邵武，经光泽、顺昌之后并入沙溪汇入闽江。三个是建溪，发源于浦城，流经崇安、建阳、政和之后，在南平汇入闽江。这三个都是闽江的源头，在南平汇合之后才称作闽江。这些上游水域多峡谷险滩，水流湍急，怪石密布，以前的木船在上游航行，稍有不慎搁浅沉船的事时有发生。据老船工说，闽江上游有险滩400多个。比较有名的险地，沙溪有九龙滩，建溪有黯淡滩。古代时有官员写诗说到九龙滩：'九龙之险无可比，江淮河海风波集。岂知此水怪石多，朝夕无风波自起。'还有人在黯淡滩边的石壁上刻诗：'千古传名黯淡滩，十船过去九船翻。'"

"九龙滩为什么叫这个名称，是它有九条龙吗？"陈永弟好奇地问。

"你说对了，之所以叫九龙滩，是因为在这段溪面上连续排列着九个巨大的礁石，形状就像九条龙，所以才这么称呼。"

"那后来呢？"

"后来闽江航运越来越繁忙,政府派出工程人员对航道进行清理开拓,这九龙滩上最为险要的第二龙马龙、第五龙伯龙被炸掉了,航运安全这才有了好转。之后几年,每年都进行大大小小的航道疏浚,把危险的暗礁炸掉,把弯道大的河道清淤,使航道基本有了保障。但是天灾不断人祸连连,我们在江上走船的人还是时时伴随着危险。我们闽江轮船公司,就曾有过'福建'号、'青岛'号客轮,还有'安庆'号、'辽宁'号货轮发生触礁、搁浅、沉船的事故。抗战胜利那一年,平水公司的'平青'号客轮在航行途中因锅炉事故引起火灾,整条船都被烧毁了,因为这条船超载,旅客死亡无法统计具体数字。"

"啊,锅炉还会出事?"

"说得好听一点是出事,其实就是锅炉爆炸了。"

"我们的锅炉会爆炸?"听了师傅的话,陈永弟吓了一跳。

"你以为呢?"看着陈永弟那心惊肉跳的模样,贵生师傅不觉有点好笑,然而他没有笑,却是十分严肃地说,"我们做工是为了什么? 不仅是为了养家糊口,更重要的是保住自己的性命,保住整条船上旅客的生命。有了命,我们才能去做别的事,如果命都没了,还能做事吗?"

师傅毕竟是师傅,一席话不仅令永弟受益匪浅,而且说得那么深刻那么富含哲理,既是对人生的概括,也是对生活的体悟。听了师傅的一席话,永弟觉得这位师傅不仅技术好人缘好,而且他的人生阅历也一定丰富,要不然哪会有这么多的道道。对于自己的师傅,永弟又有了新的认识和感触。

"那,今天那位祥……"

"祥远师傅。"

"那位祥远师傅说的工会是怎么回事?"

"工会,其实说白了,就是我们工友自己的联合会。可能你以前没听说过,民间有许多这样的自发组织。"

"我知道,我姨父就是救火会的首领,他还是商会的头头。"

"我们这个工会与那些帮会、商会可不一样。这个是我们工友自己的组织,是专门为我们工友说话的。"

"专门为工友说话的? 老板会让我们搞这个?"

"当然不会,不仅不会,老板还会下大力气制造阻碍不让我们成立工会,甚至有可能会发生流血冲突。"

"那我们能成立吗?"

"我们公司里的工友们有不少是公司成立之初就进入公司的,他们对公司、对老板、对工友都有着深刻的认识,这件事不管最后能不能成,都需要有人去做,不做肯定不能成,去做了才能知道老板对我们的态度。所以说,不管怎么样我们都要试一试,把工友们发动起来、团结起来。你才来不久,对公司的事不太了解,但是你年轻有头脑,能不能在幕后给大家出出主意?"

"师傅,只要你需要,尽管叫上我。"

"好,你有这个心意我就放心了。但是这个事有风险,我不会让你去做危险的事。如果有需要,希望你能挺身而出,给大家出谋划策。"

来到一个巷子口,陈永弟要往右拐,而贵生师傅家在左边,俩人分手告别。

回到何昌义老板的店里已是月上柳梢头,初夏的明月映照在老厝那翘起的屋檐上,投下一片暗影。天井中的一口大陶缸里装着大半缸的水,栽种着一株荷花,两三片硕大的荷叶伸展开,中央一个小小的荷尖透露出粉嫩的娇色。

进屋之后发现何老板正在店中忙碌着,听到门响何老板回过头来一看:"永弟,你回来了。"永弟放下手上拎的小包,赶紧去给何老板打下手。

"这趟走船有什么新奇的故事?"蹲在地上给木料画线的依壮问道。

"哪有那么多故事?"永弟笑笑,"不过,这次倒真的让我听到一个事。"

在何老板与依壮关注的目光中,永弟把成立工会的事说了。

依壮一听有点生气:"看来你们那个公司也不是什么好地方,那老板简直是个黑心狼。"

依壮说的是公司对待员工的不公。而何老板则是从永弟这个角度考虑的:"我看,这事你不要太过操心,也不要陷入太深。"

听了何老板的话,永弟与依壮都抬头看着他,不明白他何出此言。

何老板继续说:"我觉得吧,他们这个成立工会的事搞不成,反倒会搭上几个人的差事,甚至会送命。"

"为什么?他们员工这么多还怕公司?"依壮不解地问。

"你们想一下,以前也有人想成立工会,可是搞成了吗?没有。为什么没有?很简单,因为这轮船公司的经理是个有手段有背景的人,他不怕工友们闹事,不管是上面还是下面他都能摆平。即使你们人多,可你看一看,谁家没有三五口人?谁家不是上有老下有小?谁家不都靠着薪金生活?如果你们闹了,轻则被公司开除,重则坐监牢,全家的生活怎么办?"

"那就没有一点儿办法了?"

"办法倒是有,但不是这么个做法。必须要让工友们团结起来,不能与公司明里对着干。"

"那怎么干?"永弟好奇地问。

"怎么干?明的不行,就在暗地里嘛。就像福州老话说的:见了先生就看相——不管有用没用都要去问去做。"何老板轻声地说。

暗地里?陈永弟听着直点头,可是怎么个暗地里呢?在他的心中还是有个疑问。

"你师傅是什么态度?"何老板反问。

"师傅说我刚来,对公司的事情不了解,不让我参与。"

"你师傅是对的,你就按师傅说的办。以你现在的身份,你可以参加他们的议事,也可以多听听大家的议论,但是你要少开口。如果大家征求你的意见,你可以说听大家的。"

"好的,就这么办。"

夜已经深了,陈永弟躺在床上辗转反侧,一直无法入睡,傍晚经历的事情一直在他脑海中回闪,他在想,可是想不明白,他便想着贵生师傅对他说的话,还有晚上何老板说的话。他们所言当然是为了他好,这一点他可以确定,可是有些事情并不是表面上说的那么简单,看看贵生师傅说的话中,很明显地就有着一些不能放在明面上的意思,更有何老板意味深长的话语中,仿佛是在向他暗示着什么。暗示什么呢?或许以后会有真相大白的一天。

这边陈永弟难以入眠,那边对面的小屋内,何老板也在思考着。他听到了陈永弟房间里传出的转身时床铺的吱呀声,他知道陈永弟在思考。有些事早晚是必须要向他说明的,有些道理也是早晚必须要向他阐述的。当然只是时机问题,就目前而言,时机尚未成熟。

2

第二天陈永弟休息,一大早就起床,帮着依壮给木料分类、加工,准备出售。两人忙了一个时辰左右,天色明亮起来,感觉肚子咕咕地叫了,他们放下手中的活计,去街上买了两碗鼎边糊,稀乎稀乎地就喝到肚中。

填饱肚子回到店中,两人继续干活。他们配合着将一根根圆木抬起,放在锯架上,一人在上一人在下,将那一片长长的月牙形弯锯操在手中,沿着事先画好的线开始锯木。这边从下往上拉,那边趁势往上推,推到顶后再往下拉,这长长的半月形锯子在两人的操作之下,十分顺畅地一上一下将那长长的圆木从中间剖开了。虽然看上去很简单,但这可是个技术活,没有三五个月的合作,恐怕难以配合得这么得心应手默契协调天衣无缝。

这可是个力气活,说起来容易可做起来却要费一番功夫。他们俩壮小伙子合力把这一根圆木给大卸八块,这半天也就这么过去了。虽然是壮小伙,毕竟得付出,好不容易将一根圆木加工成了五块方料,两人已是衣衫尽湿汗流满面。

临近中午,两人洗了手擦了身,可身上依然汗流不止,干脆来到院中井台边,打上两桶水来冲个澡,回屋换了衣衫,开始准备午饭。就在他们洗米下锅择菜洗菜之际,忽听斜对面小巷子传来阵阵呼天抢地的哭闹声,以及敲门砸墙的叫骂声。两人来到前院店中,此时何老板正满面愁容站在门侧,盯着对面的人家。只见小桥警察局的十几个警察端着枪,还有身着中山装胸前挂着个蓝色圆牌手上拎着手枪的人围站在一户人家门前。警察将门砸开,屋里的人被揪了出来。这人陈永弟也认识,是一家印刷行的老板。警察不由分说将那老板给拖出来丢在地上,旁边那些个身着中山装一律剃平头的壮汉冲进去翻箱倒柜,把一大沓印刷品给搜了出来。一个壮汉上前一步将那老板给提起来,左右各一人夹着他,可怜那身材瘦小的老板被这两个壮汉夹着,就像只任人宰割的小鸡一样,面色苍白双腿发抖,站都站不稳了。那老板的妻子从屋里跑出来,一把抱着老板放声大哭。

有个壮汉手中抓着一本书从屋里出来走到老板面前,厉声喝问:"这是你店里印刷的吗?"

老板抬起惊恐的头看了一眼,点点头。

"你这店里竟然敢印刷共产党的书籍,你有几个脑袋?"

老板无言以对。

"带走!"壮汉一声令下,几个人夹着老板转身就走。

那老板的妻子还抱着丈夫拖着难以迈步,几个壮汉不约而同抬头看着那领头的,领头的一挥手:"既然她想跟着,一起带走!"几个人夹着这老板夫妇,向巷子外面走去。

围观的人群迫于威压不敢吭声,看着老板被带走了,他们也渐渐散去,那些持枪的警察相跟着走了。警察散了,何老板转回视线,他的目光中透露着一股悲壮和愤慨。当然,他的这个目光没有让陈永弟和依壮看到,在回过头看到两人时,何老板立即换了一种眼色,尽是同情和忧虑。

这些都是在大庭广众之下发生的,而在场的人们没有注意到,在巷子外一辆停在路边的汽车上,三个人远远地观察着这边的动向,直到那印刷行老板被带走,其中一人说:"先生,我们也走吧。"

那位先生留着一撮浓密的大胡子,两片玳瑁镜片后面是一双鹰一样尖锐刺人的眼睛,他说:"回去立即审问,把这老板背后的人揪出来。书是他印的,我要知道是谁让他印的,他的书稿是从哪里搞来的。要快!"

"是,先生,我回去就办。"

汽车启动,离开了巷口。

这位口气极其强硬的先生其实陈永弟和何老板都认识。

何老板在店中招呼着生意,陈永弟转身想回到后院继续做饭,可这时有两位警察走了进来,刚刚坐下的何老板立即起身,亲热地叫了一声:"郭局长。"

听到何老板的声音,正往里走的陈永弟忍不住回头看了一眼,正好与那迈步进店的警察目光接触。但见那警察瘦瘦的身材不高的个头,进屋后他摘下大盖帽正在擦拭额上的汗水,一看到陈永弟他的目光便凝聚起来,眯着眼盯着陈永弟:"这小依弟是……"

陈永弟开口叫一声:"郭局长,你不认识我了?我是陈永弟,林成福的侄儿。"

"你……你是永弟?"郭局长一步上前一把抓着陈永弟,上看下看左看右看,十分激动地说,"果然……果然是你……你可让我好找啊!"

何老板也十分诧异地看着郭局长。

"你那表哥林鼎财呢？他现在做什么营生？"

"表哥在乡下呢，没做什么，上个月还送我来城里。"

"你在城里做什么营生？"

"我在轮船公司做轮机工。"

"噢，你去轮船公司了。你表哥没事做？"

"没有，他在家里捕鱼。"

"捕什么鱼？你马上找到他，我给他弄个营生做！"

郭局长快人快语，仅仅这么三分钟不到，他就一连串地询问。

何老板这时上前："郭局长，来喝杯茶，坐下说话。"

落座之后，郭局长身后的那位年轻的警察却一直站着不肯就座，郭局长回头说了一句："小陈，这些个都是老朋友了，没有事的，你先回去吧。"

那位一直跟着的警察向众人说了一声"再会"，转身出了店门。

依壮在旁边泡了壶茉莉花茶，何老板亲自把几个杯子洗净烫过，每人斟上一杯。郭局长一直面带笑容盯着陈永弟，看着看着他忍不住摇头。

"小依弟，这么些年了，我可一直在找你们！"

"郭局长荣升，我也是刚刚听说。恭喜啦。"陈永弟奉承道。

"唉，什么荣升？我这条命还是成福老叔救的，要不是他，我还能有今日？"说着话郭局长眼睛都红了。

何老板在一旁劝说道："郭局长，这都过去了，你看现在不都好好的嘛！"

"好，好，都好，都好。"郭局长苦笑了一下，对着陈永弟说，"小依弟，这几年你们都去了哪里？"

陈永弟将那年在江边码头分手之后的事述说了一遍。郭局长也说起了自己的经历。那年分手之后，他与郑春熙老先生带着郭叶香在一个偏僻的码头上了岸，然后便分手了。他趁着夜色潜回市里，当他找到小桥警察局临时的办公地点后，发现日本鬼子已经把那儿封锁了，他只好悄悄地绕了几个弯，从小巷中转到万寿桥边，找到一条小船，给了船主一点钱，乘船从闽江途经南台来到光明港，再转晋安河来到东门，抄小道回到岳峰溪口老家，在乡下躲藏了半个多月。听说城里风声松了，日本鬼子不再抓人报复，他这才潜回城里找到昔日的同事，回到警察局继续混差事。一直等到日本投降抗战胜利，他才真正直起腰板。不久福州市政府成立，在市里警察局任副局长的人是他在南京警校的学长，早年在学校时同乡聚餐有所交集，这位副局长便将自己的学弟推荐给市警察局，抗战胜利之后百废待举，警察局正是用人之时，就把他提升为小桥警察局副局长。虽然还是在这片区域，虽然还是管的那些事，但物是人非，早已不是当年的情形了。

郭局长又向在场的人讲起当年林成福为救他而送命的事，众人听了歉歉不已。郭局长说："这几年我一直在找你们，到处打听却一直找不到，多次去成福依叔的木器店，可那儿已经改为茶叶店了。"

郭局长端起桌上的茶杯喝了一口："我是想报答你们，报答成福依叔的救命之恩。依弟你现在有差事了，可成福依叔的儿子还在乡下，正好我这儿警察局要招人，你赶紧与你表哥联系一下，叫他速速进城来，我介绍他去做警察。"

"做警察？真的假的？"陈永弟有点吃惊，仿佛是天上掉馅饼。

"当然是真的，机不可失，要不然我四处找你们做啥？"

大家商量了一下，明天陈永弟要上工，何老板让依壮跑一趟乡下，去把林鼎财接到城里来。

众人起身，何老板留郭局长在这儿吃顿便饭，谁知郭局长一摆手："你们也看到了，我这忙得团团转，吃饭的事以后再说吧。"

说到这里，陈永弟忍不住问道："郭局长……"

"别叫我什么局长了，还是像以前那样，叫我郭依哥，可好？"

"郭依哥……"

"哎，这才像个样子嘛。"

陈永弟问起刚才那印刷行老板的事。

郭局长叹了一口气："我们也是突然接到上峰的命令，说是那印刷行印刷共产党的书籍，要我们配合市党部的人来抓捕，市党部已经跟踪好几天了，我们都蒙在鼓里，今天要收网了才要我们配合，还说要找出幕后的人。"

临走时郭局长一声长叹："我还要赶回去把这事处理了，免得市党部那些老爷们怪罪。改日再会。"他起身离去。

郭局长走后，陈永弟与依壮一起到后院厨房中做饭，一锅米饭两个青菜一碗花蛤清汤,三个男人草草应付了肚子,收拾碗筷。待陈永弟转身洗碗时,何老板在他身后说了一声:"刚才你贵生师傅托人捎话来,要你下午去他那儿一趟。"

"噢,好。"陈永弟应允一声。可是一转念,他又问道:"你认识我师傅?"

"啊……噢……认识,认识。"

何老板转身回到店中,可永弟却深思起来:他们竟然认识?

离开何老板的木器行,陈永弟顺着小巷来到中平路,李贵生师傅就住在这条路上的一个小巷子里,小巷名叫状元弄,据说是为纪念历史上某一位状元而得名的。走在中平路上,酒楼、饭馆、旅社、舞厅、钱庄、当铺、教堂连片。如果说一街之隔的上下杭是商贸街的话,这条中平路就是与之配套的服务街。这条路上,有《南方日报》和《星闽日报》两家报馆,有大东饭店、浣花庄菜馆等饭店,有宜春楼、花亭后等青楼,有清代武状元黄培松的旧居,有创办于清光绪七年(1881年)的美且有糕饼店,有出售老酒、高粱酒和地瓜烧的恒春酒店,有出租汽车的大中汽车行,有使用电影胶片拍照片的仪华照相馆……走过这条热闹的马路,摩肩接踵人声鼎沸,吆喝声、车铃声、叫骂声,还有路边青楼中传出的阵阵艳曲声,嘈杂的街巷、喧嚣的市井,每天不知有多少悲欢离合的故事在这上演,每天不知有几许嬉笑怒骂的好戏在这登台。

走到小巷口僻静处贵生师傅家中,陈永弟轻轻敲了敲那扇小木门,片刻门开了,贵生师傅将他拉进门去,然后朝外看了看,将门关上。走过一条狭长黑暗的侧廊来到后院,天井下已摆放了两张小木桌,几把竹椅散放着,七八位工友在座。前些日子贵生师傅从南平买了些货物拿不了,永弟帮着师傅将货物运回家中曾来过这儿。虽然紧邻闹市,这儿却是闹中取静独僻一角,再加上高大的院墙阻隔了路外的喧嚣,显得幽静优雅,是个喝茶议事的好地方。

贵生师傅让永弟入座,向众人介绍说:"这位是我的徒弟,陈永弟。大家不用背着他,他还挺有主意,能给大家谋划一下。"

众人纷纷与陈永弟打招呼,这些人有的他能叫出名字,有的则是第一次相见,有的虽然见过但叫不出名字,但他明白一点:这些人都是他的师傅。这些人中玉水师傅倒没见到,昨日去船上串联的郑祥远师傅不出所料在座。

坐定之后,大家开始议论起来,陈永弟听了,讲的主要还是筹建工会的事,比如要找几个人、大家一起去找公司老板、要办成什么样的组织等等,七嘴八舌地好不热闹,最后达成一致意见:用十天时间分头去每一条船上找各位工友,联络好之后,再开一个议事会,在座的人都是筹备成员,待工友们意见统一后,再商议后续的事情。

就这么些事情耗费了将近一个下午,大家群情激奋气势高涨,贵生师傅提醒大家:"事情还未办成,先不要传出去,免得打草惊蛇让公司有了提防。"大家一致赞同,然后散去。临走时贵生师傅叫住陈永弟:"永弟你留一下,我找你还有事。"

贵生师傅问他:"你还住在何老板店里吗?"他点点头。贵生师傅思忖了一下:"我觉得你住在何老板那儿多有不便,要不你搬到我这儿吧,我们也好有个照应。"陈永弟看了看小屋内外,贵生师傅指着对面的小厝说:"那间还空着,你住进去吧。我这房子是一个同乡的,他下南洋了让我给他看房子,不收房租的。"

"我回去向何老板说一下吧。"永弟辞别师傅往回走。

到了何老板店中已是傍晚时分,何老板把他拉到后屋:"怎么样,你们的事商议完了?"

陈永弟点点头。

"都商议了哪些事?"

"要大家去各个船上串联工友,找更多的人,一起去公司向老板提条件。"

何老板想了一下:"也只好这样了。"

接着永弟把师傅让他搬过去的事说了,何老板又是一阵思忖:"其实你在我这里挺好的,但我经常外出确实不便,搬出去也好。你自己要照料好自己。"

于是商议好,明天要走船,待三天后回来休息时就搬家。

说是搬家,其实也没什么东西,也就是三五件换洗的衣服,再加上一些日常生活用品,一个小纸箱子都装不满。

3

至于大家是怎么串联的,陈永弟并不知情,只是翌日开船之前,有工友匆匆跑来,与玉水师傅和贵生师傅低声耳语着,此时陈永弟站在舷梯口盯着外面观察着船上的动向,谨防隔墙有耳。也就十来分钟,这位工友匆匆下船远去,不久开船了。

一路上贵生师傅与玉水师傅不时地交谈着,有时还有船上的船员跑下舱来与他们悄悄商议,大家都在忙碌着。

对于师傅们的举动,陈永弟只是多看少言,在旁边帮着做一些望风的事,顺便也听听师傅们的议论。

这一趟航行颇为热闹,先是船还未到淮安,就发现船上的铃坏了,响不起来,把泰升船长气得直跳脚。这铃可是船长下命令的工具,要开船了,船长按铃;准备靠岸了,船长也按铃;这铃不响了,船长只得大声高喊,或者是叫个船员跑下船舱口语传令。看着船长上蹿下跳心急火燎,贵生师傅干脆叫陈永弟站在舷梯上,专门负责传达船长的口令,船长一看这方法还行,至少不必扯着嗓子高喊了,也就默认了,随口还叫出了陈永弟的姓名。看来上次询问之后,船长是记住他了。

船到白沙,靠岸让旅客上船。一个旅客带的东西比较多,再加上穿的鞋比较滑,走在那狭窄的踏板上竟然扑通一声掉到江里去了。幸好旁边站着几个船员,立即拿出带钩子的长竿将他拖上岸边,这下子全身湿透,但是他竟然坚持要上船。有船员拿出一件轮船公司的制服让他先换上。待上船大家一问,他是位江西客商,前来购买笋干的,带了好几个大麻袋,虽然不重,但是超宽了,看不清前面的路掉到江中。这位外地旅客的狼狈相令在场的众人都笑出了声,可船长看了却直摇头,对于内行人来说,这些事可都不是好兆头,说不定前方还有什么更大的事在等待着呢。

果不其然,还真有事了。船到闽清安仁溪时,靠上岸待旅客全部上船后,跳板已经拉开船离岸,忽听得岸上有人高喊:"船停一下!"还有朝天开枪的声音。船长一看,岸边跑来一队当地保安队,身着土黄色的军装,每人手上都提了一杆长枪,对着即将离开的轮船高喊着:"停船!快停船!"刚刚离开的船又靠上岸去,保安队立即跑上船,领头的对船长说:"不好意思,不是兄弟们多事,接到上峰命令,你船上混有共党疑犯,要我们紧急搜查。"船长听了一头雾水,便让这些个保安队的人在船上搜查。正搜查间,靠江一侧甲板上突然传来一阵急速的脚步声,还有人喊:"抓住他!"被追的人无路可逃干脆一个跳跃跨过船舷,扑通一声纵身跳进湍急的闽江中。后面追兵赶到,见水上漂浮着的身影,一阵密集的排枪响起,江水滚滚向东,跳江的人再也没有了踪影。领头的人狠狠地骂了一声,向船长一个敬礼:"抱歉,耽误您的公事了。"这一队人撤离下船。轮船接着启航,一路逆水行舟向南平驶去。

那人是什么人?为什么会被保安队盯上?他后来的命运如何?陈永弟很想知道,可是没有答案。

看来这乘船出行也不是那么安定,前路茫茫,江水滔滔,还不知道什么样的命运在等待着他们。

船到南平,旅客下船之后,有位水警来到船边,对船上的员工说:"刚才接到上峰命令,近日闽江沿岸共党游击队活动频繁,要我们水上警察局加强戒备,对来往船只进行严格检查。我们是老熟人了,特意前来打个招呼,等一会儿我们局长会带着人来检查一下,烦请诸位理解协助。"

听了水警的话,贵生师傅说:"看来这趟我们没法带货回去了。"从福州带来的货必须赶紧卸下,免得被查到。船员们纷纷动手,将各自携带的货物一件件从后甲板运下船,交到接货人手中立即运走。贵生师傅与玉水师傅也带了几件货,立即交给前来取货的人。不到半刻钟,船上所有的货一卸而空。

果然一小时之后,南平水上警察局一位矮墩墩的副局长带着十来个兄弟登上船,对船长说:"对不住了,接上峰命令,对来往船只一律检查。"

船长一摆手:"宋局长职责所在,兄弟们都理解。"

众人上船,向着各个船舱走去。

其实这些个水警船上的船员们大都认识,平日里也时常相互带些货物做些小生意,常来常往都是摆在明面上的。接到上峰命令,他们还是得遵从,虽然顾及脸面提前打了招呼,可打招呼之后该做的事还是要做。

水警们分别检查各个船舱,有位警察顺着舷梯下到底舱,见到贵生师傅和玉水师傅分别打了招呼,给玉水师傅分了一支烟,两人抽着烟闲聊,谈着近期市场上的行情及热销货物。烟抽完了闲聊也该结束了，两位师傅将船舱里的所有柜门都打开，水警看了一眼，都是空的，打声招呼说声"叨扰"转身就要离开，这时玉水师傅问了一句："这是怎么了检查这么严？"那位水警也不遮掩："近日山上游击队活动频频，多次下山攻打我们保安队、民团和警察局，上次还与中央军干了一仗，所以上峰要求我们严查。"

这位水警上了甲板，不久水警们纷纷上岸，检查也就结束了。第二天开船之际，这些个水警又来了，不过事先船长已经向全体船员打过招呼，大家都没有带货，免得被查出惹麻烦。

船到台江码头交了班，贵生师傅与玉水师傅带着陈永弟登岸，准备回家。此时那位郑祥远师傅跑来，与他们俩交谈了一番然后告辞。陈永弟跟着贵生师傅一起回家，他已经搬到贵生师傅那座老宅子去了。路上贵生师傅说："工友们商量好，明天去公司与经理谈判，说一说成立工会的事。我们一起去。"

第二天陈永弟起床时，对面小屋贵生师傅早已起来了，他在院子里浇着花，院子旁边有一道花池，种植着一些福州常见的花卉，茉莉花、三角梅、月季花等等，一小片绿地被点缀得星星点点缤纷艳丽。

在街上吃了一碗鼎边糊，陈永弟与贵生师傅一起向轮船公司走去。公司的办公地点就在中平路上，与贵生师傅住的地方相隔不远，陈永弟考试、报到都在那儿。走了三五分钟来到公司大门前，已经聚集了不少人，虽然有的叫不出名字来，但都知道是轮船公司的工友，见面熟，不管认识不认识，都点点头，彼此心照不宣。

等了不久，见人来了不少，祥远师傅向大家一招手："走吧，一起进去。"一干人马二三十人相互跟随走进公司大院，直奔三楼经理办公室。

来到办公室前，早已有人发现了这支人数庞大的队伍，公司办公室有人走出来问："你们找谁？"

祥远师傅一马当先："我们是公司的员工，来找经理议事。"

"议什么事？做什么来这么多人？"

祥远师傅眼一瞪："议什么事要跟你说？你是经理吗？"

那人一听口气不对，放下面子满脸堆着笑说："大家都是同仁，好说好说，你们等一下好吗？我去向经理通报一声。"

那人赶紧跑向经理室。

不久那人又跑出来："诸位同仁，经理正在开会，请大家稍等片刻。"他在前引导，众人紧跟在后，向会议室走去。

来到会议室前，工友们鱼贯而入，祥远师傅对办公室科员说："你去通报一声，我们不会等太久，如果经理不来，那我们就要自己干了。"

科员一怔："好说好说，相互体恤，诸位稍候。"

仿佛是被吓到，那科员是一刻也不愿多待，立即跑出门，顺手将门关上。

等了也就一支烟的工夫，门吱呀一声开了，先是刚才办公室的那个科员，之后是公司副经理，最后公司经理林君扬大摇大摆地走了进来。

但见这位经理个头不高，胖胖的脸带着居高临下的微笑，身着一套浅灰色西装，一条浅蓝色领带，进了门他并没有看谁，面孔微微朝上，向众人点了点头。

坐下后，他身下的沙发立时陷下去了，肥硕的身材便被沙发所淹没。他向后一仰，头朝上，双脚叉开，从鼻孔里哼道："诸位都是本公司的干才，听说你们来找我，真不好意思，兄弟刚才有点公干，不知诸位此行为何事呀？"

祥远师傅开头，向经理提出成立工会的要求，此次前来就是工友们想与公司商量一下，由谁起头，在哪里设立工会活动室，并于近期组织开展一些什么样的活动。

听了大家三言两语的陈述，林经理微微一笑："好了，我知道大家的意图了。其实兄弟我也正有此意。你们要成立工会，这是好事，也是极其应该做的事，更是关系到诸位员工切身利益的大事。"

此番言论一出，在座的无不惊异：这位怎么这次答应得这么爽快？

"看来你们事先早已商议过了，我也就不多话了，这个工会嘛，兄弟我觉得十分必要、十分及时、十分急迫。那么，兄弟我就要为诸位同仁设身处地地着想，因此，这个这个工会嘛，必须立即成立。"

经理扫了众人一眼，看到大家都陷入深思之中，他便稍显得意地一笑："其实嘛，公司的情况诸位也都知道，近日经营方面有点麻烦，不尽如人意。诸位也都知道了，由于共党破坏，诸航线行船皆不太便利，不仅是闽江上游一段航行不便，就连下游、海运也都颇为艰辛。连江一带有共党闽东游击队，长乐、福清一带有共党海上游击队，颇为艰难、颇为艰难啊。"

经理顿了顿，扫了众人一眼："但是，诸位提出成立工会的事，依兄弟之意，还是应尽快地抓紧。因此……"

他又扫了众人一眼，端起刚才秘书给倒的茶，微微呷了一口，放下杯子："因此，兄弟的意思是，要尽快、尽快！"

众人都不知经理葫芦里卖的什么药，原以为会遭到拒绝，没想到却是这番景象，因此大家都不言语。

经理林君扬接着说："依兄弟来看，在座的都商议过，很好，很好，看来诸位都有了主张。那么眼下最为关键的，就是要把诸位的主张落实到位，落实到位。"

他又喝了一口茶。"那么，怎么落实呢？依兄弟之意，诸位也都是有家室的，平日里要忙于公司的公干，休息时还要忙于烦琐的家务，想必也没有更多的时光来搞这个工会，对不对？"

他停顿了一下，看看周围工友的反应，接着说道："因此，公司本着为诸位员工的福祉考虑，着手成立工会，关于工会的组成嘛……依兄弟的主意，在座的诸位选派人员三五人，再加上公司的人员三五人，这样组合起来，成立一个工会，诸位看看有何高见？"

听了经理的这番话，大家总算明白了，原来他是想成立一个由公司主导的工会，而不是让工友们联合起来成立工会。此工会非彼工会也。

"公司成立这个工会，依兄弟的意思，应该是诸位工友共同的工会，是为诸位谋福祉、为公司增效益的工会，而不是损害公司利益、破坏劳工和谐的非法组织！"

大家听了一时难以接受，可事先并没有想到公司会来这么一招，所以也难提出应对措施，陷入了沉思之中。

"在座的诸位都是公司的干才，兄弟刚才也说过了，有许多人兄弟我都能叫出名字，当然也有不少人兄弟一时难以认全，但是既然都是公司的干才，那么作为公司的一员，就应该站在公司的立场上，维护公司的权威，与公司一道共度时艰。而不是破坏，更不是闹事，如果发现这样的人，公司决不会手软！"

他又顿了顿："当然了，作为公司来讲，也不会让诸位吃亏。公司经营有了效益,诸位的饭碗也才有了保障。在座的诸位,比如玉水兄弟,你家中有妻儿老小四口人,还有老母亲与你一起讨生计,你要是有个三长两短,你家里该怎么办?"一席话让玉水师傅面露迟疑之色。

"还有福来兄弟,你的老母亲长年生病卧床,作为孝子你都三十好几了一直未能娶妻,如果你出了事,你母亲依靠何人?"在座的陈福来低下了头。接着林君扬又点出了几个人的名字,他们不是有妻儿老小,就是三世同堂,一个个都靠着本人的薪水生存。

最后林君扬有些得意地说:"为了公司能运作下去,兄弟我是枕戈待旦茶饭不思,也恳请诸位同仁能与公司同进退。"

藏在人群中的陈永弟,细细地倾听着工友们与经理的对话,他有一个感觉:这位轮船公司的林君扬经理仿佛是早就知悉此事,也早就有了几手准备,这不,从他那虚与委蛇的话语中,从他那得意扬扬的面庞中,从他那拐弯抹角的应对中,好像他早已想好了对付众人的计划,因此他的话语东拉西扯旁敲侧击各个击破,令这些个文化水平不高的工友们被哄骗得难以应付,再加上他的威胁利诱,使得这场谈判呈现出一边倒的状态。

众人是怀着一颗朴素纯洁的心,想来组成一个工友们自己的组织,以便为众人争取利益,可是面对资方的振振有词,面对工友的切身利益,面对地位悬殊的对话,一场轰轰烈烈的工友自发组织的活动,便在这唇枪舌剑之间溃败。

然而此事还未完,过了两天,公司贴出告示:鉴于众多同仁要求成立工会,经公司理事会商议,并征求众多工友意见,报经省府审核,定于近日成立闽江轮船公司工会。本会出入自由,请广大同仁酌定,并请相互转达,愿意入会者可到公司人事科填表,免收会费。特此。

告示贴出才三天,先后有100多人前往人事科填表入会。确实未收会费,每人只交了一张照片。工会虽然成立了,可再无下文,既没有组织活动,也没有任何维护工友权益的举动。

又过了一个月,轮船公司贴出告示:鉴于公司员工郑祥远、曾自星、黄久财等人违反公司法规,私自串联闹事,经公司核定,决定给予三人开除处理,并交警察局侦办。今后若有效仿者,一律严惩不贷。

与郑祥远师傅一同被开除的三人,都是这次工会风波的热心组织者、积极串联者。当他们离开轮船公司,前往平远公司和下游公司求职时,无一例外都遭到了拒绝。他们只好背井离乡前往福清、长乐等沿海区域,到远离轮船公司管辖的范围求职生存了。

从这次风波中,陈永弟感觉到:仅仅靠工友们朴素的意愿,想与公司平起平坐地商议事情,简直是难于登天。

这次成立工会,还留了一个尾巴,那就是工友们填写的入会表。几年之后中华人民共和国成立,人民政府在接收原国民党省党部的文档时,发现轮船公司有 100 多人在同一天加入了国民党。人民政府立即派人前往轮船公司调查,调查后发现,这些人皆不知情,最后找到轮船公司的一位原人事科职员,他说:当时省党部要求各公司皆须有一定数量的员工加入国民党,这个指标还被列入公司的考核项目,如果加入的人多,还能得到一笔赏金。正好公司成立工会,不少工友交了照片填了表,人事科经公司上层授意,在未告知本人的情况下,将他们所填的表全部呈报省党部,成为加入国民党的材料,为此公司还收到了省党部的一笔赏金。当然这笔钱被公司高层瓜分了,而那些稀里糊涂被入党的人不仅没拿到一分钱,甚至自己何时成为国民党党员都不知道。

第十二章　运货

起初他以为师傅像往常一样,只是让他帮忙运点货,赚点零花钱贴补家用,可是当他无意中搬起那些个用稻草包裹密实的货物时,却发现这批货竟然是……

1

早岁哪知世事艰,来到轮船公司做工已经大半年了,期间陈永弟经历了许多波澜,见识了许多风雨,品尝了许多艰辛,在他看来,既然这个世道不公,那么是时候应该推倒它了。

陈永弟走船之际,表哥林鼎财在依壮叔的带领下,连夜从乡下赶回城中,与小桥警察局郭添银副局长见了面,经由郭局副介绍担保,林鼎财万分欣喜地脱去了粗布衣裳,换上了一身黑的警察制服,还有一顶大盖帽。三天后陈永弟从南平回来,傍晚下班上岸,与贵生师傅一起回家时,旁边突然出现一个警官一把抓住他,把他吓了一大跳,定睛一看:"好你个林鼎财!吓死我了!"两个年轻人打打闹闹。其实他们分别仅仅七个月,上次表哥送他来上工,次日就回了家,如今再次相见,表哥成了警官。永弟介绍表哥与贵生师傅相识,打听了表哥的住处后,永弟不禁连声夸奖:"当警官就是好,不仅发制服给薪水,还提供住处。"

永弟与贵生师傅告别,随着表哥去了他免费吃住的地方。这是一栋两层小楼,就在小桥警察局旁边,原是一家商铺,老板拖欠税费被抓了,只好用这小楼抵债,小楼变成了警察局的福利。表哥住在楼下最北边的一间小屋,原先住的警官上调省厅搬走了,这儿就成了表哥一个人的天下。

其实林鼎财当警官也没几天, 这些日子他也正在老警官的带领下,了解身为警察必须干的活,熟悉这一片区的风土人情。他向永弟介绍说:福州市政府成立于1946年,抗战胜利的第二年,此前福州虽然已有2000多年的建城历史,但是一直是归省政府直接管辖,并无市政府。抗战胜利之后省府掌管全省,渐渐感到力不从心,于是成立了福州市政府,共辖五个区:鼓楼、大根、小桥、台江和仓山,五区各设一个警察局,掌管上下杭这一片的便是他所在的小桥警察局。

从这五个警察局来说,小桥警察局相对而言油水较多,因为这儿商户多,税收数额大,警察局的提成公费也就充足,因此警官的待遇也是比较好的。这不,林鼎财虽然才来两三个月,每月薪水要比陈永弟高,不像陈永弟还是拿学徒工的薪水。表哥这儿还管吃管住,一年有春夏秋冬四季制服。如此一算表哥的日子可要比永弟好过得多。

来到表哥住的小屋,面积不大,里面是应有尽有,日常生活用品一应俱全。尤其是挂在衣架上那把装在盒套中的手枪,牢牢地吸引住了陈永弟的目光。见到表弟看枪看得出神,林鼎财上前摘下手枪,从枪套中拔出枪来,"你看看。"他把枪交到表弟手中。

陈永弟接过手枪,左看右看,试着扣动扳机,可是扣不动。

"上了保险,你要这样。"表哥接过手枪,轻轻地将扳机上的保险环拉开,然后将手柄上的子弹匣拔出来。没有了子弹,自然不存在危险。

永弟按照表哥的指点,数次扣动扳机,手枪发出一连串撞针碰撞撞空弹匣的咔嗒声。

表哥拿了手枪,边摆弄边向表弟示范:"这样,子弹匣装上,然后一拉这里,子弹上膛,接着打开保险,扣扳机,子弹就射出去了。"

在表哥的指点下,永弟操作数次,当然是在没有子弹的情况下。摆弄了一番,永弟说:"看来这开枪也没什么难的。"

表哥一笑:"当然不难,任何事只要肯练都不难。"

把手枪交还给表哥,林鼎财将枪拉上保险放入套中,挂在衣架上。看得出来,这衣架的位置是精心设置的,无论在哪个位置,都能在最短的时间内冲到衣架前抓起手枪。

"表哥你在警察局具体做什么?"永弟好奇地问。

"我现在是跟着郭局长,没有具体的事,就是给郭局长跑腿办事。"

"那你应该是副官了！"

"是，其实郭局长对我挺好，他年龄比我大不了几岁，人家可是有文化的人，南京警察学校毕业，他的同学有不少在南京、上海当差，省警察厅也有他的同学，还有省水上警察总局也有他的好友。"

"你这个副官不错，不用在外当差，更不用跑街巷，不怕得罪人。"

"唉，现在做什么都难啊。"鼎财长叹一声，"虽然我做这个差事时间不长，看得多了也就麻木了。就像福州话说的：'斧头拍凿凿拍柴'，上面一级压一级，上峰天天给局里压任务，局里只好往每个人身上施加压力。"

"怎么会这样？"

"你不在这个位置不知道内里的门道。昨天省局要我们配合税务总局向商铺收税，今天宪兵团要我们配合剿共，明天市党部要我们协助抓地下党，天天都有差事，就像福州的大米一样天天都在涨价。"

听着表哥的诉苦，永弟不明就里不敢多言。

"上峰天天下指令，完不成我们天天受训，而外面只看贼吃得好，没看到贼被拍打——只看到我们警察外表光鲜，却没看到我们内心的苦闷。"

看着永弟不吭声，鼎财也停止了牢骚，他接着说："其实现在官员也不好做，你没看到，去年元旦市政府成立，黄曾樾当上了代理市长，可是他也难做，只做了半年，7月份市长就换成了严灵峰。知道为什么吗？"

这种事平头百姓陈永弟当然不知道。

林鼎财仿佛深知内情，他压低了嗓音说："其实这黄曾樾挺有本事的，也是个做实事的，他是福建永安人，曾去法国留学，在大学做过教授，抗战胜利那年他回到福州出任代市长。有人揭发一个中学校长贪污舞弊，被他给撤职查办了，谁想那个人的哥哥是省党部官员，怀恨在心，找了一帮人攻击黄市长无能，再加上省三青团负责人也对黄市长不满，造谣诬蔑，黄市长被迫辞职。"

"那现任市长严灵峰呢？"

"他？"鼎财一撇嘴，"他原来是中共的人，到莫斯科留过学，被军统抓了才投诚的，他是军统的暗杀高手。这个人不能提、不能提。"

陈永弟暗暗点头：虽然表哥在警察局当差不久，却了解不少内幕消息，挺令人佩服的。

"跟你说啊,今天我们讲的,只是兄弟之间的闲聊,千万不能到外面讲,会掉脑袋的,记住啦!"

"知道了,不会到处说的。"

林鼎财十分审慎地盯了永弟一眼:"永弟,我们都不是小孩子了,现在的世道也不像从前,对你说啊,我们有一个老哥,巡街时见到一个人在食杂店里拿了一包烟不给钱,他跑上去把人给抓了,要他付款。结果那人家中有亲戚是在军统当差的,当天晚上就把这位兄弟押走了,说他通共。其实这位兄弟是个老实人,可怜家中的老母和子女,大家都知道,可又能怎样?"

"竟然还有这等事?"永弟十分惊讶,"你们警察也会受冤枉?"

"现在这世道,不公平的事太多太多啦,警察有个屁用!谁拿我们警察当人看?"

闲聊陷入沉闷。

表哥一挥手:"好啦,不说了。你好不容易来一趟,走,我带你去逛逛。"

表哥在前永弟在后,穿过后院小门就是小桥警察局那幢小楼。鼎财指着二楼一侧窗户说:"那儿是郭局长的办公室,我就在他那外间当差。"他要带着永弟走进去,永弟说:"表哥,我就在外面看看,不进去了,免得让人盯着。"

"也好。"鼎财想了想,确实不太方便,虽然是亲如兄弟,可毕竟是外人。站在警察局门口往里看了看,正好门口有位站岗的警察,他十分客气甚至是用恭维的口气叫了声:"林副官。"

鼎财向他点点头,招呼着永弟:"来,表弟,这位是陈仰桐警官,也是我们林森县人。"永弟跟这位警官点点头,那位陈警官也客气地冲他一笑。

鼎财上前接过陈仰桐警官手上的长枪,向永弟说:"这把枪是中正式步骑枪,原是仿制德国毛瑟步枪的,由河南巩县兵工厂造,比德国的原枪要短,因为我们的士兵比德国人矮一些,所以蒋委员长两次去兵工厂视察,对步枪的仿制提出了建议,缩短枪身长度就是委员长的意见。和日本兵拼刺刀时为了不吃亏,把刺刀给加长了。为了纪念蒋委员长的贡献,国民政府就把这种步骑枪命名为'中正式'。我们警察局用的都是正规军淘汰下来的枪,你可别小看它,虽然旧,使用起来还是很顺手的。"

听了鼎财表哥的介绍,永弟又是吃了一惊,没想到表哥对枪械如此熟悉,看来他这个警察真的是和尚敲钟——响当当。鼎财将步枪交给永弟,永弟顺便接过来用手摸了一下,感觉不错,然后他马上把这长枪交还给仰桐警官,生怕误了人家的差事。

天已晚,两人在街上小饭铺吃过饭,便回到鼎财那小屋中,把一个旧的木沙发铺上一条线毯,再加个福州的漆木枕,拿一条线毯盖着,永弟与鼎财躺在床上闲聊旧事,说着说着便没了声响。

正沉睡间也不知是什么时辰了,突然听得门外噼噼啪啪的敲门声,陈永弟从梦中惊醒,他起身一看,睡在小木床上的表哥也醒来了,拉开电灯鼎财冲着门外喊:"谁呀?"

"林副官,郭局长有紧急公务,叫你快快去。"

"这年头真扯淡,睡个觉都不踏实。"鼎财表哥骂骂咧咧地起身,披件衣裳就出了门,刚迈步又回身,把警察制服套在外面,然后说了句,"永弟,你不要问,先睡吧。"然后走出门去。

第二天天亮了表哥也没回来,陈永弟只好自己起床,收拾停当,在外面吃了早饭。看表哥太忙,待在这儿不方便,永弟给表哥写了一张纸条,压在木桌上,关上门就走了。

陈永弟回到与贵生师傅合住的老宅子里,傍晚时分,他正与师傅一道做饭,外面敲门声响起,他上前开门一看,竟然是表哥鼎财来了。但见表哥一脸疲倦,眼睛里带着血丝。

"永弟,不好意思,让你晚上都没睡好。"

"哪里,表哥你不会刚刚回来吧?"

"正是,忙了大半夜再加上今天一整天,这不,也懒得做饭了,到你这儿吃一顿。"

永弟将鼎财迎进门,对贵生师傅说一声,贵生师傅赶忙又把一碗花蛤给清洗了做一碗汤。三个男人坐在桌前吃起简便的晚餐。

"你就不问问我这大半夜的忙什么?"吃饭间,林鼎财问永弟。

永弟哈哈一笑:"表哥的差事我可不敢问,反正肯定是大事。"

"还真是大事,不过不必瞒你,过了今晚明天都会传遍的。"

鼎财拿起勺子喝了一口汤。

"昨晚省水警总队那儿出事了。"

他又夹起一点青菜送入口中。

永弟与贵生师傅相互看了一眼，但是没问，他们知道鼎财会说出来的，等待着下文。

果然，鼎财继续说："共党分子在水警总队那儿有人，昨晚他们闹事，有8个人投了共党游击队，拉走4挺机关枪，还有冲锋枪、步枪和手枪共有19支。"

"那人呢？"陈永弟问。

"早就跑了，共党那么机灵，还能留着让我们去抓？"

"那后来怎么样了？"贵生师傅问。

"怎么样？跑就跑了呗。听说是往永泰跑了，共党的一个什么闽浙赣首脑在那儿。"

"你们不去抓？"陈永弟问。

"抓？谁去抓？我们是小桥警察局，管不了那么远。"

"军统不管？宪兵团不管？国军不管？"贵生师傅问。

"管？他们自己都管不了自己，真的打起来他们跑得比谁都快。如果要管，人家共党还能在那儿搞什么首脑机关？听说他们在那儿也不是三天两天了，早就在那儿生根了。"

"这些共党还真厉害！"贵生师傅有感而发。

"我有点不明白，这水上警察总局里的人怎么会跑到共党那边去呀？"永弟不解地问。

"这个……我听说是这样，这水警总局里面早就有了共党，是叫什么陈统安的，他是共党重要成员，被派到水警总局里面去，结交了一帮兄弟，拉着这帮兄弟就走了。"

"看来那是早就谋划好的了。不过这帮兄弟就真听他的？连家都不要就跟着他走了？"

"那是当然！你看这些人走就走吧，还拉出一批武器，趁着黑夜出了门就有船在码头上接应，当我们发现去追赶时，早就没影了。你别说，人家共党里面还真有能人，要不然委员长剿共这么多年，也没把人家给剿灭了，反而越剿越多。如果这样搞下去，这天下终有一天说不定还真是会变成共党的天下。"说完林鼎财又添上一句，"唉，这句话可不是我说的！你们都不是外人,听听就算了,不能外传啊!"

2

陈永弟跟着师傅接了班,当天晚上住在船上。其实他们接到从南平回来的船之后,就要住在船上的,但前几次贵生师傅照顾他,让他回家去,第二天早上开船前回来。而这次,贵生师傅说,晚上要去弄点货物,一个人搬不了,让永弟帮忙。以前师傅拉货永弟也曾出手帮过,师傅还给他分点钱。因此这次永弟也没在意,满口应承下来。

晚上8点多,贵生师傅与玉水师傅说了声"去运货",带着永弟走了。其实运货的地点并不远,也在上杭路,不过是一段比较偏僻的路段,以前永弟也曾走过这儿,因为靠近吉祥山,又是个断头巷,所以走的人少。

巷口有个修车铺,一个狭窄的门面,专门修理自行车、人力车等等,诸如补胎、打气、修理链条等等。来到小店门前,那小店主正躺在一张竹躺椅上,旁边一个小茶壶,淡淡地飘逸出一股茉莉花茶的芬芳。

贵生师傅上前轻声说了句:"老板,我来取货。"那老板一个激灵,转身起来:"噢,是你。"转头他看到了师傅后面跟着的永弟,虽然没吭声,但永弟知道他是满脸的疑虑。

"这位是我的徒弟,我怕搬不了,让他来帮忙。"

"噢,是你徒弟呀。"老板对永弟笑了笑,"小侬弟叫什么?"

"我叫陈永弟。"

"噢,陈永弟,以后有空闲和贵生师傅一起来小铺吃茶。"

老板顺手把前门关上,领着贵生师傅和永弟来到后院,将屋角一堆木料搬开,下面露出木板铺就的地面。老板又熟练地翻开铺在地上的木板,露出一个方形的池子,里面整齐摆放着几捆用稻草包裹的长条形货物。老板跳下池子托起一件,贵生师傅接过放在一边,永弟赶紧上前搭把手。就一样一件件搬上来,共有九件。老板将木板铺好,再将那一根根方料压在上面,之后他们三人将这几捆货物先后搬到外屋。

老板开了门,探头向外看了一圈,对着路边喊了一声:"人力车。"一辆停在路边等待客人的人力车立即跑来。

"这几件货物拉到江边码头去,要多少钱?"

那人力车夫看了一下,问:"多少件?"

"九件。"

车夫想了一下:"法币 1000 元。"

"好,装货。"

他们一起将这九件货物搬上了那辆人力车。

车夫在前拉着,永弟与贵生师傅在后面推,三人一起操纵着人力车向码头走去。可谁知刚刚来到巷口,正好迎面遇见两个巡逻的警察,他们将手上的长枪一舞:"站住!"

人力车被拦下来。

"车上装的什么?去哪里?"

贵生师傅上前说:"车上的货是我们的,往码头送。"

"你们是……"

"我们是轮船公司的。"

"噢,是轮船公司的啊!没事没事,我看这都天黑了,可人力车竟然没点灯,这不是怕碰到行人嘛。"

人力车夫立即从后厢中拿出一盏马灯,划燃火柴把灯点亮,挂在了车的扶手上。

其中一位警察说:"你看你看,这样不就好了嘛。"然后另一位警察也说:"你们辛苦,这么晚了还要干活。"

"哪里哪里,你们不也是辛苦,天色这么黑了还要巡逻。"贵生师傅从口袋中掏出两包香烟,分别塞入两位警察的口袋中。

"哎,这可不行,你们是轮船公司的,我们可不敢收……"

"唉,常来常往,两位警官行个方便,日后还会打交道的嘛。"

"那……那可不好意思。"

"没事没事,两位警官,那我们忙去了。"

人力车夫拉着车,两人在后面推,继续前行。走不多远就来到江边,从万寿桥头径直到达码头上。将九件货物搬上船尾,付了钱给车夫。

贵生师傅下到底舱,永弟在上,将一捆捆货物搬起来送下去,贵生师傅在下面接着。当贵生师傅将下面的货物搬到后舱时,永弟搬起一捆货物,可能是这捆货物一路上颠簸有些散架了，一个零件顶了出来，永弟抱起这捆货物时正好抓到了这个突起的零件，他轻轻一摸，可把他吓了一大跳——他明显感觉到他摸的那个圆滚滚的东西不会是别的什么东西，而是长枪的扳机！

没错，这批货物除了外面包裹的木雕制品之外，里面是两把长枪。他可是在表哥那儿摸过长枪的，他知道这个东西只有步枪上才有。

但是他没有吭声，依然将一件件货物送往下面。不一会儿这些货物统统搬到了底舱。他又下到舱里去帮着贵生师傅将这些货物装入一个个铁柜中，并在外面放一层杂物挡住。

虽然没有吭声，但不代表他没有想法，其实他一直在琢磨这事：师傅这是怎么了？他竟然会有这个生意？这可是杀头的买卖啊！

夜晚，永弟与两位师傅在甲板上休息。淡淡江风拂来，中洲岛上灯火点点，仓前山上民宅层层，新民街前建于清朝同治年间的泛船浦教堂尖顶高耸，还有闽江上一艘艘小木船影影绰绰。江水哗啦，一层层浪涛持续不断地拍打着船舷，闽江的夜静谧而安详，倒是这一边南台马路边的商铺，依然延续着白昼的繁华。清朝顺治年间福州有位平民百姓名叫曾文甲，他写过一首诗名叫《白龙江晚眺》："极目寒江暮，潮平肯不流。鸟归烟际树，云抱水边楼。风露生凉夜，山川入素秋。陶然天地外，啸傲老沧州。"诗题白龙江，也就是眼前这奔腾不息穿越南台的闽江。

望着眼前熟悉的一切，贵生师傅轻声问："知道我们运的什么货吗？"

永弟轻轻点头。

"害怕吗？"

永弟轻轻摇头。

"想知道运到哪儿吗？"

永弟轻轻点头。

"运到闽北山里，那儿有共产党的游击队。"

他们不再多言，仿佛这些都是轻而易举的小事，不值得过多地操心牵挂。反正事在人为，也不用担心路上会出事。再说了，即使出事，他们也一定会事先做好准备，不会让把柄落在他人手里的。

但是永弟心中还是在想着自己的心事："师傅一定不是第一次，他必定已经多次做这生意了。"这是他内心的想法,但他不会说出来。

联想到表哥说的那些事,再看看眼前师傅做的这些事,他的内心产生了期望:"贵生师傅一定是共产党的人。"

"你知道了内情,害怕吗?"贵生师傅问他。

"我有什么好怕的?"永弟淡淡而笑。

"那最好,谢谢你帮助我。"

"你是我师傅,当然要帮。"

"到南平能帮我搬下船去吗?"

"都搬上来了,肯定要搬下去的。"

师傅笑笑,没再言语。

这一夜在莪洋时,师傅睡得很深沉,呼吸很均匀,可是永弟却久久无法入睡,他辗转反侧,还在想着柜子中的那些枪……

第二天是个大晴天,红艳艳的朝阳十分慷慨地将她的热量投放到大地上,才早上7点呢,天气就有点热了。或许不是天气热,而是永弟感觉到热吧。

经过一夜的沉睡,许多旅客都恢复了体力,不再像昨天晚上那样无精打采,整条船上又开始了喧嚣。

贵生师傅沉着冷静像平日一样在底舱忙碌着,可永弟却有点魂不守舍,时不时地跑上甲板观望,生怕有人前来搜查。见他这坐卧不宁的模样,贵生师傅与玉水师傅忍不住嗤笑起来。

看到两位师傅的笑容,永弟有点不好意思,趁着还未开船,他又跑到后甲板上望着正在上船的旅客。贵生师傅与玉水师傅也来到后甲板,面对滚滚江水闲聊着。

此时永弟无意间瞄了一眼在前甲板上漫步的旅客们,突然,他"咦"了一声。贵生师傅听到了,顺着他的视线望去。

但见旅客人流中,有位年过三十的妇女,身着一件阴丹士林蓝布旗袍,外面套了一件灰色短夹袄,一头短发在江风微拂下散乱地飘着。她面对着闽江,侧身向外,大半个脸面朝着后甲板。贵生师傅不禁一惊,但他不动声色,只是盯着永弟。

看永弟目不转睛地望着这位妇女,贵生师傅问:"你认识她?"

永弟点点头："她是我的小学老师。"

"哦？她叫什么？"

"叫什么我不知道，我们叫她阮先生。"

贵生师傅没再说话，他内心感叹道：这可真是无巧不成书啊！

船到南平已是下午 4 时，旅客陆续下船，陈永弟特意跑到船上，仔细观望阮先生。她拎着一个小巧的柳条箱，随着众多旅客从容淡定地下了船，挥手招来一辆人力车，坐上之后离开码头。贵生师傅也看到了他关注的目光，说道："对你的老师还挺关注。"

"她是位好老师，对我们都很好。"永弟应道。

"她以后的事你了解吗？"

永弟摇摇头："我回到乡下后再没见过她。"

"她还认识你吗？"

"或许吧……不知道。"

"这都好几年了老师还是当年的样子，而你却长大了，你要是不说，她肯定不会认识你了，何况她教过多少学生，不一定都能记得。"

永弟点点头，他觉得师傅说得有理，五年了，即使他站在阮先生面前，或许她也已经认不出自己了。

旅客全部下了船，他们运的货也该送下去了。可是如何运送却成了问题。以前贵生师傅还有玉水师傅运的货都是小件的，最多也就三五件，自己搬下去就行了，或者是联系收货人前来取货。可这次不一样，这次的货数量多不说，而且没人来接，要他们送到指定地点去，这个地点当然只有贵生师傅自己知道。更何况这批还是特殊的货物，有没有胆量送去都是一个不小的考验。

码头边上有一幢三层小楼，那儿是南平水警的驻地。客轮天天都有，水警们并不一定都会检查，基本上他们都是抽查，也就是隔三岔五登船。因为常来常往对船员大多都认识，即使上船检查也是走马观花应付差事，除非上面有指令或是遇到什么紧急情况，他们才会如临大敌般地严格检查。

虽然水警不会天天来查，但是要在他们的眼皮子底下把这批重要的货物给运送上岸，还是有不小的风险。

既然如此险境，贵生师傅在运货之前就没有设想过吗？当然有过设想。

客轮要在南平过夜,第二天才返航,贵生想借着夜色的掩护将货物运走,接货的人也是夜间前来联系。因此他并不着急,就等着夜幕降临。

旅客全部上岸,此时是船员们最为空闲的时光。作为轮机工,只要确保锅炉中的火不灭就行,用湿煤将火压住炉膛封上以后,陈永弟与两位师傅一起在甲板上悠闲地漫步,当然他们也时刻关注着岸边水警的动向。此时一条柴油机帆小船由远方驶来,马达的声响震彻河谷,急驶的木船划破平静的水面,在如砥的平镜上犁出一道深痕,荡漾起数十条波纹,渐渐地向两侧漫延开来。

起初这条小船驶来仅仅是听到声响,之后小船靠近,船上的人也显现出身影——一对年轻的夫妇,男的站在船尾紧紧攥着舵把,时时调整着航向,女的坐在旁边整理着渔网。船前的舱内坐着几位水警,可能他们是去哪里检查完毕刚刚回来。

小船直奔水警大楼而去,几位水警下船后,那条船调了个头朝着这条客轮开来。驶到码头边上,那小船放慢了速度,船上的两人正向他们三人招手,永弟不明就里,转头看着贵生师傅,以为是向他打招呼呢。可不料那人在小船上高喊:“玉水依哥!玉水依哥!”站在旁边的玉水师傅起初并没有注意这条船,听得有人呼叫,他定睛一看:“啊,是你们呀!”他立即奔下船来到岸边,与他们招呼着。贵生师傅和永弟都看着玉水师傅,不知道他什么时候结识了这两个人。

没过多久,那条小船缆绳拴在岸边石柱上,船上两人被玉水师傅请上轮船,来到后甲板,玉水师傅介绍说:“这两位是我的妹妹和妹夫。”

永弟跟着贵生师傅一起向两人点头示意。

玉水师傅继续介绍说:“这位是我的老同行贵生师傅。”

两位一齐向贵生师傅微笑点头并叫了一声:“贵生师傅好。”

“这位是贵生师傅的徒弟陈永弟。”

“永弟你好。”

永弟也向两位问好。

贵生师傅好奇地问:“你们夫妇俩怎么跑到这儿来了?”

玉水师傅解释说:“我妹妹是嫁过来的,妹夫叫赵金堂,是建瓯人,原本在我们村给人走船运货,我妹妹帮人种茉莉花做茶,在他的船上装运茶叶时认识了。"

看得出来，这位赵金堂也是位朴素的劳动者，他憨厚地一笑："我们去年年底刚结婚，原本在建瓯县建溪上给人走船，就是帮着运瓷土和建盏。"

建瓯县陈永弟在上小学时就听老师说过，位于福建北部，是福建省陆地面积最大的县，也是闽北人口最多的县，早在东汉时就已经建县。建瓯的茶叶、印刷和瓷器举世闻名。建茶主要产于北苑凤凰山一带，宋朝的北苑贡茶是中国御贡历史最长的茶，在中国茶叶御贡史上独领458年风骚。苏东坡曾写过一首词《水调歌头·桃花茶》赞誉建瓯的名茶："已过几番雨，前夜一声雷。旗枪争战，建溪春色占先魁。采取枝头雀舌，带露和烟捣碎，结就紫云堆。轻动黄金碾，飞起绿尘埃。老龙团，真凤髓，点将来，兔毫盏里，霎时滋味舌头回。唤起青州从事，战退睡魔百万，梦不到阳台。两腋清风起，我欲上蓬莱。"建瓯的瓷器更是冠名于世，宋代时尚斗茶，建窑烧制的"建盏"黑釉瓷茶盏便应运而生。建盏大约创烧于晚唐，鼎盛于两宋及元初，元朝中后期衰落，明代基本废止。据文献记载，全县最盛时有龙窑近百座，出产的"建盏"被列为中国八大名瓷之一。建瓯雕版印刷是地方传统手工技艺，发轫于五代，繁荣于两宋，延续于元明清初。建瓯曾为全国三大刻书中心（蜀、浙、闽）之一，刻印书籍的数量居全国之冠，宋代建本图书远销世界各地。

玉水师傅之前曾说过，他是林森县白沙乡人，白沙也是闽江边上的一个乡村；眼前这位玉水师傅的妹夫是建瓯人，也是以走船为生，永弟对他顿生好感。

赵金堂继续介绍说："后来我们家族一位亲戚在南平市府做事，他的夫人娘家有人在水警局当差，就雇佣我们给水警局走船，主要是运送水警们去各个地方检查过往船只，还有为水警局拉货。"

"你们是帮水警局做事？"陈永弟一听，顿时来了兴趣。

"是的，我们现在主要给水警局做事。"

"那你们都认识水警了？"

"当然，这个水警局里20多个警察我们都认识。"看着眼前这位憨厚直爽的小依弟，赵金堂觉得挺喜欢，便直言道，"你们是我哥的同事，当然也是我的朋友，有什么事尽管说。"

"你还真说着了，我们确实有事想请你帮忙。"陈永弟当即接过话头。

面对这位直言快语的小依弟,赵金堂感觉挺有缘:"你们有什么事要帮忙的?"

"是这样,我师傅这次带了一批货,可是接货的人来不了啦,我们正想租一条船把货送走……"

"还租什么船?这不是现成的?"

"这……不好吧……太麻烦了……"贵生师傅犹豫着。

"有什么不好的,顺手的事!"永弟打断了师傅的话。

"是呀,顺手,不麻烦。"赵金堂一口应承。

"师傅别犹豫了,你看金堂大哥都答应了。"

"这……好吧……"于是大家一齐动手,将那九捆货物搬出舱,装到了金堂夫妇的小船上。为避免被水警看到,他们特意将小船调转过来,躲在客轮侧面。

不一会儿九捆货物装上小船,三人一商议,送货地点只有贵生师傅知道,便留玉水师傅看船,永弟跟着帮忙搬运。

小船启动,突突突地就往上游驶去。也就半小时左右,驶到一棵大樟树前的小码头上靠岸,贵生师傅先去联络,永弟随着金堂夫妇一起在船上等待。

趁着这个空当,永弟又与金堂聊起来,永弟向他们夫妇介绍了自己的经历,一问年龄,金堂仅仅比永弟大了五岁,因此永弟便以"金堂哥"相称,金堂也直呼他的名字。

"金堂哥,以后再有货,还要找你们哈。"

"没问题小依弟,下次你也帮我们带点货。"

十余分钟后,贵生师傅风风火火地回来了,身后跟了一位年轻人。大家一齐上,只留金堂夫人看船,四个男人一人一捆,跑了两趟就运送完了。跟着师傅,永弟来到一个小院子,这里比较偏僻,是一家麻风病医院,因为有一定的传染性,所以周边没有居民。永弟看了不禁叹道:"这还真是个隐蔽的好地方,做点什么事不怕被人发现。"

临走时,贵生师傅指着那年轻人对永弟说:"这位是王竹松,我的生意伙伴。"然后他向王竹松介绍陈永弟:"这位永弟是我的徒弟,以后他可以来送货。"永弟同那人点点头打招呼,那位径直伸出手,永弟赶忙伸手上前与他紧握。

货送到了,一行人乘船回到客轮上,然后与金堂夫妇告别。

这下子陈永弟原本紧悬着的心终于放下,他觉得一身轻松。

望着金堂夫妇远去的小船,永弟对师傅说:"师傅,我觉得他们夫妇挺好的,要不然把他们也拉到我们组织里来吧。"

"我们?组织?我们什么组织?"贵生师傅反问。

永弟向师傅翻了翻白眼:"师傅,你还要瞒着我?我知道,你这是在试探。"

贵生师傅一听乐了:"我试探你什么了?"

"哼,师傅,我还看不出来?你是有意的。"

"永弟呀,你要听好,加入我们,可是要掉脑袋的!"贵生师傅停下脚步,盯着永弟郑重地说。

"知道啦,师傅!"永弟狡黠地一笑。

望着这天真可爱气不死人的徒弟,师傅也真是无语了。

然而这种试探并没有结束,这不,真正的生死试探近在眼前。

3

第二天天刚亮,旅客都上了船,一声汽笛响起,轮船启航顺流而下,开始了往福州的旅程。

顺风顺水,巨轮飞驶。刚过中午,轮船开到了闽清县雄江,有旅客要在这儿下船。刚刚靠上码头,旅客还在下船呢,突然从旁边公路上跑下来一队国民党军,直接到了船边,不等旅客下完,领队的军官就硬挤着先登上船。军官让船员把船长叫出来,泰升船长从驾驶室出来下到甲板上,那军官对船长说:"我们是宪兵四团的,接上峰命令,你船上有共党嫌疑人,我们要进行搜查。"船长一听,这些人他是得罪不起的,往旁边一让,那军官手一挥,一队士兵就上了船。

刚才船靠岸时,陈永弟跟着贵生师傅在船舱下忙碌着,看旅客下完了开船铃还未响,他们就觉得有点奇怪。永弟跑上舷梯往外一看,正好看到了那军官与船长对话,他立即跑下舱去告诉师傅,师傅一听脸色就变了,轻声喊道:"糟糕,要坏事!"他转了一个圈正想着办法,可事情紧急容不得他思索,旁边的玉水师傅也看出了他的急迫,问道:"要不要帮忙?"

贵生师傅一把抓住身边的永弟,急迫地说:"你赶紧到五等舱2号客舱去,那儿有一个小伙子叫小罗,身穿蓝色西装,拎了个黄色的木箱,你告诉他是阿贵叫你去的,找到他……找到后把你的工作服给他穿上,送他到底舱来,你拿着他的船票装旅客。快!快!快!"

听到急促的三连声"快",永弟立即噔噔噔跑上甲板。此时宪兵正在上船,永弟顾不得多想,从另一侧甲板跑向中间的客舱,顺着舷梯往下几蹦就跳到了底部的五等舱,来到2号客舱,迈步进入舱内。不大的船舱里面挤挤挨挨地坐着不少旅客,足有十来人,他飞快地扫了一眼,目光停在一个青年身上。青年人身着蓝色西装,没系领带,脚边有一个黄色的小木箱,永弟上前问:"你是小罗?"

那年轻人一激灵,警惕地问:"你是……"

"是阿贵叫我来的。"

那人一听立即放下脸色。

"快,跟我来。"

年轻人起身,与永弟来到船舱外,边上舷梯永弟边说:"把衣服脱了给我。"年轻人二话不说脱下西装,永弟也脱下自己那件厚重的灰色工作服,相互交换套上衣服。

"宪兵来搜查了,你去轮机舱躲一躲。"

年轻人迅速穿好工作服,永弟探头朝外一看,宪兵已经进入船舱中,分开几人,从上至下一个个船舱搜查,还未到底舱。永弟一招手,指着前方说:"你从那儿走到船尾,见到舷梯立即下去,阿贵在那儿等你。"

看着年轻人飞速跑到船尾下了舷梯,永弟这才将船票塞进口袋,下到五等舱内,但是他不敢回到原先的2号舱房,怕旅客们发现原来的人换了。于是他在几个串通的舱门外漫步。

此时几个宪兵下到底舱,高声喝道:"把船票都拿出来!检查!"宪兵们分开一人一个船舱,开始对旅客一一检查。

来到这个船舱的一个宪兵走到舱门,对着陈永弟厉声喝道:"你的票呢?"陈永弟立即从口袋中掏出船票递了上去,那人看了一眼,问他:"你从哪儿上船的？”

“南平。”

“要去哪里？”

“福州。”

“做什么的？”

“木器行伙计。”

“哪家木器行？”

“昌义隆木器行。”

“店在哪里？”

“南台上杭路。”

“几号？”

“48 号。”

“老板叫什么？”

“何昌义。”

那宪兵点了点头，突然又用福州话问：“你是福州人？”

“是的，福州人。”永弟也用福州话回答。

“福州哪里人？”还是福州话问。

“林森县一区南屿乡沙埕村。”

永弟对答如流，尤其是那一口标准的福州话，这宪兵终于不再怀疑，把船票交还给他，继续查问下一个人。

待宪兵进入船舱，陈永弟背靠着舱门，他的后背汗水浸湿了西装。

足足折腾近半个小时，整个船舱的旅客都被查问一遍，那个宪兵走出舱，他也靠在船舱上休息，那顶着钢盔的额上汗流不止。

站在宪兵对面的永弟悄声问：“依哥，你们查什么？”

那宪兵抬头看了永弟一眼，低声道：“长官说接到情报，这几天有共党交通员从南平去福州，每条船都要搜查。”

“查到了吗？”

“查个屁！共党哪有这么好查的！”

“依哥哪里人？”

那宪兵抬头又看了永弟一眼：“我也是林森县的，南通人。”

"噢,我们是邻居。"

南通与南屿是近邻,都属于林森县,也就是闽侯县辖区内,也都在乌龙江边上。

年轻的宪兵听到这句话,终于松开紧绷的脸露出些许笑容。

"依哥以后到福州,去我老板店里坐坐,喝杯茶。"

那宪兵移身,拍了拍永弟的肩膀:"谢谢依弟啦。"然后登上舷梯。

宪兵队撤走了,一声铃响,一阵颤抖,船继续开行。

待四周平静下来之后,趁没人注意,陈永弟这才动身登上舷梯。刚上舷梯口,一位船员正好路过,他先是瞄了一眼,正准备走,却又回过头来,也许他已认出了陈永弟,可是看到陈永弟竟然穿了一件西装,觉得有些好奇,但对方并没有吭声,径直走了。

陈永弟从甲板上走过,看看周围并没人有注意到他,脱了西装拿在手上,向轮机舱走去。下了舷梯,看到那个叫小罗的年轻人正跟贵生师傅站在一起,学着操作给锅炉加木炭。

见到陈永弟,贵生师傅问:"宪兵都走了?"

"走了。"永弟答。

旁边玉水师傅问:"今天宪兵怎么会到船上搜查?"

永弟答道:"刚才问了一个宪兵,说是长官有令,近期有共党交通员乘船去福州,每条船他们都要搜查。"

"噢,是这样。"玉水师傅没再言语,忙着干活去了。这边贵生师傅却陷入沉思。

傍晚时分,夜色初降,船到台江码头,趁着旅客下船人多嘈杂之际,永弟登上甲板看了看四周,然后一招手,小罗疾速登上舷梯,在夜幕的掩护下,消失在人群之中。

贵生师傅看着永弟,问:"怕了吗?"

永弟实话实说:"有点紧张。"

师傅拍了拍他的肩膀:"今天多亏了你,要不然可就出大事啦。"

听了师傅的话,永弟觉得自己安定了许多。

第十三章　风雨

　　就在他对现实社会感到愤愤不平，对百姓的苦难生活感到痛心之际，身边的那些个关心、关注、关爱他的人，明里暗里在引导他、暗示他、启迪他，使他在暗夜之中看到了天边的星辰，使他在苦闷之中看到了生活的希冀，使他在烦恼之中看到了明丽的朝霞。

1

　　一声铃响，船开了。

　　清晨的江风既清爽又清冽，尖尖的船头划开平静的江面，奋力前行；隆隆的船尾螺旋桨翻卷激起白浪片片，助力推进。"人行沙上见日影，舟过江中闻橹声。"

　　这趟走船，永弟与贵生师傅一起弄了一批货，主要是十匹由台湾运来的白夏布。这还是上次运货时由何老板店中的伙计依壮介绍来的，说是即将进入夏季，闽北那儿每年都要购进一批布匹，原先已经建立起了一条购运销的渠道，可上个月这运输的一环中断了。为他们运货的原是平水轮船公司的几位船员，前日突然被水警抓去，据说是货物中有违禁品，里面有几件货物被运到了山里。

　　那几个运销夏布的老板因为商务往来，与何老板也都熟悉，他们急需找到新的合作者，在何老板建议、依壮牵线下结识了贵生师傅和永弟。

　　听到这个消息之后，永弟留了个心眼，专门去找鼎财侧面打听了一下，得知其实并不是什么违禁品，而是平水公司的几个船员在运输中与另一条船上的船员发生了纠葛，而那几位在水警中有亲戚，假公济私捏造个罪名，把他们给关了几天，船上的差事也丢了。

永弟与贵生师傅一起接过这桩买卖,开始为这家经营洋布的贸易公司运货。他们所在的轮船公司比平水公司的实力高出一大截,航船多航线也多,航行时间相对固定,更为令人放心的是这轮船公司的老板在上面有人罩着,不怕水警来查。不要说水警,就连一般的军警甚至市党部省党部都要给些薄面。

　　被抢了生意,原平水公司的那个船员当然不服气,虽然明面上不敢对着干,暗地里做了不少手脚,找了几次水警前来检查。为避免日后的麻烦,永弟找到鼎财,让鼎财请郭副局长出面与水警局的副局长商议,并找来原平水公司的几个船员,大家坐下来把话摆在桌面上,最后商定:今后在陆地上,小桥警察局对平水公司那几位网开一面,而在水上,水警局也不要找轮船公司的麻烦。既然都是同行,都是以走船为生,大家不要相互拆台。贵生师傅也通过家乡的亲戚,找到平水公司的船员,私下通气,给他们指明了几条财路,他们也觉得这样闹下去对双方都是不小的损失,于是相互把盏并商定日后相互协作,有钱大家一起赚,这才消除了私愤。

　　没有永远的敌人,达成协议的几方坐在一起把酒言欢,酒桌上郭局长还透露了一个消息:今后大家要是从闽北贩运大米可得小心,近日福州米价暴涨,省市政府已经开始对市面上的米店进行控制,以免发生大规模的混乱,对私自贩运粮食的商户会加强查缉。

　　说者无心听者有意,老实人从中听到的是今后要规矩一点,少运甚至停运大米;而胆大的人则是从中窥探到了巨大的商机,要不怎么说饿死胆小的撑死胆大的!永弟与两位师傅一起将那批夏布运到南平后,通过赵金堂夫妻的小船将货物运送到店中,前来接货的老板问他们怎么付钱,两位师傅异口同声地说:"要大米。"老板也不含糊,直接送来五袋浦城大米,每袋 100 市斤。

　　闽北是福建大米主产区,而浦城县更有"福建米粮仓"之美誉。浦城位于福建北部,闽浙赣三省交界处,宋朝时就有大米作为贡品送入洛阳,著名品种"美人红"是一种白中带有红色的糯米,分为桃红和胭脂红两类。每年秋季丰收时节,各地客商云集浦城抢购大米,成为当地一景。

　　500 斤大米运回福州,他们三人留了一袋,其余的都交给何老板代为转售。100 斤大米,永弟与贵生师傅拿了 50 斤,另外 50 斤都给了玉水师傅,因为他家人口多呀。

连年来福州米价暴涨，前年涨了一倍，去年11月全市米价又暴涨一倍，到了今年1月竟然涨了二倍，连续三年米价持续暴涨，眼前这短短的两个月时间内，市内米价暴涨三倍，平民百姓苦不堪言，有的人家陷入困境揭不开锅了。为了平抑米价，市府出面找了几家米铺，商定由市府垫资从闽北运米至榕平价销售，以资民生。可是那些个米店却将这些好容易运来的闽北大米私自截留一半，以高价销售牟取暴利。收到米铺伙计的暗地举报之后，市府派出专员进行调查，结果这些个米铺的背后皆有省府官员的影子，调查最终不了了之。

永弟他们之所以要客商以米付筹，这其实是有原因的。就在上次走船之际，玉水师傅满脸愁容，一上船就唉声叹气。贵生师傅关切地问他出了什么事，他低声说了句：揭不开锅了。玉水师傅夫妻俩有两个孩子，再加上他的父母，还有妻子家里父母兄弟，皆需他们接济。米价暴涨，对于他们这类平民家庭来说，无异于勒紧裤腰带过日子。而在福州城里，像玉水师傅这样的家庭成千上万，百姓的生活状况可想而知。

公司早已不发现金，而是改发大米，贵生师傅与永弟常常将自己领到的大米给玉水师傅家中送去一些，永弟还不时把从乡下带来的番薯也给玉水师傅送去一袋。贵生师傅原籍闽安镇，家在壶江岛，上有老母还有妻儿，乡下毕竟有些田边地头，种些番薯尚能过活。可城里就不一样了，想种番薯也没那闲地啦。这次正好遇上贩运夏布，与老板一说，得到了这些大米。这对于贵生师傅与永弟来说倒不算什么，可对于玉水师傅来说，简直就是雪中送炭，让玉水师傅感动得泪花横飞。当然他自己心里也明白，贵生师徒之所以向南平老板提出用米来代替现金，其实就是为了接济他。

拿到这些大米，永弟特意给鼎财表哥送去10斤，顺带着让他给郭局长也送去10斤。可没想到当天晚上送去，第二天鼎财表哥就找上门来，问他还有没有大米，因为局里有几位警察家里也揭不开锅了。想想也是，这警察也是人，也得吃饭啊！永弟当即又给了鼎财十多斤。这一袋大米100斤好像挺多，可分的人也多，僧多粥少还是感觉不够分啊。

这天傍晚，陈永弟与贵生师傅一起接了班，明天准备启航。这一趟玉水师傅请假没来，说是他的女儿病了。船长向公司报告，要求派一个轮机工来顶班,公司回复说暂时派不出人,船上既然有学徒工,就让尚未满师的学徒工顶班。于是永弟与贵生师傅一起上班,这是他第一次全程上岗操作。接班之后检查了机器的运作情况,加满了机油,看看柜舱内的木炭不多了,便向码头报备,明天一早送木炭过来。晚7时许,贵生师傅把永弟拉到暗处,悄悄地对他说:"我这里有一批货要去取,想不到玉水师傅请假未上工,我们不能都走,得留人在船上。你跑一趟怎么样?"

"没问题。去哪里?"

"巷口修车铺。"

一听是那儿,陈永弟的内心跳动了一下,抬眼看了师傅一眼,没吭声。

"你找修车铺林师傅,就说是阿贵叫你去的。"

"有多少件?"

"不多,应该就一件。"

离船上岸,陈永弟不疾不徐地走在熟悉的大街上,来到中亭街口,走过万寿桥头,进入上杭路,在喧嚣的人流中穿行,此时已是华灯初上,路边的酒店菜馆中时不时地传出喧哗,还有闽剧小曲的乐声。走到幽僻的巷口,修车铺已关了门,但细细的门缝中透出灯光,陈永弟上前拍拍门,里面的人问:"什么人?"永弟应声:"我是轮船公司的,阿贵师傅让我来的。"不一会儿,传来踢踢踏踏的走路声,门吱呀一声打开一条缝,探出半个头。那位林师傅看了一眼来人,"噢,是小阿弟。"再看一眼四周,拉开门让陈永弟进去。

"怎么就你一个人?"一进屋林师傅便问。

"玉水师傅请假了,贵生师傅要看船,他叫我一人来的。"

"我记得你是叫陈永弟吧?"

"林师傅好记性。"

林师傅憨厚地一笑:"来吧,都不是外人,跟我去取货。"

这次搬出来的是一个挺大的木箱,林师傅也不见外,将箱子打开,里面放着三瓶外国洋酒,用稻壳垫着。林师傅将洋酒取出,将里面的稻壳倒在地上,先在空的木箱里垫了一层细碎的稻壳,再将门后的小木柜搬开,撬起几块木地板,露出一个小洞,他伸手在洞中摸索了一会儿掏出一包用黄油布包着的物件,打开一看,是九把匣子手枪。他拿出几块油布分别将手枪一支支包好,放入木箱,并不时用稻壳塞入缝隙之中。枪放好后铺一层厚厚的稻壳,最后在上面放三瓶洋酒。

"好了,你就这样搬走吧。"

陈永弟搬起木箱,还挺沉的,来到门口,林师傅先探头向外观察了一下,然后向他一点头,永弟这才出门。

一个人搬着这木箱确实很重,走不多远就感觉累了。永弟放下木箱,心想要这样走到码头,下半夜都走不到。向四周看了一圈,看到街口有几个手持绳索扁担的妇女,他知道那些人都是在店外等待店主招雇的挑夫。福州城的女人娇生惯养,乡下的女人们就没那么幸运了,为了养家糊口,她们必须吃苦耐劳。这不,在南台一带商铺众多,不少近郊的妇女成群结队地站在街口,如果商家有货物要搬运,径直与她们商谈价钱,谈妥后她们按照老板的要求将货物或挑或抬送到指定地点。

永弟向那些妇女喊了一声,有个妇女应声而来:"依弟,你要运什么货?"

永弟一指这木箱,"就这个。"

"运到哪里?"

"码头。你要多少钱?"

"现在钱不顶钱,有大米吗?"

"好,2斤够不够?"

"够了,你要再给点更好。"

"那就3斤吧。"

"成交。"

陈永弟让妇女等着,他返回修车铺敲门,让林师傅先给3斤大米。林师傅大致称了一下,交给他。陈永弟拎着大米回到妇女身边,将米交给她。

"依弟,你可以运到后再给的。"

"没关系,我信你,走吧。"

这位能干的妇女掏出一条绳索,将这木箱子一来一回弄了个十字绑,将那3斤大米挂在扁担的另一头,可是这副担子一边重一边轻,妇女弄了好一会儿却挑不起来,陈永弟上前:"来吧,我们抬着走。"

"小依弟你行不行啊?"

"我也是乡下来的。"

妇女在前,陈永弟在后,俩人抬着这个木箱子就走。为避开路人,陈永弟特意选了一条僻静的小巷,尽管绕远了一些。

可当他们走到江滨大堤边时,突然从巷口窜出几个警察来,他们把长枪一横:"什么人?站住!"

妇女惊慌失措停下脚步,陈永弟心中一惊:怎么?暴露了?可是他表面上却不慌不忙。

一个高个警察来到永弟面前,端起枪对着他:"什么人?这么晚在大街上做什么?"

"晚吗?不晚啊……"陈永弟笑笑。

高个警察一愣,在他的印象中,如果黑夜里突然遇到检查,一般人肯定会心慌意乱的,可眼前这小子竟然毫不紧张,他更加警惕了。高个警察上前盯着陈永弟,他的个头比陈永弟足足高出了一大截:"你哪里的?这箱子里装的什么?"

陈永弟抬眼看了高个警察一眼,却瞧见旁边几位警察也在对路人进行搜查,他看到一位侧面对着他的警察,便叫了一声:"仰桐依哥。"

那警察听到叫声,往这边看了一眼,见到陈永弟觉得面熟,可想不起来在哪儿见过,走过来问道:"是你叫我?"

"仰桐依哥,你不认识我了?我是陈永弟,鼎财的表弟,上次在警察局门口你不是在站岗吗?我还摸过你的枪呢!"

"噢,是你,我记得你是叫陈永弟吧?"

"是我,依哥好记性。"

陈仰桐对高个警察说:"这位是鼎财副官的表弟,我的老乡,在轮船公司做工,你上次分的大米就是他拿来的。"

"噢,是鼎财副官的表弟呀!"高个警察立即换了一副面孔,放下枪背在肩上,热情地上前拉着永弟的手。

永弟也对他笑一笑。"仰桐依哥,你们晚上还要当差呀?"

"哎,别提了,还不是市党部那些混蛋没事找事,说是近日共党活动频繁,要我们晚上突击搜查。"

"那你们还挺辛苦。看到我表哥了吗?"

"鼎财副官和郭局长在下杭路那一带。"

"噢,你们见了我表哥,代我问声好。"

"那是那是。"两位警察都含笑答应。

"依弟,你这是去哪里？高个警察好奇地问道。

"我这是去拉货。"永弟靠近两位警察,悄声地说,"你们知道的,我们带点货去闽北,换点大米回来。"

"明白,明白。"两位警察相视一笑。

"这次带了什么？"高个警察又问。

"噢,是洋酒。"永弟随手解开绳索打开木箱,露出里面的三瓶洋酒,他拿出一瓶,"这是南平那儿的客商要的,据说是给市党部的。"

"哼,那些老爷倒是会享受！"

"不提他们了。你们两位要不要检查一下？"

"我们这不是已经检查过了吗？"仰桐警官拍了一下永弟的肩膀,随即哈哈一笑。

"那好,那我就先走了。"

"走吧走吧,没事的,小依弟。要是再遇上警察,你就说我们俩已经检查过了。"

"好的,两位依哥再见。"

永弟与那位挑妇一起绑好木箱,抬上肩刚走了几步,高个警察又叫道:"哎,小依弟,你等等。"

永弟停下脚步回身,高个警察跑上前说:"小依弟,如果方便再弄点大米来,我家里有老人小孩,全家都等着米下锅呢。"

"好说好说,那依哥我先走了。"

历经曲折终于把这木箱送到了船上,永弟与贵生师傅一起搬起木箱放入铁柜里。贵生师傅问:"路上还好吧？"

"遇到警察夜查了。"

"噢,没出事吧？"贵生师傅立即紧张起来。

"没事,那警察我认识,是我表哥的同事,我见过他。"

贵生师傅立即放心了:"你倒还挺机灵。"

永弟向师傅说起刚才在路上的经过,贵生师傅说:"看来近日风声很紧啊。要不是你遇到熟人,还真有麻烦了。"

"师傅,我是这么想的,以后有空我要常往表哥那儿跑,多认识几个警察,这样我们会安全很多。"

贵生师傅抬头看了永弟一眼:"这倒是好主意。"然后他思索了一下:"以后我们也要多加小心。"他回身对永弟说:"永弟,这种事别人办起来有危险,以后就得让你多多操办了。"

"没事的师傅,尽管交代。"

师傅盯着永弟没说话,然后一言不发地转身而去。永弟知道,师傅这是在想事呢。

他不想打扰师傅,可没多久师傅却来找他了:"永弟,我有急事要出去一下,你留在这儿看船,可以吗?"

"师傅你放心去吧。"

望着师傅的身影消失在夜幕中,陈永弟撇撇嘴,回到机舱中。

2

行船在路,这第一天倒还风平浪静,一路无阻来到衷洋,住了一晚上。次日轮船继续航行,可是当轮船来到南平樟湖镇,天气突变,一大块乌云从天边迅即涌来,瞬时笼罩天空,也就几分钟的工夫,暴雨夹着冰雹倾盆而下,毫无阻拦地砸在甲板上,发出乒乒乓乓的声响。毕竟经验丰富,一见天气突变,老船长林泰升立即下令轮船靠岸。轮船一靠上岸,泰升船长又下命令,让全体船员下到每一个船舱内,告诉旅客们,暴雨来袭,船上不安全,让大家赶紧上岸。旅客们顾不得拎行李,一个个携家带口拖儿带女急匆匆地跑上岸去,到码头客运房内避雨。可这是个小码头,江边山坡上仅有一幢孤零零的小木楼,屋小人多,很快就挤满了旅客。但是不管怎么样,遇到这种时候在岸上比在船上要安全得多,所以旅客再挤也毫无怨言。其实他们也无法表达怨言了,面对着暴风骤雨,面对着江水滔滔,关键时刻谁都不愿意拿自己的生命开玩笑。

旅客离船了,可船上的船员却坚守在各自的岗位。林泰升船长以上率下,他站在船头驾驶舱内,望着眼前水浪滔天的江面,望着远方雨雾迷离的航道,浓眉紧锁,一言不发。其他的船员也都在各自的岗位上,他们已接到船长的命令，做了好各种应急准备。陈永弟与贵生师傅还在舱底，观察着轮机的运转情况。在舱底时时可以看见急浪涌上舷窗，哗的一声扑打在甲板上。从舷窗中可以看到，这条船的吃水线一会儿露出水面，一会儿被江水浸入，水面上的水草杂物随着翻涌的江水迅速地漂移着。

检查了锅炉和轮机，陈永弟紧跟着师傅站在舷梯旁，随时做好登梯逃生的准备。当然，贵生师傅让永弟站在前面，他紧跟后面，若真的发生危机，他这是把逃生的希望首先交给了永弟。

狂风暴雨持续了大约一小时，雨势渐小，随之而来的，是阵阵侵袭人体的寒风。闽北山区气候多变，就像一张善变的孩子脸，一时之间可由高温的盛夏切换成寒风刺骨的隆冬。

风浪小了，永弟与师傅一起钻出船舱，抬头看了一下四周，船上倒是没什么损失，老船长林泰升此时正站在船头上遥望着江面，他是在察看江上的水流和航道变化，看看是否能够行船。甲板被暴雨一阵猛烈的冲刷，倒是洗涤了泥尘，显得清爽洁净，但也正因雨水的浸润而有些湿滑，一不小心便可能摔倒。而岸上却有些惨不忍睹了，一座孤零零竖立在岸堤边的小木屋，那是旅客购票及候船的地方，外面还有个小亭子，由于狂风暴雨的轮番厮杀，小木屋木板铺就的房顶被吹跑了好几块，再加上冰雹的袭击，仅剩的几块顶板也都千疮百孔，屋外下大雨，屋内小雨涟涟，旁边那座木柱撑起的茅草铺顶小亭子，整个顶篷都被狂风吹跑了，剩下几根木柱十分凄凉地矗立着。躲在小屋中的旅客们，一个个浑身衣衫尽湿在凛冽的江风中瑟瑟颤抖。

泰升船长在江上观望了一会儿，下令让船员们招呼旅客们赶紧上船，准备启航。泰升船长连声说要抓紧，目前闽江水较为平静，可这么一场暴雨，上游必定会有较大的洪水，趁着洪水尚未来临必须快马加鞭赶往南平，如果不能到达南平，此后再想逆水行舟肯定是困难重重。在船员们反复呼喊再三解释之下，岸上浑身湿淋淋的旅客们纷纷上船，其实他们在岸上已饱受折磨，来到船上倒还能遮风挡雨。船员们站在跳板及甲板边上迎候，因为沿途湿滑，怕有旅客摔倒，所有船员都来到甲板上搀扶旅客上船。

甲板上船员们紧张地工作，机舱内陈永弟与贵生师傅也熟练地操作着，可是当他们打开事先怕轮船受损而封盖的火苗，准备加炭烧火时，却傻眼了。虽然炭舱顶上有铁盖封住，可雨水还是打进了炭舱内，将木炭淋湿了。永弟与贵生师傅尽力将一包包沉重的木炭打开想从中挑出一些未曾淋湿的，可被雨淋的还是占了大部分，这样的湿木炭丢进炉中，是烧不出旺火的，也就无法产生足够量的煤气，无法推动汽轮机大功率运作，轮船动力不足，开行的速度提不上来。

永弟立即按照师傅的命令，跑上驾驶舱内向船长报告，林泰升一听，这下子可没招了。船长立即跑下轮机舱，查看了木炭的情况后对贵生师傅说："先把火升起来吧，把木炭都打开堆在炉边，用火炉的热量来烘烤木炭，看能不能烤干一些。"

船无法启动，只得耐心等待。等了三个多小时，炉火终于越烧越旺，堆在锅炉旁边的木炭被越来越炽热的高温烘烤着，蒸汽随之冉冉升腾，整个轮机舱内雾气蒙蒙，永弟与师傅就在这水汽缭绕的机舱内操劳着。动力足够了，汽笛一声长鸣，轮船摆正了方向，终于启航，向着南平逆水而上。

一场暴雨耽误了行程，到达南平时已是傍晚时分，好在一路上，泰升船长担心的事没有发生。然而当旅客下船完毕，却没有看到赵金堂夫妇的小船，贵生师傅和永弟携带的货无法送出。永弟特意上岸去水警局打听了一下，得知因为上游西芹那儿江边村庄被水淹了，水警局派人去那儿探查，赵金堂的船拉着水警们出警去了。

贵生师傅和永弟只好耐心等待。

直等到时近子夜，这才听到外面一阵摇橹的声响，陈永弟探出头去看了一下，夜色漆黑，明月当头，银白的月光挥洒在江面，一叶小船停了机器，仅用人工操作，向轮船靠来。

永弟立即上前轻声问了一声："是金堂大哥吗？"

对方回应："是我，永弟。"

永弟立即跑回船舱内，向贵生师傅一招手，师傅将那木箱从铁柜中拉出，永弟一把抱起，噔噔噔上了舷梯，用一根绳索绑着将木箱吊下船去，小船靠上来在下面接住，永弟也顺着绳索滑下来上了小船。金堂操着橹，永弟与金堂的妻子一起操桨用力划着，小船在夜色的掩护之下，不一会儿便消失在夜雾之中。

人力毕竟不比机械动力，平时一个小时能到，这次因为半夜夜深人静不敢开轮机，只能人工划船，所以用了三个小时才到。远远地看见那一片幽暗的老樟树,船靠上岸,永弟抱起木箱,一口气登上几十级石阶,来到麻风病医院,没有走大门,而是来到侧面的小门,轻轻敲了五下。

里面问:"谁?"

永弟答:"阿贵的人。"

吱呀一声,小门打开,永弟赶紧闪身进去,一看开门的人,正是王竹松,将木箱交给他。

"我要马上回去,不然就来不及明天开船了,还有什么要说的?"

对方一愣:"这么急?"

"要赶时间。"

"这里有封信你带给阿贵。"

王竹松从内衣口袋中掏出一封信递给永弟,永弟接过信转身就走。

"喝口水吧。"

"不用,来不及了。"

小船一路猛划,终于赶在日出之前回到船上。

全身汗湿的永弟爬到自己的床上,把信交给了贵生师傅后疲劳得倒头就睡。可是感觉没睡多久,就被船上的铃声吵醒了,他翻身下床,只见贵生师傅站在锅炉边已经把火烧得很旺,做好了开船的准备。

可是这船开不了啦。

昨天途中遇暴雨,林泰升船长根据多年的经验断定要发生洪水,一夜洪水未来,可不代表它不来。这不,第二天黎明之际,大雨持续下着,旅客冒雨登船,准备启航了,耳畔听得上游一阵哗啦啦巨大声响,瞬间洪峰来临,一股股激流冲击着船舷。在这大浪之中,一条船就像是大洋中的一片树叶,上下翻卷左右摇摆。

岸上的客运站首先冲出几个人来,大声喊道:"快下船!快下船!"而这边泰升船长也发现了洪水的到来,发出了紧急令,让船员们赶紧组织旅客下船,离开这片危险水域。刚刚上船还未坐定的旅客们再次起身,匆匆忙忙地来到甲板,在船员指挥下迅速离船上岸。待旅客全部上岸之后,泰升船长也让船员们都下船,先保住生命至为重要。

在泰升船长的命令下,陈永弟随着贵生师傅也撤离了轮船,离开之前,他们合力将炉火封上,以保持火势不灭,然后跟在船员后面登岸。

看着船员们下了船，泰升船长在船上丢出一条条加固缆绳，让岸上的船员接住，一根根系在岸边的石柱上，捆紧捆牢，他最后一个下了船。

就在船长离开轮船上岸之际，一个巨浪打来，把轮船旁边的一条稍为小一点的船给拍到了岸上，只听轰隆一声，这条小船就像一张薄纸被拳头紧紧捏住一般，被冲上岸摔打得四分五裂。

见识了大自然的威力，岸上的人惊呼起来，他们纷纷感叹自己命好，如果还留在船上，或许小命就丢了。刚才船员劝说旅客们下船时，还有几位不愿意下来，船员们强行把他们搬下来时还骂骂咧咧的，甚至要和船员拼命，可这时看到眼前的一切，他们顿时没有了声音，再不敢大吼大叫了。

轮船公司南平办事处的办事人员看到泰升船长及船员都上了岸，赶忙从屋中搬出椅子让他们就座，可是人多椅少，只能是船长、大副和轮机长等几位年纪大的人坐下了，其他的人站在屋檐下等候观望。

洪峰过后，洪水依然在肆虐着奔流呼啸，原先清澈的江水，现在已变成黄色，裹挟着泥沙倾泻而下，几根粗大的树木在黄泥汤中沉浮，一条条翻着白肚的鱼在水中时隐时现。巨浪拍打着岸堤激起飞沫直冲岸边的人群，人们吓得惊叫着后退，而后边的人看不到前面的情况，被推挤着向后退却，可后边都是高坡，一个个便向后仰着倒地，持续不断地将前面后退的人绊倒，瞬间便倒下一大片。人们在惊呼中立即醒悟，向两边散开，倒地的人被一个个拉起，向后退去。正在人们惊慌之际，只听轰隆一声巨响，人们惊叫着抬起头来四下搜寻，想看看是哪里出了状况，但是并没有发现危险。直到有人偶然间看到对岸，纷纷举手指向那儿，更多的人向对岸看去，不禁大吃一惊。不知是昨晚的暴雨冲刷还是今早的洪水侵袭，只见对岸江边坍塌了一大片，大量的泥沙从江岸滑下倾入江中，连带着几幢民房也纷纷倒塌，有的甚至与泥沙一起滑入江中。大批的人惊叫着从那些破屋中狂奔而出，跑向更高的地方，有些人在泥水中摔倒，可是求生的欲望让他们迅速地爬起向高处奔跑，他们全身又是泥又是水，整个成了泥人。还有一些人来不及躲避，与那破屋一起滑向江中，瞬间就不见了踪影。

江边停泊着几只小船，那是水边人家打鱼用的，为了躲避洪水，这些小船都绑在了江边石柱上，绑了好几道。可是面对这滔天巨浪，再多的缆绳也不够用，这不，一个巨浪打来，几条小船——或许是缆绳在礁石上反复摩擦终于断裂——挣脱了羁绊在这巨浪中上下起伏着离开江岸，漂向江心，顺着水流向下游飞速奔去。岸边有个小伙子看到了，或许是他自家的小船，或许是他家唯一的财产，他有点舍不得，便跑到江边来，想把小船拉住。这时坐在永弟身边的老船长林泰升见状，忍不住高喊起来："啊，小依弟危险，快上岸！"可是隔着一条大江，对岸的小伙子根本听不到，即使能听到他也来不及躲避了，一个大浪打来，将他卷到江中，刚刚冒头从浪中钻出之后紧接着又是一个大浪，江面上便再也看不到他的身影。岸边屋中冲出一个老妇人，或许是小伙子的母亲，哭着喊着向江边奔来，随即被屋中跟出来的一位妇女给拉住，俩人抱头痛哭。

在大自然的面前，人的生命何其脆弱！

在岸边坐着的老船长忍不住发出一声悲鸣，永弟扭头看了他一眼，只见他眼眶中饱含着泪水，花白的头发在风中拂动，黝黑的面庞深深烙着同情与无奈。永弟心中咯噔一下，原本平日里满面肃容的老船长竟也有伤感的时刻。他不禁对这位饱经风霜富有航船经验的老船长又有了新的认识，产生了深深的敬意。

这一趟航行充满着艰辛，这一趟航行饱含着忧伤，这一趟航行满载着无奈。

3

为了确保航行安全，这趟航船取消了。旅客们都看到了江边发生的一切，在现场真切感悟到了生命的可贵，当轮船公司向大家说明航船取消时，众人没有一个多语，大家默默地办理退票，悄然退去。

船员们在南平多待了一天。第二天清晨，难得的太阳终于露出了笑脸，原先充斥着暴力的江水，经过一天一夜的泄洪之后，也变得越来越温柔越来越乖顺，恢复了往日平坦的江面。泰升船长下令，做好开船准备。

洪水虽然退去，但洪水带来的后遗症不会轻易消失，这不，一路过来，满眼尽是洪水肆虐之后留下的废墟：这边堤坝垮塌洪水入侵村庄，那边江岸滑坡大树落入江中，前面礁石上垃圾成堆堵塞航道，后面波涛中圆木翻卷势不可挡……这条轮船在泰升船长的指挥下，一路上左冲右突躲避着江上的障碍，寻找着最佳的河道，有时遇到急流险滩之处还要开倒车，不断跨越艰险这才勉强行驶过来。闽江上的大小船只原本是比较多的，他们上行时还能看到不少与他们齐头并进的船只，可现在偌大的江面仅有他们这一条船在航行，前不见舵后没有桨，其他的船不是畏惧急流就是躲避暗礁，江面没有了平日的繁忙。

凭借着老船长几十年走船的丰富经验，以及他胆大心细的临场指挥，这条船虽前路艰险却险中取胜，最终在午后3时平安回到台江码头。比平日整整快了两个时辰，这一方面是水流湍急顺流速度快，另一方面是一路上下的旅客不多没有停留多少时间，人们都盼着早一点到达，上上下下都形成了合力。当然，比起预定的时间，他们晚了一天。

算起来这可是遇上天灾，只要人没事就好。然而令众人没有想到的是，到了月底，公司竟然给"民生"号上的所有人员每人扣了1斤大米。原因呢？说是轮船在南平多待了一天，影响了公司的收益，因此这损失要从每个员工身上扣除。有不少人不服气，几个身强力壮脾气大的人当即冲到公司人事科，把科长陈昌富给拉了出来，可是陈昌富竟然一点都不害怕，他拿出一张公司董事会的通告，说这个事是由公司董事会定下来的，他也只是执行者，如果有疑问可以找董事会去申诉，但不要与他为难。听了陈昌富的话，众人立时泄了气，这董事会有几个人呀？董事会在哪里呀？他们一概不知，想找也没地方找去。

听到这个消息，一贯沉稳严肃的船长林泰升忍不住开口骂了一句："这些个丧尽天良的家伙！"然后就没了声响。而大副、水手长更是连个屁都不敢放，下面的船员、水手、轮机工只好忍气吞声任由公司宰割了。

在这条轮船上，陈永弟最年轻薪金最低，他至今还是个学徒工，所以他的报酬比任何人都要少，而他所干的却是一个全日工的活。虽然学徒期一年已经期满，可公司却不给安排考试，因此他还是学徒。每月30斤大米他基本上不够吃，经常趁着休息跑回家去拿些母亲种的番薯回来，掺在大米中煮饭，这样可以省些米。他毕竟一个人，与玉水师傅那样拖家带口的师傅们比起来，还是强上许多。因此公司发的大米他拿出不少接济了他人。

扣米风波过后不久，一天晚上陈永弟与贵生师傅一起下班回家，走在路上，师傅对他说："永弟，晚上没什么事吧？"

"没事,师傅你有事?"

"晚上有客人来,找你谈谈,可以吗?"

"当然。我在家等着。客人是谁呀?"

"来了你就知道了,其实你认识的。"

既然师傅不说,永弟也不再问。师徒二人草草吃过饭,收拾了碗筷,等着客人上门。

大概是晚上9时,那扇小门被均匀地连敲五下,贵生师傅走到门口问了声:"哪位?"

"贵生,是我。"

小门打开,走进来的人让永弟大吃一惊。

进来的人身材适中,穿着一件浅灰色长衫,一顶圆边礼帽,他一进门就对着永弟笑着说:"老弟,没想到是我吧。"

永弟站起身,憨厚地叫了声"何老板"。

"别叫我老板了,在家里不像在外面。"

"昌义依叔。"

"永弟来,坐下说话。"

贵生师傅端出一摞碗,倒了一碗白开水放在桌上,何老板也不客气,端起来喝了一口。

"永弟,都是熟人,我就直说了。"

永弟坐在何老板的对面,旁边是贵生师傅,三人坐在一起,就像是亲兄弟般在闲谈。

"永弟,你应该知道我们是什么人,但是我们还有另一个身份,一般是不对外公开的,而现在之所以向你公开,主要是看你与我们有相通之处,我们是想把你也拉到我们这个组织里面来。今天我来找你谈话,并不是我和你两个人的事,而是我们的组织在和你交心。"

永弟默默地倾听着何老板的叙述。

"我们的组织全称为中国共产党,我们是做什么的呢?就是要为广大老百姓争取利益,就是要为天下的穷人争取利益。"

永弟看着何老板,在心中默默地思索着他所讲的话。

"永弟,对你我们都十分了解,你出身于贫苦家庭,自小就靠着打鱼为生,你有着很强的正义感,你同情贫苦人民,你痛恨资本家剥削,你愿意为百姓做事,这些我们都是看在眼里的,所以今天我要正式地问你一句:你愿意加入我们的组织吗?"

"愿意。"陈永弟毫不含糊地说。

"很好,我也想到了你肯定会这么说,但是我还是要问,因为这是你正式向组织表明你的态度。"

陈永弟笑了,露出了白白的牙齿。

"在我们的组织里,都有一个共同的称呼,那就是'同志'。李贵生是你的同志,我是你的同志,而你,也是我们的同志。"何昌义伸出手来,与陈永弟紧紧地握了一下。

"我代表党组织正式通知你,经过组织的考察,决定将你列为我们组织的一员。欢迎你加入。"

之后陈永弟的手又与师傅李贵生紧紧握在了一起。

"既然已经是同志了,下面我要向你说明一下我们的组织。"

大家又坐下,听何老板介绍。

"我们的组织叫作中国共产党闽江轮船公司支部,成立于 1946 年 1 月,虽然成立的时间不长,但我们组织内部有许多党员,他们已经战斗了十几年。你师傅李贵生同志就是一名老党员。"

"那我也是党员吗?"陈永弟兴奋地问。

"不,你现在还不是党员。我们的党员,必须是坚定的共产主义者,必须经受艰苦的考验,必须对党无限忠诚,必须严格遵守党的纪律。你刚刚加入组织,是一名新同志,还要经受更加严酷的考验。但我相信,只要你努力工作,今后一定会成为一名合格的党员。"

"我会努力的。"

"眼下,我们的组织还很弱小,面对凶残的敌人,我们要通过隐蔽、艰苦的斗争,团结广大人民,与国民党反动派进行坚决的斗争。我们的目标,是要建立一个平等、自由、民主的新国家,在这个国家里,广大人民群众当家作主,不再受地主、资本家的剥削和压迫。"

听了昌义依叔的话,陈永弟觉得自己浑身热血沸腾。

"我们的目标并不是空想,而是已经有了坚实的基础。你也知道,在东北,国民党军队已经被消灭,建立了民主政权;在华北,人民解放军即将展开新的攻势,新中国的建立为时不远。"

"那现在我们要做什么?"

"我们现在要做的,就是通过我们的努力,把一批批武器运到闽北游击队那里去,壮大我们的武装,与敌人展开斗争,等待着解放大军的到来。"

昌义依叔端起碗喝了一口水:"其实这些事你已经在做了,今后我们要做得更多、做得更好。"

说到这里,昌义依叔话题一转:"但是我要提醒你,不仅是你,还有我们全体同志:敌人是凶残的,斗争是残酷的,我们的斗争要隐蔽、要干净利落,越是距离胜利不远,斗争也越是残酷,因此我们要做好准备。这个准备不仅是在行动上,更是在头脑中、在思想上。"

听了昌义依叔的话,陈永弟不禁握紧了拳头。

"下面,我就给你布置工作。"

陈永弟立即坐直了身体。

"你现在是轮船公司的学徒,这是一个很好的身份,在你这个位置上,只要胆大心细,就能给组织做很多事。你现在由李贵生同志领导,听从李贵生同志的指挥,在李贵生同志的安排下,为我们的党、为我们的组织,完成各项工作。你有信心吗?"

"有!"简短而坚定的回答。

"你虽然加入了我们的组织,但是你对我们的组织还不了解,不久我们要送你去山里学习,让你对我们的组织有更多的了解。"

"什么时候去?"

"等安排吧。"

"好的。"

"还有一点要强调,我们的组织是一个秘密组织,在任何情况下,你都不能出卖组织的任何事情,更不能向任何人提起,包括你的家人、你的亲戚。记住了吗?"

"记住了。"

"在这方面,血的教训实在是太多了。所以我要再三强调。"

"我明白。"

"今天与你的谈话,就我们三人知道,你不能向其他人说。而你的身份,也就我们三人知道,也不能向其他人说。"

　　"好的。"

　　"今后你的工作只能由李贵生同志安排,遇到紧急情况我也会来找你,如果有其他人来,说是什么组织的,你都不能相信,也不能答应。你明白吗?"

　　"这是为什么?"

　　"为了我们组织的安全。在这方面也是有深刻教训的。"

　　"好,我明白了。"

　　"今天的谈话我就说这么多,以后有事你直接与李贵生同志说,不到万不得已,不要来找我。但如果有紧急情况,你可以来店里找我,或者与陈依壮同志说。"

　　"啊?依壮叔也是我们的人?"

　　昌义依叔笑笑:"以后你会认识更多的人。"

　　送走了昌义依叔,贵生师傅关好门回到屋中,"永弟,以后我们就一起做事了。好好配合。"

　　"师傅,这还用说吗?"

　　贵生师傅拍拍他的肩,笑了笑。

　　这一夜,陈永弟躺在床上,久久不能入睡。

第十四章　进山

那是一条充满了荆棘与坎坷的道路，但又是一条绽放着理想和希望的道路。踏上这条路，意味着更多的努力、更多的汗水、更多的付出。因为，在这条道路上，过去有不少仁人志士前赴后继，而今又有众多后来人，在拼搏、在抗争、在奋进。

1

天尚未亮，陈永弟就起了床，匆匆洗漱完毕就赶往码头。按照事先约定，他找到了"九龙江"号的轮机工陈祖光。这也是位年轻人，虽然在同一公司做工，但一来陈永弟来的时间不长，二来他没有跑过这条"九龙江"号客船，所以他并不认识陈祖光。

来到机舱见到陈祖光，陈永弟就说："祖光师傅，我是'民生'轮上的轮机工，是贵生师傅叫我来找你的。"

陈祖光一听："噢，你就是贵生师傅的徒弟啊。来吧，先上船，等下帮我干活。"

于是永弟与陈祖光一起进入狭小的船舱里，那儿已经有三个人挤在一起，将这小小的船舱给挤得满满当当。

前方客舱正在上客，轮船即将启航。陈祖光和另一位轮机工给锅炉加炭，陈永弟对于此道是驾轻就熟，他一边帮着用快刀将那竹编的篓子割开，尔后用铲锹把一根根木炭连拉带扯地从炭舱中拖出来，送入炉膛中。就这样一铲一锹上下挥舞，再加上船舱内狭小低矮，一连挥了几锹之后炭尘就布满船舱，整个人都是灰头土脸的，汗水顺着额头不停往下淌，在脸上冲刷出一条条道。

跟师傅搭班一起干活他习惯了，可像今天这样到别的船上，与其他人搭班干活还是头一遭。虽然同属一个公司，跑同一条航线，干同一种活，然而毕竟人头不熟，缺少默契与协同。

一起来的两个年轻人据说也是公司的员工，但不是轮机工，而是造船厂的，他们一个是铁匠一个是木匠，专门修造公司的轮船。比如永弟所在的"民生"号，从南平回来后都要进船厂进行检修，因此这两位每次上班都是在夜间，白天他们反倒没有什么事。

开船之后，轮机舱内的事情少了，不需要再用劲投炭烧气，只要保持动力就行。祖光师傅坐下来喝了一大口水，然后对三人说："你们相互认识一下，等会儿如果有人来检查，就说是公司的员工，都是肝胆兄弟，休息时去南平游玩。你们之间要把对方的姓名、干的活、每个人的脾气都了解清楚，免得人家一问露了馅。"

三人相互交流了一下，各自说了自己的姓名、籍贯、工作甚至爱好。听了他们的介绍，陈永弟得知铁匠名叫黄祥发，连江晓沃人，比自己大一岁，木匠名叫陈源升，罗源鉴江人，比自己大两岁。这两个地方都是靠着海，因此这两位也都是海上行船的老把式，在家里也都走过船，后来通过各种机缘来到公司做工，进入船厂。

铁匠和木匠也都像陈永弟一样，少言寡语，在船舱里只是默默地帮着干活，决不多话。只有相互之间询问或是工作需要了，才开口说上一两句话。虽然没有更多的言语，也仅是刚认识，但永弟觉得与他们似乎心有灵犀，做事需要配合时不用开口，一个眼神一个手势，对方就知道你需要什么，会自动前来协助，而且配合得完美无缺。

其实铁匠和木匠也发现了，但他们仅仅是抬头惊讶地看了对方一眼，便不再言语，低下头继续干活。祖光师傅特意问了一下，他们虽然在同一个修船厂，因为工种不同，所属的班组也不同，之前并不认识。要知道，那船厂规模不小，有百余人，开工时大家各忙各的，都在抢时间争速度，哪有工夫去闲聊？

就在何昌义老板与贵生师傅一起同陈永弟谈话之后，两个多月了，陈永弟虽然嘴上不说，但在内心深处热血沸腾想干出一番惊天动地的事情来。可是与他的殷切期待相反，贵生师傅一直没声音，就连何昌义老板也不见了踪影。这几时他便跟着师傅一起上班、下班、烧炉、添炭,然后运了两次货物,日子就这么在平静中一天天度过。他反倒觉得自己有点不适应,用福州老话来说就是房梁做成了牙签——大材小用。当然他只是心里在想,决不会说出来的。

前天与师傅一起走船,到了南平之后,师傅让他守船,自己去麻风医院送了一趟货,回来之后师傅悄悄地对他说:"回到福州之后,向公司请三天假,也就是一个班次,乘船到南平去麻风医院找王竹松,由专人送你去游击队根据地学习。"

他听了心中狂喜,按捺不住喜上眉梢,师傅特意叮嘱道:"这次学习不要对任何人讲起,更不要喜形于色。"他这才停止了微笑。

到福州下了班,师傅先是回家拎了 10 斤大米,带着他来到三保一家棚户住户前,找到了同事陈祖光,说自己的徒弟陈永弟明天搭他的船去南平,陈祖光满口答应,并告诉陈永弟明天上午开船前来码头找他。

比预定开船的时间晚了十分钟,还好,这算是正常情况了,因为旅客登船,还有货物装船等等因素,基本上开船时间都会晚一点,有时晚半小时,有时晚几分钟十几分钟,这都属正常情况。一声铃响,一阵喧哗,轮机发出轰鸣,船身开始颤动,往后退了十几米,然后掉转船头摆正方向,轮船驶离了台江码头,鼓足了力气朝上游奔去。

轮船的启动是最考验轮机舱的了,这其实与汽车、飞机启动是一个道理,必须有足够的动力和后续的马力,才能驱动轮船前行。水行船时水的阻力,更要密切观察轮机的运作,确保足够的动力。因此开船半小时内,是最考验轮机工的。但见两位师傅一左一右,挥铲拼搏,将一根根一块块木炭填入锅炉,把火烧到最旺。此时陈永弟也不闲着,帮着两位师傅操作,有时将炭舱内的木炭给打松拔出,有时去轮机前加点机油,有时查看一下煤气的输送状况,听着轮机铿锵有力的运行,看着舷窗外飞逝而过的万寿桥、三县洲,回首轮机舱内烟尘四起嘈杂一片。就这么忙碌了半个多小时,轮船驶到帮洲,轮机运行稳定了,身为轮机工这才略微有了点空闲时间,能够坐下来喘口气喝点水了。

两位师傅轮流歇息片刻,他们叫陈永弟也别太累了,坐下歇歇,可永弟对两位师傅笑了笑,依然站立着没有停歇。

面对这么一位勤快的小徒弟,两位师傅免不了露出赞许的笑容,抽空他们也和永弟聊起来,问了永弟姓名、哪里人,还说起他们与贵生师傅认识、交往的往事。他们说贵生师傅是个好人,经常帮着他们,陈祖光师傅的弟弟开了一个小铺卖香烟,有一次一个阔少拿了烟非但不给钱,反而把陈祖光师傅弟弟打了一顿,多得贵生师傅找了人,教训了那个阔少,让阔少赔了医药费。另一位师傅也说起自己家里人口多,大米不够吃,是贵生师傅给他家里送来 10 斤大米,解了一家人的果腹之忧。听了两位师傅的话,永弟心想难怪每次运货换来的大米都不够分。

这次走船大概是旅客不多,装的货也少,从舷窗上看到水线一直在舷窗之下,祖光师傅便上去将两边的舷窗打开,让舱内空气流通得快一些。一路行船,激起的浪花多少会有一点打进船舱里来,时不时地就能听到哗的一声响接着便是浪花一片,有时靠得近了身上都会被溅湿。

两个舷窗的开启,极大地加速了舱内空气的流通,不多时飞尘渐渐少了,再加上添炭的速度减慢,舱内不再是一片混浊。原先躲得远远的黄祥发和陈源升也都来到近前,大家一起闲聊着。边聊陈永弟边时不时地观察一下锅炉的燃烧情况,留意轮机运转发出的声音。五个人挤在狭小的船舱内,你一言我一语,说到了公司的内幕,说到了认识的船员,说到了各自家乡的逸闻,当然也说到了眼下公司的种种不公。铁匠黄祥发突然问道:"你们认识郑祥远吗?"大家一听,怔了一下。郑祥远?永弟内心在想,这名字很熟嘛,但实在是想不起来了。黄祥发接着说:"就是私下串联组织工会那位。"噢,是他!永弟想起来了,自己来做工还没几天,那天晚上祥远师傅来到码头等着他们返航,上船便告诉他们串联组织工会的事,结果工会没搞成,祥远师傅还被开除了。

"祥远我知道,他和我一起来公司做工的。"祖光师傅说道,"他怎么了?"

"你们还不知道吧?"黄祥发接着说,"祥远师傅被抓了,说他有共党嫌疑。"

"被抓了?什么时候?"

"就在前天,祥远师傅的弟弟郑祥云在船厂做工,他和哥哥一起被抓了。"

"被谁抓了?"

"听说是市党部的人，说他们兄弟俩与共党勾结，串通闹事。"

"他们闹什么事了？"

"不就是组织工会的事嘛。哥哥祥远在轮船上串联，弟弟祥云在船厂串联，结果工会也没搞起来。"

"这简直是有天没日头，我们穷人没有活路了！"祖光师傅骂了一句。

说起这事，大家心里都觉得沉重，原本轻松的闲聊便有点凝滞了。

此时舷梯上发出响声，大家一齐抬头张望，不一会儿露出一双腿，然后是肥大的腰身，最后一个圆滚的五短身材的男人下到轮机舱。看到大家，男人展露出舒眉笑脸："哟，这里这么热闹。"

两位师傅一见立即起身，应了一声："船长。"

永弟这才知道，原来是船长来了。但他觉得有点奇怪，一般来说，驾驶舱才是船长的岗位，他主要是在驾驶舱内瞭望前方航道，时刻注意轮船的航向，要从那复杂的水域中指引出一条安全、便捷、快速的通道，让轮船顺利通过，没有大事船长一般不会来到这狭小昏暗的轮机舱的。可眼前这位船长，开船时居然还能有时间跑到这污浊嘈杂的轮机舱来，还真是难得。

"这几位是……"船长保持迷人的笑脸，见到永弟三人，十分关切地问起来。

"噢，这位是'民生'号上的轮机工，这两位是船厂的工友，都是我们公司的。"祖光师傅上前解释说。

"噢，都是公司同仁嘛，很好很好。"船长透着笑，接着问，"你们三位这是去哪里呀？"

"他们……"

"我们都是好友，这次专门请了假，我陪他们两人去南平逛逛。他们在公司做工很久了，还没去过南平。"永弟抢过祖光师傅的话头。

"噢，是这样。那老弟你们辛苦了。"船长笑着说，"既然都是本公司的员工，祖光，我上去打个招呼，等下后厨送饭来，也给他们三位打一份。"

船长笑着向他们摆摆手，拖着圆滚的身材，大摇大摆地走了。

"这位船长还挺可爱的。"木匠陈源升说。

陈永弟却与他想的不一样。在陈永弟看来，这位船长表面上虽然一直眯着细眼笑呵呵的，但是从他那滴溜转的眼神中，分明露出几许狡黠与圆滑。与他相比,自己的船长林泰升虽然不苟言笑极少讲话,也很少到轮机舱来,但他站得直立得稳,是个真男人。倒是眼前这位船长,看着挺和气的,却隐隐给人一种做作与阴柔之感。

当然,这种想法陈永弟只是压在心底,不会表露。毕竟这次的旅程非同寻常,多一事不如少一事,安全为主。

不过这位船长还真的说到做到,中午、晚上船员来送饭,真的送了五个人的饭菜。吃着饭,木匠陈源升又把船长给夸了几句,大家也都点头,就只有陈永弟没附和。

一路顺风顺水,次日下午到了南平。永弟帮着两位师傅把四篓福州橘子搬到船下送往市区,他们三人也下了船,乘坐金堂的小篷船往麻风医院驶去。就在他们的小船离岸往上游驶去之际,身后的大船上,一双滴溜溜的小眼睛正盯着他们……

也就一个小时小船靠上岸,永弟与金堂夫妇告辞,三人沿着那陡峭的石阶一路攀登,来到大樟树下的医院门前,连敲五下门便开了,守门的中年人看了他们一眼,永弟道:“是阿贵让我们来的。”那人点点头,“我认识你。”永弟对他笑笑。这位就是王竹松,医院门卫,前几次来送货,都是交给他的。王竹松一招手,三人跟着他穿过庭院,走过天井,径直来到后院,打开一扇狭窄的小门,王竹松一指对面:“那个门上挂着一双草鞋的小屋,你们进去后还是那句话。”陈永弟三人穿过小巷,走进门去,里面已经有人等着他们了。

一位年轻人迎接他们,直言道:“这里不方便久留,马上就走。”三人跟着他,穿街走巷拐了好几个弯,直把他们转得晕头转向不知南北。一直走到城边,闪进路边一个破旧的小屋内,年轻人将他们交给一位中年妇女,然后头也不回就走了。

这位妇女看了他们三人一眼,说:“前面还有人在等你们,跟我走吧。”继续上路。这一片都是上下起伏的山岭,虽然他们都是福州人,生活的地方也是崇山峻岭,但他们毕竟是走船的,在水上活动较多,在崎岖的山路上一直走下去,还真的觉得有点疲劳。但他们都没吭声,咬着牙坚持着。他们知道,这里人生地不熟,听从指令是最合适的。

整整走了大半个时辰,天色已暗,来到山岭间一片农舍中。那位妇人对他们说："我就送到这里了，你们先进屋休息，会有人领着你们继续走的。"他们在一位老伯的安排下，在一间较大的屋子里落脚，草草吃过大米掺番薯配野菜的晚饭。一路奔波早已是饥肠辘辘，他们觉得这是吃得最香的一顿饭。吃过饭也不废话，直接上床睡觉。

　　也不知睡了多久，在深沉的梦境中陈永弟被拉醒，他一睁眼，老伯悄声在他耳边说："要上路了，小阿弟。"他一激灵转身起床，黄祥发和陈源升也都被叫醒。三人背上各自的小包袱，跟着老伯悄声开了后门，摸黑往山上走去。一出门，老伯往他们手中塞了一根粗大的松木条，底下套着一截竹节。老伯用火柴点燃一根小松枝，然后相继点燃他们手中的松木条，每个人举着当作火把，照亮前行的道路。松木条富含松脂，燃烧时会有松香脂流下来，那松脂黏糊糊的落在手上很不好洗，下面套了个竹节，松脂就不会滴落在手上而是直接流入竹节中，既能保护手不被烧伤，还能顺便收集松脂，要知道，这可是制作松香的好材料。到了哪座山就得吃哪样饭，这句老话看来说得极有哲理。

　　虽然有火把照明，但是山路崎岖，跟在老伯的后面，永弟还是感觉深一脚浅一脚的，毕竟自己走的山路不多，其他两人同样，所以走得并不快。最初点燃了松木条，永弟还怕这火光会引人注意，可是一路走来，路上绝少行人，置身大山深处，要想看到个路人，还真是难上加难，更何况眼下是深更半夜。

　　步履蹒跚地前行，他们只能低头辨识着脚下的路，而无法抬头前方，时常就会被垂下的树枝刮到头脸。相比较那位老伯，他毕竟是这个地方的人，对这条路可以说是捻熟在胸，因此他的步伐稳健有力，看上去毫不吃力。陈永弟与陈源升、黄祥发可就惨了，他们前挪后移左摇右晃，似乎每一步都有陷阱，似乎每一步都十分费力。

　　后半夜的山风有点强劲，虽然已是初夏，但吹在身上依然有几许寒意。老伯拿出背后竹篓中的蓑衣递给他们，让他们披在身上。这蓑衣是用当地的一种草编织的，虽粗糙却极为挡风，披在身上他们顿时感觉到一股暖意。三人鼓了一把劲，喝了一口凉水，擦了一把额头的汗，继续攀登。

　　黎明时分，东方露出一丝红霞。"云液无声白似银，红霞一抹百花新。"又是一个清新的早晨。经过大半夜的艰难跋涉，陈永弟三人紧随着老依伯登上一座山岭,此时他们的身后,万道霞光映照着起伏的山峦,数朵白云衬托着湛蓝的天空。俯瞰周边峰峦,遥视东方朝阳,令人生发出一种豪迈热血沸腾,一夜的疲劳尽消。

正观望着,老伯前来催促:"还有一段路呢,快走吧。"众人加快脚步继续前行。好在前方的路已经是山间谷地,相比较刚才的路平坦了许多。借着昂扬的气势,他们的脚步也显得轻快了许多。

绕过一道山梁,走在一条狭窄曲折的山道上,漫山遍野的映山红绽放,红的紫的白的,前面是个山口。刚走到近前,突然从路边草丛里跳出一个人来,把永弟他们吓了一大跳。那人上前招呼:"杨老伯来了。"前面的老伯向他点点头:"依姐在吗?""在,依姐等你们两天了。"

众人加快脚步,一路小跑来到山间谷地。这儿挺隐秘的,周边长着高高的茅草,还有茂密的树丛,两间长长的连片竹棚展现在众人眼前。他们走到近前,已经有人在小路边等着他们。

站在最前面的是一位干练精明、身材适中的大姐,短发,身穿一件当地农家的蓝色印花小褂。来到面前,她向众人招手,陈永弟一看不禁怔住了:"是她!"

2

在福州东郊靠近鼓山一带,有一片地盘挺大的丘陵,与不远处高耸入云的鼓山及鼓岭那一大片崇山峻岭相比较,这儿的几座小山包如牛岗山、金鸡山、桃花山等皆算不高,最高的金鸡山海拔也就百余米,牛岗山海拔60米,桃花山更矮。这一大片区域,就是广阔的东郊平原,这儿有一个特色,称作"屿"的地名特别多。福州有句老话"竹横前后屿,林蔚凤丘山",说的就是这一带,意思是说这儿有竹屿、横屿、前屿和后屿。所谓的"屿",说来很简单,远古时代这儿都是闽江上的岛屿,为了区分,百姓们或是根据岛屿的形状,或是结合岛上的自然生态,给这些岛屿取名。例如竹屿,岛屿上生长着大片的竹子,故名。横屿,盖因岛屿横在江中,便有此称。至于前、后屿,则以在江中的位置简称。千万年沧海桑田的地质变迁使岛屿连成一片形成陆地,这些岛屿的名称被保留着下来变成了地名。

前屿是个村,村里有座小山丘,山上生长着遮天蔽日的粗大古松,所以也有人美其名曰"松屿",可惜这个文雅好听的名字并不为老百姓所接受。另一个称呼便有些洋气了,"前"与"钱"同音,一些成天做着发财梦的人便冠名为"钱屿",然而想法很美好,现实很骨感,叫着"钱屿"可发财的人并不多,到头来还是"前屿"这一称呼较为受欢迎。

前屿最大的一个特点,乃是阮姓的人多。

阮氏在中国也算是个远古的大姓了,据史料记载,阮姓的起源主要有三个源流:一是以国名为姓氏。商朝的一个诸侯国名叫阮国,大致位置在今天的陕西省和甘肃省交界的泾河与渭河流域,成语中有个"泾渭分明",说的就是这两条河流。国名为阮,国中百姓便也跟着都姓阮。二是由偃姓演变而来。偃姓是皋陶的后裔,这位皋陶是炎帝之子少昊的后代,出生于山东曲阜,本姓偃,与尧、舜、禹同列"上古四圣",他的后人改姓为阮。三是由石姓更姓而来。中国古书《南史》中记载,东晋末年石敬瑭称帝,此后天下纷争兵燹不断,石姓家族频受打击迫害,为躲避灾祸,更为阮氏。至于阮氏来到福州,史书称三国两晋之后天下大乱,有阮姓迁居南下,其中一支进入福建,在此生根。据人口普查资料,阮姓主要分布在浙江、湖北、广东及福建四省。而在福州前屿,全村阮姓占了百分之九十八以上,可以说是满村皆姓阮。

1911年,也就是辛亥革命爆发的那一年,在前屿村中一座普通的三间土坯茅草房内,有一个女婴出生了,她是这户人家的二女儿,而她的父亲正在企盼一个儿子。望着躺在床上满脸疲惫的夫人,等在屋外的丈夫深深地叹息了一声,但隔壁的老太爷却喜出望外:"好啊,妈祖娘娘又给我们阮家送来了玉女一个。"粗通诗书的老太爷当即给孙女取了个响当当的名字:阮明月。

生下女儿第三天,母亲就迫于生计下地干活,父亲也谨小慎微辛勤劳作。前屿村除了种地、栽果树之外,还有个营生就是做线面。其实这个线面后屿做得更多,算起来也是后屿的特产,但前屿与后屿相连,因此后屿制作线面,并不影响前屿也跟着做。

夫妇俩就是制作线面的高手。

线面是福州的一种传统特色小吃,以"丝细如发、柔软坚韧、入汤不糊"而名扬四海。它以精面粉为原料,加上精盐、薯粉或米粉,佐以食用油,经手工拉制晾干之后而成。如此细的面把它卷成一小束并用红纸包成小卷,在福州话中这样一束称为"指",煮一碗线面用"一指"足够了。逢年过节亲友间相互送礼,或是妇女生了孩子坐月子,所送的贺礼往往就是这线面。线面煮食极为简便,将一指线面放入沸水锅中,上浮后立即捞出,加入事先炖好的羊肉、鸡肉或猪肉汤,以福建老酒调味,点几滴福州虾油,再撒点葱花,清香四溢。在福州民俗中,过生日吃碗线面称为"寿面",里面一定要加两个鸭蛋,叫作"太平面"。男婚女嫁,男方给女家送礼,必定有鸡和线面,名为"喜面"。亲朋好友上门做客,来碗线面叫作"饷容面";迎送宾客来一碗线面,叫作"顺风面"。

阮家是前屿人,而阮家的媳妇是后屿人,嫁到前屿顺便就把制作线面的手艺给带来了。阮家依靠着这门手艺,解决了全家人的温饱,还给姐妹俩阮明玉、阮明月提供了上学堂的学费。阮家也是耕读世家,虽然身居乡野,却也深深懂得书中自有黄金屋,再加上福州的风俗不像北方农村,重男轻女严重,在福州女孩可是宝,男孩反倒要吃苦。因此阮家的姐妹俩就像近邻一样,自小送到学堂去读书。

福建人的祖先大多自北方迁居而来,所以福建方言中时常夹带着中国的古代汉语。阮氏姐妹俩上学,单单这"上学"说法就颇有含意,在福州话中上学是三个字,直译就是"去书斋"。其实不仅是这个,比如"下车",福州话直译就是"落车";"喝茶"在福州话中直译就是"吃茶"。姐姐俩"去书斋"时已是1917年,也就是民国六年,先是在村里的私塾念了几遍《三字经》,然后是《弟子规》,还有《百家姓》《千字文》等等扫盲读物。村里办起了国民小学,姐妹俩改入新学堂,小学毕业后考入福建省立第一中学,也就是今天的福州第一中学。姐妹俩学习成绩都不错,尤其妹妹更是连年优秀。姐姐高中毕业后考入了福建华南女子大学,两年后妹妹考入上海光华大学。在学校里妹妹阮明月阅读了许多进步书籍,结识学校的地下党组织,成为一名光荣的共产党员。毕业后她回到福州,与党组织取得联系,经派遣前往中小学任教,在学生中传播马列主义思想,比如陈永弟与林鼎财上的那所双虹小学,就是一所富有光荣革命传统的学校。早在大革命时期北伐军进入福州,几位进步青年成立了一个革命团体"青年任社",意思是"以天下为己任",大革命失败后"青年任社"被迫停止活动。但是几位年轻人依然在坚持探索中国革命之路,集资建成双虹小学,以学校为依托开展革命活动。抗日战争期间学校组织老师学生上街宣传抗日主张,与中共地下党取得联系,成为党组织的一个联络点。在这所学校里,阮明月老师积极参加党组织的活动,先是在中共闽江特委工作,在残酷的斗争中她逐渐成长为一名坚定的共产主义战士。1946年1月中共闽轮支部成立,她是发起组织者之一,并成为这个支部的负责人。在她的领导下,闽轮支部充分发挥自己的优势,先后与南平的闽北游击队、连江罗源一带的闽东游击队和福清长乐一带的闽南游击队取得了联系,为这些游击队运送武器弹药及药品,尤其是运送人员和情报,取得了巨大成就。

在残酷的斗争中,福州市的中共地下组织多次被敌特破坏,人员牺牲,组织遭受重大损失。而轮船支部成立以来各项工作卓有成效,尤其是保密工作做得最好,党组织的活动绝少被敌人破坏,支部成员也未被敌人发现捕获,成为地下斗争的一面光辉旗帜。

看到眼前这位和蔼可亲的大姐,陈永弟连忙急跑几步奔上前去,兴奋地叫了一声"阮老师!"

阮老师亲热地抓着陈永弟的手:"永弟呀,上次双虹小学一别,我们有十年未见了。"

"是九年半,老师。"

"对,九年半!时间可真是催人老,一晃九年半,你看看我都成了中年人啦。"

阮先生又往陈永弟的身后看去,与来人一一握手,相互介绍。

待人员都到齐后,阮先生说:"你们来了就安心住下,这里是咱们的游击队根据地,不怕敌人来捣乱。我是这里的负责人,大家用福州话都称我为依姐,你们也这样称呼吧。"

一众人等跟着依姐走到连成一排的竹棚中,游击队的人员给大家安排了铺位,放好各自的物品,集中在一处,做好培训前的准备。

这一批培训人员有十多人,来自全省各地,有闽东福安、寿宁的,有永安、沙县的,还有松溪、政和的。大家在这里共同生活两天,接受党组织的培训。

一大早来到这里,虽然赶了大半夜的山路,但大家兴奋不已精神抖擞,于是在竹棚里随即召开了动员会。

首先由依姐说明这次培训班的目的、意义和要求，然后进行了动员。依姐说的许多话，时隔多年永弟依然清晰地记得。她说：

"你们都是青年，都是国家的栋梁，我是你们的大姐，我今年38岁。"

此时永弟才知道，依姐比自己整整大了18岁。

"你们来自全省各地，有的是乡下的种田人，有的是城市做工的人，有的经营着自己的小店，虽然地方不同，性格各异，年龄有大有小，但你们都有一个共同之处，那就是：你们都不甘于现在这个不平等的社会，你们都向往着发挥自己的作用改变这个社会，你们都希望广大老百姓过上安宁的生活。然而，这些良好的愿望，在当今的世道却难以变成现实。为什么？因为国民党的独裁政权是站在地主、资本家的立场上，是压迫、欺压老百姓的政权，他们是社会上的特权阶级。在这个社会上，欺负人、压迫人、剥削人的事情太多太多。比如，在轮船公司，因为几个工友想要成立一个工会，就被开除甚至被逮捕；比如，因为下大暴雨轮船无法开行，所有的员工都被扣了工资；比如，学徒工的学徒期限早就超过了合同规定，但资本家为了省钱故意不让转为正式员工；比如，市场上米价连续暴涨，众多平民百姓一家老小无法吃饱肚子……"

听了依姐的这番叙述，陈永弟心想：她讲的这些事不都是发生在自己身边的吗？

最后依姐说："我们共产党人从来不隐瞒自己的观点，过去我们曾与国民党联合，想着一起来建设民主富强的新中国，可是这种良好的愿望换来的却是大批共产党人被杀害；抗战期间为了共同抵御外敌侵略，国共再次携手，可是抗战胜利了，国民党又变脸，向共产党人举起了屠刀，这样的独裁政府，我们要不要把它打倒？我们要不要争取民主、独立、自由的生活？我们要不要为了百姓的利益而抗争？"

依姐这番慷慨激昂的演说令陈永弟血液奔流，他明白了自己所做的事的意义。

接下来的时间，陈永弟与大家一起听取了近日人民解放军节节胜利的消息，了解到在北方大片土地上，广大农民翻身做了主人，分了田地，之后他们踊跃参加解放军，保卫自己的胜利成果。

第一天很快过去,所见所闻令陈永弟耳目一新。

第二天上午是军事训练, 他们大致学习了各种武器的分类和用法,并学习了一些开展城市、乡村斗争的方法。

学习间隙,阮老师特意将陈永弟找来,在一个偏僻的山林中,一丛盛开的映山红前,阮老师与昔日的学生进行了一番长谈。先是由永弟向老师说了自己工作的经历,接着阮老师语重心长地说:"永弟啊,斗争是残酷的,道路是曲折的,身为革命者,我们不怕牺牲敢于拼搏,但是身为隐蔽战线的战士,我们还要善于保护自己,只有保护好自己,才能更好地与敌人斗争。"

阮老师的话永弟觉得很好理解, 但是他又觉得老师有点小题大做,不就是努力工作嘛,还有这么多讲究?

最后阮老师说:"永弟,大家都叫我依姐,我也不是老师了,你就不用叫我老师了。"

"那我叫你阿姐吧。"

阮老师哈哈一笑:"你还真是与众不同。"

3

快乐总是短暂的,聚首总要分别。这一天半的学习很快结束了。第二天下午,所有来学习的人分批被送下山,由不同的方向各自返回。陈永弟还是与两位轮船公司的同事一道,先是下山,然后进城,当天晚上在麻风医院住了一夜,第二天一大早由赵金堂的小船接送登上返回福州的客轮。这次乘坐的是"民生"号航船,贵生师傅早早地就在码头上等着,趁着天色未明三人悄悄地就上了船。

对于阿姐与自己说的话, 永弟觉得道路是曲折的这一点自己相信,然而说斗争是残酷的,他觉得至少到现在为止还未发现,因此他未必信服。可是随即而来的事让他真切感受到了斗争的残酷。

就在轮船即将启航的时刻,突然码头边上水警队里跑出一队全副武装的水警,他们叫停了轮船,登船之后告诉泰升船长:接上峰命令,所有出港轮船都要全面检查。水警们下到船舱内,对所有旅客依次进行检查,不仅查验船票,还要每个人出示自己的身份证件。对于未带身份证件的或看上去可疑的一律扣押,最终从船上的旅客中扣押了七个人。

两位水警下到轮机舱,对贵生师傅、玉水师傅和永弟也进行了询问,并问到了铁匠黄祥发、木匠陈源升,贵生师傅介绍说:这两位是公司船厂的师傅,他们这次来跟船,是想看看这条船的航行情况,回去后公司准备造新船。两位水警听了也就笑一笑。其实这两位都认识,之所以来检查也就是走个过场。

检查完毕,玉水师傅掏出烟来给两个水警,三人凑在一起吞云吐雾地聊起来。玉水师傅问:"今天有什么大事,劳你们辛苦大清早下来检查?"水警听了免不得唉声叹气:"我们也不愿意呀!这不上峰说,近日山里的游击队有异常活动,来了不少外地人,要我们全面严查,遇到可疑分子立即逮捕。"

说者无意听者有心,这话引起了陈永弟的注意,两位同行也听得心中一怔。永弟便问道:"两位老哥,游击队有活动你们都知道呀?"

"哪里会知道,我们哪有这么神?"水警看了一眼年轻的陈永弟,颇有些卖弄似的说,"听说那省党部在游击队里有内应,是他们传出的消息。"

"啊?还有这事……那,这省党部可太厉害了!"

"厉害个狗屁!他们也净是搞些事后诸葛亮的破事,有嘴讲别人没嘴讲自家,如果都这么神那共党游击队早就被剿灭了,可你们看看,现在游击队越来越厉害,都打到市区里来了!"

水警聊了几句之后,上面喊收队,他们说声告辞便走了,一声铃响之后轮船终于启航。贵生师傅与永弟相互看了一眼,低声说:"看来你们这次的行动暴露了。"永弟这才感觉到阿姐那句"斗争是残酷的"还真是应验了。

然而这还仅是刚刚开始,轮船到达夏道、尤溪口、樟湖坂、雄江、闽清等码头时,除了上下船的旅客,无一例外都有水警上船检查,当然因为开船前在南平检查过了,因此他们检查的重点放在登船的旅客上。直到下午4时,遥遥地望见了淮安渡口,进入到福州境内,水警们这才不再登船。

经过一天的航程,当天晚上到达台江码头。站在甲板上,望着夜色中的福州城,望着一江春水向东流,陈永弟觉得自己的心胸特别开阔,觉得自己的思路特别清晰,觉得自己的人生特别有意义。他也意识到,这次培训之后,他有了更加昂扬的斗志,他的人生有了更加明确的目标,他的经历有了更加丰富的色彩。

下部

曙 光

莫听穿林打叶声，何妨吟啸且徐行。
竹杖芒鞋轻胜马，谁怕，一蓑烟雨任平生。
    料峭春风吹酒醒，微冷，山头斜照却
相迎。回首向来萧瑟处，归去，也无风雨也
无晴。

——苏轼《定风波》

第十五章　身份

有阳光的地方必然会有阴影;有欢笑的地方必然会有悲伤;有大腹便便的剥削者,必然会有饥肠辘辘的贫穷者;有穷兵黩武的独裁者,必然会有奋起抗争的不屈者。

1

这是一幢四层高的小楼,虽然不是很高大,但是在当年看来这可就是大厦了。小楼坐落在乌山西侧一片树荫之中,面对着一片阡陌纵横的田野,背倚着险峻的乌山,小院后面的小门直通乌山,沿着曲折的小径盘旋而上可达道山亭。

小楼原是清朝末年外国领事馆, 后来嫌这儿太吵另择他处盖新馆,小楼多次转手,而今成为市府的办公楼。

早晨9时整, 三楼西侧走廊传来一阵布鞋踩踏木楼板的轻微声响,一位老人身着蓝色长衫,手上拎着一根文明棍,下颌一撮浓密的长髯半黑半白,一双老人头布鞋,身材并不高,但那双眼睛却透露出鹰一般犀利的光芒。但见他迈着稳健的四方步,双脚配合着拐棍一步一挂一步又一挂不疾不徐地前行。沿途不少人与他打招呼,他点点头,没有吭声。"先生!"对面又是一声,他依然点点头,还是不吭声。径直走到西侧第三间门前,站立,轻轻地扭开门把手,踱步进去。

不大的一间屋子,里面坐着四位员工,听到门响全体起立。他进门之后,转身轻轻把门关上,众人齐声用响亮的嗓音说:"先生!"他用眼睛扫视一圈,并没有特意看哪一位,然后用低沉的声音说:"大家忙吧。"众人齐齐坐下。

他穿过屋子走到里间,这是一个独立的小屋,漆成淡蓝色的木地板,墙裙是用木板镶的,也漆成淡蓝色,配上白色的上半部,颇为协调。一盏枝形吊灯发出柔和的光芒,一张老式实木写字台后面是一座宽大的太师椅,上面垫着厚实的软垫,旁边一大两小三张硬木沙发上也垫着布质的厚软垫。他走到写字台前,拉开厚重的太师椅,将文明棍放在一边,摘下帽子放在衣帽钩上,轻轻坐下。

　　年轻精干的秘书轻手轻脚地走上前,将一个白瓷带盖的杯子放在他面前,他打开盖,吹了吹漂浮的茶叶,呷了一小口,是上品福州茉莉花茶,冲泡得不冷不热温度刚刚好,他十分满意地看了一眼站在一旁的秘书,一个帅气的小伙子,轻轻点头,那秘书立即转身走出去,回头轻轻关上门。

　　他是个没有什么嗜好的老人,对吃穿都不讲究,极为容易满足,面对眼前的一切,他觉得十分惬意,自己最大的爱好可能就是福州茉莉花茶了,而生在福州长在福州眼下工作在福州,这一点喜好还是较为容易满足的。只不过喝茶要讲究时机,太烫了肯定不行,难以入口,太凉又失去了茉莉花茶的芬芳,因此喝茶的时机极为重要——其实做任何事,时机都是极为重要的,他这么想着。他是个循规蹈矩的人,无论是上班还是下班都十分守时,因此做他的秘书也十分容易。这样一位没有什么恶习的老人,谁都愿意在他手下做事,不仅轻松愉快,而且有面子,因为凭借他的资历,没人敢在他面前狂妄,就是市府的官员对他也是尊敬有加,倒不是他身居要位,而是他的背景……

　　门开了,年轻的秘书走了进来。

　　"先生,这是刚才警察局送来的材料。"

　　"什么内容?"

　　"就是上次抓的那个印刷厂的老板,偷偷翻印共党的书籍。"

　　"什么结果?"

　　"他……死了。"

　　"问出什么没有?"

　　"没有……"

　　"一帮饭桶!"

　　秘书把材料轻轻地放在桌子上,转身出去,轻轻地关上门,一声不吭地走了。

走到门外,秘书停下脚步,将耳朵凑近门边,细听着内里的情况。

里面呢?老先生端坐桌前,打开档案袋,抽出那份材料,就看了一眼,立即高声喊道:"进来!"

趴在门边的秘书一个激灵,如应急反应般立即开了门快步进来。

老先生指着材料上的文字:"这里什么说法?"

秘书凑上脑袋:"这是他老婆交代的,说这人之所以印这个,是有人来找他,并付了定金。"

"他老婆呢?"

"还关在警察局。"

"找他的这个人有消息吗?"

"正在侦缉。"

"是我们的人还是警察局的人?"

"我们的人。"

"有消息立即报告。"

"是。"

"这个事不要告诉警察局,不用他们插手。"

"是。"

"好,你去吧,另外,麻烦你个事——以后不要在外面偷听了。"

"是。"

这次秘书出了门,不敢在外面多待,立即迈步走人。

"笃笃笃",三声轻柔的敲门声。

"请进。"

走进来一个中年人,步伐稳健。

"先生。"

"是李副官,请坐。"

稳坐太师椅的老先生难得地站起来迎接客人,并扶着对方的手入座。

"尝尝我的茉莉花茶如何?"

"早就听说先生的茶是稽查科的一道风景线,今日有幸。"

"哈哈哈……"先生一阵得意。他按了一下桌子角上的铃,随即那个帅气的男秘书开门进来,手里端着个茶盘,里面有两个白瓷茶壶,外加两个同色的茶盏。

秘书轻轻地将茶盘放在沙发前的茶几上,熟练地摆放好,拎起墙角的热水瓶,先将茶具烫了一遍,再将开水倒在一个茶壶中,揭开盖,用竹勺将竹筒中的茶叶挖出些许,置入茶壶中,然后站立一侧,双手背在身后,面带微笑,倾听两人闲聊。

来客有点不解,迟疑地看了秘书一眼。

"噢,老兄你有所不知,这茉莉花茶沏茶时水温不能太高,超过90度容易破坏茶碱形成叶酸,开水最好放置凉一会儿,80度是最佳温度。"

"看来春熙老兄你喝茶成精了。"

随即二人放声畅笑。站在一旁的秘书也陪着展露出训练有素的标准笑容。

过了几分钟,秘书伸手摸了一下盛放开水的白瓷壶,他摸的位置正好是壶上那朵盛开的鲜艳牡丹的位置。然后他又站立一侧。

两人继续你一言我一语闲聊着。

又过了几分钟,秘书再摸一下茶壶,蹲在几前,将茶壶拎起,一弯清水缓慢地注入另一个装着茶叶的茶壶中,待倾入半壶,秘书停下注水,将茶壶摇了摇,将壶内的茶水倒在一边的茶盆中。

"这是洗茶。"老先生介绍说。

来客有滋有味地观赏着。

秘书再次往茶壶中注水,只倒入三分之二,稍等片刻,将茶壶拎起,茶水沿着盏壁缓缓注入,一缕茶香立即氤氲开来,弥漫屋内。

秘书双手端起一盏,恭敬地递在来客的面前,来客也不客气,只手接过,但是他并没有马上喝,而是看着秘书将另一盏送到老先生面前。老先生端着小盏放在唇边,先是轻轻地了一下,闻着浓郁的茶香,露出十分满足的神态。

来客也学着老先生的样子,先是嗅了一下茶香,然后轻喝一小口,在嘴里转了几圈,分几次慢慢咽下,不禁叹了一声:"果然上品。"

两人将小盏放下,秘书立马给斟满。

老先生轻轻一抬手:"你去忙吧。"

"是。"秘书起身，向两人轻轻一鞠躬，老先生点点头向他示谢，来客本无此意，见状也向他点头表示赞许。

秘书走出去轻轻关上门。

"说事吧。"老先生不愿浪费时间。

"宪兵四团的团长昨天找到我，说正好有一个美军观察团路过福州，转飞机去台湾，他们带了最新的无线电波侦测仪，那位团长想看看这个新设备的神奇之处，就请一位熟悉的翻译官给通融一下，借用美军的设备和人员，在主要城区内转了一圈，结果……"

"发现了几个电波？"

"30多个。"

"30多个？这么多？"

"是，经技术分析，其中有美军顾问团的，有美国领事馆、英国领事馆、法国领事馆和苏联领事馆的，这些外国人的21个。"

"其他的呢？"

"其他的，有商业电台13个。"

"剩下的呢？"

"不知出处的有8个。"

"8个，不少了，经过排查吗？"

"都排查梳理了一遍，这8个中，蒋二公子的1个，陈立夫陈果夫的1个，子文先生的1个，孔二小姐的1个……"

"是他们本人的？"

"不，是他们名下公司的。"

"噢，太子党的。"

"还有几个？"

"还有4个，我们怀疑是共党的。"

"有根据吗？"

"有，根据是，这些电台频率不一，不像太子党的，用的都是美国货，电台质量好性能稳定，电波频率也整齐。而这些，有的好，有的坏，有的电波不稳，就像是……不同的零件拼装出来的。"

"这倒是符合中共的特点。"

"所以嘛……"

"老兄有什么想法直言。"

"所以,这4个电波如果严查的话,应该可以查点东西出来。"

"可我们没这个技术呀!"

"我打听了,美军顾问团的飞机因为天气原因,推迟到明天下午起飞。"

老先生这下子终于明白了这位的来意。

"你是想让我出面与他们接洽一下,请他们帮助查明。"

"他们的设备有一项功能,能够准确测出电波的方位。"

"那你为什么不去接洽?"

"我打听了,美军顾问团中的史密斯少校是你的学友。"

"威尔·史密斯?"

"是。"

"一个花花公子,我一贯不看好他。"

"但是,他对你可是十分尊崇的。"

"他们住在哪里,我现在就去。"

"晚上吧,现在他们去登鼓岭了,在那儿用餐之后回来。"

"看来我这老头子还是有点用的。"

"趁着您还没走,给我们留点纪念嘛,就当是帮我们一把。毕竟这儿是您的家乡。"

"承蒙你们看得起,我就豁出这把老骨头啦。"

"哪里,您是我们的前辈,后辈们还得靠您老提携呢。"

"行啦行啦,奉承话就不用说了!乡里乡亲的,老朋友还玩这个?"

"哈哈哈哈……"

听到呼唤铃声响起,秘书一路小跑进了办公室。

"你马上打个电话,让大根警察局派辆车,带两个警察,跑一趟鼓岭。"

"先生,如果要警察办事的话,是不是叫小桥警察局的人,他们离我们这儿比较近。"

"小桥警察局的人我信不过,就叫大根警察局,让他们副局长黄用章带人来一趟。"

"好的,我马上打电话。"

半小时之后,大根警察局副局长黄用章带着两个年轻的警官来到办公室。

　　"老师,您找我?"

　　"用章,我这儿有点事想麻烦你跑一趟。"

　　"老师看您说的,什么麻烦不麻烦的,您有事尽管吩咐。"

　　"你派人去鼓岭跑一趟,开车直接去鼓岭山脚下,找个轿子送你们上去。"

　　"找谁?怎么说?"

　　"你们去交际处,找美军顾问团的史密斯少校,就说是我让去找的,请他务必中午吃完饭后立即赶回来,我这儿有点急事。"

　　"找美军顾问团?"

　　"是的。这位史密斯少校抗战时我曾救过他的命,他不会拒绝的。"

　　"好,有您这层关系就好说话了。"

　　"那行,你快去快回吧。"

　　"老师,我马上就去。"

　　"这事我看你不必亲自去,找个信得过的人跑一趟就行了。"

　　"老师,您的事我还是亲自跑一趟吧。"

2

　　"先生,有位年轻人在门外说要见您,他叫刘肃先。"

　　"噢,是他呀,以后他就是你们的长官了。让他进来吧。"

　　"啊……噢,好。"

　　秘书还未转过弯来,只好答应一声,出门去了。

　　不一会儿一个年轻人走了进来,他身材不高,穿着一套合体的藏青色西装,戴着一副金丝边眼镜,镜片后面两只眼睛滴溜溜地转着。

　　来到老先生面前,他微微鞠躬,轻声叫道:"老师。"

　　老先生站在窗前遥望着乌石山上茂密的树林,背对着正门,听到对方这声称呼,他有点惊讶,便转身看着来人:"你是……"

　　"老师,我是中央大学法学院毕业的,您曾经教过我们国际法。"

"噢,你是中央大学的,我仅在那儿教过半年书……"

"是,后来您有特殊任务离开了。"

"您怎么知道我有特殊任务?"

"老师,后来我去了军事委员会调查统计局,听说了您外出执行任务。"

"那你现在的身份是?"

"我是来接替您担任福州市政府稽查科长,但我同时还是国防部保密局特派员。这国防部保密局……"

"我知道,是戴笠死后改组的,军统改为保密局。"

"是,老师。"

"你来见我还有什么事吗?"

"老师,我想问一下,当初您是通过什么关系回到福建的?"

"通过蒋鼎文的军中关系。1933 年 11 月十九路军搞闽变,蒋鼎文司令受委员长指派率 10 个师入闽围攻十九路军,只用了一个月就平定闽变,之后蒋鼎文任驻闽绥靖主任,我就是那个时候通过军队中的关系来到福建的。"

"老师,不知该不该问,上峰派您来的特殊任务是什么?"

"你想知道?其实也没什么可保密的了,时过境迁。当初派我来是因为我是福州人,目的就是来监视陈仪的,1934 年 1 月闽变之后,陈仪调任福建省政府主席。"

"为什么会对陈仪实行监视?"

"委员长对他不放心,早就发现他有通共嫌疑,与共党来往密切。"

"那您的任务完成得如何?"

"如何?不好。"

"怎么了?"

"我来到福州找了各种关系,想方设法与陈仪挂上钩,站稳脚跟之后,刚刚与陈仪的手下建立了联系,可不久抗战爆发,陈嘉庚到国府主席林森那儿告了陈仪一状,说他治闽不力,他被撤职了。"

"那你是怎么暴露的?"

"暴露个屁,我是故意被推出来的。"

"啊?为什么?"

"为什么？当然是要明白地告诉陈仪,在他身边安插了人呗。"

"那你的日子一定很不好过吧。"

"小鞋还能少得了?竟然怂恿我家族的人为了祖上的房产和我打官司,那段时间我真是居无定所,狼狈得很哪。"

"那你就没想回去?"

"我一直想回去,也托人向雨农主任呈报,可不受重视。"

"是啊,当时正值抗战,福建这地方山高皇帝远,谁还能顾得上。"

"唉,上峰顾不上,可共产党就顾上喽。"

"老师,其实这也不能怪你。福建这地方有点邪门,自古就不是什么繁盛之地。你看我们军统成立之后,在各省的省会都建立了工作站,唯独福建省会福州没有建立工作站,仅仅建了个徒有虚名的福建站,没有几个人,还有闽北站和闽南站,都不在福州。"

"上面不重视,下面工作不好搞呀。纵观福建的军统,各项工作乏善可陈,唯有抗战时在闽东沿海搞日本的油料出了点彩。"

"这事我看了呈报材料,其实也不是什么大事。1942 年 9 月日本一艘运油军舰在闽东海域被美军飞机炸毁,近万桶油漂浮在海上,军统抽调大批人员前往捞起,花重金购买了不少当地百姓捞起的油桶。"

"这事我参与组织了,可惜的是顾祝同的第三战区插手了,要不然我们的成就会更大。"

"也不错了,都搞来了六千多大桶。"

"如果没有第三战区插手,还能搞更多。"

"其实我们军统的事被人家横插一杠也不是第一次了。"

"这就是我们与共党的最大区别。共党组织严密听从指挥,从来都是集中优势兵力,而我们呢?内部倾轧争权夺利。唉,党国就要毁在这帮无能之辈手中!"

"老师,说点别的吧。"

"算了,我们这些人说了也没用,这是蒋总统考虑的事。"

"好在事后对您进行了补偿吧?"

"那是当然,要不然成立市政府还能让我坐上这稽查科长的宝座?"

"不是还给了您一个特派员的头衔吗?"

"那仅是空衔而已,唬人的。有事找你,没事谁管你?"

"老师,您要调走了,去哪儿?"

"台湾。"

"台湾?为什么?"

"陈仪不就在台湾嘛,虽然蒋总统下野了,李宗仁代理总统,但凭他那个广西帮能玩得转吗?蒋总统还是对陈仪不放心啊,调我去台湾,继续干前面没完成的工作。"

"您什么时候走?"

"明天下午,搭乘美军顾问团的飞机。"

"这么快!那我们什么时候交接?"

"现在不就在交接了吗?"

"啊,哈哈哈,是呀是呀。"

"肃先,你的调令什么时候到?"

"应该是明天上午。"

"那你为什么早一天来?"

"一是听说老师您在这儿,想提前当面请教,二是想尽快熟悉一下环境。"

"请教就不必了,你既然是我的学生,给你留点见面礼还是必须的。"

"什么礼物?"

"下午你就知道了。"

"老师这是要卖关子?"

"看来你是个急性子。下午我请美军顾问团的人帮我们确定几个共党电台的方位,你可以顺藤摸瓜,抓几个人出来。"

"共党在福州多吗?"

"不少。肃先,你对当前时局如何看?"

"眼下时局对党国不利呀,徐蚌会战我军损失惨重,总统被迫下野,李宗仁还想与共党和谈保住半壁江山,纯属痴心妄想。"

"看来你对时局还是有着清醒认识的,比那些个草包饭桶强多了。"

"老师,您看下一步我们怎么做?"

"你是哪里人?"

"南京。"

"你比我有优势。我是福州人,在这地界上做事多有牵绊,而你是外地人,不用考虑什么人情世故,尽管放手一搏,这一点比我强,你要做的其实就是一件事。"

"什么事?"

"深挖共党的地下组织,抓几个人出来,让南京看到。"

"然后呢?"

"你看眼下的时局,党国还能生存多久?"

"你的意思是……"

"总统早就在布局了,今后的重点就是台湾。"

"那你去……"

"没错,和你想的一样。我这是先期去占地盘的。"

"那我呢?"

"你要想去台湾,就得在福州这儿打好基础,我再找人给你推荐一下,大陆是早晚都要丢的。"

"老师,您去做好前期准备,我就不劳你费心了。"

"看来你还是没认清当前的形势。"

"老师您……"

"你信不过我没关系,但是我知道一点,你是怎么来福州的。"

"我可是被派过来的,担任特派员……"

"行啦,在我面前唱什么高调?要不是你把美军顾问团翻译的肚子搞大了,还能来这偏僻的地方?"

"您这……"

"你是被发配来的,有人可是想要严办你的,也有人保了你,让你来戴罪立功的。"

"老师您都知道了!"

"要想人不知,除非己莫为。"

"……"

"你也不必灰心丧气,看眼下这个局势,我们在大陆恐怕待不长了。你现在可以从两个方面入手,一个是从地下电台入手抓几个共党,二个是注意近期学生游行,这帮学生娃子懂什么? 他们闹事,后面肯定有共党的影子。"

"那下午找美军顾问团……"

"我这也是给你铺路,有美军顾问团的襄助,你要动手就方便多了。"

"好,老师,谢谢您。"

"不用客气了,好好干吧。"

"老师……我还有个疑问,不知当讲不当讲。"

"我马上就要走了,你有话就说吧。"

"老师,以前一直称您为郑先生,不知您的大名?"

"郑春熙。"

"老师您今年高寿了?"

"55。"

"您都55岁啦!"

"怎么,看我老了?"

"不……您看上去才40岁……"

"胡扯! 少来这些虚的!"

3

时已近中午,秘书再次轻柔地敲门,征得允许后走进来。

"先生,中午您要吃什么?"

"老样子吧。"

"先生,您不需要换一换?"

"不用了,吃过饭得睡一会儿,下午还有事。"

"先生……听说您要走了。"

"是,刚才来的刘肃先就是来接替我的,以后他就是你们的科长了。"

"先生……"

"你还有事?"

"先生……我……能不能跟着您?"

"我这次是要去台湾,位子还未定,你要不然还是先待一阵子吧。"

"先生,我怕……"

"这样,我先去,等我安顿好了再联系你,如果你还想去我就把你带去。"

"好,先生,那我给你把午饭送来。"

"啊,郑先生,再次见到你很高兴。"

"呵呵,史密斯,你的中文越说越好啦。"

"哪里哪里,比你还差远了。"

"其实我的国语说得并不好,我的口音中带着浓重的福州腔,当年我去南京上大学时,很多同学听不懂我说话,我很郁闷,心想我说的就是国语啊,可人家就是听不懂。哈哈哈……"

"那后来呢?"

"后来嘛,我查了资料才知道,不是有句顺口溜吗?天不怕地不怕,就怕福州人说官话。我们福州人说国语,哼哼,很累的。"

"不过你的国语比几年前可是好得多啦。"

"唉,这几年走南闯北的,虽然说乡音难改,毕竟常常说,也就顺溜了。"

"郑先生回到家乡福州,心里一定很高兴吧?"

"半是高兴半是愁。"

"愁?愁什么?"

"也许你还不知道吧,我都不敢回家乡了。"

"我记得你与我说过,你家乡是叫永泰吧。"

"是,永泰梧桐乡。"

"那你的双亲都还在吗?"

"都不在了。"

"噢,对不起。"

"没事。"

"你就没有回去看看?"

"回不去了……"

"这怎么讲?"

"我的祖辈曾是清朝海军,参加过甲午海战,亲眼见到北洋舰队全军覆没，一病不起，我父亲送我爷爷的灵柩回乡里安葬，正好遇上共党游击队，说我父亲是剥削穷人的地主恶霸，把他给枪毙了，我家的田产都被分了。我当时还在日本留学，听说之后带着部队回乡剿共，你知道吗？我亲手毙了十几人。"

"那你可够凶狠的。"

"凶狠？我与共党不共戴天，杀父之仇不能不报。"

"后来呢？"

"你说我都这样了，还能回去吗？"

"我知道了，你就去了南京，在国民政府做事。我们就是那个时候认识的，你还救过我的命。"

"往事不堪回首啊。"

"那你后来怎么回到福建了？"

"我是福州人，当然想回来看看了。"

"不对吧，你没有说实话，我听说你是军事委员会调查统计局派回来的。"

"这个军统已经没有了，现在是保密局，就不要再提了。"

"不过作为老朋友，我还是要提醒你一句，你们的蒋总统恐怕坚持不了多久了，你有什么打算？"

"再打算也无法改变，我已接到调令，明天就搭乘你们的飞机一起去台湾。"

"啊，你要去台湾？"

郑熙春苦笑一下："不仅是我去，恐怕今后国民政府都得去了。"

"老朋友，你今天急着找我来有什么事？你要知道，我陪着我的长官登山游玩，他还未来过福州。"

"我知道我知道，不过我也知道你是常常为朋友着想的。今天急匆匆地找你来，有事求你。"

"什么事你直说，我们之间不用客气。"

"听说你们带了一套侦听设备，可以查出电台的波段……"

"噢，我明白了，你是看中我的设备了。"

"老朋友，就算我求你帮忙了。我要走了，接任的是我的学生，想给他留下点礼物。"

"依照我对你的认识,我看不仅你是留给他的礼物,也是你报复共产党的手段吧。"

"聪明人就是聪明人,不说就透。"

"哈哈,你不用夸我,既然是老朋友,这个小忙我还是会帮的。"

"那就先谢谢了。"

"谢就不必了,比起你救我的命,这点事不算事。"

"来,用茶,尝尝我们福州的特产茉莉花茶。"

"老朋友,你对共产党就这么仇恨?"

"不瞒你说,不仅是杀父之仇,我是把他们当作强劲的对手的。"

"有什么发现?"

"我来福州,一个重要的任务就是监视并消灭共党,可是我干了这么多年,自以为对他们有所了解,也有了目标,可后来的事实是,我竟然错了!"

"认错了人?"

"是呀,我一直以为他是共党,甚至不惜降低身份到他家去当账房先生,可后来发现他竟然不是共党!"

"据我所知,你们的蒋总统是一贯反对共产党的,可是反了几十年,共产党是越反越多、越反越强大,你们蒋总统都解决不了的,你出点错也是正常的。"

"这几年来,我是发现了,共党确实有过人之处,死到临头了,居然一个个都不怕死,甚至还唱着歌走上断头台,可怕呀!"

"这一点我深有同感。我曾见过周恩来先生,他可是连你们蒋总统都钦佩有加的人啊。你们蒋总统说过一句话,国民党要是有个周恩来,还怕没前途吗?"

"好像总统原话不是这么说的吧?"

"就是这个意思,你就不要较真啦!"

"哈哈哈……你呀,还是那个脾气……"

第十六章 勇士

在学习中得到新知,在苦难中得到升华,在生活中得到锤炼,在患难与共中得到关怀。对于他来说,这不仅是一条崭新的人生之路,更是一条能够激发潜能增强意志克服千难万险的蜕变之途。

1

这一年的福州城多灾多难,同一个月里居然火灾、水患接踵而至,令人防不胜防。

1月份米价暴涨,已数不清这是第几次大米涨价了,广大市民苦不堪言。3月份市政府将所得税提高了整整6倍,并开始预先征收,1个月征收了全年的所得税,不少小本经营的商家陷入困境。5月份,省福中学生发动反美运动,300多师生上街游行。6月份反美运动又有新的进展,福建协和大学的学生也开始加入这项运动,同时提出反对国民党官僚及特务暴行,不仅上街游行,而且罢课4天。就在协和大学罢课的这一天,台江小桥达道路上的寿济药铺突发火灾,一场大火整整持续了8个多小时,共烧毁房屋1200多间,死亡30多人,伤者难计其数。火灾12天之后,台江又暴发了百年不遇的水灾,水位高近6米,三保、义洲一带水深超过6米,这场大水6天后才渐渐退去,冲毁房屋近2000户,死亡77人,受伤者无法统计,受灾民众达20万人。两场自然灾害,造成许多家庭家破人亡,更有不少民众财产损失无家可归。由此直接造成的损失是,福州市区尤其是台江一带电信业受损严重,为减少亏损,资本家又拿出两个昏着:拖欠薪金、裁减员工。本来员工家庭受灾就已是生活艰难,遇上欠薪甚至被裁更是雪上加霜,走投无路之下电信业员工罢工、上街游行。

米价暴涨陈永弟没有感觉到，他毕竟还是单身未成家，公司早在一年前就以米代薪了，所以他感触并不深。而所得税倍增对他影响不大，他只是个轮机工，既无厂亦无店，倒是看到何昌义老板的木器行有些艰难。学生的游行罢课，却让他深刻地感到激情澎湃青春焕发。成百上千的学生们排着队行进在大街上，边走边呼喊口号，向民众散发传单，还有街头演说，还有入户宣传，还有在市府门前请愿……师傅有交代，可以去街上看看，感受一下学生们的爱国热情，体验一下群众的巨大力量，但是千万不要忘了自己的身份，千万不能干出头脑发热的事从而被人盯上。因此他只是置身街边，与众多百姓一样，看着学生们群情激奋的感人场面。

离家不远的达道路药铺火灾发生时，永弟正走船在江上，三天后回到福州路过达道路时，看到那一大片烧成废墟的民宅，他想起了小时候见过的火灾，俗话说水火无情，一场大火将所有家财一烧而空，不要说粮食碗筷，就连一个容身之所都难以寻觅。记得当年上学时曾亲眼见到火灾，也曾亲历水灾，对于广大百姓饱受灾害的凄惨境况，他曾产生过深切的同情和悲鸣。阮先生专门教过他们一首描写灾难的古诗，叫作《续苦雨行二首》，是宋朝方回写的："忆昔壬午杭火时，焚户四万七千奇。燋死暴死横道路，所幸米平民不饥。火灾而止犹自可，大雨水灾甚于火。海化桑田田复海，龙妨俣虫规作醢。"诗中说到了灾民连遇水灾和火灾，所幸的是大米未涨价，百姓生活不致落得艰辛。可眼前的现实是，天灾频频人祸连连，先是持续的大米暴涨，然后连接着灾祸降临，百姓的日子真是水深火热了。

特大水灾发生的那天，他正好随船回到福州，台江一片汪洋，视野所见皆是洪水，就连经验丰富的林泰升船长也无法辨识水运航道，根本无法指挥轮船进港。此时如果贸然驶进停泊，万一是在大街上，一旦大水退去，这条船可就永远成为大街上的展品了。因此船到淮安之后，目测前方闽江两岸波涛汹涌，只好抛锚停船，让旅客们就近登岸。直等到6天之后大水渐退河道初现，轮船才小心翼翼地躲避着江上的漂浮杂物，沿着依稀可见的航道驶向淤泥深厚的码头。还未进港公司的领航员立即向他们招手不让靠岸，然后一个小舢板划过来，说是因为河道改变，所有进港轮船不要去码头，直接开到修造厂进行检查维修。轮船掉转方向开进修造厂，交接之后，陈永弟跟随贵生师傅，深一脚浅一脚地在泥泞中跋涉。回到家中一看，忍不住自己都想笑,小院内遍地淤泥,所有家具都改变了方位,横七竖八地散落各处,两扇小门被冲走一扇,院墙原本刷着白灰,现在已斑驳,仿佛是有个调皮的孩子在上面任意涂鸦。高高的院墙上还留了一道水线,正好与顶部的灰瓦齐平,那是水淹高墙时留下的签名。

顾不上休息,永弟与师傅一起动手,用铲锹将那淤泥一铲铲扔出门外,刚开始操练,门外就有人厉声高喊:"这是谁干的?出来!"

两人不明就里,立即探出头去,只见一位警官站在院墙外,一手叉着腰,一手指着门高声叫骂。永弟一见来人,只好赔着笑呼叫一声:"仰桐警官。"

那人一看:"哟,是老弟呀,你住在这儿?"

永弟立即起身应答:"这是我师傅的住房,我借住师傅这儿。"

那陈仰桐警官便走进门来,想进来却被满院子的淤泥挡住,无法落脚,他只好尴尬地笑笑说:"老弟呀,不知你在这儿,别怪罪。"

"仰桐警官客气,你们这是怎么了?有何公干?"

"唉,老弟你有所不知,这一片全都被淤覆盖,家家都把淤泥清到门口,大街上满是泥巴,市府只好下令让住户把淤泥清到河中去,不准堆在门外。"

"噢,是这样,不好意思,我和师傅走船刚进家,不知道这规定,多有冒犯。"

"哎,老弟何出此言。"

"啊,没关系。仰桐警官,这样,我们立即把这淤泥给挑到河边去。"

陈永弟从后院挑出一副担子,两边各一个竹编筐,贵生师傅用铲将淤泥铲入筐中,永弟挑起倒在河边。

仰桐警官不愿得罪人,甩甩手立即走了。

永弟与师傅都是强劳力,也干了大半天,终于将屋中淤泥大部清理干净。从井中打出水来,一桶桶冲洗着各间房屋,接连干到大半夜,终于有了个样子。虽然无法恢复到原先的洁净,但住人还是勉强凑合了。想着早点休息吧,一路劳顿,本来就回来晚了,明天接着再干。

疲惫一整天,躺在床上腰酸背痛,很快就进入梦乡。可是到了半夜,突然听到"呼!呼!"两声枪响,陈永弟与隔壁的李贵生都被惊醒,永弟立即起床抓起一件外衣披在身上,打开小门跑到大门外倾听,贵生师傅也迅速起床,从床下的工具箱中抽出一把手枪,藏在身后出了门,见陈永弟已趴在门口拉开门缝向外探望,便停下脚步望着门外。一阵凌乱的脚步声传来,先是一个人,不久许多人从门口跑过,后面的人中还有人低声喊道:"快追,别让他跑了!"脚步声渐渐远去,终至消失。

贵生师傅回屋将手枪藏好,出屋看到陈永弟已坐在院中石凳上。他倒了两碗温水,端出来坐在永弟对面,两人相互望了一眼,没有言语。贵生师傅端起碗喝了一口,把另一个碗向陈永弟面前推去,他摇摇头没有接。

"这世道越来越不太平了。"贵生师傅自语道。

永弟没有发话,只是摇头。

进入新的一年,商铺里的物价越来越贵,大街上的紧急搜查越来越多,各种谣言也越传越神,人心惶惶。这边警察、宪兵、军队到处抓人,那边大学生的游行日渐频繁,日用商品纷纷涨价,大米更是一日三涨,真有点民不聊生了。

天刚蒙蒙亮,永弟与贵生师傅正准备早饭,突然听到门外有人敲门,永弟跑到门口问了声:"是谁?"

"永弟,开门,是我。"

是何昌义老板,永弟立即开了门。何老板一闪身进了门,往外看了看,迅即关上门,与迎面走出的贵生师傅说了句:"出事啦!"

三人进入后屋,来到院墙边的一个小屋内,永弟给何老板倒了一碗水,何老板接过一饮而尽,抹了一把嘴,说:"昨晚警察局与宪兵一起行动,把我们两部地下电台给破坏了。"

"那人呢?"贵生师傅问。

"牺牲两个,逃脱一个,但是两部电台都被查获。我们失去了与闽北游击队的联系。"

"那怎么办?"

"城工部已经给我们搞到两部电台,一部要送往闽北游击队,你们什么时候走船?"

"明天上午的船。"

"那好,今晚你们去修车铺找林师傅,把电台送到船上,明天带走。另外一部电台放在哪里我来想办法。"

"好。"

夜幕降临，陈永弟与贵生师傅一起出门，向巷口修车铺走去。两人伪装有说有笑，但保持着警惕，时刻注意周边的动向。来到修车铺前，放慢了脚步，随着来往的人流并观察着店门口。刚拐过一个弯，突然发现小巷两边都有警察站岗，俩人没有停留继续向前。过了修车铺，突然从里面走出一位妇女，她手上拎着个箱子，放在路边，一辆汽车开过来停下，妇女将箱子拎上车，汽车开走了。陈永弟与贵生师傅走到巷口前，看到了两个面对面闲聊的警官，另外还有几个警察在附近，他还看到了表哥林鼎财，他正想上前打个招呼，表哥转过身来也看到了他，冲他微微摇了摇头，装作不认识似的又转过身去与旁边的警察悄声说话。陈永弟心里一咯噔，便也不停步，慢慢地走过众人。当他走过之后，林鼎财像是无意间向他这儿瞟了一眼，然后迅速调转视线看向别处。

走到巷子另一头，趁着拐弯的时机，陈永弟回头向后看了一下，他看到从那个修车铺中抬出一块门板，修车铺老板老林躺在上面，早已没有了呼吸，鲜血顺着门板滴落在地上。

陈永弟随着师傅来到何昌义老板的店中，何老板见到两人立即现出惊异的神色，直接进入后院，贵生师傅把刚才的情况跟何老板说了，何老板叫了一声："糟糕，电台没了。"

永弟问："昌义依叔，你早晨说是有两部电台吧？"

"是，是给我们准备了两部，一部给游击队，一部我们自己的。"

"可刚才我们看到，警察只拿走了一台……"

"噢，对，林师傅曾说过，他的后院外面有棵桂花树，他在那儿也弄了个藏东西的洞，应该是他家中地下藏的被查抄走了，而院外的还未被发现。"

"那我们就把那台给挖出来。"

"可是，警察一定会留人在店中，我们就这么几个人，没那么好弄。"

回想了一下，陈永弟说："我觉得，他们会躲藏在店里，等着有人上钩，而我们从后院那儿过去，趁夜悄悄地把电台取出来。如果他们发现了，叫一个人把他们引开，夜晚也好甩掉他们。"

"好，那我们三人一起去。"何老板立即起身。

"不，你不能去。"贵生师傅说，"我和永弟，还有依壮去，你留在家中。"

贵生师傅叫来在前店的依壮,依壮在屋内米缸中掏了两下,掏出一把手枪插在后腰上,跟随着永弟与贵生师傅从后门离开。

夜已深,大街上的商铺已有不少打烊,但还有许多酒吧、青楼以及舞厅正热闹非凡。虽然是在小巷深处,但静谧的夜空中喧闹的音乐声若有若无地飘荡着。

三人穿越小巷,七拐八弯来到了修车铺后院巷前,果然如他们之前所料,在这巷口边院墙内,时不时地有人探出头来四下观望。再往四周探查一番,虽然此时安静无人,但待久了之后,可以感觉到周边几个院墙内都有人蹲在墙根下。

观察一阵子,贵生师傅一抬手,三人退下,来到一个僻静之处,贵生师傅说:"等下我去把人引开,你们俩快速上去把电台取出来,然后送到船上去。"

依壮说:"你们俩是轮船公司的,运电台的事还要靠你们,我去把他们引开,你们去挖电台。"

"我去吧……"永弟也上前说。

"不要争了,抓紧时间。"依壮坚定地说道。

他掏出腰间的手枪,咔嗒一声打开保险,猫着腰顺着小巷走了出去。

刚到巷内,就有人从院墙中闪出,喝问道:"什么人?"

依壮也不回答,抬手就是一枪,把那人撂倒在地,后面埋伏的人听到枪声纷纷探出头来,一个个躲在墙后向外射击。见成功地把敌人引出,依壮也不恋战,转身就向深巷飞奔而去。院中有人喊:"跑了,追上去!"从几个院墙中冲出四五个人来,奔跑着向依壮追去。

他们刚走,贵生师傅一挥手:"上!"

永弟一个箭步冲上去,跑到后院,找到那棵桂花树,伸出手中的木棍向下面土壤探去。很快便听到咚的一声敲到了木板,俩人弯下腰迅速扒开泥土,撬开盖板,里面有一个小铁箱,永弟伸手提起两边的把手,把铁箱给拽了出来,贵生师傅几下子就把木板盖上,把土埋好,他在前面探路,永弟抱着铁箱紧随其后,见四下里没人,立即向另一条巷子狂奔。

来到何老板店中,这里早已准备好一辆小推车,将电台放在车下部的木框中,上面覆盖上一层油布,将几十匹白布装在车上,何老板推开后门看看左右无人,两人立即推出板车,沿着小巷飞奔而去。不一会儿便来到大街,熙来攘往的人流中有不少与他们一样的拉货板车在穿行,也有不少挑着担子拎着货物的人在急行,他们与这些人一起,行走在大街上,很快就被人流所淹没了。

来到码头,他们将几捆白布先搬上船,看看左右无人,陈永弟一把抱起铁箱,直接下到舱底。那儿玉水师傅已经将炭舱堆积的木炭撬开一个口子,永弟用油布将铁箱包好,放在木炭之中,然后把地上堆积的木炭遮盖在铁箱外,关上炭舱门,再把那些个白布一捆捆放入货柜中。玉水师傅下船,将那木板车推走先放在他家,贵生师傅和永弟则一屁股坐在地上,气喘吁吁。

一夜无言,第二天天蒙蒙亮,三人警惕地四下里观望着,好在并没有什么动静,当旅客开始登船时,永弟与两位师傅在后甲板上漫步,他们看到十几米外人行道上,依壮像是赶早市一般从路上走过,手上拎着个菜篮子,里面放着几把青菜,边走边带着微笑。永弟与贵生师傅终于放下了悬着的心。

2

陈永弟发现,近日连续几趟走船检查明显多起来,每到一个码头,除了上客下客要检查,就连旅客们携带的行李也要检查。每一个旅客都要把自己的包打开,有的宪兵十分粗暴,直接用刺刀挑开行李乱扔一地,检查完了旅客们收拾还要费很大功夫。面对这些个大声吆喝推揉谩骂的大头兵,旅客们敢怒不敢言,只能忍气吞声收拾行李尽快上船。登船检查的不仅有水警、宪兵、保安团,还有正规部队,夹带着身穿中山装的年轻人,他们清一色提着手枪,虽然不言语,但一说出话来令人胆寒。从他们的检查过程来看,确实很有些高招,往往能在众多旅客中搜查出些东西来。比如有一个30多岁的汉子在行李中夹带了一枚美国手雷,当这东西被翻出后一群人立即拔出枪来将他围住,后来他掏出证件,原来是探亲回家的国军营长,手雷是防身用的,这才解除警报。还有一男一女两个大学生,从他们手提箱的夹层中搜出一本毛泽东的《论联合政府》,土纸印刷极为粗糙,两人立即被逮捕,他们还想争辩,被当场扇了几个耳光,那女生被吓得失声痛哭。更可怜的是一位老依伯,背了个鱼篓和小网具,还有一些捕捞的鱼货,想去福州城里出售。结果在他的鱼篓中搜出一颗生锈的子弹,军警厉声问他这是从哪儿来的,他说是捕鱼时渔网从江中捞上来的,几个人对老人大声训斥,在推搡中把他那件原本就破旧的衣衫给撕开了一个大口子,最后将他的鱼货都没收了,把他推下船去,让他自己走回家。望着这位饱经沧桑满头白发的老人,永弟想起了自己的父亲……

　　水警来检查时,当然也进入到底层轮机舱中,只不过他们在这儿倒是客气了许多,看到私带的布匹他们还会问一下福州的价格,又问运到南平的价格,再闲聊两句。当然两位师傅会主动地将几个铁柜门都打开,让他们看到,而那部电台则被放在炭舱里,被一篓篓木炭遮挡着根本看不到。闲聊时那些水警也在唉声叹气,说时局不稳,他们的苦差事倒是越来越多,也越来越烦,说不定哪天干不下去了,只好把长枪一缴回家种田去。

　　一路航行上来了好几拨水警进行检查, 当船行到莪洋时已是夜幕降临,在永弟的记忆中还从来没有这么晚过。旅客们摸黑上下,船员们摸黑守护,与往年相比,那岸上的旅馆也日渐冷落,昔日浮华艳丽脂粉娇柔的景象不再,代之而起的是沉默、黑暗和闷雷。

　　来到南平,船还未靠岸,那些水警便已在码头上等候,目光所及 20 多个水警列成两队,看来这是全体出动了。望着那些手握长枪虎视眈眈的水警们,陈永弟有些惊慌,贵生师傅站在他身后,厚重的大手拍了拍他的肩,让他镇静下来。

　　船靠上岸,水警们先上船,命令所有旅客拿出船票及身份证明,一个个排成行慢慢下船。船两侧的舷梯都给关闭了,只留下中间那个门。旅客们扶老携幼拎包提箱,缓慢地从船舱里出来,排成一队,手上举着船票和身份证明,从两行水警队列中穿行。面对着这如狼似虎瞪着大眼的水警们,旅客们低着头不敢吭声,缓缓挪动脚步,足足走了半个多钟头才下了船。一到岸上,他们立即加快步伐,有的甚至干脆一路小跑,都想着早点离开这是非之地。

　　旅客下完了,水警们并未撤走,这下子他们换了一副面孔,有说有笑地与船员们打着招呼。两位水警来到轮机舱底,与贵生师傅及玉水师傅聊几句,他们也曾多次见过永弟,也向他点点头。

贵生师傅问："两位老总，这次是不是又有共党活动？"两位哈哈一笑："共党活动还能让我们知道？不过以后都得这样子检查了。你没听说吗？徐蚌会战共军把国军80万人给吃掉了。时下共军在长江北岸陈兵百万，李代总统正与他们谈判呢。一旦破裂，共军渡江，南京也就不保了。"

"那和我们有什么关系？"玉水师傅好奇地问。

"当然没有关系，这局势如此危急，上峰当然要我们严阵以待了。"

"既然两位老总来了，那我们也接受检查吧。永弟，把铁柜打开。"贵生师傅一声令下，永弟上前准备开铁柜。

"别别别，我们是老朋友了，这是检查旅客，又不是查你们！"

"对对对，你们两位老哥要体谅我们一下，早上我们已经查了三艘船了，后面还有两艘，再查你们，要把我们累死呀？"

两位水警一唱一和，说得有声有色，玉水师傅与贵生师傅忍不住都笑起来。

"行了，两位老兄，我们也是趁机躲在你这儿歇息一下，别让长官看到就行。"

众人哈哈一笑，永弟拿出两个竹筒杯子，给两位水警倒了两杯水，他们接过一口喝干："谢谢小兄弟，不瞒你说，从中午到现在我们水还未喝一口呢！"

永弟一听，立即又给他们倒满。

"好了好了，小兄弟不用了，我们也就是说说。"

"唉，对了，贵生老哥，这次你们带了什么货？"

"二十匹夏白布。"贵生师傅边说边打开一个铁柜，让他们看到里面的布。

"二十匹，在福州什么价？"

"不瞒两位，这不市府刚刚下令使用金圆券，每匹进价200元。"

"200元，折合大洋多少？"

"这个……我不知道南平的折换价，不好算。"

"也不用算了，这样，与你们二位商议一下，给我点夏布，用大米换行吗？"

"既然是两位老总开口，有何不行？我们也是老友了，合作不下十次了吧？"

"行,也不多要,你给我们十匹,晚上来运,大米一并送来。"

"一言为定。"

四人伸出手来,巴掌一拍,哈哈大笑。于是,生意谈成了。

"不过,晚上运货会不会出问题？"

"出什么问题？我们一起来,谁敢管？"

"就这么办,剩下十匹我们也等晚上一起出。"

到南平时已是下午,再加上水警检查旅客下得慢,这么一耽误也就5时多了。闽北天黑得早,此时天色渐暗。借着西边晚霞的余晖,两位水警坐着金棠大哥的小机帆船靠近轮船,贵生师傅和永弟已在后甲板等着,让他们把小船靠上大船尾。永弟在甲板上丢下一条粗麻绳,下面金堂绑上一包大米,永弟那头绳子套在船舷栏杆上,与贵生师傅一起拉动,就把一包大米给拉上船来。待五包大米都拉上后,十捆白布绑在一起,轻轻地放下落在小船上。

贵生师傅对金堂说:"先把两位老总的布送到他们指定的地方,这儿还有十匹,等下再运,别让两位老总等久了。"

那边说声"好",两位老总挺高兴,觉得贵生把他们放在了头位。小船向市区驶去。

在他们卸货时船上还有几位船员凑过来想看看热闹,结果一看有水警,他们立即缩回脑袋不再关注。

这时天色已暗,看看四周没人,贵生一拍永弟的肩膀,两人下到舱底,与玉水师傅一起,撬起木炭,从炭舱中把那铁箱子搬出来,先藏在柜中。一个多小时之后,金堂的船开了回来,这时船上只有他们两口子,水警没跟来,三人一起将十匹布放下,并手脚利索地把铁箱子也放到小船上,金堂将白布盖在铁箱上,贵生师傅与永弟顺着麻绳滑下来上了小船,马达突突突响起,小船开走了。

小船来到樟树下,贵生师傅在前双手夹着两匹白布,上岸之后联系麻风医院,待他返回时,王竹松也跟来了,他们每人扛着两匹白布,永弟在中间双手抱着铁箱子,迅速地跑进医院。王竹松先把那铁箱子藏在地下,盖上盖板,堆上白布,然后把剩下的白布都给搬上来。四人每人扛了一包大米回到船上，贵生师傅又回头扛下一包，带着这五包大米，小船立即往回赶。

五包大米一一吊上轮船之后，金堂夫妇与大家招招手，马上离去。他们三人将五包大米搬到底舱，放入铁柜中，立即躺下睡觉。永弟只觉得这趟走船十分疲劳，但是任务顺利完成，再辛苦也值得，很快他就甜甜地进入了梦乡。

3

昨晚忙了大半夜，那十袋大米每袋可都是 100 斤，要搬起来还真挺费劲的，睡了小半夜，永弟早上起来时两条胳膊有点酸疼。好在货物安全送到了，完成了一件重要的事，因此他心里挺高兴。

早上 5 时天光渐亮，操劳多年，养成了早起的习惯，陈永弟睁开眼时，看到两位师傅都在忙着把锅炉打开升旺火，他也赶紧起床，虽然自己觉得起来得并不晚，可与两位师傅相比，已经迟了。

各项准备工作做完，终于闲了下来，永弟与两位师傅一起登上甲板，还有几位船员也在甲板上漫步。清晨爽洁的山风沿着江上的河道一股股吹来，几许清冷，几许香甜，几许宜人。但见闽江上碧波荡漾，淡淡的晨雾缥缈在水面，山坡上层林尽染，安宁祥和的村落里升起缕缕炊烟。"江上枫林秋，江中秋水流。清晨惜分袂，秋日尚同舟。"

望着眼前的美景，众人都大口呼吸着清爽的空气，摆动着双臂，享受着心中的惬意。

一贯早起的林泰升船长也来到甲板上，众人纷纷与他打着招呼，他也一路点头向众人回礼。来到后甲板，他径直走到永弟师徒面前，犹豫了片刻，低声问道："你们……大米还有多吗？"

贵生师傅惊讶地看着船长："有，船长你……也要？"

船长长长地叹了口气："唉，我的姐夫，他在协和大学做教授，姐姐在中学教书，他们有两个孩子，都在读书，他们……揭不开锅了。"

"船长我记得你也有两个孩子，你的母亲今年应该是八十多了吧？"玉水师傅问。

"八十五了。"

"高寿的老人。不过你家里也应该需要大米吧？"玉水师傅直言道。

"这……如果能够的话……"

"船长，我们一起走船也有十多年了，你的事还有什么不好说的？到福州后你等一下，我们把米送到你家去。"

"这……不好吧？"

"有什么不好的？一袋100斤，你自己能拿回家？"

"嗯……好吧，麻烦诸位了……"

说完，船长转身匆匆而去。

望着船长的背影，陈永弟有点愣神，他一直觉得泰升船长不苟言笑，可是他也……当然，他也是个人嘛。

"泰升船长也是位老船工了。"贵生师傅像是自言自语道，"他家是航海世家，家族中不少人都是走船的，他早年从厦门航海学校毕业，有着丰富的经验，要不是年纪大了，他还在航海的大船上呢。"

"是呀，我们和他一起十多年了。"玉水师傅说，"他是个正派的人，从来不愿给人添麻烦，有事都自己扛着，要不是真的走投无路，他是绝不会开口求人的。"

傍晚时分船到台江码头，没等旅客下完，玉水师傅先跑回家去，把出航时寄放在家中的那辆板车拉到码头，他们三人将大米放下一包，先给玉水师傅送到家中，他家住得离码头很近。之后当永弟推着板车回到码头时，看到依壮在码头上等他，他立即上前招呼，依壮对他说："你们晚上来店里一趟，何老板找你们有急事。"之后依壮也帮忙，大家把大米一袋袋放下船，抬到板车上。先是给泰升船长家送去一袋，顺便永弟把一袋送到了表哥林鼎财那儿，自己与师傅留了一袋，剩下六袋都运到了何老板铺中。这一次走船运去十匹白布，居然换来了足足十袋大米共1000斤，这可真是让他们没想到，这也从一个侧面反映出福州的大米价格涨到了什么地步。

十袋大米运送完，也就接近午夜了。永弟与贵生师傅一起来到何昌义老板的木器行，前面的店门已关了，从后门进入院中，来到后院内，一张木桌前坐着何老板，而且阿姐也在座。

见到阿姐，陈永弟激动地轻声叫了一声，阿姐抬起头慈祥地看着他："永弟，你辛苦了。"大家入座后，依壮走到屋前门边留意外面的动静，给大家站岗。

阿姐对大家说:"我来找你们,是有点紧急的情况。我们的地下电台被敌人破获了两台,牺牲了三人,还有两人被我们送走了。"

大家一听,有点痛心。

阿姐喝了一口水继续说:"现在的情况是,敌人加强了搜捕,我们设在太平山联络站的电台也受到了限制,为了避免被发现,常常是推迟工作时间,中断工作进程。"

她扫视了大家一眼:"敌人越是猖狂,说明我们的胜利即将到来。越是在这个时候,我们就越需要加强工作力度。今天我来找你们,就是想和你们商量一下,我们必须确保电台的安全使用,要找几个合适的地点,设立临时电台,在需要的时候立即投入工作。你们看有什么好主意?"

大家听了都没有吭声,何老板问:"阿姐,设立临时电台要哪些条件?"

"安全是首要的,必须确保绝对安全,电台的设备比较贵重,一旦被敌人发现损失巨大。还有就是要隐蔽、要方便,因为电台投入使用,必须要有交通员往来传送情报,太远肯定不行。"

贵生师傅首先说:"我老家在琯头壶江,坐船去那儿太远,要一天时间,恐怕不太方便。"

听了师傅的话,永弟接着说:"我家在南屿,乌龙江边上,那儿倒是挺安全的,离福州市不远,坐船大半天就到。"

"那好,明天我会叫个人来,他是使用电台的,和永弟去你家里看看,能不能设立临时电台。"

"好,就这么办。"

紧急商议不到半小时就结束,由依壮护送阿姐回去,等了十几分钟后,永弟与贵生师傅也出了后门往家走。路上,师傅问:"永弟,你有把握吗?"

永弟想了一下:"师傅,我家里年轻人基本上外出了,有在福州做生意的,有走船讨生活的,家中仅有老人和孩子,比较隐蔽,而且村里的人我都认识。"

"那好,一定要注意安全,不仅是你的安全,还有电台的安全、我们同志的安全。"

第十七章　险象

又回到这生我养我的小村庄，又回到这儿时的乐园，虽然山还是那座山，江还是那条江，但物是人非，昔日的玩伴早已成年。这次回来与往昔不同，这是带着光荣而艰巨的任务，关系到未竟的事业，关系到许多人的生命。

1

一大早天刚蒙蒙亮，就听到外面有人敲门，陈永弟忙起身披上一件外衣，跑到门口开了门，一看来人，他还认识，就是上次在船上与他换衣服应付宪兵检查那位，记得他叫小罗，永弟立即将那人迎进门里。

小罗一进门，见贵生师傅也从屋中披衣出来，他有点不好意思地说："我是不是来得太早了？"

贵生师傅一挥手："不早了，正准备起床呢。"

永弟将小罗让进后院厅中，自己回到屋内穿好衣服整理床铺，洗漱之后与贵生师傅几乎同时来到院中。

"你吃了吗？"贵生师傅问。

"没呢，一大早就赶来，怕你们早起。"

"那好，我们一起吃吧。"

永弟到外面小食店中买了三碗鼎边糊，外加三个芋粿。这芋粿也是福州的一种小吃，用糯米磨成细粉，制成三角形蒸熟，再入油锅炸至金黄即可食用，因其外形人们常常直呼为三角糕。

三人吃完后，贵生师傅说："永弟你就带着小罗快去快回。争取半夜赶回来。"

两人一同走出巷子，径直来到江边湾口。在一片疍民的连家船中，一只小舢板停泊在中央,永弟来到小码头上,越过石板一步跨越到船上,与旁边的一位中年汉子点点头,那中年人也向他招呼一声,待小罗上船后,永弟抓起插入水中的长篙,往岸上轻轻一点,小船离开岸边,晃晃悠悠地向江中驶去。

坐在船中,小罗也操起船里的木桨,飞快地划起来。二人合力,小船在浪涛飞舞的江中,沿着那曲折的江岸线,奋力前行。

一路艰辛,好在已是秋末,闽江水位低落,江流相比也是最为平缓的时节。时至近午就来到了淮安,转过一个湾口进入乌龙江,便都是顺流直下了。

匆匆啃了几口冰凉的番薯,歇息片刻,永弟起身说:"走吧,要抓紧了,还要赶回城去呢。"他来到船尾,操起长篙往江边石头上一撑,小船如离弦的箭一般冲了出来,小罗也操桨急划,两人一起将小船撑过江心,来到对岸,沿着一条较为平缓的水道,停下桨和篙,小船顺着水流直下。两人边观察着岸边的地形,边找寻着最佳的位置,一路上永弟时不时地向小罗介绍着周边的方位,这一带是他从小生活的地方,他与父亲一起在江上打鱼,这一带就是他们的主要渔场。

小船悠悠,江水泱泱,日头映照在湍急的水面上形成鱼鳞般的光斑,随着流水而闪耀,甚是绚烂。一路缓行,一路讲解,小罗大致了解了这一带的地貌。来到南屿沙埕村时已近下午 3 时,永弟指着江岸边那棵大榕树告诉小罗:"那边就是我的家。"

小罗看了看周边,芦苇丛生,江岸曲折,几棵根深叶茂的大树遮天蔽日,一幢幢瓦顶茅屋隐约可见。小罗见到芦苇丛中有一顶竹片搭成的小屋,问永弟:"那里是做什么的?"

永弟探头看了一下:"那是放鸭子的竹棚,一般来说养鸭人住在自己家中,但有时来不及回家,便临时住在那竹棚中。"

"现在有人吗?"

"不一定,要看季节,夏季会有人,冬季就把鸭子关在笼中了。"

"我们去那里看看。"

将小船停在岸边,永弟在前小罗在后,向那竹棚走去。来到近前,只见用竹篾制成的一张竹席,外面是两层竹编,中间夹着竹叶,两片竹席架起形成一个三角,中间再用一根粗大的竹子支撑,地下铺着厚厚的茅草,两边再用两片竹席遮挡,就形成了一个简易的小屋。

他们来时里面并没有人,左右看看,这个地方倒是挺隐蔽的。小罗问:"这村里的人你都认识吗?"

"当然。"永弟回答,"我是这儿长大的,小村本来就不大,也就二三百人,主要是姓林,陈姓在村里不到五户。"

"如果把电台放在这儿,会不会有问题?"

陈永弟想了一下:"应该是比较安全的,村里既没地主也没富农,大户人家根本看不上这里,都是江边盐碱地,种田产量低,打鱼也不多。"

"这倒是个好地方,山清水秀,比较安静。"小罗直夸。

"你看这里还合适吧?"

"合适,当然合适。"小罗满口夸奖,看得出来,他确实对这儿十分看好。

就在他们看着四周低声商议之际,突然听到旁边芦苇丛中传来一阵轻微的脚步声,他们一惊,这时会有什么人来?

两人对视一眼,相互做了个手势:赶紧走。

可是当他们走到芦苇丛中正准备离开时,迎面遇上了一位乡村老农,他戴着一顶竹编斗笠,腰间挎着一个小竹篓,手中提着一根竹竿。看到他们,老农立时停下脚步,警惕地望着。

"依舅。"见到来人,永弟上前叫了一声,原来是母亲的大哥、自己的大舅。

来人也认出了永弟,立时放松下来:"是永弟呀,什么时辰回来的?"

"来了一会儿啦,依舅你这是……"

"我这是找鸭子呢,给东家放鸭子,刚才一点少了两只。"

"依舅你还在给人放鸭子?"

"没别的营生,只能干这个啦。"

小罗在一旁看着这位上了年纪的老人,但见他穿着一件黑色的褂子,肩膀上好大一块补丁,肤色黝黑,寸长的头发,强壮的筋骨,饱经风霜的面庞,年纪应该有五十多了。

"永弟,这位是……"依舅看着旁边的小罗问道。

"依舅,这是我公司的同事,他没来过这儿,我带他来逛逛。"

"这儿就是个破乡村,有什么好逛的。永弟你带朋友去家里坐坐吧。"

"不用了,依舅,我们还要赶回城里,明天一早就要走船了。"

"那……你们这就走了?"

"刚才就想走了,结果看到依舅来了。"

"那好,你们下次再来啊。"

告别之后,两人迅速走出芦苇丛,驾着小船离开,永弟也顾不上回家去看看,带着小罗就往下游继续漂。沿途看着地形,小罗又选了几个地方,觉得这儿挺好的,至少不会被人打扰,更不怕被人发现。这是一个方面,还有另一个优点,这儿处于河谷地带,江面宽阔,周边没有高峻的山,视野开阔,使用电台时电波可以传送很远,信号传输较好,不会被高山所阻隔。当然这儿也有不利之处,那就是距离市区较远,一个来回要一整天时间,如果有紧急电讯稿需要及时发送,还真的怕时间不够。不过,为安全起见,作为备用地点还是不错的。

探察了家乡的地形之后,陈永弟与小罗驾着小船往城里赶,回到家时已是夜里 11 时,赶紧上床睡觉,明天还要赶到码头去呢。

虽然说是作为备用地点,可是没过多久,这备用地点还真的就用上了。

永弟与贵生师傅走船回来时,小罗已在台江码头上等他们了。轮船靠上岸,旅客下船,永弟向码头上看了一眼,就看到马路对面小罗背靠着一根长长的木头电线杆,看着轮船,虽然天色已暗,可是那电杆上高挂的路灯正好照在小罗身上,因此看得真切。

永弟立即跳下船,向小罗走去。见永弟来了,小罗拉住他说:"明天有任务,你准备好小船,我带上电台,去你家那儿。我们早一点,天不亮就走。"

"好。"永弟也不多言,只一个字,小罗转身就走了。

第二天天还未亮,趁着黎明前的一抹晨光陈永弟出了家门,来到江边把小船解开缆绳靠在岸边,他自己坐在船尾静静地等待。不一会儿,暗夜中传来轻微的脚步声,一个人影靠近,低声唤了一句:"永弟。"他立即起身,走上岸去,借着江水的反光,他看到小罗身后背了一个大箱子,用油布包得很严实,手上还拎着个包。他接过小罗背后的箱子,走上船将箱子放在中间的船舱内,上面用船板盖上,小罗也跟上船来,放下手中的包,操起桨。永弟站在船尾,拔起插在水中的长篙,一点岸边的青石,小船轻悠悠地离开了岸。

走的路径与以往一样,先是逆水行舟往白龙江上游走,到达淮安转头向乌龙江,顺流而下。不过今天的水势有点急,天空中乌云密布,江上的劲风猛吹,使得他们操船较为费劲,虽然是赶在天亮前就出发,可是到达淮安时已过了正午,比上次慢了许多。不过毕竟到了,转个方向可就省事多了。因为浪大水急,他们的船靠岸近一些,避开湍急的江心。

来到南屿的地界,这儿有一处小小的港汊,距离沙埕村比较近,呈一个半圆形的沙洲,三边皆为一人多高的芦苇丛。小船划进这湾汊中,小罗看了看周边:"就在这儿吧,挺隐蔽的。"

永弟将小船撑到一处沟渠内,小船隐藏在芦苇丛中,在港汊外面经过的船不注意的话,还真难以发现。

小罗搬出箱子,解开外面包裹的油布,打开锁着的箱盖,从里面拿出一部精致的电台,还有一根长长的天线,他左右看了一下,想找个高的地方,永弟立即把插在水中的长篙拿起来,让小罗把天线挂在顶端,再将长篙插入泥中,这样天线就被高高地挂了起来。小罗笑笑,向他伸出大拇指。另一个包里装的是电池,小罗打开包,几根电线插好,他戴上耳机,打开了机子……

见小罗开始工作,永弟便站直身子一步跨上岸,站在沙地上,向四周望了一圈,然后向外走去,他要随时注意身边的动向,看看有没有人靠近。

永弟在外面转了半圈,对周围地形观察了一下,今天是阴天,眼下已是午后,打鱼的船倒不多,江上时不时就有一两艘船经过,但都是大船,行走在江心主航道上,距离岸边较远,近处没有村庄,所以人迹罕至。转了两圈,见没动静,永弟便往回走。来到近前,看小罗还在忙碌着,他不去打扰,只是警惕地观察着周围的动向。

约莫半个多小时,小罗这儿忙完了。永弟上前帮他把天线卸下,装入包中,并把防水油布包好。

收拾停当,永弟说:"回去吗?"

小罗答:"先往下游走吧。半小时后要收报。"

小船顺水而下,来到永弟家乡沙埕村。估计时间差不多了,小船靠上岸,固定在沙洲上,这是上次来时见到的,前面芦苇不远处便是那鸭棚。永弟上前背起那沉重的大箱子,小罗拎起小包,沿着江边一条狭窄曲折的小道,走向芦苇深外。

来到鸭棚,此时没人,永弟将箱子放下,拿起竹棚中的一把镰刀,走到芦苇深处,割了一大捆新芦苇,拿进来铺在地上,再盖上一张草席,让小罗在这儿操作。

小罗把电台摆好,永弟用一根竹竿把天线架在竹棚顶上,芦苇比较高,竹棚又是一个尖顶,不注意的话根本看不出来。

小罗开始收报,永弟在周边转了几圈,随时关注有没有人。还好,一切顺利,当小罗这边完事后,永弟过来扛起大包,两人迅速回到船上,解开缆绳小船就往下游继续漂流。忙完了这一切,两人都感到一阵轻松,看看已是午后3时,肚子咕咕叫,这才想起中午饭还未吃呢。让小船顺水漂流,永弟打开自己的小包,里面放着两块番薯、两个光饼、两根白粿,两人一人一半就坐在船上啃着,渴了舀一瓢江水,囫囵吞枣吃完这顿迟到的午饭。看看天色不早,而且阴得更加厉害,一片乌云渐渐飘来,怕是要下雨了。两人立即持篙操桨,加把劲划起船来。很快地小船来到马尾,转个方向走白龙江,这一段又是逆水了,一桨一篙上下飞舞,小船在急流中艰难上行。

来到魁岐地段时,小船靠在江边上行,突然从魁岐码头内驶出一艘小军舰,只见这小军舰突突突地一阵马达声响,很快就来到了江心,向着福州方向驶去。可是刚刚驶出不远,军舰突然停了下来,调转方向,朝着他们的小船驶来。

永弟叫道:"不好,怕是国民党兵要来搜查了。"

"怎么办?"小罗急着问。

"别急,把那个大箱子给我!"

趁军舰还未靠近,小罗立即将大箱搬出,外面防水油布包得厚实,永弟拿出舱里的渔网,罩住箱子,背对着那军舰,轻轻地将渔网放入水中,把线缆系在水下的船舱底盖上,再把小包也用一个小网放入水中,之后他站起身,把小船固定好,拿出一张网,朝着江中撒下。

军舰跑得快,不一会儿便靠近了,舰上几个士兵端着长枪,对着他们两人,厉声喝问:"你们是什么人?"

"打鱼的。"永弟沉着应对,边说边把刚才撒下的网收紧,拉上来时里面还真有两条半大的鱼。他从容地将两条鱼放入船舱,再一用力把网撒出去。

"哪里的？"士兵继续追问。

"马江的。就在前面不远。"永弟指着马尾的方向应付道。

"有没有什么收获？"舰上的士兵见他动作娴熟，便打消了怀疑，端着的枪也放下了。

"没多少收获，老总，我们兄弟俩才刚刚来呢。"

"那好，把刚才那两条送上来。"

小罗操着桨，永弟拿出鱼篓，把刚才网到的两条鱼放入，用力一抛把鱼篓扔到了军舰上。

"你们如果要，等一下再看看，说不准会有更多的收获呢。"

"等不及了，就这样吧，你们好好干，下次或许会再遇到呢。"

军舰在江上划了个半圆，调头往上游福州城驶去。

待军舰走远了，小罗拍拍胸口，永弟立即将两个渔网从水中拉出来，把两个包打开，让小罗赶紧看看有没有进水。还好，油布包得紧，没受损。

永弟收了网，又捞上三条鱼，将鱼放入舱中，操起篙继续飞驶。到达福州时已是夜幕降临。趁着夜色小罗背起大包拎着小包，永弟将三条鱼放在一个小网中让他带回去，两人就此分手。

2

第二天又起个大早，今天要走船了。来公司做工已经近两年，依然是学徒，公司没打算给他转正，发的还是学徒工的薪金，可就在上个月却把玉水师傅调走了，让他正式顶岗。拿的是低薪干的是满额，这就是公司的生财之道。

清晨的白雾尚未消散，朦胧的江面有如一幅水墨山水画卷，对岸迷离的烟台山，近前空蒙的中洲岛，万寿桥跨江横卧，青年会静倚水边。

时辰尚早，大街上行人稀稀拉拉，一些早起的人都是讨生计的，乡下菜农挑着新鲜的蔬菜赶早市，街边的小吃店正开门迎客。

因为旅客还未上船，船上照例是不管早饭的，陈永弟与师傅打个招呼，跳下船去来到街边的小食摊，要了两碗鼎边糊，又拿上两个芋糕，还有两个刚出炉的热光饼，掏出一大沓金圆券，点出几十张交给老板娘。老板娘一张张点着这厚厚的纸币,叹了口气:"唉,这钱可越来越不值钱了。"一句话引发了几位食客的感触:"可不是嘛,听说那刚刚发行的银圆券也掉得厉害……""这不,金圆券还未站稳,银圆券又来了。"

永弟未及听那些牢骚,拎着食盒准备上船,来到船边时,突然旁边有人叫住了他:"是永弟吗?"

他停下脚步回首一看,一位中年人面带微笑,从江边大道走来,但见他身着一件大街上常见的黑色对襟衫,一条亚麻裤子,手中拎着一条白毛巾,像是人力车夫。

"你是……"听到对方居然能叫出自己的名字,看着有点面熟,但是叫不出名字来,他疑惑地问了一句。

"你不认识我了?我是你小舅母的堂哥,前几年你姨夫过世,我还去过你家呢。"

"噢,对。"来人这么一提,永弟有点印象了,"你是建南表叔吧?"

"是,我就是孙建南。昨天去了你家,见到你父母了,还有你小舅两口子,我是你小舅妈的表哥。听你父母说你在轮船公司做事,所以特意来找你了。"

"建南表叔,我记得你是连江百胜人,找我有什么急事吗?"

"是这样,我有一批货想请你帮忙,给我运到琯头去。"表叔盯着陈永弟,看着他的表情,小心地说。

"运货?"永弟看了表叔一眼,"不知表叔是什么货?"

"就是一些杂货,还有一些……药品。"

"药品?"永弟心中咯噔一下,"表叔,是这样,我这儿呢主要是走南平一线,没有往下游去琯头的。另外呢,近日时局不好,船上查得严,水警、宪兵、保安团、国军都上船检查,我们也不敢运货了。"

"这……"听了永弟的话,表叔极为失望,他暗暗叹了口气,但又不死心,"永弟,我们这批药品是急救药,乡下等着用呢……"

"表叔,我是真的不敢。"永弟一脸的坦然,"这个可是要掉脑袋的。"

"那……好吧,是表叔唐突了。"

望着表叔失望的背影,永弟不敢多想,翻越栏杆回到了船上。

"那人是谁?"一上船贵生师傅就问。

"是我的一位远房表叔,我小舅母娘家的亲戚。"

"你见过他？"

"见过,好几年了,他不提我还真的想不起来。"

"他来找你做什么？"

"想运货。"

"运到哪里？"

"连江琯头。"

"是什么货？"

"杂货……还有药品。"

"药品？他是林连罗沿海游击队的？"

"可能吧,但是我不能答应他,为了我们的安全。"

"你做得对。如果有机会,帮他一把吧,但不能暴露自己。"

江上的晨雾渐渐淡去,一轮朝日挂在半空,趁着开船前难得的闲暇,好几位船员都在甲板上漫步,三三两两聚在一起有说有笑。十分难得的,林泰升船长也来到甲板,在这群人中站一站,在那几人中说一说,永弟与贵生师傅相互看了一眼,暗中一笑。在永弟的印象中,这位泰升船长是位严肃的人,平日里话不多,与大家说得最多的就是些航行的用语,难得今天如此雅兴与大家交流。船长走了几步便来到他们两人面前,他掏出一支烟递给贵生师傅,贵生师傅一摆手:"谢谢,我不会。"泰升船长把烟插入一个玻璃料器的烟嘴中,点燃,说了一句:"我记得以前玉水是会抽烟的。"

贵生师傅笑一笑:"我们俩都不会。"

把烟吸了一口,慢慢吐出烟雾,泰升船长轻描淡写地说:"我有位连襟在市府做事,他昨天来我家喝茶,说市府来了一个新的稽查科长,是南京来的,据说还是保密局的特派员。"

贵生师傅听了,忍不住抬头看了一眼泰升船长,可他的面色十分平静,仿佛无意中闲聊一般:"近日市面上经常有大学生上街游行,说是反饥饿、反内战、要和平,这位新上任的特派员正组织人手,要对游行请愿的学生下手了。"

听了泰升船长的话,贵生师傅陷入沉思。

抽完一支烟,泰升船长把烟头扔入江中,那闪着火苗的烟头划出一道抛物线,入水时"滋"的一声。

"唉,都是些孩子,这些人真敢下手!"泰升船长叹了一声,转身离去。

泰升船长走进驾驶舱,贵生师傅看了一下怀表,一把拉住永弟:"现在离开船还有一个多钟头,你快去何老板那儿一趟,把刚才泰升船长说的事告诉他一声。快去快回!"

陈永弟二话不说,来到船尾,一个飞跃翻过栏杆,顺着舷梯下了船,走到江滨路对面的小巷中,撒腿就跑。早上的大街人不多,小巷中更是宁静,永弟跑过江滨路,来到上杭路,七转八弯就到了何老板家。店门还未开,永弟转到后门,敲了五下,不一会儿小门开了,露出依壮叔的脸:"咦,是永弟,有事?"

"昌义依叔在吗?"

"在,快进来。"

说着话何老板也出来了:"永弟有急事?"

永弟把刚才泰升船长说的话复述一遍,然后告诉何老板是贵生师傅叫他来的,还要赶回去,船要开了。

何老板说:"情况我知道了,你告诉贵生,我们马上向上级汇报。"

陈永弟拔腿往回跑,来到船上时,旅客已经开始登船,快到码头时,他放慢脚步,从容地登上船进入底舱,把何老板说的话回复给师傅。师傅点点头,说了一句:"斗争越来越激烈了。"

3

一路无语。第三天轮船从南平返回时,早上永弟与贵生师傅一起在后甲板,看着一个个旅客手持船票通过码头上的水警检查后登船,人群中他看到了阿姐,只见她身穿一件灰布旗袍,外面披了一件浅绿色夹袄,手里拎着一个精致的小皮箱,神态雍容,步履典雅,面带微笑经过水警的检查,登上了船。来到甲板上,阿姐看了后面贵生与永弟一眼,微微点头,走下船舱。贵生与永弟像是没看到一样,不露声色。

傍晚时分,天边的晚霞尚未褪尽,船到码头,贵生师傅与永弟一起登上甲板,看着旅客们一一下了船。阿姐也夹在人群中,安详地走下舷梯来到岸边,走到江滨路上,向旁边一招手,一辆人力车跑过来,她上车了。贵生师傅与永弟目送着她离开。

可就在阿姐上车的刹那间，一个年轻男子从电线杆后面闪出，他也招来一辆人力车，紧紧跟随着阿姐。

贵生师傅与永弟都看见了，贵生师傅向永弟低声说："跟上去，保护阿姐安全！"

永弟立即飞身下船，跑到码头边，挥手招来一辆人力车，相隔50多米跟上了前面的两辆车。

人力车一路奔驰，来到中平街后进入狭窄的小街，小街人流较多，人力车已无法穿行，前面阿姐下车付了钱，步伐不乱地向着巷子走去。后面那辆车上的男子也匆忙下了车，车夫伸手要钱，却被男子打了一巴掌，男子向前追去。陈永弟也下了车，给车夫抓了几张金圆券，也顾不上等他找钱，赶忙跟了上去。

一路上行人不断，阿姐看来已经发现了身后的尾巴，她在前转了几个巷子，想把后面跟随的人甩掉，可惜没能成功。于是她放慢脚步，漫不经心地看着两边商铺里的货物。永弟看了一下周围，此时已来到下杭路口，他一个闪身从旁边的小巷中飞奔而去，从巷口出来时已经到了阿姐的前面。永弟随手从旁边一堆柴禾中抽出一根又粗又短的木柴，抓在手里挥了两下，挺好用，便把木柴插入自己的衣服中。他探出头看阿姐向自己走来，离这儿不远了，便走出小巷迎面向阿姐走去。在与阿姐交叉相过时，他没有看阿姐一眼，好像不认识一般，大摇大摆地往前走。阿姐也见到他了，也没有任何表示，只是向着他出来的那条幽静的小巷转进去。跟在阿姐后面的那个人见阿姐弯进了小巷，立即紧跑两步来到巷口，躲在一侧探头向里张望，他的手则摸向后腰。见阿姐依然从容不迫地往前走，他也跟随上去。永弟待那人走到自己身边时，一转身抽出衣服里面藏着的木柴，朝那人的后脑一棍砸去，那人一声都没吭倒在地上。

阿姐听到后边的动静，转身回头，看到永弟把那人打倒在地，她立即跑上前看了一下那人，永弟对她说："阿姐你先走，我来对付。"

"小心。"阿姐说了一声，立即回身往大街走去。

待阿姐走远了，永弟伸手朝那人后腰一摸，果然在他腰袋上藏着一把手枪。永弟将手枪掏出，摸了一下那人的衣裤口袋，摸到一个子弹匣，他把枪插到自己后腰，子弹匣装入口袋，把那人拖到幽僻的巷中，让他靠墙坐在地上，然后伸出双拳，对着他的心脏位置连捶几下，直到他哼哼了几声，没了声响，一膜他的脉搏，摸不到了，靠上前听听他的心跳，也没有声音了。永弟站起身，踢了两脚，转身扬长而去。

永弟那一手还是姨夫林成福教给他的，这是他从小跟着姨夫练武学来的功夫。

回到家中，贵生师傅已经到家，陈永弟在井中打出一碗水灌入口中，擦了擦嘴角，看着师傅站在一旁关切的目光，便把刚才的经过对他讲了一遍。

贵生师傅听了，这才放下悬着的心。他问："永弟，你觉得那些人是什么人？"

永弟想了一下："那个跟着阿姐的人是从小巷中走出的，可见他们是一直在那儿等着的。这些人不是市党部的人，市党部没有这么能干的人，应该是保密局的。"

贵生师傅点点头："形势越来越严峻，斗争越来越残酷，今后我们更要提高戒备。"

"你先吃饭，我去何老板那儿一趟，这个事要早做安排。"贵生师傅说道。

"我们一起去吧，吃饭不急。"永弟把插在后腰的手枪掏出来，藏在房梁上，跟着师傅走出门去。

来到何老板店前，他们也不从前门走，直接绕到后门，敲了五声之后，出来开门的是依壮，见到他们两人，立即让进屋内。

何老板店中有顾客，他正在与顾客商议，一时不能进来。等了快半个钟头，何老板这才送走两位顾客，让依壮在店中照看，他自己来到后院。听了永弟说起今天的事，何老板说："幸亏遇到你们，要不然阿姐可就危险了。"

沉吟片刻，何老板说："这事我们要赶紧通知下去，让大家都提高警惕，愈是到了胜利的关头，敌人就会愈加猖狂，我们一定不能麻痹大意。"

从何老板家出来，永弟与师傅两人走在大街上，从容坚定，看着眼前熙熙攘攘的人流，看着商家南腔北调的叫卖，看着大街五颜六色的招贴，眼前的繁华，无法遮挡暗流下的危机。

随着人流往前走着，眼看就到了自己住的小巷前，可这时突然从大街上跑来两队警察,他们到达街口之后,立即将面前的人群赶走,然后将街口封锁住,开始检查行人。这个地方是个热闹的场所,又是一个关键的路口,两边虽然有几条小巷,也有人看到前面警察封路,拔腿就往巷中跑,想着从小巷中出去,也有人往后,想从街的另一条路出去,可是他们没有跑多远就都退了回来,因为各个路口都被堵住了,都有人检查,如果不怕被查的话,还是打前面出去最近。

警察挨个查验行人的身份证件,并对行人提的挑的扛的物品进行仔细检查。永弟与贵生师傅都是空手,也不怕查,他们随着人流缓慢地向前走。就快要走到街口时,突然人群中有人悄悄地向后退,他们也不在意,侧身让开一点,想让那人退出去,可当那人走到近前时,永弟无意间看了他一眼,立即一把拉住他轻声呼唤:"建南表叔。"

那人在人群中不断躲避,突然被人拉住惊了一下,正想摆脱纠缠,却听到永弟的叫声,他抬头一看:"啊,是永弟呀。你逛街哪。"

"是我,建南表叔,你这是在进货吗?"

"啊……是呀……进点货。"

"那你进货好了不走吗?"

"走……当然要走……又想起一点事,等一下吧。"

"这样,建南表叔,你在这儿等我一下,看看能不能帮你把货带走。"

陈永弟挤过人群,来到前面,看了一下正在检查的警察们,果不其然,是小桥警察局的警察,他所认识的陈仰桐警官,还有表哥林鼎财都在场,封锁口外面郭局副站在一棵树下,观望着眼前警察的搜查。

永弟退回到建南表叔身边,说:"表叔,警察检查得很严,每个人每个包都要搜查。这样,你把值钱的货交给我,我来给你带出去。"

孙建南犹豫了一下,可永弟却没法等他:"表叔,你看,人马上就都走散了,等下人少了更不好走了。你抓紧点。"

"好吧……"表叔想了一下,一咬牙,将挑着的担子放下来,把永弟拉到一边,贵生师傅站在他们面前挡住人们的视线。表叔从担子底层掏出一个小布包,交给永弟。永弟转身背对人群,打开包,将里面一盒盒药品分别插入自己的前胸后背,幸好这时是初冬时节,他穿着轮船公司发的棉衣。这些药品共有十盒,永弟在前胸后背各放三盒,再把裤腿扎上,在两条裤子中各放两盒,固定绑好。他站起身跳了两下,看药盒子都绑紧了,再把那担子中的货物摆放整齐,那都是些日用百货如牙膏毛巾之类,然后叫表叔挑上,告诉他就说自己是雇来送货的。陈永弟在前,表叔在中,贵生师傅跟在后面,三人不紧不慢地走到警察面前。

来到近前,警察向永弟一伸手:"站住!"永弟笑着轻声叫了一声:"仰桐警官。"

那警察一听,抬头一看:"哎哟,是永弟呀。"

陈仰桐的声音不大,可附近站着的林鼎财听见了,他立即上前:"永弟,你这是去哪里?"

"表哥,我去弄点货,这不正往码头送嘛。"

"噢,你这次弄了什么货?"

"一点百货,都是南平的客商要的。"他一招手,建南表叔上前,将担子放下,把盖在上面的包布打开,里面是一盒盒牙膏、一条条毛巾、一罐罐牙粉等。

"表哥,你们这么晚了还要检查呀?"

"唉,上峰命令,不得不做。"鼎财应了一句,然后他弯下腰,将那两个筐子内的货物都看了一遍,旁边几位警察也都看到了担子里的货物,确实都是些小物品。鼎财奇怪地问:"永弟,南平这么穷了吗?这些东西都要从福州运?"

"表哥你有所不知,以前他们都是从上海、浙江进货,这不共军都打到南京了,马上就要打到上海了,他们进货的路断了,这才从我们福州拿货。"

"噢,是这样,那你还是换大米吗?"

"不换大米还能换什么?金圆券直线掉价,银圆券也成了卫生纸,谁还用那个?"

"那你给我留一点,我这帮兄弟们也都要呢。"

"这还不好办?回来时送你那儿去。"

"行,就这么说定了。"

"那表哥我先走了,你们忙吧。"

永弟与表哥聊了几句,原先每个人出来都要搜身,到了他这儿给直接省略了。永弟向鼎财表哥、仰桐警官挥挥手,顺便也向站在前面的郭屌长打个招呼,三人走出人群。

离开上杭路,到了三通桥边,找个僻静之处,陈永弟将藏在身上的药品都掏出来,还给了建南表叔。表叔一一收好,放入挑中,对永弟说:"今天谢谢你,要不然就出大事了。"

永弟一挥手:"表叔,能帮的我肯定会帮,帮不上的也没招了。"

三人告辞,永弟随着贵生师傅往回走,建南表叔则挑上担子往另一条巷中走去。他这些药品一定是游击队急需的,但不知他是否找到了运送药品的通道。

第十八章　审讯

面对这一群天真烂漫朝气蓬勃无所畏惧的学生,他们采取了分化瓦解的手段,逐一进行排查分析,找出他们之间的分歧和弱点,尤其是从他们不同的家庭、不同的经历、不同的出身着手,找出他们之间的不同,从而各个击破。

1

进入新的一年,福州市内有些不安,先是电信业工人罢工,反对资方裁减员工、拖欠薪金,再有大中学生上街游行,加上金圆券暴跌,物价飞涨,民不聊生,不仅是大学生,就连小学老师也走上街头,举行了反饥饿罢教游行,这一事件直接引发了更大规模的学生游行,由此也造成了全市交通瘫痪、金融不稳、商业疲软。原本公交公司因为税赋太高、汽油涨价,运输成本直线上升而收益猛降亏损巨大,这次正好遇上难得的机会,干脆宣布全市公交汽车停运。

面对着声势浩大的学生、工人、教师罢课、罢工、罢教运动,省市政府终于向游行的师生们下毒手了。

这一天是个周末,在榕几个大学如协和大学、华南女院等学校的学生经过串联上街游行。当他们走到南校场时,早已集结待命的几个警察局的警察们接到命令立即冲出来,瞬间就把游行的队伍给冲散了。警察与学生们发生了冲突,不少学生及警察被打伤,警察开始抓人,并把学生关到了各个警察局中。小桥警察局的警察们也接到了市警察局的命令,在驱散学生游行队伍的同时,抓了不少学生。

被抓的学生们共有 30 多人,统统被押送着关进警察局地下室内。先是关在一间大房间内，房间虽大，但30多人一同进入，就显得拥挤不堪。地下室本来就空气混浊，这么多人塞进去，当然是更加拥挤了。有的大小姐脾气上来张口就骂，关押他们的警察们也不回嘴也不吭气，等着吧，一会儿便一个个收拾你们。

30多人被关在地下室，吵嚷一片，作为执行命令的副局长郭添银，不得不出面与这些个学生娃娃们面对面。在林鼎财等人的陪同下，郭局副走到阴暗潮湿的地下室中，见到了被关在大房间内的学生们。

看着这些学生，郭局副的心中颇为担忧，他也曾是他们中的一员，也曾像他们一样在学堂里读书听课，也曾像他们一样上街游行——只不过他的游行是学校统一安排的，比如双十节、空军节等等，而这样有组织的与政府对抗的游行，他还从未参加过。对于这些个年轻的娃娃，他内心是怀着深深同情的，世道不好，物价飞涨，民不聊生，这些他也都亲身体验到了，政府无能，这能怪学生们吗？然而他身为警察局副局长，保境安民的基本功课还是要做的。因此他是怀着朴素的心情来与学生们见面的。

站在铁栏杆外，面对一群吵吵嚷嚷的学生，郭副局长不知如何开口，但既然来了，总不能一句不吭，所以他压低声音，以平和的语调，对面前的学生说："你们大家的心情其实我是理解的，但是你们想一想，你们的人生目标是什么？你们上学是为了什么？你们的家人、你们的父母得知你们不在学堂读书，跑到大街上呼喊口号，他们会是什么心情？"

郭局副说得语重心长，可学生们并不买账，其中一个短头发干练精神的女学生说："这位长官，我们也想在学堂里好好读书，可是你看看，大米都吃不起了，我们总不能饿着肚子读书吧？"

"你是……哪个学校的？"

"长官，我们都是一个学校的。"见郭局副这么问，其他学校的学生便出面打掩护。

这时站在郭局副身后的鼎财这时走上一步，轻声地对郭局副说："局长，她叫郭叶香，是华南女院的。"

"郭叶香……她是郭叶香？"郭局副一听，立时想起来，"她不是你的……"

被关在栏杆里面的郭叶香听到林鼎财说出她的名字，不禁吃了一惊，瞪大眼睛看了林鼎财一眼，依稀认出了他，愤恨地狠狠瞪了他一眼："是你?!"

上街逮捕游行学生,林鼎财也参加了,他早就注意到站在高高的台上慷慨激昂能说会道的女学生, 他觉得这女学生似曾相识好像在哪儿见过,后来听到她说话的口气,看到她的举止,林鼎财终于想起她是谁了。警察开始动手时,林鼎财故意先冲上前把郭叶香拉到一边,想把她推到一个僻静的小巷里去,可没想到这郭叶香一点儿也不领情,而是猛力推开他怒声骂道:"放开你的手!"又跑回到游行队伍之中。

这下子林鼎财傻眼了,人家不给面子啊!

警察们冲到游行队伍中间动手抓人,林鼎财再次跑上前去,一把拉住郭叶香,将她拖出游行队伍,想把她推到小巷中去,可立即被几位身材高大的大学生给拦住了,高喊着"不许警察行凶打人!"甚至还有人给了林鼎财好几拳。吃苦受累不讨好,林鼎财又失败了。

一会儿,警察把游行的学生队伍冲散了,林鼎财边往前跑边寻找着郭叶香的身影,结果还真找到了,他第三次跑上前去,连续推开众人,拉着郭叶香往小巷跑去,可郭叶香竟然张口在他手上咬了一口,然后跑回自己的队伍,将一位抓着一个年轻人的警察给推倒了。旁边几个警察一拥而上,将这三五个人团团围住,一个个给按倒在地——林鼎财终于无计可施了。

在关押学生的地下室里,当郭副局长问郭叶香的姓名,而郭叶香不肯说,林鼎财此时说出了她的姓名。

关到警察局之后,警察立即对这群学生进行甄别审查,将他们一个个提出来单独进行审问:姓名、年龄、学校、年级、家庭情况等等。虽然有的人不愿说,可警察也不是白吃干饭的,仅仅用了半天,就把这30多人的情况大致摸排清楚了。

这批被关押的人分成了三类。

第一类是省市府在职官员的亲戚子女, 或者是省市议员的亲戚子女。这部分人员并不多,也就七八位,他们被关在一间最大的条件最好的房间里,逐一通知家人,可以前来探视,送来衣物食品,待逐一登记造册后即可放回。他们的吃食有家人送来,吃香的喝辣的,也不再进行审查。

第二类是一些有地位的富商或是在省市政府任职的普通职员的亲戚

子女。这部分人数最多，有十多位，他们也被另关在一间房子里，待遇与第一部分当然有所降低。他们吃的比第一部分差一些，而且经受了警察的各个询问，要求他们交代自己参加游行的动机，以及是谁召集的、是谁串通的，如果不老实，将会受到斥责。

第三类人数也不多，共有 11 人，这部分人是社会最底层的子女，家里基本上是城市平民，有工人、小商人，也有少数几个农村人。对待这些人，警察非打即骂，基本上没有给好脸色。这部分人吃的最差，每顿饭仅有一个熟地瓜，还是凉的，喝的也是凉水。

因为与林鼎财认识的缘故，郭叶香被划入第一类，林鼎财每餐给她送饭，她也毫不客气，拿过饭菜就大口地吃起来，但对于眼前的林鼎财却是视而不见仿佛他根本不存在。要知道能有这个待遇，已经是林鼎财私下向郭副局长讲情才得到的，而郭副局长其实在林成福店中也曾见过郭叶香，只不过那时她还是个小学生，梳着两条小辫子。

郭叶香对他视而不见，对自己的同学却是高谈阔论有说有笑，林鼎财心里那个窝囊啊，却又无处发泄。他只好忍气吞声地小心伺候着，就像对待自己的祖宗一样——不，不对，对自己的祖宗他也没这么周到过。

这帮人人小气大，警察们也知道他们的家庭情况，惹不起躲得起，谁也不来招惹他们，反正关个三五天，这些人就被担保离开警察局。毕竟他们朝中有贵人，难免看不起人。

而对待第二类学生，警察们则是凶神恶煞张口即骂，对待个别不老实惹是生非的人，还会来个杀鸡儆猴让他吃点苦头，赏他两个大耳光子，或者把他吊在屋梁上半个时辰，让他不敢再生事。

对于第三类学生，那更是暗无天日了。天天把这些人提出去审问、恐吓、扇耳光、用绳子绑住双脚倒吊在屋内等等，使他们一个个哭哭啼啼叫爹喊娘的。只要有一个人做错了事，全部人员饿一顿不给饭吃，几天下来，他们便没有一个不老实了。

第一拨人家里有人送吃的来，便把他或她召到一个小间，里面摆放着桌子椅子，让他们吃完再关回去。之后来送东西的人多，警察忙不过来，干脆把旁边一所小学的桌椅搬了几十张来，就在那大监房里摆开，每逢开饭时，各种饭菜香气四处飘散。家在福州的当然就是由家人送来，有位大小姐是厦门人，家里是富商，还有不少海外关系，她家里人直接在福州老字号饭铺聚春园里点餐，由这聚春园的伙计将每日三餐送到拘押所来。

这些学生被抓的第二天，市警察局一位副局长前来视察，说白了就是要看看这些个闹事的学生。当他进入地下拘押室，看到这一大间里面一张张桌椅成排时，忍不住笑了起来，骂道："这是拘押所还是学校？"当然，他对小桥警察局的这种做法还是给予了肯定，说是一大创举，要在其他区县警察局进行推广。然后他又补充道："以后我们就不用伺候这些大爷小姐了，保密局的人正在办手续，由他们接管审查。"

之前林鼎财给郭叶香送来饭菜，都是把她单独叫出来吃饭，郭叶香坐下后也不吭声，抓起筷子就大口吃起来，吃完后拿手帕把嘴一擦，起身便走人。第二天在大间里摆上课桌椅，郭叶香便与大家一同在监房里用餐，还是林鼎财送饭。每次林鼎财拎着个竹编的外漆红色的三层食盒子进入到监房时，总是会被看门的警察给笑话一番："哟，鼎财副官又给你那未上门的老婆送饭啦！"林鼎财便也赔上不好意思的干笑。说笑归说笑，饭菜照常送。有时郭叶香吃完了，还大声地命令道："什么破烂饭菜？中午送点鱼丸来！"林鼎财唯唯诺诺不敢言语，他知道说不过她，更说不过那一群识文断字的大学生们。有时郭叶香的闺蜜同学还拿这个跟她开玩笑，她却毫不在意地贬斥道："就他这熊样，穿了一身黑狗皮，资本家的走狗，还想做我老公？做梦！"

三天后，第一类的学生全部由家里取保，离开了警察局。第二类也有些人离开，还有些因为是外地漳州、厦门、泉州的，他们的家人或者正在路上，或者在省外无法取保，暂时被关押着，不过也没有几个人了。而第三类，则是一个也跑不掉。一来不让他们取保，二来还想从他们身上多挖些情报，摸清楚共产党在大学校园内的组织情况。当然，警察局只负责关押，而搞情况这类事则主要是由保密局福州站负责。

2

这天一大早，一行五人来到小桥警察局，领头的向门卫出示了他的证件：保密局特派员刘肃先。站岗的警察一看这人年约三十，身着一身笔挺的西装,戴着一副金丝边眼镜,外表文质彬彬,可是看人的目光中,却有一股阴煞之气。在众人的簇拥之下,这位特派员带领着属下向警察局局长办公室走去。

局长亲自来到门口迎接这批人,那位身着西装的人掏出自己的证件自我介绍说:"保密局福州站特派员。"警察局局长一伸手:"刘科长请。"

当时林鼎财从外面巡逻回来,在门口见到了这批人,从他们的衣着打扮及行动判断,他料定这批人不好惹,为避免是非,还是躲得越远越好。他只是远远地看着,并没有上前。好在郭叶香前一天由自己保举,已经回到家里了。

这些人在局长办公室待的时间并不长,很快来到地下室,看到了那批最后被关押的数十人。在众人的目光中,这些已被关押几十日的学生一个个无精打采地坐在地上。看门的警察一声呵斥:"站起来!"学生们一个个站立起来。

刘科长用阴郁的目光扫视了众人一眼,盯了有大半个时辰,然后一言不发地走了。

没多久,警察与保密局的特工将这些学生一个个押出提审。

这是一间密室,在地下室的最底层,里面只有一张桌子、一张椅子,四面都是石墙,密不透风,也没有窗户,一盏明亮的白炽灯把房间照得晃眼。

两个身着深蓝色中山装的年轻人,押着一位不足 20 岁的女学生,走进室内。

"长官,人押到。"

屋子中间站着一位年轻人,他背对着门,听到报告,他只是摆了摆手,没有言语。两人退出房间,门"咣"的一声关上了,房间里面的声音一点儿也透不到外面。

女学生局促地站在屋子中央,心怦怦直跳。她抬头看了眼前的年轻人,可那人仿佛陷入深思,根本没有转过身来的意思。

等了十余分钟,那年轻人才转过身来,面带微笑,两只眼睛从镜片后面透出一抹阴沉的光来,盯着女生,上上下下打量着。

女生抬头看了他一眼,与他的目光相遇,慌忙地低下头,不敢再看他。

他用低沉的声音说:"黄秀容,19 岁,华南女院服装设计专业二年级的学生。是吗？"

她点点头。

他接着说："父亲，黄祖望，闽清县塔庄乡国民小学校长。"

听到他说出自己父亲的名字，她心里一阵慌乱。

他又说："母亲，黄春妹，闽清县塔庄乡国民小学教员。"

这下子她更吃惊了，对方早就把她了解得一清二楚。

"你还有个弟弟，黄秀国，闽清县塔庄乡国民小学四年级学生。我说得没错吧？"

她不知对方的身份和用意，不敢吭声。

"我已派人赶往闽清，准备把你的父母和你弟弟一起逮捕，押送到福州来。"

听到对方说这话，她大吃一惊，高喊："不要……"可是往下就发不出声音了。

"不要？你说不要就不要？你父母都是乡村的知识分子，省吃俭用供你上学读书，可是你却干了什么？罢课、上街游行，破坏国家秩序！你知道你犯的罪吗？"

听了他一席威吓的话语，她的心跳得更厉害了，难以平静，就这么一下子，乱了方寸。

她求救似的对他恳求道："求求你，放过我父母，不要抓我弟弟，他还小不懂事……"

"他还小不懂事，难道你也不懂事吗？"

"我……"

"你可要考虑好了，你的父母、你的弟弟，他们的性命全在你手里。你明白吗？"

望着眼前乱得没有章法的小姑娘，他心中暗暗得意。这位名叫黄秀容的女生，是他从那20多人的名单中找到的突破口。个头矮小身材单薄，小鼻子小脸，皮肤有些黑，长得也不是很出众，放在大街上根本就不会引起注意。然而就是这样从小地方来没有见过世面的女生，才更容易被攻破心理防线，才更容易乖乖地就范，才更容易问出想要答案。

他换了个角度，继续说："我做个自我介绍吧，我姓刘，不是警察，我是保密局的特派员。说白了，我是搞情报的。所以，警察那一套我不管，我也没有那么多顾虑，我只是告诉你，为了得到需要的情报，我可以采取任何措施，而且不必向上面报告，甚至可以先斩后奏，砍了你的脑袋都不会有人找我算账。"

看到她陷入慌乱，看到她手足无措，看到她满脸通红手脚哆嗦，刘科长知道：自己的目的初步达成。

但是，眼前的这个雏鸟他还想继续玩弄一下。

"其实对于你们的活动，我也是深有体会的。我是南京中央政治学院毕业的，我也曾是大学生，对于学校的生活，对于学生活动，我还是很怀念的。"

听了他的话，她捏紧的心稍稍有点放松。

然而下面他话锋一转："可是，你们看看你们，竟然上街游行，破坏社会秩序，损坏党国声誉，你们是党国的罪人，是要被严厉制裁的！"

她被这一声吓得一个哆嗦，心脏又提起来了。

刘科长伸出手捏着她的下巴，把她的脸抬起来，凑近了低声恶狠狠地说："怎么样，黄秀容，你想好了吗？"

她歪着头想躲开他，离他远一点，可是被他紧紧地捏着，她无法后退。

他盯着她的眼睛，她不敢与他直视，眼睛转了几圈，避开了他的目光。

刘科长松开手，转身背对着她，轻声命令道："把衣服脱了。"

她听了没有动，露出了惊恐的神色。

"怎么？没听到？"

"看来你是不想听话喽？"

她犹豫了一下。

"你要想明白了，你这是奸党作乱，我可以枪毙了你，还有你的父母和弟弟。不过我不会毙了你的，我会留你一条小命，送到妓院去，让你被千人奸万人睡。你想想，就你一个细皮嫩肉的小姑娘，能逃得了吗？"

她不敢吭声。

他继续说："堂堂的大学生做了妓女，你并不是第一个，想不想试试？"

这一番话把她吓得六神无主，望着他凶残的目光，她哆嗦着伸出手，脱下了自己的衣服……

刘科长退后一步,斜倚在桌子上,静静地观赏着眼前的猎物一件件脱下自己的衣服。

终于,脱到身上仅有一件肚兜和内裤,他摆了一下手。然后指指她的鞋。

她又弯腰脱下鞋袜,赤脚站在地上。

刘科长一把抓起她的衣服一件件摆放在桌子上,然后退后几步,慢慢地欣赏着她的身材。

她则满脸惊慌手足无措,无助地低着头,眼中流出一行热泪。

他抬起手,伸出食指,朝她勾了勾。

她被迫上前几步,走到他面前。

他再次端起她的下巴,看着她泪流满面的模样:"我知道,你并不是领头的,像你这样胆小的人只能躲在人群后面,哪有你出头的机会,你只是不好拒绝,跟在队伍中喊喊口号而已,我说得对吧?"

她无语,只是点头。

"我不想为难你,但我需要你的配合。只要你告诉我,是谁让你去参加游行,是谁组织你们的活动,这就行了。"

她还是无语。

"黄秀容,你可要想清楚了,你的家人、你的学业、你的前途,可就看你自己了。"

她依然无语。

"你不要想在我这里逞什么英雄,想当英雄死得更快。你看看,你的那些个组织者们至今还躲在后面,他们可不知道你在这地下室里赤身裸体地站在陌生男人的面前啊。"

她的心中乱成了一团麻。

他在她身边转了几圈:"仔细想想,你还有哪些需要说明的?"

然后,他停在她身后,趁着她思绪紊乱之际,轻轻拉开了她腰上肚兜的红色细绳,接着又解开了她脖颈上的红色细绳,就在她不经意间,她上身唯一的遮掩落了下来。她"啊"的一声,伸出双手遮挡在自己的胸前。

他轻轻地笑了几声,手中攥着她的肚兜。

然后他伸出手,用手指在她光洁的背后刮着,从上到下。

她像受惊的小兔子一样，躲开了。

他没有在意，只是狞笑着，往她身前靠近。她一步一步向后躲着，终于她靠在了冰冷的墙上，无法再躲。

他来到她面前，看着眼前的猎物，露出了得意的微笑。"黄秀容，我在市党部公干，你要是愿意坦白，今后有事可以到市党部来找我，我会替你负责的。但是你要是不说，那就别怪我心狠手辣了。"

就在此时，门口传来敲门声，他高声命令："进来！"

大门"吱"的一声打开，一位年轻人走进门来，看到赤裸着半身站在科长面前的女学生，他不禁吞了一口唾沫。

他问："什么事？"

年轻人答道："科长，那个家伙是个死硬分子，宁死不开口。"

刘科长笑了，说："死硬分子？难道他真的不怕死？把他押过来让我见识一下。"

年轻人转身出门，没过两分钟，两个人拖着一个满身是血的人走进来。只见那人身穿一套浅蓝色学生服，头发凌乱，身上被鞭子抽得一道道血痕。

刘科长指着男学生对黄秀容说："你看看，认识他吗？"

站在墙角的黄秀容抬起头看了男学生一眼，被他那浑身是血的模样给吓坏了，忍不住发出一声惊叫，用双手捂住自己的眼睛不敢看。可是她这一不自觉的举动，却把自己的胸部露了出来。

刚才进来报告的年轻人伸出手，揪着男学生的头发，把他的脸拉起来，让他看到半身赤裸的黄秀容，捂着脸站在一边双腿发抖。

男学生叹了口气，低垂下头没有言语。

趁着黄秀容捂着脸不敢看男学生的时机，刘科长伸出手捏住了她的胸部，她全身一抖想用手保护自己的胸部，可是一伸手看到面前血淋淋的男学生，她又是一声惨叫，忙用手捂着眼睛不敢看，于是科长的手便在她胸前恣意地揉捏。

男学生看到自己的同学被蹂躏被欺辱被辗轧，可是自己却无法拯救，只能一声长叹。

刘科长露出阴险的笑容："怎么样？你还是不想说吗？没关系，等一下你想说我也不想听了。"

男学生十分沉痛地呻吟道："你们放了她，我说……"

刘科长一挥手："押下去继续审问。"

几个壮汉把男学生拖了下去。

然后刘科长伸出手，把她身上唯一的内裤给拽了下来，抱起瘦弱无助的她，往后面的房间走去……

半年之后，一个身材瘦削的女人挺着个大肚子来到市党部，说是要找市党部刘科长，楼上刘肃先站在走廊上，望着楼下这个女人，可怎么也想不起自己何时认识她的。他问："你确定她是来找我的？"

秘书说："是的，刘科长。她说在小桥警察局你答应过她，有事来找你，她还说……"

"别吞吞吐吐的，有屁快放！"

"她还说……她怀上了你的孩子……"

"孩子？我根本都不认识她，不管她，你告诉他我调走了。"

过了几天水上警察局来照会小桥警察局，说是在闽江中捞起一具女尸，已有六个月身孕，请小桥警察局协助处理。

一般来说，小桥警察局只管自己辖区内的事，而闽江上的事归水上警察局管，但因为这死者很可能是小桥辖区内的人，所以水上警察局请小桥警察局协助找到死者的家人。

郭副局长派林鼎财去看看，如果找不到家人，就按无主尸体处理，直接送墓地埋了。当林鼎财来到水上警察局，见到这具女尸时，他认出来了，在警察局地下室他曾看到过这个大学生，好像还是外地的。看到她鼓胀的肚子，他一声长叹……

3

第二天，保密局开始抓人，拿着一份名单，上面详细记载着姓名、年龄和学校，有的人被抓回来了，而有的人却逃脱了。被抓回来的人无一例外被押送到地下密室中，受到了严刑拷打。警察局地下室里，每天都会传出恐怖的叫喊，每天都会有尸体被抬出。

望着眼前这一切，林鼎财既忧伤又害怕，他忧伤的是这些个年轻的生命一个个远离了这个世界,他害怕的是这一切他都参与了,他觉得自己的手也不干净,也沾染了人血,自己终有一天会遭到报应。

好在郭叶香不在其中,虽然为了她自己受到了皮肉之苦,但能保住她的性命,他惊惧的内心得到了些许的慰藉。

然而他的这些自我安慰并没有持续多久,随着特派员对那些大学生加强审讯,很快便找出学生组织中的中坚分子,有人供出了郭叶香是其中一个领头人,在组织学生的会议上她出谋划策,在游行队伍中她是重点人物,而且几年来她一直都是学生组织中的红人。

刘肃先特派员的魔爪伸向了郭叶香。可是当保密局的人来到地下室找郭叶香时,却得知她是第一批被取保释放的。当他们找到签字担保的人,居然是警察局的林鼎财副官,他们立即向特派员作了汇报,特派员当即下令,逮捕林鼎财。

首先接到逮捕令的是副局长郭添银,他被召到市党部,研究逮捕这批学生中的共产党。在市党部郭添银见到刘肃先,听刘肃先讲要逮捕林鼎财,郭添银暗自吃了一惊,他自己也没想到,早年在林成福店中看到的那个文静瘦弱的小姑娘,竟然是共党学运的负责人之一。郭添银相信林鼎财并不知道郭叶香的这个隐秘身份,但是现在保密局要抓他,自己身为副局长也无能为力。郭添银想到最后一个办法,能不能救林鼎财,只能是看他自己的造化了。

在市党部办公室,郭副局长打了个电话给小桥警察局,让他们找到林鼎财副官,有要事办理。接电话的值班警官立即下楼找到了正在屋中休息的林鼎财,林鼎财一路小跑来到值班室,接到了郭副局长的电话。

电话中郭副局长这样说:"你立即到我办公室去,在中间抽屉有一份文件,你把这份文件送到市党部来,我在这儿等你。"林鼎财回答:"是,局座,我马上去办。"最后,郭局长说了一句话:"你快点吧,我急等着你呢!"这句话让林鼎财如雷贯耳。

在此之前,有一次上街执行搜查任务时,有一个警官被枪打中肺部受重伤住进医院。在去医院探望时,郭副局长对林鼎财说了一句语重心长的语:"世道日艰,警察的日子也不好过了。鼎财,一旦有一天我要是出了事,你得知后马上通知我,我会立即跑路的。我们约个暗号,说完话时最后加一句'你快点来,我急等着你呢'。"而刚才林鼎财分明听到了郭副局长这句话,他知道自己出事了,虽然还不知道在什么地方出了什么事,但是郭副局长已经明确地告诉他,让他快点跑路了。

往哪里跑呢?他发现在这个城市,已经没有几个人能帮助他了,他只能去找表弟陈永弟,让表弟帮自己离开这是非之地。

第十九章　护送

随着国民党反动统治进入最残酷的阶段，大批地下党成员先后暴露，为了组织的安全，为了同志的安全，他义不容辞承担起了转运护送的工作。在他的手中，六七位地下党成员被安全转移到了游击队根据地，在不同的战线上，继续战斗。

1

傍晚时分，"民生"号客轮驶进台江码头，旅客下船之后，陈永弟与师傅收拾好物品做好交接，下了船回家。刚刚下来，只见依壮叔已等在上杭路口，说是何老板有事找他，让他直接到何老板店中。

来到何老店后屋进门一看，竟然是阿姐。他知道一定有急事，要不然阿姐不会冒着生命危险来找他的。

"永弟，你去办件事。"

一进屋刚刚坐下，阿姐快人快语地说。

"我们有一位女同志，刚刚从警察局被保释出来，她是我们的骨干，保密局已经开始逐一甄别审查了，时间一长她会暴露的，明天一早你就把她送出城去。"

陈永弟二话不说就答应下来，之后与阿姐详细讨论了出城的路线、送往的地址、沿途的联络人等等。说完之后，阿姐也不久留，起身离开。

阿姐走后十来分钟，永弟也起身，从另一个巷子返回家中。回到家贵生师傅已经准备了晚餐，永弟边吃边说起了阿姐布置的工作。

第二天凌晨，趁着天还未亮，陈永弟就起了床，他收拾好一个小布包斜背在身上，包里放入一竹筒水，两块番薯，还有一块擦脸的毛巾，穿上一双登山用的厚底布鞋。走出屋子时,师傅李贵生已等在门口,说了一声:"路上小心。"看着永弟出了门直奔北去,师傅收回视线,叹了口气。

凌晨的福州城里万籁俱寂,只有那昏暗的路灯照出眼前一个光圈,赶早市的商贩挑着货物匆匆向集市赶去,街边的小食店正忙碌着准备早餐。运粪的木桶板车吱吱呀呀地驶过街巷,微风吹过,碎纸片在空中打着转飞向远处。

来到何老板店中,前门一片黑暗,走到后门,一盏昏黄的豆油灯透出些许光亮,陈永弟上前轻轻敲了五下门,小门从里面打开,依壮探出头来看了一下,缩回身子,永弟跟着进门。来到院中,何老板已等在那儿,他推出一辆自行车来,对永弟说:"你们等下骑自行车走。"

"可我不会骑啊。"

"没关系,她会骑,她来带你。"

从里屋走出来一个人,到了近前永弟才看清,竟然是一个剪着短头发的大姐,由于天暗他看不清对方的面庞,但男女还是分得清的。

大姐背着一个小布包,身穿蓝色碎花小褂、厚的灰裤子,显得干练精神。

依壮开门向外看看,昏黑的小巷中没有一个行人,永弟推着自行车,大姐跟在后面。来到大街,大姐接过自行车,先踩在一个台阶上跨步骑上,然后让永弟坐在后面,她使劲一蹬,自行车向前驶去。

在石板小路上自行车一路颠簸着向前,车胎气充得挺足,大姐骑车技术挺高,一路穿大街钻小巷,出茶亭路过横街、途经大根、鼓楼,来到北门外,远远地看到屏山顶上的镇海楼在夜色中显出一个黑乎乎的轮廓。过了龙腰天色渐亮,前方是新店,一片沃野上庄稼长势喜人,大片的茉莉花田花香浓郁。陈永弟坐在后面,望着前面大姐那细腰一耸一耸地骑着车,有时遇到上坡两人便下来推车上行,到了坡顶再坐好顺坡滑下。骑到北峰山下时天色大亮,几块云朵飘在天边,东升的太阳时不时被云彩遮挡。前往北峰山下的汤斜村,按照阿姐给的联系人,找到村东头一户人家,把自行车推入小院,在他家吃了一碗稀饭两个馒头,把竹筒装满水,很快就又出发了。两人一前一后向着北峰山区攀登。

这是一条石板铺就的古道,古道蜿蜒向上延伸。遥想古代有多少士子从这儿出发前往京城参加科举考试,路上行色匆匆,而发榜之后,有的人金榜题名全家欢乐,而更多的人则是名落孙山垂头丧气一蹶不振。也有许多商户从这儿走向各地,当然也有不少官员赴任从这儿经过,更多的则是乡民们上山砍柴、采药、打猎,总之为了维持生计,步履匆匆地行走在这陡峭弯曲的山道上。

看得出来,这位大姐性格活泼,一路上她时不时地与永弟说着话。走到半山亭,永弟怕大姐太累了,提议坐下休息,免得后面走不动。

时辰尚早,山路上人不多,坐在亭中的仅有他们两人。借着路边奔流的山溪,永弟洗了毛巾擦把汗,大姐也如法炮制。坐在亭中大姐问:"小依弟,我还不知道你叫什么呢。"

"我是陈永弟,叶香姐姐。"

"噢,啊……你是……"

"是我,叶香姐姐,十年没见了。"

"是你呀永弟。"郭叶香哈哈大笑起来。

姐姐笑得开心,永弟的心情也跟着兴奋。

"你老实说,你是不是早就认出我来了。"

永弟点点头:"刚才在汤斜村天亮了,我看你就觉得面熟,后面听你讲话,就知道是你了。"

"你不是回乡下去了吗?什么时候到城里来的?怎么又在轮船公司做工了?"郭叶香一连串的问题,永弟只好一一解答,向她说起了十年前江上一别之后的生活,包括在乡下打鱼种地,包括公司考试,包括当上轮机工,说得郭叶香姐姐歆歆不已。

"那叶香姐姐这几年是怎么过来的呢?"

郭叶香也向他说起了自己的经历。

原来闽江边与永弟、鼎财告别之后,郭叶香随郑春熙来到城里,找到了在省府任职的舅舅——母亲的弟弟。舅舅一家三口过着清贫的生活,郭叶香来之后,舅舅继续供她上学读书。放假时舅舅带她回到了岳峰溪口村,见到了爷爷奶奶,两位老人为儿子早逝而伤心,看到孙女又挺高兴,拿出一笔钱让郭叶香继续读书。抗战胜利的第二年她考上了华南女子学院,在学校里读了不少进步书籍,对共产党的主张深深赞同。后来她积极参加学生运动,并组织同学建立读书会,为党组织关注,参加了党外进步团体的各项活动,之后便成为坚定的共产主义战士。

路途尚远,两人继续上路。边走陈永弟边问:"叶香姐,你见过我表哥吗?"

一听他的话,郭叶香的脸上立即失去了笑容,她顿了一下,低声说:"见到了。还是他作保把我救出来的。"然后她问:"你表哥怎么做了警察?"

陈永弟向她说起了表哥在郭副局长的介绍下加入警察局的事,郭叶香听了点头:"难怪,我说怎么搞的,他竟然进了警察局!"

"叶香姐姐,你这次是发生什么事了要出城?"

郭叶香说起了自己参加学生游行被捕的事。之后她叹了一口气:"永弟,你回城后立即去看看你表哥,那些人是不会善罢甘休的,就怕你表哥他出了意外。"

"哟,叶香姐姐,你是不是担心我表哥啦!"

"做死啦!你个讨厌鬼!"郭叶香亲热地骂了一句。然后她担心地说:"那些人的恶毒手段我是知道的,他们坏事做尽,我只是怕你表哥也会遭到毒手……"

听了郭叶香的话,陈永弟不住地点头,他也知道那些人的凶残,便劝说道:"叶香姐不必担心了,我回去就去看表哥。"

一路有说有笑,这一段艰难的山路倒也不在话下,不经意间就走到了宦溪。这是北峰山间谷地,早在唐朝时便设置了村镇,北峰又称大北岭,就是福州北部一片山区,这儿是福州的后花园,地势险要,自古便是兵家必争之地,从北方入福州,基本上要从这儿过。明朝戚继光曾在此处建军营,称为降虎寨,抗战时期这儿是福州的后方基地,共产党领导的东岭游击队长期在这一带活动。日军占领福州,从连江晓沃登陆后兵分两路,一路向东沿闽江进入福州,一路往西翻越连绵的北峰山区直抵福州。

两人来到鹅鼻村口时,看到前方横着一道又宽又深的战壕,还有几十个国军士兵在战壕里出出进进。陈永弟向郭叶香一招手:"叶香姐姐,不要走大路,从山上小路走。"

中途又遇上几次国民党兵,看来这一带将要成为战场了。他们弯来绕去在山上转了好几个弯,终于辗转来到降虎寨。进村之后在东头找到联络员,这是一位中年大叔,永弟上前与他对上暗语,把郭叶香交给了这位大叔。后面大叔会领着郭叶香从这儿下山,山下便是连江县潘渡乡贵安村,贵安村旁边有条潘渡溪,乘船可直达连江县城,再转道琯头山区一带,可以找到闽东游击队。

陈永弟与郭叶香道别,郭叶香两眼泪汪汪地看着他,连声叮嘱他一路平安。走了不多远郭叶香又跑回来向永弟问道:"永弟,你说句实话,你是共产党员吗?"

永弟对她笑一笑:"叶香姐姐,再见了。"

与陈永弟分手之后,郭叶香跟着交通员一路下山来到连江潘渡贵安村,乘上一条小船沿着潘渡溪下行,快到县城时小船靠岸,在一个不知名的小山村住了一晚,第二天又赶了半天路,到达中共林连罗(林森县、连江县及罗源县)沿海地区工作委员会,见到了工委委员及沿海游击队政委陈可珠。这是一位和蔼可亲的大姐,只比郭叶香大了两岁。可珠大姐是亭江镇快安村人,早年当过小学老师,1947年4月参加革命工作,6月入党,以教师身份为掩护,在连江琯头、晓澳一带发动农民渔民建立贫农团,并设立秘密交通联络站,多方筹集经费,负责传送情报,参与创建了林连罗沿海游击根据地。可惜的是郭叶香仅仅与可珠大姐一起战斗了半年时光,1949年8月12日,陈可珠政委率领部队外出执行任务,中途与国民党七十四军正面遭遇,为掩护战友转移,她孤身一人手持双枪拖住敌人,第二天凌晨子弹打光被捕,而游击队安全转移。在狱中她受尽酷刑坚贞不屈,8月15日连江县城解放的前一天,在连江县近郊江南桥边沙滩上被敌人杀害,年仅24岁。

2

送走了郭叶香,陈永弟一路狂奔,回到城里已是夜间11时。黑灯瞎火地他走到自家门前。明天要走船,贵生师傅已在船上接班守船,他明天要早点赶到码头,还能来得及上船。

当他摸黑来到门前正准备开锁时,突然从门边暗角处蹦出一个人来,把他给吓了一跳,他忙站直身子,握紧拳头,厉声问道:"谁?"

"永弟,是我,鼎财。"

"啊,是鼎财表哥!"永弟赶紧开了门,把表哥拉进门去,随手关上小门。

"表哥,你怎么这时候还蹲在门外,把我给吓得。"

"永弟,表哥没地方去了……"

"表哥,你怎么了?"

"没什么?保密局要抓我,要不是郭副局长给捎信,我恐怕都见不到你了。"

"那你……"

"我只能逃命了。"

"来,进屋说吧。"

两人一前一后走进后院,点上油灯,永弟倒一碗水给表哥,自己也拿了一碗一口喝干。

坐在凳子上,鼎财说:"永弟,这下子我可真是走投无路了。"

永弟没说话,只是静静地看着表哥,因为从郭叶香那儿他已经知道了事情的来龙去脉,但有些事不能对表哥说。

表哥向他讲起了在大学生游行队伍中偶遇郭叶香,在警察局地下室与她的交往,之后说到自己担保郭叶香出来,可谁知她竟然是共产党。

"永弟你看看,这郭叶香,她竟然是共产党,她走了,可我却被盯上了。"

"表哥,你不能在城里待了,赶紧走!"

"走!往哪儿走?"

永弟想了一下,当机立断:"表哥,交给我吧,你在我这儿住一晚上,明天一早我们就走,你坐我的船,送你到南平去。"

"去南平?我不认识那儿的人呀!"

"我认识!"

"你认识?这……行吗?"

"表哥,都这时候了我还能害你吗?"

"那……"

"表哥,不能再犹豫了,危急关头,你就听我的吧。"

"好吧,走!大不了和他们拼了。"

"还不到拼的时候,留得青山在,还怕没柴烧?"

听到永弟居然说出这么有哲理的话,鼎财不禁有点蒙,虽然小时候永弟就爱学习，成绩也一直比自己好，可在他眼中，表弟就是个不说话只干活的实诚人，现在倒好，说出的话来这么文绉绉的，像个账房先生。

晚上鼎财就在永弟这儿睡了个囫囵觉，两人有一搭没一搭地说着闲话，看看时候不早了，永弟说："表哥，睡吧，明天还要早起。"

"好吧。"然后鼎财突然问了一句，"永弟，你说句实话，你是不是共产党？"

"表哥，你怎么会说这种话？"

"我看你这一年变化很大，越来越像共产党了。"

"表哥，难道这共产党还都有标记让你看出来？"

"算了，你是不是都没关系了，反正我要走了。"

翌日趁着天色未明，永弟就起床开始准备，听到声响表哥也起床。两人收拾好东西，主要是给表哥准备一些路上吃的食品、穿的衣服。收拾妥当，推开门，两人赶着夜路来到码头上了船。

船舱里贵生师傅还躺在床上，听到声响起身，见是永弟来了，他问了一声："这么早？昨天不……"看到跟在永弟身后的林鼎财，师傅把后面半句给咽了回去。

林鼎财上前叫了声："贵生师傅。"

"噢，是鼎财副官。"

林鼎财苦笑一下："还什么副官？我现在是丧家犬啦。"

永弟向师傅讲了表哥的事，说表哥在福州待不下去了，要去南平。

贵生师傅看了鼎财一眼："只能这样了。不要紧，看眼下的局势，你在南平也待不久，很快就会回来的。"

开船之前，水警上船来检查了一遍，永弟让表哥钻到炭舱中躲避，他在警察局当副官，很多人都认识他，尤其是水警，常常和他们小桥警察局一起做事。

有惊无险。船开了，向泰升船长打个招呼，船上给送来了三人的饭。一路上就像前几次一样，皆有水警上来检查，不过还好，对旅客检查比较严，对船员倒没有什么大事。

到了白沙时，一小队十人的宪兵上了船，对所有旅客及船员进行了一次更加严厉的检查，但这次没让鼎财躲起来，就说他是轮机工学徒，在旁边跟着干活。其实这些宪兵虽然凶恶，但船员们倒不怕，因为他们不懂行，只是瞎咋呼而已。倒是那些水警对船上很熟悉，要是认真检查都能查出些事来。

轮船继续逆水前行，途经闽清、莪洋、樟湖坂，都有水警上船检查，例行公事他们也马马虎虎，甚至仅是在船上转了一圈，既不查证件也不看船票，上来兜一趟下船走人。

一路顺风到达南平，可船还未靠岸，码头上已被封锁，不是水警，而是宪兵四团的军人，他们一个个如临大敌刀枪林立，对旅客一个个进行仔细检查，有时还把旅客携带的行李打开，码头上皮箱背包丢了满地。在这些如狼似虎的大头兵面前，旅客们一个个胆战心惊不敢多言，生怕一言不合灾祸临头。搞了一个多小时旅客才走完，可这些个宪兵并没有撤走，而是在码头上安排了岗哨，三个人端着上了刺刀的长枪来回巡弋着。

原本陈永弟计划等宪兵走了之后让表哥下船，可眼下这情形只好再作安排。他把贵生师傅一件破旧的工作服给表哥套上，再拿点机油抹在表哥额前，让表哥跟着他一起下船。

走到舷梯前，陈永弟转回来，从炭舱里拔出一把手枪，连带着一个子弹匣一并交给表哥："这个带着防身吧。"

表哥一看，也不怕贵生师傅在场："永弟，看来你真是共产党的人呀！"随后他接过手枪，子弹上了膛插入后腰，跟随着永弟登上了甲板。

从尾舱下了舷梯，码头上站岗的士兵高声喝道："干什么的？"

"船员。"永弟从容应道，"我们是船上的轮机工。"

宪兵一听不再多言，转身走向另一边。

永弟陪着表哥离开码头，走了百余米，来到近处的水警局，早在轮船甲板上时，他就已经看到赵金堂的那条小机帆船停泊在岸。进了大门，旁边站岗的水警面熟，多次见过。看到永弟他们身穿轮船公司的工作服，站岗的水警也不多言，向他们点点头："是找金堂吗？"

"是。"永弟答，"金堂大哥在哪里？"

"在后厨帮忙。"

"警官，今天你们怎么没去检查，换了宪兵上船了？"

"哼，这些个宪兵最讨厌，抢我们的饭碗。听说是他们得到命令，福州有共党分子乘船逃跑，让他们仔细搜查。"

"那你们不是挺好,这下子有空闲了。"

"可不是嘛,不用找罪受,也不会遇上危险。哈哈哈。"

来到后厨,看到金堂大哥正帮着厨师洗菜,永弟叫了声:"金堂大哥。"

金堂一听抬起头:"哟,是永弟来了。"

"金堂大哥有空吗?去拉趟货。"

"行,马上走。"

金堂与厨师交代一声,叫上自己的老婆,带着永弟两人就出了门。来到江边,登上小机帆船,马达启动,轰隆一声小船后面冒出一股黑烟,不一会儿马达运转稳定了,金堂一操舵,小船向后退去,摆正方向后往上游开出。

半个时辰后来到樟树下,永弟领着鼎财往石阶上走,来到麻风医院见到王竹松,永弟说:"这位是我表哥,从福州来的,要送上山去。和阿姐说过了,她让我们来找你。"

王竹松看了一眼林鼎财,说:"好,这里不能久留,马上就走。"说完收拾几件东西,带着林鼎财就要走向后门。

临走时,林鼎财拉着陈永弟的手:"永弟,谢谢你。"

"表哥,说这些干啥。我相信不久我们就会再见的。"

陈永弟坐着金堂的小船回到码头,而表哥林鼎财则走上了一条新生的道路。

3

回到福州,陈永弟与贵生师傅刚下船,就见到小罗骑辆自行车在路边,当永弟与师傅来到他身边时,他悄声说:"阿姐在等你们,何老板店。"然后他骑车远去。

永弟与贵生师傅也不回家了,径直前往何老板的店里。来到后屋,阿姐已在等候他们,除了何老板,还有依壮、小罗。

"同志们,告诉你们一个好消息:我们为之奋斗的理想即将实现了!"

阿姐顿了顿:"今天是 1949 年 3 月 23 日,1 月 15 日天津解放,1 月 21 日合肥解放,1 月 31 日北平和平解放,2 月 3 日,中国人民解放军在北平举行了盛大的入城仪式。据我们的同志传来的消息,就在 10 天前,在河北省平山县西柏坡村，中国共产党第七届中央委员会第二次全体会议召开，会议批准了中国共产党发起的关于召开新政协以及成立民主联合政府的建议，批准了八项条件作为与国民党进行和平谈判基础的声明，通过了《关于军旗的决议》。这个会议，是我们党一次重要的会议。"

阿姐看了大家一眼："过去我们前赴后继艰苦卓绝斗争，目的就是要建立一个人民当家作主的国家，而今天我们要说，这个目标很快就要实现了。"

大家听了十分振奋。阿姐继续说："但是敌人是不会善罢甘休的，越是到了最后关头，他们就越会做出凶残的举动。我们要更加努力工作，为建设新中国出力。"

"那我们现在要做什么？"贵生师傅忍不住问了一句。

"当前我们的主要工作，就是要发动广大老百姓，团结社会各界力量，为推翻蒋家王朝、为建立新中国做出不懈的努力。"

阿姐喝了一口水："你们还不知道吧，现在国民党政府正在做着各种撤退的准备，我们福建省的渔业物资省政府正在进行清理，要运往台湾去；还有马尾造船厂的机器设备他们也正在进行拆卸，我们的地下工作者们已经开始动手，开展护厂护渔行动，确保这些重要的生产物资、渔业物资完整无缺地交到人民政府手中，交到广大人民手中。"

阿姐看了众人一眼："我们的同志们正在奔赴各地，积极开展工作，动员广大群众，与敌人进行最后的殊死斗争。而我们闽轮党支部，现在要做好人员的运送工作。从今天开始，我们要成立安全运送小组，由李贵生同志任组长，在座的都是成员，要把我们的人安全护送到各个游击队根据地，传达上级指示，广泛动员部署。我们的小组不仅有你们轮船公司，还有平水公司和下游公司的同志，大家一起行动，为了迎接黎明的到来，努力工作！"

阿姐组织开会之后不久，中共福州联合小组成立，轮船公司党组织成为联合小组中的一员，开始做好迎接解放的工作。在陈永弟这条船上，先后有五批十余人乘坐轮船奔赴各个游击队驻地，他们中有的是购买船票，由交通员护送，有的则是化妆为轮机工，由陈永弟与师傅护送，还有的是由陈永弟一人往山区护送。

在永弟护送的人当中，阿姐就来回走了三四趟，还有何老板也以进货的名义走了几趟，还有小罗数次乘船，还有王竹松也来过福州，还有轮机工陈祖光也搭他们的船前往南平，甚至他还见过因组织工会被开除的轮机工郑祥远……

期间陈永弟配合小罗一起，乘小船前往家乡使用电台传递情报，接收上级最新指示，这一行动有七次之多。

虽然辛苦，但成效卓著，期间也曾遇到过几次危险，好在陈永弟机智灵活，最终化险为夷，安全完成任务。

还有一件事值得纪念，经上级党组织审查，陈永弟加入了中国共产党，成为一名光荣的共产党员。

第二十章　新生

是海上冉冉升腾的旭日驱散了长空的阴霾,是天边隆隆响起的雷声打破了大地的沉寂,是阵阵轻柔的暖风消祛了阴冷的寒流,是串串温柔的细雨滋润了焦渴的心田,是孤零零的枯枝上悄然钻出几枚新芽,是枯黄的草坪上又长出茵茵嫩绿的小草,是傲霜斗雪鲜红似烈焰的梅花点燃了希冀的火种,是茂密的林梢间又响起百灵鸟久违的歌声……

1

5月份福州的天气渐热,而与天气一样热的,还有福州的百姓。

虽然报纸上未刊登,但是福州的百姓们早已在私下通过各种渠道,迅速传播着一条消息:林遵在南京宣布起义了。为什么这个消息会在福州广泛传播呢? 因为林遵是福州人。

林遵出生于1905年,他是福州先贤林则徐的侄孙,1924年考入烟台海军学校学习,1929年赴英国皇家海军学校留学, 之后赴德国学习潜艇技术,回国后在国军海军先后任航海官、副舰长、舰长,曾任海军驻西沙、南沙舰队指挥官, 后任海防第二舰队司令。1948年与中共地下党取得联系,1949年4月23日率领海防第二舰队舰艇25艘、官兵1000多人,在南京宣布起义,加入中国人民解放军。因为他是福州人,还有诸多亲戚在福州,因此福州人对这位投向解放军的国军官员极为重视,他的起义也成为当时重要的街谈巷议。

连日来,福州的大中学生们纷纷举行反饥饿、反迫害、反内战的民主活动,学生们走上街头向广大民众宣传爱国主张,此举遭到了国民政府的镇压。就在上个月,福州市戒严司令部成立,陆军一二一一师沈向奎师长担任戒严司令,他上任的第一件事就是宣布福州戒严令,取缔广大学生的爱国运动。5月马尾港要塞司令部成立,专事指挥马尾港的军事行动,以阻止解放军进攻。6月21日蒋介石由台湾松山机场乘飞机抵达福州南郊义序机场,在机场办公大楼就地召开军事会议,布置福州城市防线,阻止解放军对福州的攻势。蒋介石在会上说:"台湾是头颅,福建就是手足,没有福建即无以确保台湾。"会上下达了"福州必须死守"的命令。老蒋对福建的评价倒是恰如其分,在历史上福建与台湾就是一衣带水密切相连的,至今台湾的语言依然保持着闽南语系;然而老蒋在福建的军事部署,就像他以往那些个部署一样,最终未能落到实处,沦落为一纸空文。

义序机场位于福州仓山东南部高盖山的南侧,原是1941年日本侵占福州时修建的,1945年抗战胜利后国民党政府进行整修,期间美国曾派出飞机进行试降,结果C-47型运输机试降成功,而此后的P-51型战斗机因速度极快,机场为土质跑道,战斗机轮子陷入泥土中达1米深,致使螺旋桨折断,因此美国飞机最终放弃了使用这个机场的计划。

劳累了一整天,从南平回来后,陈永弟与贵生师傅回到家中,准备早点休息。两人正在屋中闲聊时,就听到门外有人敲门,永弟出去问:"是谁?"

对方说:"我,林泰升。"

永弟连忙开了门:"泰升船长?"

把船长让进屋内,他看了看这狭小的屋子,对贵生师傅说:"我来找你的。"

"泰升船长请坐,永弟倒碗水来。"

泰升船长坐在小桌前,永弟端上一碗水。泰升船长也不客气,端起来一口喝干。

"我是刚从公司过来的,在公司听到经理的布置,赶紧跑来找你。"泰升船长开口说道。

原来,身为船长,每次走船回来之后,必须要报一张航海图志交到公司业务科,并汇报这次航行中遇到的大小事件,顺便听取公司的布置。可这次泰升船长来到公司之后,不仅是业务科,经理室也有人参加了他们的交班会,之后是经理出面,把各位在家的船长都找到小会议室,对大家说:"近日时局紧张,接上峰指令,公司要把大小船只开出闽江口,不能留给共党。"

公司做了一个详细的规划，除了在航运线上走船的之外，所有大小船只必须统统行驶到闽江口去，以便接受军方的指挥，运送军队及战略物资到台湾去。

因为闽江上从福州到南平段为内河航运，船只相对吨位较小，而从台江到马尾甚至出闽江口这段是外河，有的还是海运，船舶吨位较大，续航能力强，因此调运船舶驶往外海，首先从下游公司及轮船公司负责海运的船舶开始。即日起所有下游及外海运输的船只统统驶往闽江口，上游内河航运的船只除留少部分保持航运以及供军队调遣外，其余船只也都开往闽江口待命。而"民生"号属于保持航运的船只。

听到泰升船长的介绍，贵生师傅想了一会儿，问："泰升船长，想请教一下，你本人是什么态度？"

泰升船长腰一挺："什么态度？我家在福州，父母、老婆、孩子、亲戚都在福州，我到台湾去做什么？当然是留在这里啦！"

"那你来找我们做什么？"

泰升船长一愣："贵生啊，与你一起走船好几年了，早就留意你们的行动了，我想，你应该是共产党吧。这时候我不找你还能去找谁？"

"谢谢你，泰升船长。我知道你的态度了。我们不仅不能走，还要广泛发动工友们，开展护厂保船运动，争取让所有的船只都留下来，决不能跟着国民党跑！"

"很好！"泰升船长激动地说，"我就是这个意思！"

贵生师傅伸出手："谢谢你泰升船长，福州的百姓会感谢你。"

"下面我们该什么做？"

"你先回家去，我马上把情况向上级汇报，然后我们再通气。"

送走了泰升船长，贵生师傅坐在桌前想了一下："永弟你在家里，我出去一趟。"

这一去就是几个小时，直到后半夜贵生师傅才回来。进屋后他发现永弟还未睡，便来到他的小屋中。

"永弟，我们商量了一下，决定在全体员工中开展护厂保船运动，明天我们就分别向工友们进行宣传，让大家都知道这个运动的目的和意义，广泛发动大家一齐参加。"

"那我去哪里？"

"你负责修造厂，找上次和你一起进山学习的黄祥发和陈源升，让他们带你去找船厂的人，你们的主要任务是保护好船厂的所有设备，迎接解放大军。"

当陈永弟来到修造厂时，铁匠黄祥发和木匠陈源升已等候在门口。进入厂内，不同的车间里工人们正忙碌着，有的在擦洗轮机，有的在更换木件，有的在涂抹油漆，有的在安装调试，大家各忙各的，有条不紊。

来到车间里，三五个工人围成一团，外面有人给掩护放哨，大家坐在一起，在轰鸣的机器声中，永弟把上级的指示传达了一遍，要求大家团结一致，日夜轮班，把一些重要的或是不用的机器先给拆下来掩藏好，等待解放军的来到。大家分头行动，把指令传给每一个人。临走时永弟再三强调：注意安全，确保秘密，如果发生冲突，不要冒险，只要人在都好办。

看来这里的组织还真是严密，刚刚传达下去没多久，眼中可见已经有人在拆卸机器了。他们把一些机床拆开，清洗之后进行包装，藏在不同的角落，这样即使被发现，也是东一件西一包，无法凑成完整的机器。

这边轮机车间开始操作，那边木作车间也在动手，他们把制作木构件的机器关键部件拆开取下，就剩了个笨重的空壳，如果没有这些部件，机器无法运转就成了一堆废铁。

永弟这边进展顺利，他在船厂待了大半天，可贵生师傅那儿却遇到了阻力。

一大早就在永弟动身前往修造厂之际，贵生师傅也与泰升船长一起，按照事先约定来到码头，先后见到了三条船的船长和工友，向他们说明事情的缘由，叮嘱大家一齐行动，决不能让一条轮船开往闽江口。两条船的船长和船员一致答应，而在玉水师傅那条船上却遭到了反对。

自从玉水师傅调离"民生"号之后，他就来到"祥云"号，和陈祖光一起搭档。这船就是永弟前往南平山区培训时坐的那艘船，他还记得那矮胖的船长的迷笑。当贵生师傅与泰升船长来到码头上，"祥云"号轮船正准备开船，他们两人上了船，跟随这艘船一起往上游走，途中对工友进行说服工作，待到达白沙或闽清时再下船。当贵生师傅找到玉水和祖光时，他们俩当然愿意听从指挥，并与其他工友进行了联系。泰升船长来到驾驶室见那位矮胖的船长吴有发,吴有发那胖脸上顿时浮现出迷人的笑容:"哟,泰升船长,今天是什么风把您给吹来了?"

泰升船长也不废话,开门见山地说明了来意,在驾驶舱内除了船长,还有大副和驾驶员,那两位听了都说自己不走,而吴有发船长却说道:"泰升啊,我们也不是外人,说句真心话,你就真愿意跟着共产党走?"

泰升一听,立即严肃地说:"不仅是跟着共产党走,也是跟着老百姓走。你没看到,现在国民党都开始跑路了,而老百姓都在盼着共产党!"

"哈哈,是吗?"吴有发一笑,"我的家眷都送到台湾去了,我的两个兄弟也都在军中任职,所以我只能去台湾。"

"你去可以,我们的老婆孩子可都在福州城里,我们不去!"说话的是大副陈立诚。

"唉,胳膊扭不过大腿,你们去不去是你们的事,你们可以下船,这艘船我是要开走的。"

"你想走没问题,但我们不会跟你走,你自己能开船?"泰升船长直言道。

"我就不信了,所有人都愿意跟着共产党?"吴有发一声冷笑。

"你信不信没关系,但是我们已经都一条心了,我们都留下。"说话间,祖光师傅从外面走了进来,身后跟着贵生师傅。

"我们都说好了,大家一条心,都留下。"贵生师傅在后面说。

"你们……你们要造反?"

"造反就造反吧,到了这个关头我们也没什么好怕的了!"

"那……那你们能不能送我回去?"

"可以,你要走我们不强留,等下你就跟我们一起下船,这艘船曰大副陈立诚指挥。"

当轮船到达白沙,靠上岸后,几位旅客下了船,最后在贵生师傅授意下,吴有发也下了船,但是一到岸边他就高喊:"造反了!共产党造反了!"边喊边向水警局狂奔而去。在他身后,贵生师傅掏出手枪,对着他的后背就是一枪,"啪"的一声吴有发应声倒地。水警局里的人听到枪声立即奔出来,此时在大副陈立诚的指挥下,轮船迅速驶离岸边,向上游驶去。他们的身后响起一排枪声。

到了闽清码头,贵生师傅与泰升船长下了船,轮船继续往上游行驶,贵生师傅与泰升船长换小船来到对岸,等着从南平开来的船返回福州。

2

轮船公司的动向引起了国民政府的注意,在码头边、在修造厂、在轮船公司门前,随处可见警察或是便衣进进出出,搜查、监视、跟踪……无所不用其极。

而这一边,陈永弟与李贵生师傅等人连日来吃住都在船上,工友们组成小组日夜轮流值守,密切关注各方动向,积极做好各项准备,随时开船转移。

时近中午,修造厂的铁匠黄祥发突然跑到码头来,上船之后找到贵生师傅:"不好了,警察把修造厂围起来了,要抓人。"

"是哪个警察局的?"贵生师傅问。

"好像是小桥警察局的。"

"永弟你去看看。"

按照事先分工,修造厂由陈永弟负责联络并指挥,而小桥警察局他又认识许多警察,因此让他去是最合适的。

永弟二话不说,跟着黄祥发就往修造厂跑去。

来到厂门口,铁门已经从里面锁上,十来个警察围在周边,人人手上都端着枪,子弹已经上膛。而在外面,许多厂里工友的家属都站在周围紧张地看着、喊着,还有不少路过的百姓看热闹。

陈永弟挤上前去,对着警察说:"你们谁是领头的?"

几个警察认识陈永弟,见过他与林鼎财交往,还有不少人都吃过他送来的大米,因此他们也十分客气地对他说:"是我们郭局副。"

永弟在外面喊着:"小郭依哥,小郭依哥……"

正在人群里面的郭副局长听到了,推开人群来到他面前。

"永弟,你叫我?"

"郭依哥,你们怎么把船厂围住了?"

"我们接上峰指令,说是这儿有共党造反,要求我们把工厂门打开,把工人驱散。"

"郭依哥,你知道工厂里的工友为什么要把工厂大门关上吗?"

"为什么?"

"因为他们接到通知,上头要他们把工厂里的机器都搬运到台湾去,如果没有这些机器,工人们怎么做工?怎么养活家人?"

"你……你是怎么知道的?"

"不用问我是怎么知道的,郭依哥,你也是福州人,你想,国民党要跑了,可我们工友能跑到哪里去?没有了机器,今后大家怎么做工?"

说完,他回头看了一下周围的警官:"大家都认识我,你们许多人我都叫得出名字。仰桐警官家中父母子女都在福州,当官的跑到台湾去会不会带上你?还有宏缘警官、秋声警官,你们都有家人,他们还在家中等着你们呢,你们能到台湾去吗?"

郭副局长一看这阵势,有点骑虎难下:"永弟,你先说说,我们要怎么做?"

"郭依哥,我想你们肯定接到了指示,如果工友不配合,你们可以开枪,是不是?"

郭副局长想了一下,默默点点头。

"可是他们都是普通的工友,都是贫苦人,如果你们朝他们开枪,那么他们的家人怎么办?你们的家人怎么办?"

一席话让在场的警察们都低下了头。

郭副局长说:"永弟,说老实话,让我对他们开枪,我还真下不了手。这样,我们撤!"

"你们不能撤!"永弟喝声说道。

"为什么?"郭副局长不明白了。

"我们的工友手无寸铁,你们撤了,要是军队来了他们怎么办?"

"那你的意思……"

"你们警官要和我们工友一条心的话,你们在外面,帮我们保护工厂。行不行?"

郭副局长一阵为难,旁边的仰桐警官却说:"郭局副,现在都这个形势了,我们还能怎么做?倒不如帮他们一下,将来我们也好有个见证。"

"那……行吧！"

陈永弟一挥手："厂里的工友们，警察们现在和我们一条心，他们在外面保护我们，但不能让他们太累，他们的吃饭、喝水由我们负责！"

里面应声道："永弟你放心，这里交给我们。"

永弟又转头对郭副局长说："郭依哥，你们也不要太累，我建议你们分成三个班，一个班白天，一个班晚上，一个班休息第二天来接班。"

"好吧，就这么办。"

"那我走了，郭依哥，这里可拜托你了。"

"好……永弟你等等。"

郭副局长把陈永弟拉到一边："你告诉我一句实话，你是不是共产党？"

陈永弟看了他一眼，十分肯定地说："是！"

"好，有你这句话，依哥我听你的。"

这边的事情安顿以后，陈永弟立即回到船上，他们的船已经按照事先商定的办法，离开码头，在江边抛锚停泊，人员上下船只能依靠轮船上的小舢板来回摆渡。

回到船上，陈永弟把经过汇报给贵生师傅，师傅点点头："你还真行，把警察都给说动了。"

陈永弟笑笑，没吭声。

傍晚时分，依壮骑着自行车来到码头边向轮船招手，陈永弟看见了，立即下了舷梯划着小船来到岸边，将依壮接上了船。一见面，依壮急迫地说："何老板让我来找你们，刚才接到我们同志的报告，说是市府与轮船公司商议，要把所有的船只统一调配，运送军队和物资撤退。"

"知道他们行动的时间吗？"贵生师傅问。

"明天早上。"

"他们要用几条船？"

"七条，你们轮船公司三条，下游公司两条，平水公司两条。"

"好，我们知道了。上级有什么通知？"

"上级命令，今天晚上零时，所有船只统一行动，开往闽江上游，沿荆溪、甘蔗、白沙、大目埕、闽清一线停泊在江面上，不要靠岸，会有专人来联系你们，等待解放军，并将他们送进城。"

"好,今晚零时准时行动。"

依壮这儿继续通知其他轮船,这边永弟先后跑了三条船,向工友们传达上级的指示,事先约定,今晚零时大家一齐行动。

傍晚,天边晚霞格外绚烂,把闽江映照得一片红火。"小桥划水剪荷花,两岸西风晕晚霞。恍似瑶池初宴罢,万妃醉脸沁铅华。"永弟与贵生师傅一起斜倚栏杆,望着江上粼粼波光,望着对岸晚归人家,望着西边一片夕阳。泰升船长也走过来,与他们一起站着,看着眼前的美景,不禁赞叹道:"真是壮美河山!"

贵生师傅笑笑说:"以后会更美的。"

泰升船长回转头:"定下来了?"

"今晚零时,往白沙行驶。"

"晚上走……有点冒险吧。"

"要是被国民党弄走了,更危险。"

"那倒是……"

泰升船长没再言语。

半夜 11 时 30 分,陈永弟与贵生师傅一起悄悄地升起火,将锅炉里的煤气先烧足了,而在驾驶室里,泰升船长端坐在椅子上,眼前的各种仪表他再熟悉不过,借着仪表上发出的荧荧绿光,他看了一下周围的环境,与往日没有不同。

11 时 40 分,大副、驾驶员来到驾驶舱,怕被人注意大家都摸黑操作,各就各位做好准备。

在他们这条船的左右不远处,还有两条船也在悄无声息地准备着,一条是玉水师傅祖光师傅的"祥云"号,另一条是"连升"号。

零时,三条船几乎一同启动,寂静的暗夜中这轮机启动的声响格外悠扬。附近有些百姓不明就里,一般来说闽江上禁止夜航,晚间不会有轮机启动的声音,可是今夜极为反常,附近的水警局也被惊动了,不一会儿那儿的灯先后亮了,一批还在朦胧中的水警们衣衫不整地跑出来,向码头上奔来,边跑边问:"什么情况?"

可是没有人回答他们,在他们眼前,几条船拉起了锚,轻轻启动,调转船头,摆正航向,朝着闽江上游先后驶去。水警们看得愣住了:怎么会夜间行船？没接到通知啊？他们的长官立即跑回局里，给上峰拨电话报告。

可是还没等他们打通电话，周边的七条船先后隆隆行驶，开往上游。

夜间航行具有一定的危险性，因此这几条船航行的速度都不快，在寂静的闽江上，在暗夜的笼罩下，只见船舱里透出些许微弱的灯光，在黑黢黢的江上慢慢地移动。

水警局里，当他们的长官与上峰汇报后，接到命令赶回码头时，只见最后一条船的船尾从他们眼前消失。

经过一夜的缓慢航行，天色渐亮时，所有的船舶按照事先商定的秩序，先后到达停泊地点。陈永弟他们这条船在最前面，因此跑得也最远，来到了闽清县外的江面上抛锚停泊，其他的船沿着闽江先后停泊，等待着上级派人来联系。

3

1949 年 7 月，中国人民解放军第三野战军第十兵团，在解放上海之后，接到中央军委命令，要求他们立即奔赴福建，准备福州战役。第十兵团在司令员叶飞、政治委员韦国清的率领下，长途奔袭从三个方向进入福建，先后攻占了尤溪、古田、建瓯等闽北县城，打开了通往福州的大门。

为全歼守敌，防止敌人从海上逃脱，第十兵团根据中央军委的指示，决定兵分三路直指福州。第二十九军从右翼迂回攻占福清宏路镇和长乐县，切断国民党军从陆上往厦门逃跑的去路；第三十一军从左翼绕行攻占连江、马尾，切断敌人从海路逃离的港口；第二十八军从北峰直取福州，正面突击。

国民党军主要由福州绥靖公署主任朱绍良和第六兵团司令李延年统领，兵力除了第六兵团，另有南逃至此的残余兵力，共计 6 万余人，他们把这些人统编为 5 个军 13 个师，准备扼守福建，企图阻止解放军南下，以拱卫台湾。

按照事先部署，解放军原定 8 月 15 日发起福州战役，结果侦察员在前沿侦察中发现，敌人外围守军有退缩福州城的动向，一旦让众多敌军退缩，势必给解放福州造成麻烦。第十兵团司令部当即决定提前发起战役。

8月6日，第十兵团各部在当地游击队的配合下，从各个方面分别发起攻击，先后解放了永泰、长乐、闽侯、罗源、连江、闽清、福清等周边县城，把福州城团团包围。在解放军的攻势下，国民党部队节节败退，当解放军部队来到闽江边时，早已等候在江边的轮船事先已经派出人员，与解放军进行了联系，在先后解放闽江沿岸县乡之后，解放军一部乘坐轮船，直奔福州而来。1949年8月16日，解放军兵临城下，福州城指日可待。

8月16日晚，国民党福州绥靖公署主任朱绍良来到城中著名小吃"阿焕鸭面"店，要了一碗面条，或许他早已预料到，这是他最后一次在福州吃这种自己喜爱的美食了。吃完之后他直奔飞机场，与李延年、汤恩伯一起永远离开了福州。

1949年8月17日，中国人民解放军进入福州城，在解放军进军的队伍中，西有林鼎财领着攻城部队，东有郭叶香前头引路，经过一日激战，福州获得新生。

1949年8月23日，中国人民解放军福州市军事管制委员会成立，韦国清任主任。

次日，福州市警备司令部成立，朱绍清任司令员，陈美藻任政治委员。

8月24日，福州人民广播电台开始播音。

25日，《福建日报》创刊。

26日，福州市人民政府成立，市长韦国清，副市长许亚。

9月3日，福州市公安局成立。

在接管城市的进程中，郭叶香参加了解放军的接管行动，并参与了福州市政府的成立事宜。

在接管市警察局的进程中，林鼎财参加了接管行动，并参与了福州市公安局成立的事宜。

而陈永弟，他与师傅李贵生一起，走进了轮船公司的大门，开始了接管工作，并随即展开了恢复闽江航运的工作，为新中国的建设继续做着贡献。

2018年11月 — 2019年2月初稿

2019年3、4月二稿

2019年5、6月三稿